"一切有为法,如梦幻泡影,
如露亦如电,应作如是观。"

——佛陀如斯说

万物风华录

一切有为法

非天夜翔 著

广东旅游出版社
中国·广州

目录

第一章 入学 001

第二章 事故 031

第三章 回归 063

第四章 实践 117

第五章 收妖 157

第六章 法宝 191

第七章 追溯 241

第八章 鹛神 275

第九章 换命 301

番外 狮子与狗的友谊 325

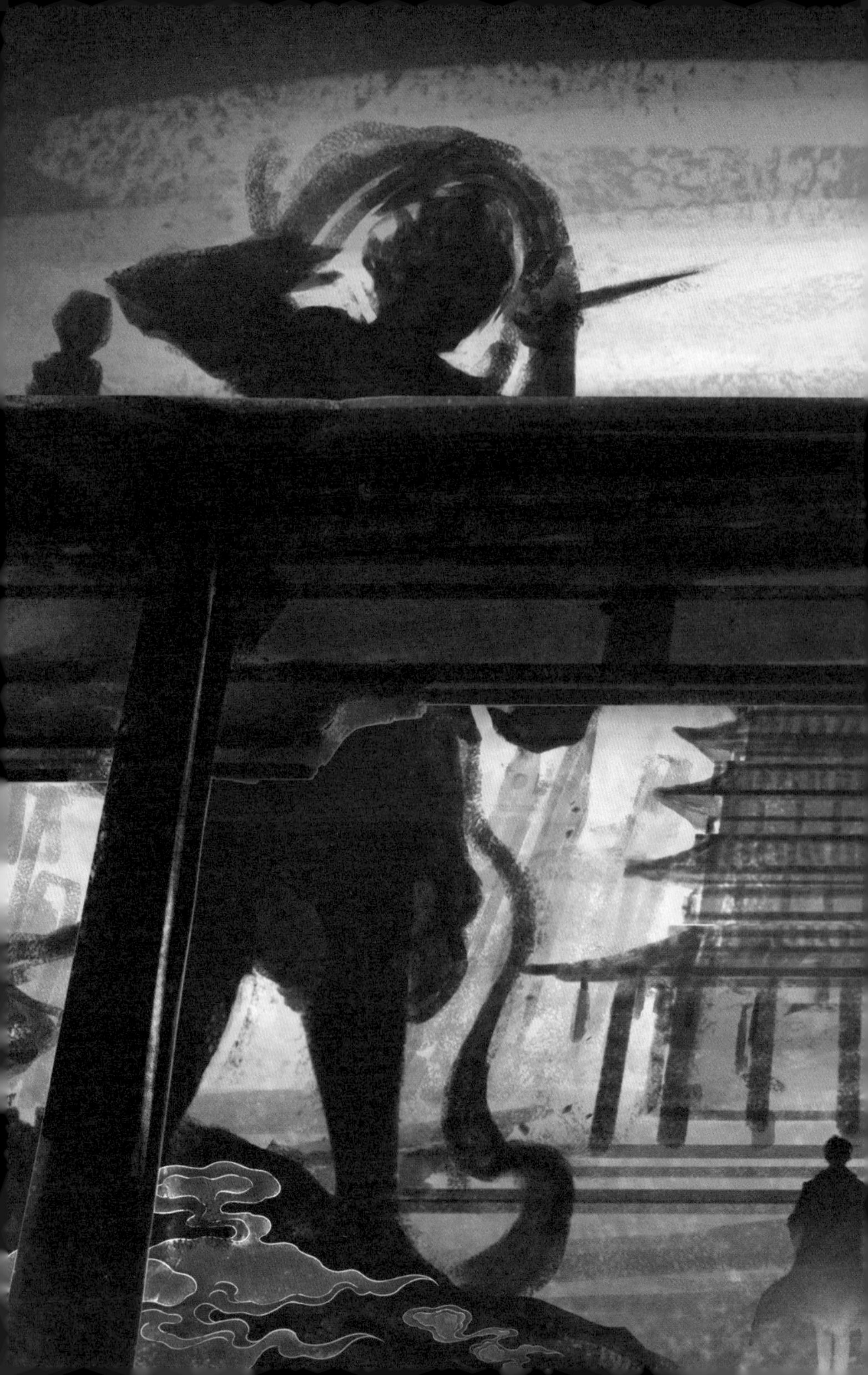

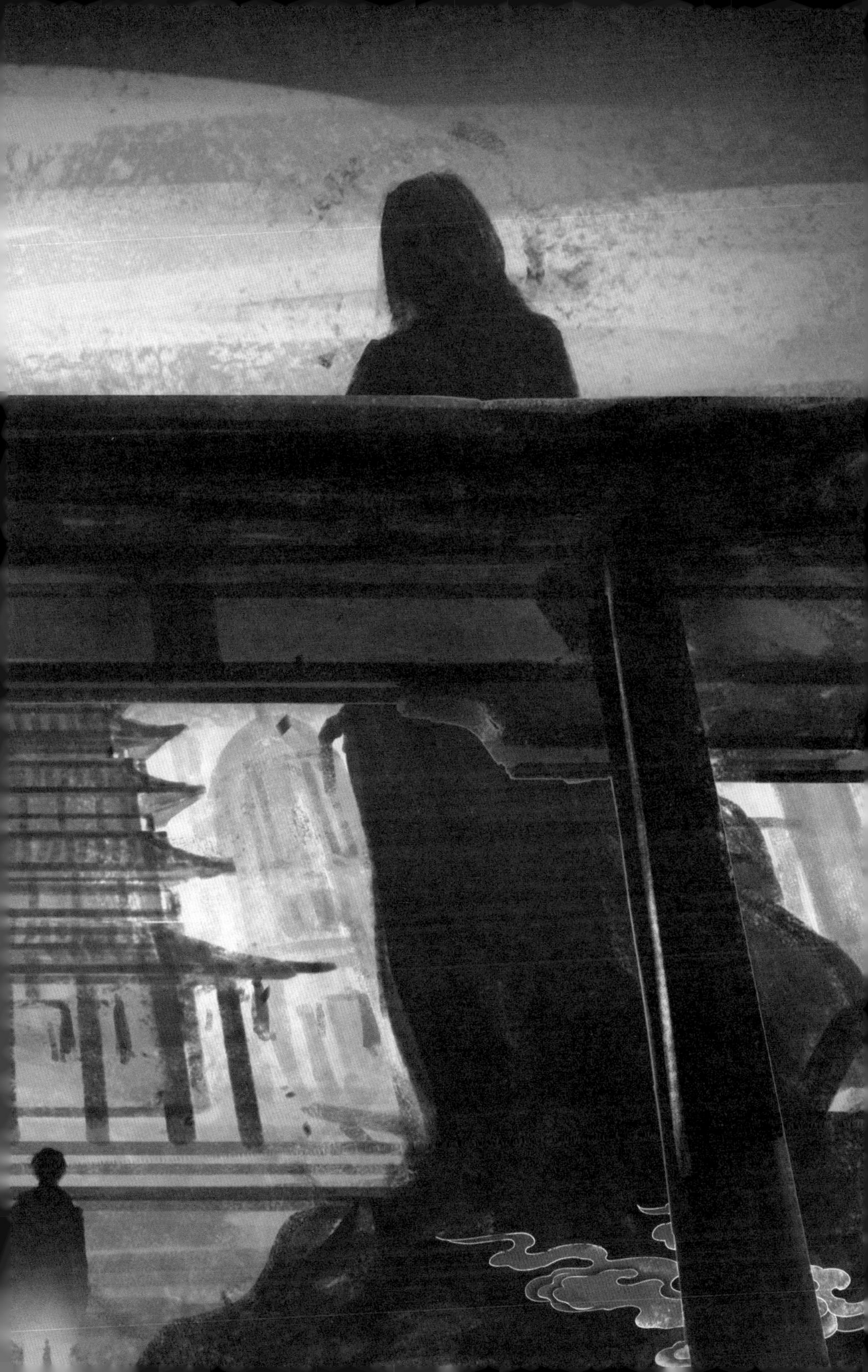

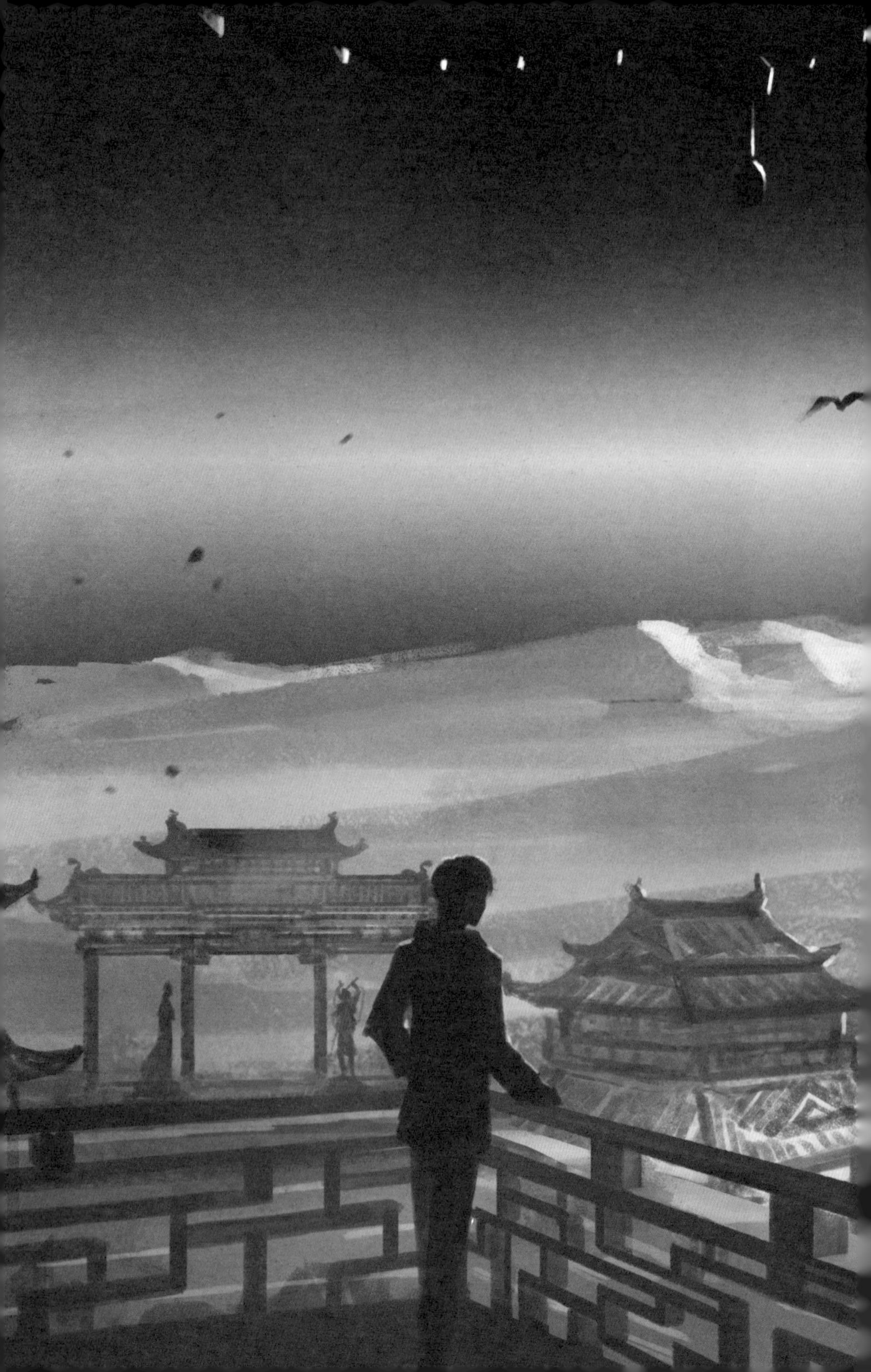

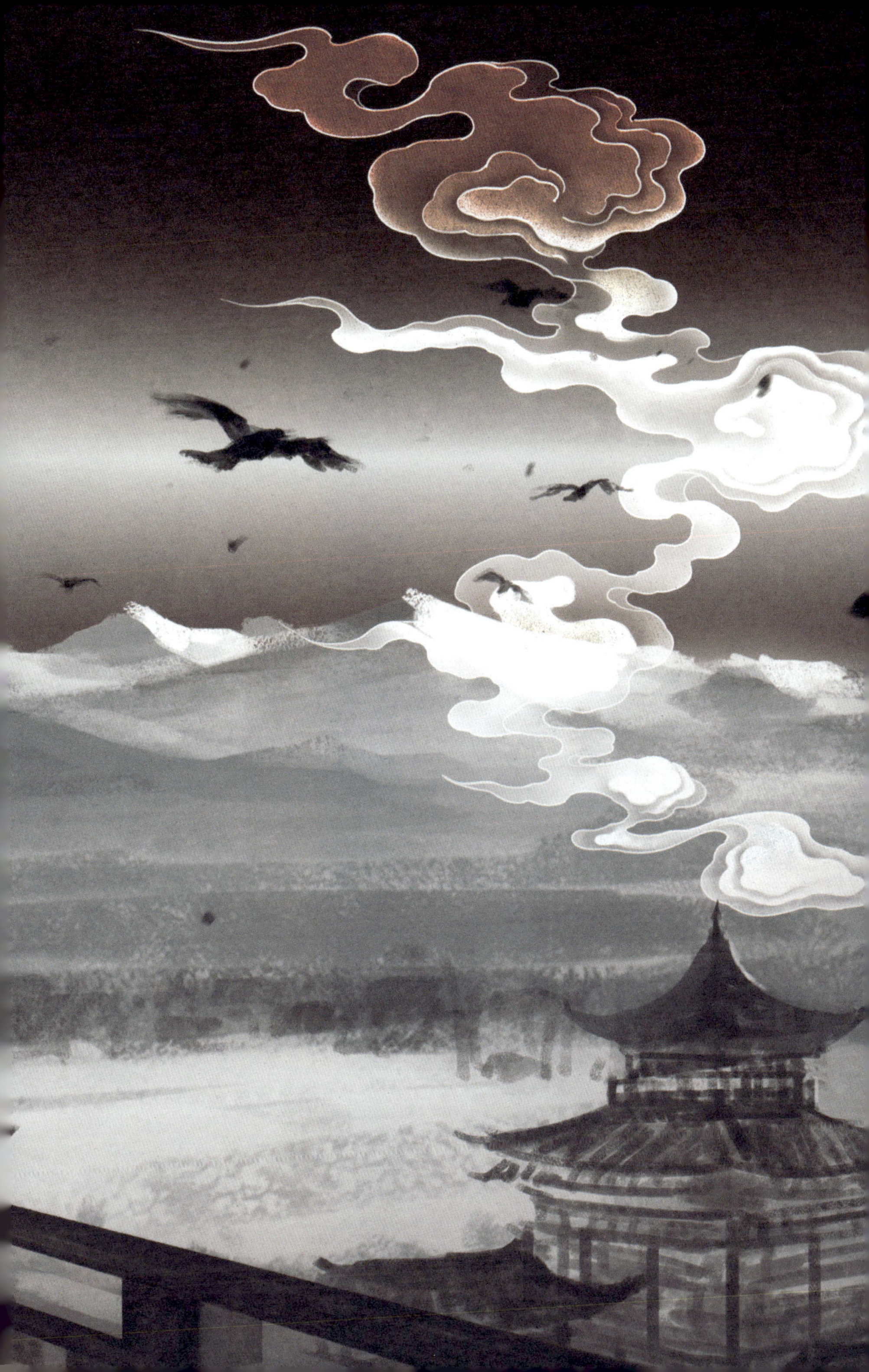

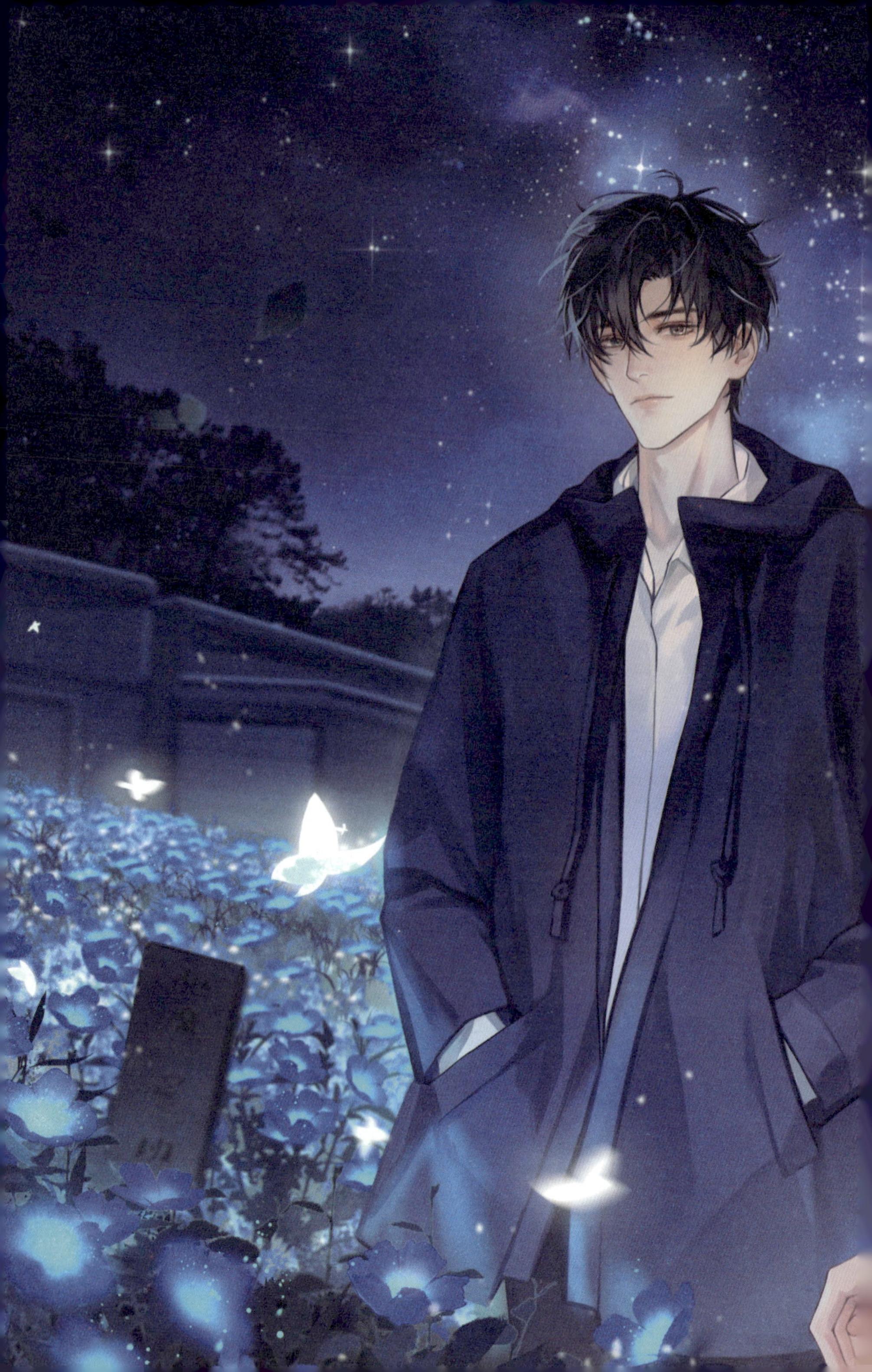

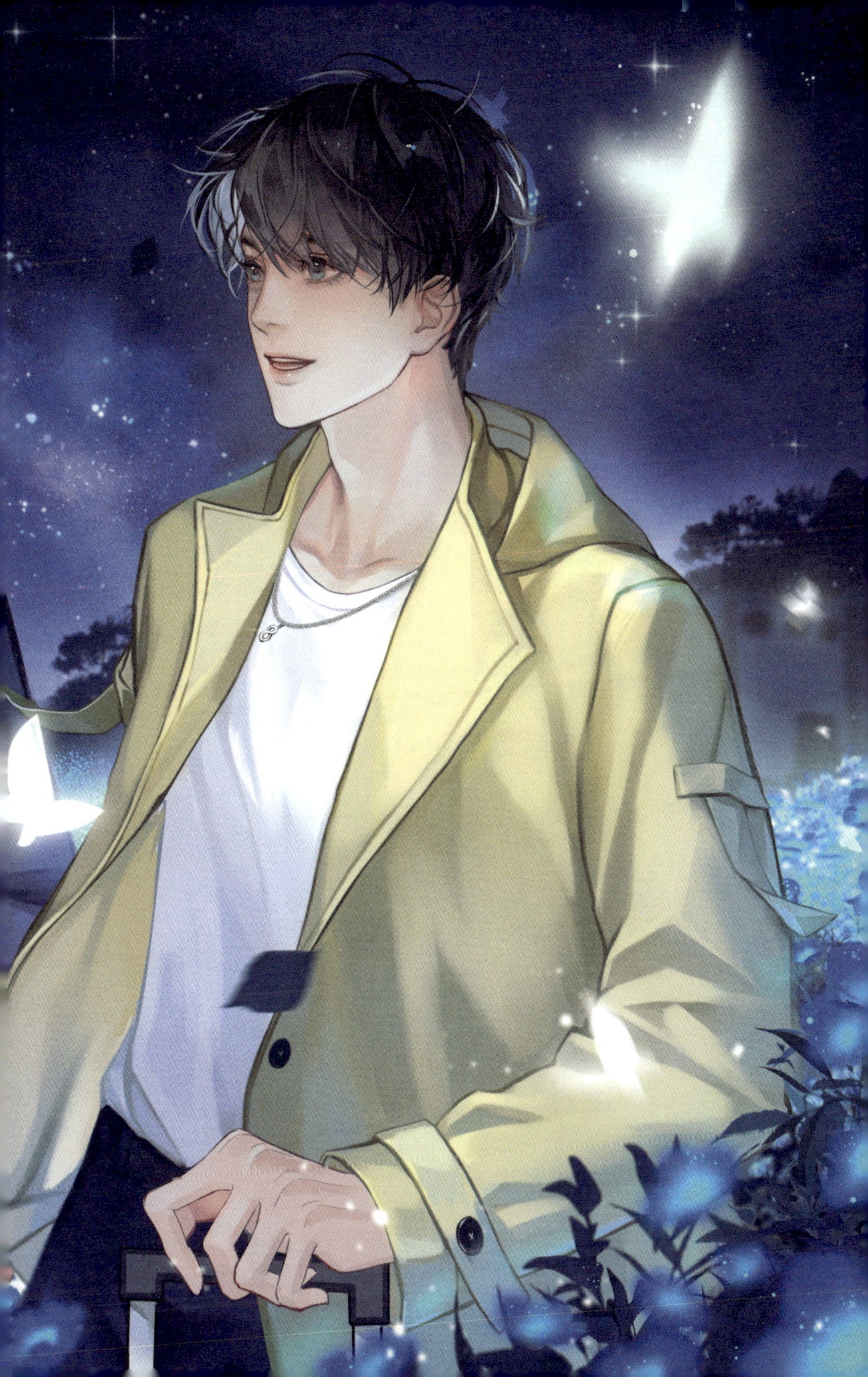

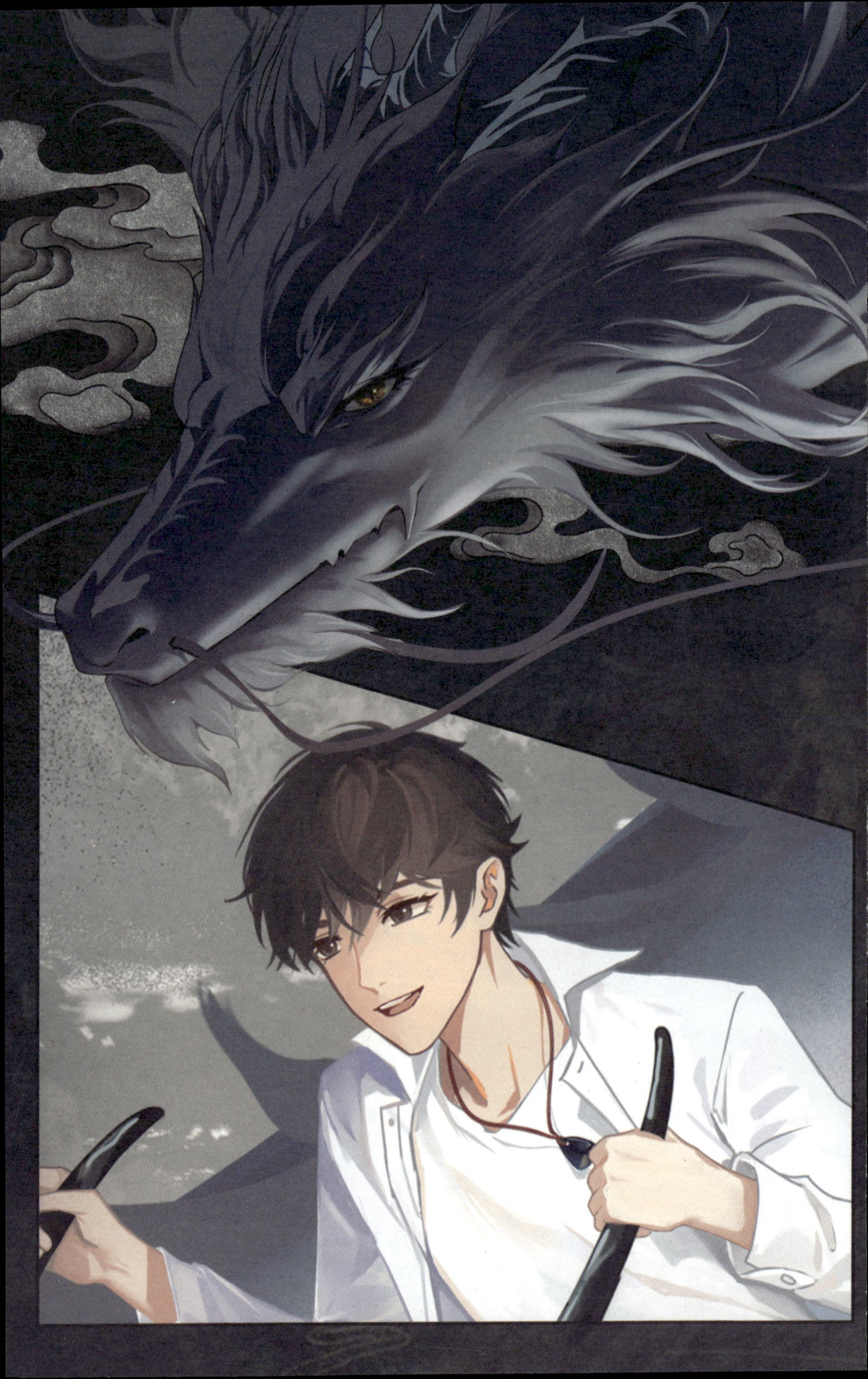

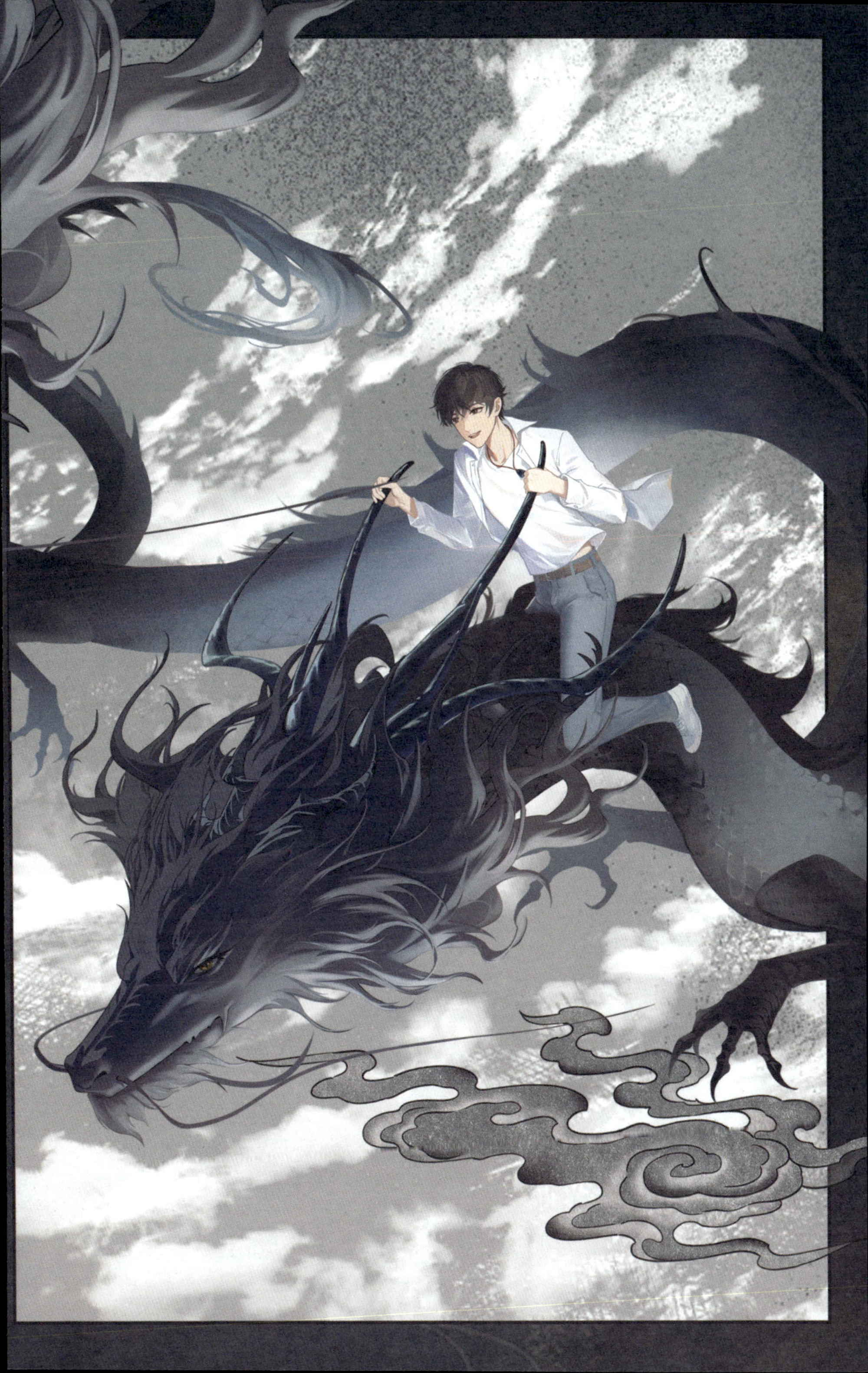

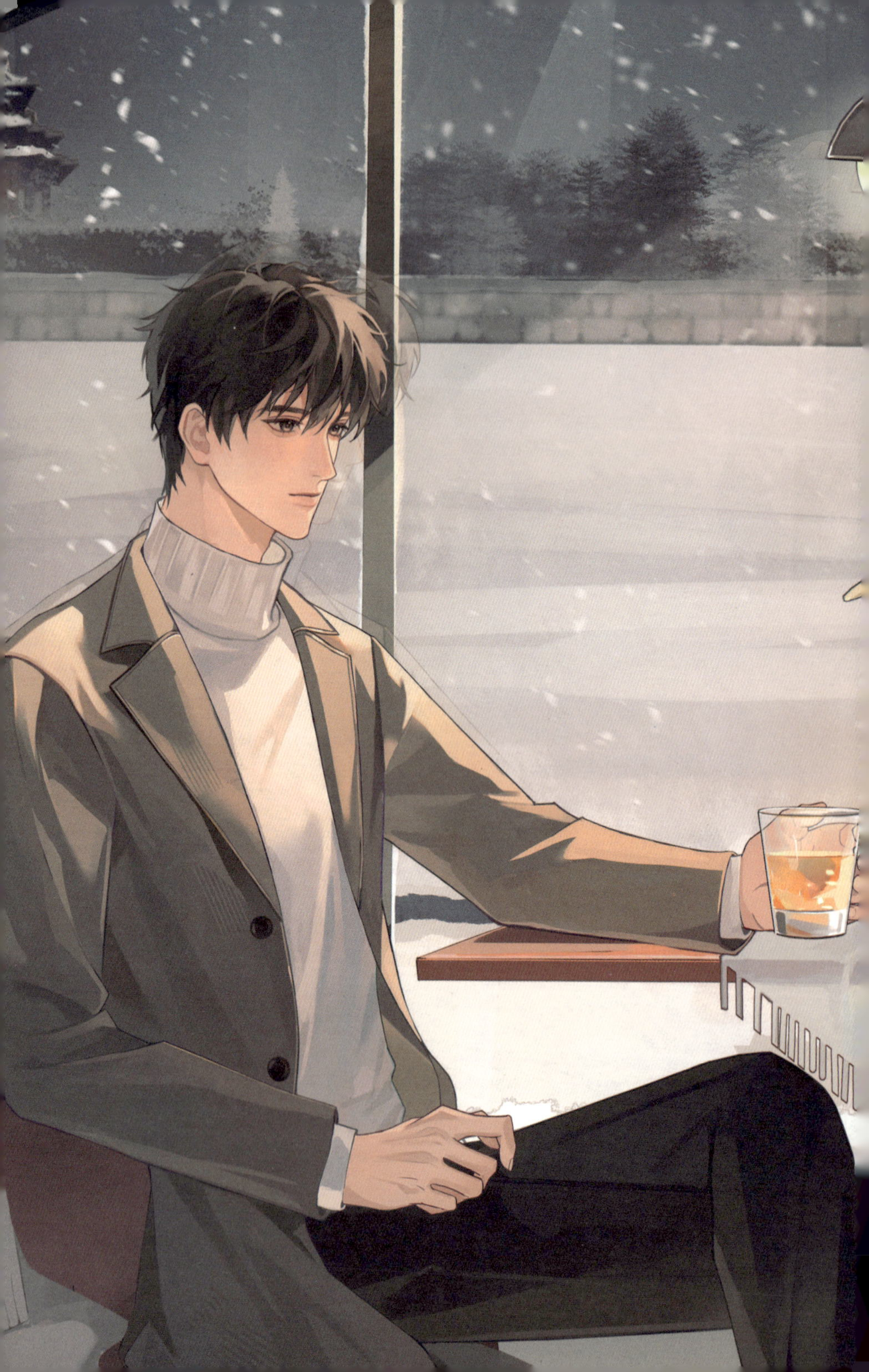

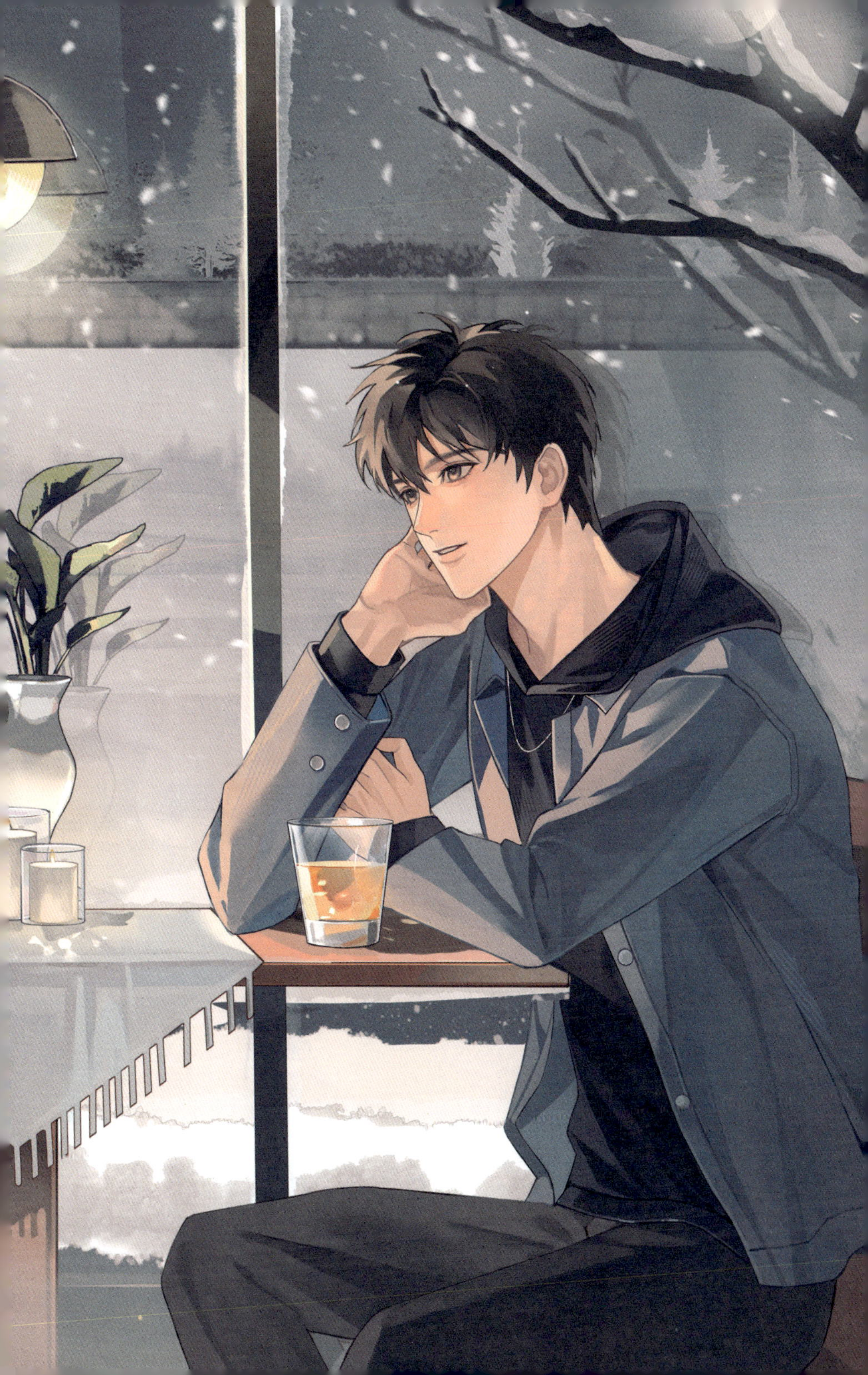

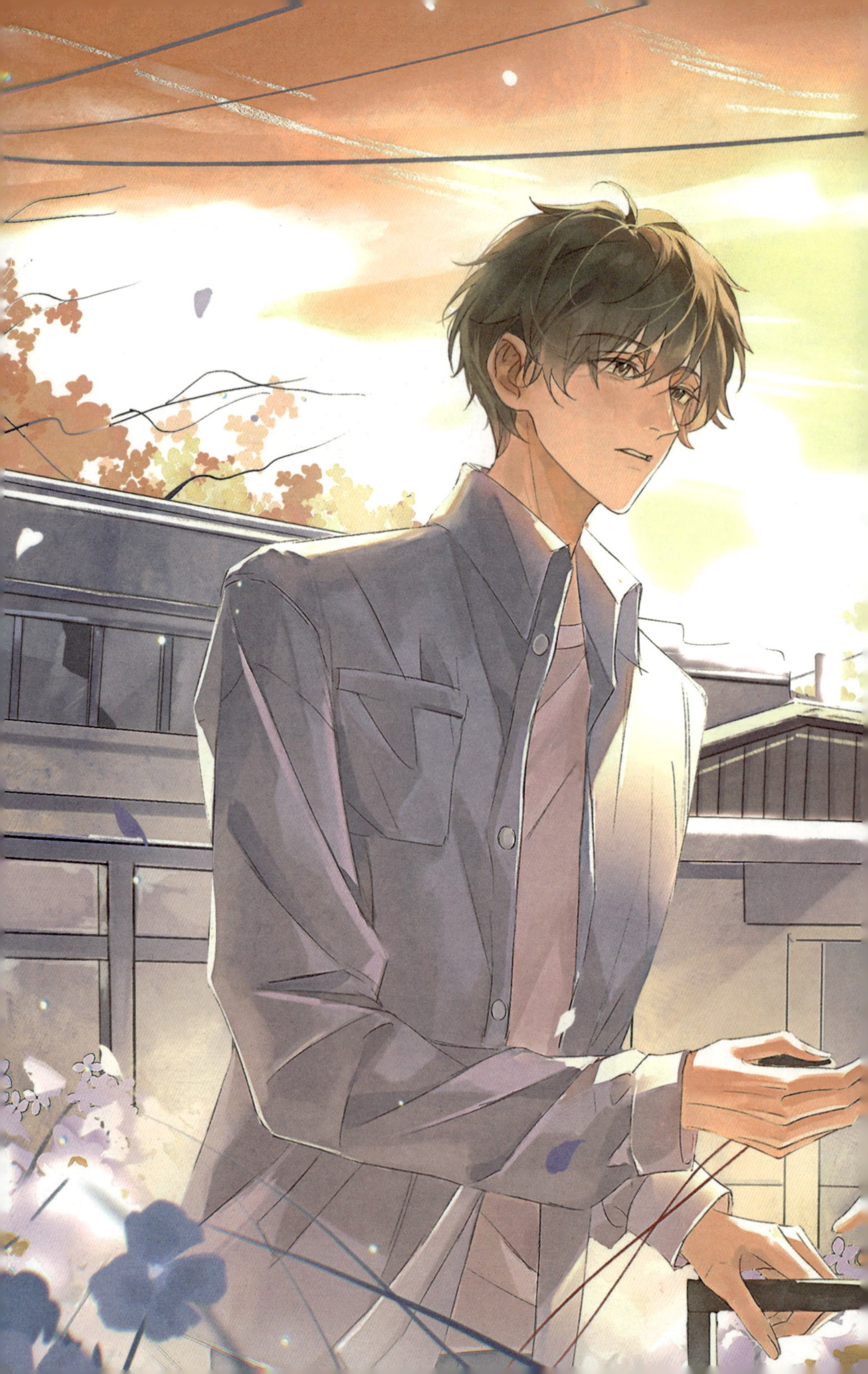

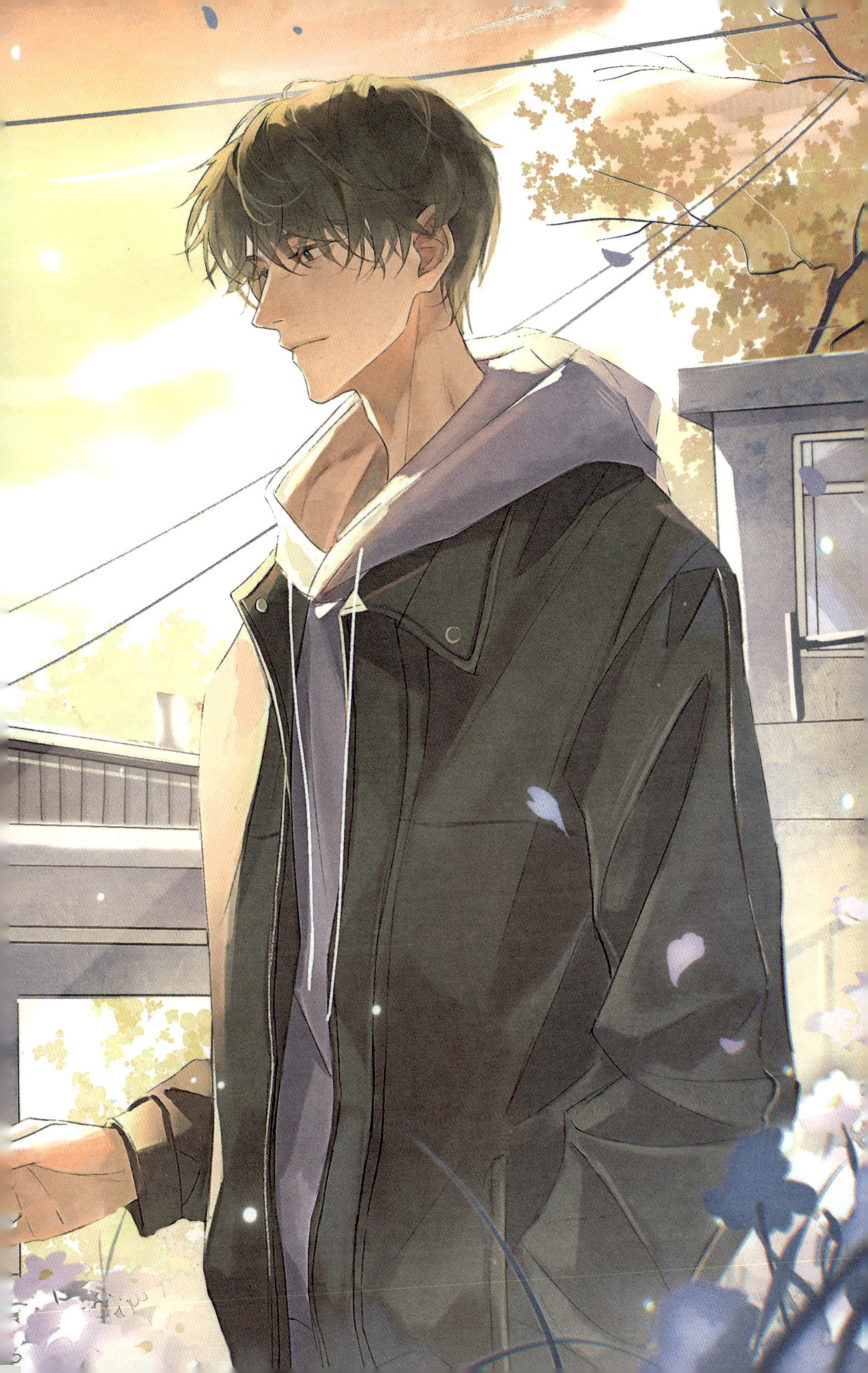

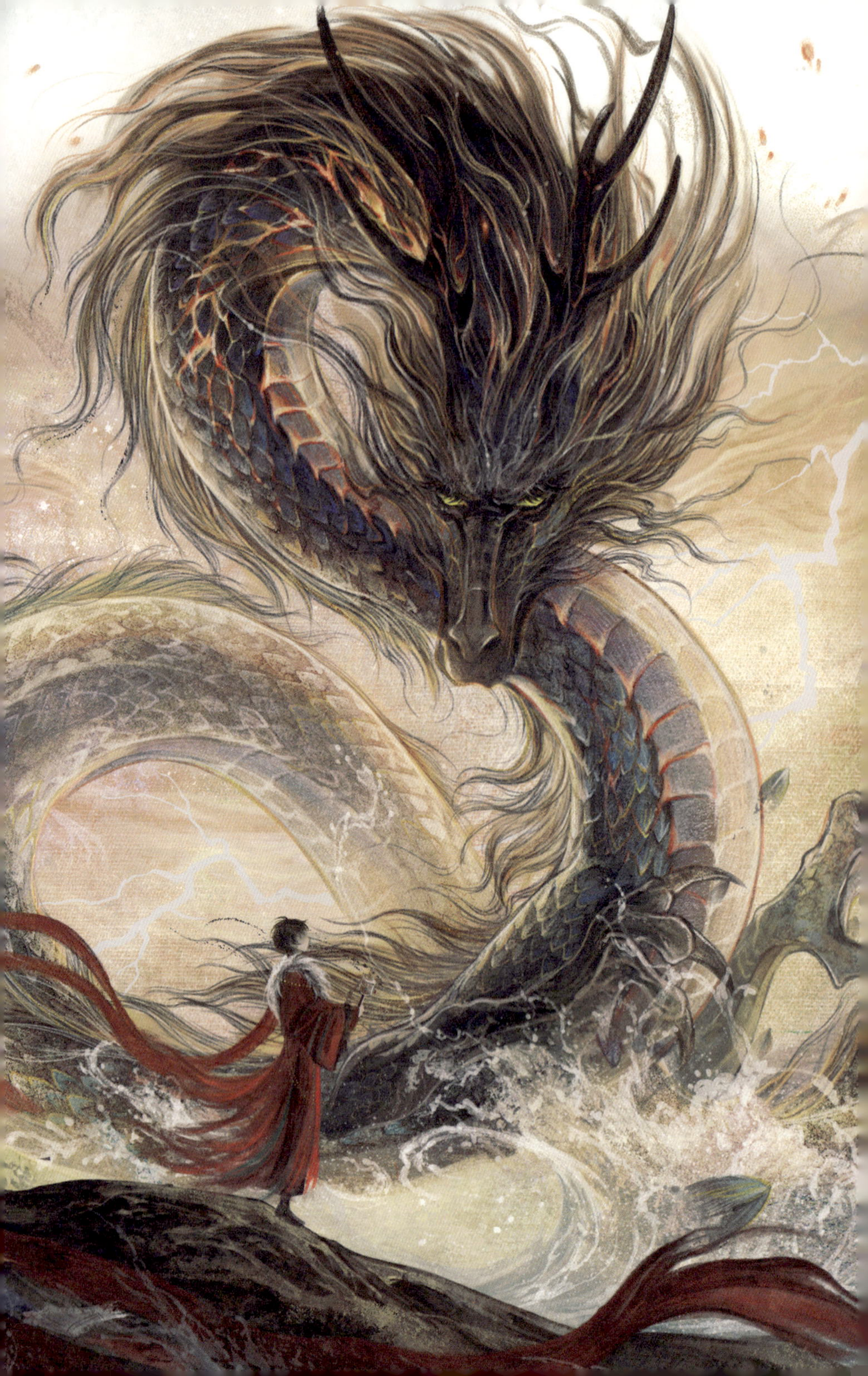

第一章
|入学|

国家驱魔师学院招生简章。

国家驱魔师高等教育学院是一所普通高等学校，以培养高素质的驱魔师、降妖设备师为己任，下设多个专业，涵盖以下：资源与信息（驱魔学本土文化方向）、国际资源与信息（驱魔学非本土文化方向）、环境工程（风水学）、理论与应用材料学（降妖理论）、生物信息学（妖族研究）、工业工程（法宝工艺制作）、自动化（自动化收妖）、建筑学（法阵与陷阱研究）、历史（驱魔史学）、医药学（炼丹）、电子通信（电子驱魔学）、分析学（灵异现象分析）等四十余个学科。

报考条件：16—24岁的人族、妖族考生，三代直系亲属曾担任驱魔委员会登记在册驱魔师，拥有天地脉沟通资质并登记在册的应届考生。

另，本学院下设留学生部，详情请咨询招生办公室主任：轩何志老师。

招生电话：400-510-510。

出成绩那天早上，江鸿炸成了天际最灿烂的一朵烟花。

"我居然考上了！哈哈哈哈哈！妈！爸！我考上重点大学了——！妈！快去庙里还愿啊！"

江鸿怎么也想不到，自己的成绩居然高出了录取线14分！足足14分！江鸿激动得光着脚就往外跑，冲出家门，找到正在小区里打麻将的妈，江母则吓了一跳，和了个杠上开花，简直是双喜临门。

母子二人急急忙忙打了车，江母先去庙里还愿，再一起往江父的单位赶，江父听到消息后，当场会也不开了，开了瓶香槟，崩掉了天花板上的灯泡。一家三口像疯子一般抱头痛哭，喜极而泣，又急急忙忙分头去通知亲朋好友，预订庆祝酒席。

江鸿把自己查分的页面看了又看，有种终于完成任务的释怀感。

人生十八年，这一刻令他真切感受到无比轻松，过往告一段落，即将打开新的篇章。

他从小生长在不缺爱的家庭里，是个幸福的小孩儿，父母与爷爷奶奶朝他倾注了海量的关怀，懵懵懂懂的小江鸿从上托儿所的那天起，吃穿用度就一律不缺。

他也懂事并可爱，而因他的到来，父亲的事业更有了突飞猛进的发展，成为一名小有成就的地区小老板。他从小兴趣广泛，看见好玩的都想学想尝试，父母也乐得让他去逐一品尝这个丰富广袤世界的乐趣，于是乐器、运动、书籍……江鸿样样都学了些，却又无一项精通。

没关系，重在体验嘛。父母如此安慰自己。江鸿也乐观旷达，懂事而争气，每天打打篮球，玩玩游戏。成绩一直不好不坏，排在班级中游，偶尔因为沉迷游戏而下滑到垫底，爸妈也很看得开，没有过多责备。

营养充足的江鸿长到了接近一米八，十分帅气，性格阳光，和谁都聊得来。但社会的毒打不会因为脸好看就下手轻，第一轮毒打在他十七岁时准时来到——作为一个爱玩且乐天的白羊座，江鸿直到升学之际接受班主任的轮番轰炸，才开始后知后觉地慌了神，然而为时已晚，且天赋有限，绞尽脑汁，他也只堪堪摸到大学录取线的边缘。江鸿的爸妈倒是很相信命，一切天注定，该怎么样就怎么样好了。

当然，在儿子面前不能这么说，江父的解释是："学习是自己的事，也是一生的事，尽人事听天命就行，以后回家接手爸爸的公司也可以，不要有太大压力。"

比起被卷成一块煎饼馃子，江父更愿儿子有快乐的人生。

于是无忧无虑的江鸿一边接受父亲的开导，一边又被班主任反复鞭笞，时常觉得精神分裂，最后在这隐隐的焦虑感驱使之下，痛下决心，发愤图强了整整一学年，终于得到了一个皆大欢喜的结果。

江鸿父母先前根据庙里老法师的推荐，以及算命得出的结果，在几家学校里，为儿子选择了兴北科技大学的机械电子工程专业，理由是家里开了一家小公司，儿子学这个专业正好对口，可以回来继承家业。

"这个学校很好，"江父说，"是一所国家重点扶持的大学，校园在南岭风景区里边，今年机械类专业还特地降了分。"

"好，好。"江鸿对专业没有太多意见，从小他就喜欢车辆和机械感十足的玩具，本来今年已做好了复读的打算，没想到一次通过了！

江鸿当晚辗转反侧，心情久久不能平静，自己这个差生，居然考上了重点大学，他已开始期待起大学生活了。

"对了，"江父临睡前又问，"你的同桌考了多少分？"

江鸿笑着答道："哦，他上燕大了。"

天外有天，人外有人，父子俩忽然意识到了什么，在这突如其来的打击面前沉默了几秒，但很快就恢复了笑容——人生只要知足常乐嘛，要和自己比，江鸿看得很开，他已经做到最好，目前对自己很满意了。

江鸿想到父亲承诺过，如果考上重点大学就给他买一辆车，这样就可以自驾到处去玩。大学啊！大学！全新的生活即将开始，想到这个，他就憧憬得睡不着。

两个月的暑假眨眼过去，江鸿如愿以偿地收到了兴北科大的录取通知书。父母给了他一笔钱，用以购置开始新生活所必需的衣服、生活用品，江鸿穿了一身很潮的板仔裤，拖着行李箱，被父亲送到了机场。

美中不足的是，学校在录取通知书中附上了入学须知与军训日程，特地叮嘱：第一年新生入学，强烈"不"建议家长送学。

"我可以的。"江鸿虽然从小生长在不缺吃穿的家庭，却也能做到基本自立，洗几件衣服、入住个寝室，大可以自行操作。

"去了一定要和寝室同学搞好关系，"江父与江母千叮咛万嘱咐，"学校不是家里，老师也不是爸妈，不会宠着你。"

"知道啦。"江鸿亲了下母亲，又与父亲拥抱，向双亲挥手，过安检，登机，飞向了他新生活的目的地——兴安市。

江鸿望向飞机舷窗外的景色，想起了自己十八年的人生，并为即将抵达的未来而生出了小紧张与兴奋。降落时，机场外停着一辆考斯特，车身上贴着"欢迎兴北科技大学新生入学"的字样。

"是新生吗？"开车的人是个身穿西服、精神很好的老太太，朝江鸿问道。

"对对。"江鸿放了行李，老太太又说："我看看录取通知书？"

江鸿与她核对了录取通知书，来前他在网站上填了一份申请表，包括是否需要接机、住宿与室友要求、饮食忌口等十分详细的选项，不得不说这个大学实在人人性化了，让新生简直如沐春风。

"上车随便坐吧。"老太太随口道。

江鸿刚上车，考斯特就关了车门，开车走了。

"啊？只有我一个人吗？"江鸿说。

"对呀，"老太太笑吟吟地说，"今天只有你要接送。"

"这一届有多少人？"江鸿只觉她太辛苦了，完全可以多等几个航班再一次拉过去吧。

"两百多人？"老太太说，"记不得喽。"

"才这么点儿吗？！"江鸿以为自己听错了。

"那要问校长他们。"老太太甩了个大弯，江鸿整个人贴在了车窗上。

"哎呀您……"江鸿本想说"您慢点儿"，然而看那老太太开车的架势，一路风驰电掣，瞬间只觉得保命要紧，火速系好了安全带。

学生贵精不贵多嘛——江鸿如此安慰自己，但两百多人也太少了，连一个系的新生人数都不够，怎么也不像个重点大学的排场。

但很快，江鸿就被初秋南岭绝美的景色吸引了注意力，考斯特开上了前往学校的高速，穿过绵延的丘陵后拐下高速出口，进入盘山公路，一道玉带般的靛青色河流在山谷中蜿蜒，车窗两侧则是漫山遍野的银杏与枫林，其中夹杂着松柏，金黄色、淡红色与青色混合在一起，天空则如水洗过的蓝，河水仿佛从地面流向山谷尽头的天际。

就像电脑桌面一般，景色实在太美了！江鸿不自觉地赞叹道。

等等，这景色怎么还有点儿高斯模糊？

江鸿以为自己看花了眼，却忽然意识到老太太把考斯特开出了一道残影……

"阿姨，奶奶！"江鸿紧紧抓着座椅靠背，大喊道，"您超速了啊！"

"没有没有——"老太太悠闲地说，"这是正常现象，每次进山都会有的。"

江鸿："嗯？"

突然间车窗外的景色又恢复郁郁葱葱的南岭森林，模糊的景观刹那间消失了。

江鸿莫名其妙，只见他们的车拐上一个岔路口，犹如动画片《千与千寻》中通往秘境的道路，道路两侧各出现了一排整整齐齐的石敢当，紧接着是龙、凤凰、麒麟以及奇形怪状的动物雕塑。

"哇，这是什么？"江鸿自言自语道。

夕阳照进森林里，将林中万物染成了紫红色，江鸿看来看去，又觉得眼前一花，前方道路两侧的榉树，怎么好像在往两边让开？！

他定了定神，挠挠头，树林仿佛又恢复了原状。整条路上只有他们这一辆车，天渐渐黑了下来，气氛简直说不出来诡异。

"这这这……"江鸿抓着椅背，心里有点儿发毛，"咱们还没到吗，阿姨？"

"马上到啦,马上!"那老太太说。

天色渐黑,考斯特打开车灯,两道惨白的灯光唰地照了出去。

江鸿瞬间背脊汗毛倒竖,仿佛自己进了恐怖片!他打开手机,发现已经没信号了。紧接着,考斯特一个漂移,老太太将方向盘一把打死,同时开车门。"到啦!"老太太说,"祝你入学愉快!"

江鸿:"……"

江鸿险些被甩出去,屁滚尿流地下了车,发现自己站在一块巨大的石碑前,石碑上写着"苍穹大学"。一旁以微不可察的小字,歪歪扭扭地刻着:兴北科技大学。

江鸿左右看看,石碑前一条路,通往远处的铁门。

"等等!"江鸿正要转头,送他来的考斯特已经开走了。

一抹残阳如血,照在石碑上,金字熠熠生辉,四面八方簇拥着诡异的榉树,榉树下一条道通往黑暗的未知,在那黑暗中,仿佛有无数扭曲的鬼魂潜伏,正张牙舞爪,虎视眈眈地看着自己。

在这短短的半天里,江鸿的心里经历了从兴奋到紧张,到担忧,接着慌张,再是战栗,最后是恐惧的整个过程。

三秒后,江鸿大喊道:"有人吗——?!这是什么鬼地方啊啊啊啊——!"

夕阳已完全沉下去了,丛山的影子覆上南岭山脚下的森林,只剩下一点点微弱的天光,路上没有路灯。

江鸿整个人都要炸了,喊了几声,然而并没有人回应,站在路边也不是办法,他拖上行李箱,朝唯一的小路上走。

"有人吗?!"江鸿开始后悔自己填报了这个大学了,他想拍照,奈何闪光灯一开,四周景色更吓人了。他战战兢兢地一路往前,并东张西望,手机不仅没信号,还快没电了。

前方传来铁门碰撞的声响,有人!

江鸿犹如得救了一般,飞也似的朝前冲去,喊道:"这里有人,这里有人!"

到得近前,却看见山风阵阵,吹着树枝,不时敲在一个铁门上,那景象更令人毛骨悚然。

江鸿壮着胆,推了下铁门,生锈的门发出"吱呀"一声,门后仿佛有什么东西正在四下逃窜。

不远不近之处,"滴答""滴答"的滴水声不知从什么时候开始响了起来,江鸿走进铁门内,面前则是一排破旧的厂房,厂房尽头侧墙上,钉着一盏白炽灯,灯泡一闪一闪的。

江鸿："……"

江鸿就像进了一个山村凶杀恐怖片的片场，死死攥紧了手机。

"有人吗……"江鸿的声音不自觉地小了些，带着恐惧与哀求。

他转过侧墙，面前则是一个空旷的黑暗操场，远处几栋藏身于黑暗中的房屋，没有灯火。山里昼夜温差极大，太阳一下山，登时冷了下来，阴风阵阵，让江鸿直发抖。

那是什么？是什么来着？江鸿靠近些许，是墓碑吗？是墓碑！

操场上一排排的石碑，江鸿不敢再走近了，这究竟是个什么地方啊？！

他终于忍无可忍了，喊道："有人吗——我要回家——！"

他拿着手机开了照明模式，听见"呜呜"的风声，很远的地方，又有隐隐约约的歌声，然而这留声机般的歌声怎么听怎么瘆人。

"……我若是失去了你……就像那风雨里的玫瑰……"

那那那……那里应该有人吧……

江鸿沿小路走出操场的一刻，仿佛觉得有什么在摸自己的后颈。

"哇啊——！"江鸿马上回头，发现背后站着个人。

"啊啊啊——"江鸿狂叫起来，手机电量用尽，灭了。

江鸿拖着行李箱，开始狂奔起来，倏然间一头撞在了一个人的身上，那人马上锁住了他的手腕，拉住了他。

江鸿顿时魂飞魄散："啊——！"

"等等！"

"你是谁？！你干什么？！"江鸿崩溃地大吼道。

"站住！冷静！是我！"那是个男生，他朝江鸿喝道。

江鸿转身要跑，男生一把抓住了他的手臂，他的手掌是温热的，江鸿终于没那么害怕了。

"是你。"男生低声道，见江鸿没有再跑，便自然而然地放开了他的手。

江鸿呼哧呼哧地喘气，摆摆手，刚才那一瞬间，他怀疑自己的心跳突破了两百。喘了好一会儿，他才抬头看面前这人，只见对方穿着深色的运动裤、一件黑色修身的长袖T恤，身材修长而肩膀宽阔，头发略长，半遮住了眉，是以在树林里没辨认出来。

"这是……什么地方？"江鸿上气不接下气地说，"真的是学校吗？怎么还有坟地？"

男生："……"

男生低头看他,江鸿总算回过神来了,转头打量四周,男生示意他跟随自己,带他走到有光的地方。

月亮升起来了,月照中天,操场在月光下呈现出另一个模样。

江鸿看清了那男生的脸,他的皮肤很好,头发带着轻微的自然卷,五官精致,眉毛浓黑,鼻梁高挺,身上有种冷淡却令人想亲近的气质。

"你说的是这个?"男生示意他看。

"啊……"江鸿转头,面朝操场,这下他看清楚了,操场中央是被分割出的花田,每一块花田里种着蓝白色的小花,旁边竖着一块块木牌,字迹看不清楚,但想必是划分了班级归属。

今晚是个满月夜,月光之下,花朵犹如也在散发荧光一般,萤火虫飞来飞去,实在是太美了!

"哦是花圃啊,"江鸿说,"把我给吓的……"江鸿有点儿尴尬,朝那男生笑了起来。

"你叫江鸿。"男生说。

"你怎么知道?"江鸿吃了一惊,没想到素未谋面的人,竟会在此时此刻叫出自己的名字。

男生说:"我叫陆修,记住我的名字,陆修。我是你的学长,来接你的。"

"原来我没跑错地方。"江鸿心有余悸地说,并快活地笑了几声。陆修却没有笑,眼神带着无奈盯着他看,江鸿想与他握个手却觉得太正式了,拥抱的话更奇怪,最后拍了下他的手臂。

月光洒下来后,这所学校仿佛变了个模样,厂房、操场、广阔的花圃,甚至树林,都仿佛在发着光,一切都笼罩在一层温柔的光里。风轻轻地吹着,他们站在花田尽头,陆修以手指轻微拨了下自己的额发,再看江鸿,发现江鸿还在打量他,两人视线一碰,江鸿被四周的景色吸引了注意力,转过头去看着花田。

"今晚的月色很好。"陆修道。

江鸿情不自禁地说:"风也吹得人很舒服。"

陆修帮江鸿拉着行李箱,走在前面,江鸿跟在后头东张西望。

"哦原来是晾的衣服啊。"江鸿看见树林里那一排"人",原来是职工晾的衣服。

陆修解释道:"这是学校后门,平时走的人不多。"

"学……学长。"江鸿注意到陆修另一只空着的手,一直在不受控制地抖。

陆修:"嗯?"

陆修飞快地一瞥江鸿,江鸿说:"你的手,没事吧?"

陆修也注意到了，马上把手揣进衣兜里，说："没关系。"

"你身上全湿了……"江鸿说，"你……刚游完泳吗？还是生病了在出汗？"

"……"

转出树林，江鸿总算看见正常的学生宿舍了，虽然还有点儿远，宿舍在山坡上，那里有了稀稀拉拉的灯火，面前还有个很大的湖，湖的另一边则是个体育馆。

"宿舍关门了，"陆修低头按了下智能手表，说，"现在进不去，去我们协会的休息室吧。"

"这么晚了？"江鸿记得抵达学校后门时才八点。

陆修绕到体育馆后面，那里是栋三层的学生活动中心，楼不高，却很狭长。江鸿跟随他走了一会儿，陆修开密码门锁，打开了其中一扇门，开灯。

里面是个宽敞的木地板训练场，场边还挂着雪白的西洋剑服。

"学长，这是你的社团吗？"江鸿心道这学校还蛮有钱嘛，还有西洋剑协会。

"叫我名字就行。"陆修道，"我学击剑，到这里来。"

陆修推开一扇门，见江鸿很好奇，便站着等了一会儿，江鸿想拿起一把剑，看了陆修一眼，陆修说："第二把剑是我的。"

江鸿便拿起一把佩剑，挥了几下，放回去，见护手盘上刻着"修"字。

"你想加入的话，填申请表就可以了。"陆修说，"不过学校社团很多，不一定要选这个。"

哦……应当是练剑练的，手会抖吗？

江鸿跟着陆修进了一个小房间，那里是个休息室，里面有几张床。

"那里头可以洗澡。"陆修示意道，"柜子里有零食和速食。"

"谢谢学长。"江鸿乖巧地说，赶紧先拿手机充电。

"叫我名字。"陆修再次提醒道，他似乎不太喜欢被叫"学长"。江鸿马上点头，更正道："谢谢你，陆修。"

他本以为陆修带他来了社团休息室以后，便会离开，却没想到陆修自己在另一张床上躺下了。

"学……陆修，你忙的话可以不用管我。"江鸿充上电，还没有开机，主动道。

"宿舍关门了，"陆修随口道，"我也回不去。"

"太麻烦您……太麻烦你了。"江鸿有点儿心虚。

陆修没有回答，只躺在床上出神。

江鸿总觉得这个学长冷淡，却又还算好说话，仿佛陆修是个本性难以亲近的人，却因为被摊派到要带自己这个新生，而努力地让自己显得热情一点儿。

手机总算开机了，谢天谢地，学校里有信号。江鸿给担忧的父母回复了信息，去洗了个澡，穿着宽松短裤、拖鞋，头发湿漉漉的，坐在床边看手机。眼角余光瞥见陆修起身，翻出两盒速食炒面，马上道："我去接水吧。"

陆修示意不用，走出去接热水，江鸿从门里朝外看，见他站在热水箱前的侧脸，这会儿江鸿算是认真注意到陆修的长相了，心道这学长真的好帅，换在江鸿的高中，陆修妥妥是个校草——走在路上都会被偷拍的那种。

他刚拿起手机想拍陆修的侧面，陆修便注意到他的动作，朝江鸿望过来。

"我妈问我和谁在一起。"江鸿问，"可以吗？"

陆修点了点头，配合地稍转过头，江鸿拍了张照片给他父母汇报。

陆修回来，递给他一碗炒面，两人沉默地吃了，其间江鸿想和陆修主动套套近乎，却找不到话题，对江鸿这种话痨而言，沉默是可耻的。

于是他试着"尬聊"道："学……陆修，你长这么帅，应该有女朋友了吧？"

陆修："……"

江鸿的"尬聊"非常毁个人形象，毕竟第一次见面没多久就聊这种事显得冒犯，不过这种社交开场白尚属可以忍受。

"没有的话呢？"陆修完全不按常理出牌。

江鸿心道：啊，还可以这样回答的吗？那我该怎么继续聊呢？

江鸿只得干笑几声，说道："咱们学校的漂亮学姐多吗？"

"不多，"陆修冷冷道，"所以我没有女朋友。"

江鸿："呃……对不起，我这人一紧张就喜欢胡说八道，你别当真。"

陆修脸色稍稍缓和了下来，打量江鸿两眼，江鸿还想再说几句补救下，陆修却没有给他这个机会，起身径自去洗澡。

浴室里水声响起，隔间只有一道帘子，江鸿顺势躺上床去，从休息室的这个角落恰好能看见陆修帘子下的小腿，他似乎在小腿上文了点儿什么图案。

好酷，还有文身。江鸿心想，不过他没有多看，开始玩手机。

片刻后陆修擦拭着半湿的头发出来，赤裸上身，坐在床边，找了件短袖T恤穿，江鸿却已经睡着了。

陆修注视江鸿熟睡的脸片刻，为他拉上薄被，关灯，躺到另一张床上。

黑暗中，休息室内传来陆修很轻很轻的一声叹息。

初晨阳光照在江鸿脸上，他睁开眼，看见了陆修的脸。

"起床了。"陆修还带着初醒时的困顿，头发也有点儿乱。

江鸿却睡得很好,打了个哈欠,一个鲤鱼打挺坐起来。

"学……陆修,昨夜没睡好吗?"江鸿说。

"习惯了,"陆修已换了件兜帽卫衣,答道,"睡得不踏实。去洗漱,带你去吃早餐,然后报到。"

这哪里是学长?简直是个保姆!不过江鸿在家的时光从来也是这样,父母向来给他最好的,事无巨细,悉心操办,早已经习惯了。

说什么"同学不是你爹妈"——明明就是嘛,学长还给他买来牙刷毛巾,等他洗漱,江鸿已经迫不及待,要加入这个温暖的大家庭了!

清晨的击剑社团已有三三两两的学生在训练,见陆修与江鸿从休息室里走出来时,瞬间一片寂静,众人的目光都有点儿诡异。

"早上好啊。"江鸿不认识他们,但自来熟的他一向很开朗。

队员们摘下面罩,注视陆修与江鸿,目光里是说不出的震惊与好奇。

"走。"陆修看也不看队友们。

江鸿:"……"

江鸿觉得很奇怪,但他识趣地没有多问,只是心想,陆修和队友们关系不好吗?

太阳升起来了,整个学校活了过来,江鸿走出社团部时,在心里"哇"了一声,这个学院确实很美,两面环山,一面临水,北、西两向是绵延不绝的南岭,秋高气爽,远远地还能看到雪山顶上的奶盖……不,雪顶。

也许是还未正式开学,校园里学生不多,穿着也大多数挺潮,校道上没有穿梭来去的自行车,似乎很流行滑板,偶尔看见几个飞速而过的高年级男生,都踩着滑板,背个腰包来来去去。

但更诡异的事情发生了。

走路的、踩滑板的、站在树下聊天的学生,无论男女,看见陆修与江鸿走在一起时,都停下了动作,朝他俩望来,眼神带着相似的好奇。

"这学校景色真好啊,"江鸿由衷地赞叹道,"气候也很宜人。"

"嗯。"陆修漫不经心地说。

"宿舍在哪里呢?"江鸿东张西望,还朝路人甲乙丙丁挥手,没有人回应。

随着投向他们的静谧目光越来越多,江鸿觉得有点儿不太自在了。

"山上。"陆修冷静地说,"待会儿你会去的。"

陆修忽然停下脚步,站定,冷冷道:"看什么?"

江鸿吓了一跳,却发现陆修是朝路边那些打量他俩的人说的,注视他们的学长与学姐一与陆修对视,马上就转过头去,假装若无其事。

陆修无声地动了动温润的嘴唇，却不像在骂脏话，仿佛带着少许喉音的"嘘卡"声。

不远处的人们各自走了。

江鸿："说什么？"

"没什么。"陆修又自若道，"现在带你去食堂。"

"学校的零环是行政大楼，一环是食堂和学生会，二环是教学楼，三环是学生宿舍，四环是操场和社团活动中心，五环是护城河、山、围墙、旧工厂。"陆修带着江鸿上了一座小矮坡的半山腰，视野开阔了少许，江鸿拖着行李箱，不免有点儿喘，看见了陆修说的建筑。

"这么大的学校，一年才招两百多个人？"江鸿难以置信道。

"那要问校长。"陆修答道。

江鸿觉得这学校已经快和一座古代园林差不多大了。接近两公里外，一座中式建筑物屹立于整个学园的正中央，全木质结构，共有九层，雕梁画栋，层层叠叠，红色柱子与墨绿色的琉璃瓦辉映在灿烂的阳光之下，哇！简直是——说不出地违和。

就像在满是现代建筑物的学校里，强行塞进了一座电影里的仿古宫殿，不知为何，江鸿总觉得仿佛只要给宫殿底部装上发动机，这奇怪的巨型建筑物就会变成高达升空飞走。

"学校怎么有点儿像……"江鸿自言自语道。

"嗯，太极阵。"陆修难得地多说了句话，"中央区太极，外区是河图与洛书的叠加，你看出来了？"

"啊不，"江鸿尴尬道，"我只是觉得像座庙。"

走近了看，教学楼的建筑也很有特色，每一栋楼都有自己的风格，融合了汉、唐、清、民国以及现代元素的建筑物外墙上，还绘了不少漂亮的壁画。

陆修带江鸿穿过教学楼区，抵达食堂，食堂分了十二个用餐区，每个餐区十分宽敞，还挂着细分招牌：无牛区、无鸡区、无猪区、无羊区、无鱼区、素食区等等。

江鸿："嗯？"

江鸿长这么大，第一次看见饮食忌口分得这么细的食堂。

陆修示意江鸿，意思是有什么不吃的。江鸿摆摆手，陆修便用自己的饭卡给两人打了早餐，伙食很好，咖啡与茶任选，西式炒蛋、煎薯饼，还搭配了一碗油泼面。

江鸿看出陆修不爱说话，便没有再与他"尬聊"，两人沉默地吃完了早餐。其间偌大的空旷食堂里来了几名晚起的高年级男生，看见江鸿与陆修坐在一起时，纷纷投来好奇的目光。

江鸿注意到了，一路上全是这样的眼神，他刚入学，不可能有人针对自己，那么自然是针对陆修的了。

但他没有随意打听，只假装若无其事。

"早饭多少钱，我转给你吧，学长？"江鸿掏出手机。

"不用。"陆修冷淡地说。

江鸿答道："那等我办好饭卡请你吃饭。"

陆修没有回答，片刻后他忽然抬头，扫视食堂内一眼，原先几名盯着他们看的学生马上各自低下头去，开始吃饭。

"吃完就走。"陆修沉声道，随手收了餐盘，与江鸿起身离开。

江鸿的好奇心简直突破了顶点——陆修是不是惹了什么事？

但他挺喜欢这名话不多的学长，陆修对他很好，虽然表现得冷淡，却看得出他在大学里交的第一个朋友正在力所能及地关心他。

"到了。"陆修把江鸿带到行政大楼，也即那座九层高的唐式重叠宫殿前，宫殿正门外牌匾高悬，以楷书写就"不动明光"四字。

江鸿："……"

这大学实在是太诡异了啊！哪儿有行政大楼门口写这种题词的？！这明显横看竖看都是座庙吧！因为学校阴气太重，所以要在中心点建座庙来镇邪吗？江鸿在内心默默地吐槽，并想起了不少校园鬼故事传说。

陆修示意江鸿进去，按了电梯，前往第三层，电梯内女声报楼层："三楼，教务处。"

江鸿从三楼的栏杆往外看，行政大楼虽然只有九层，却每层都做了挑高处理，自己所在的位置足有居民楼七到八楼高，这会儿他看出来了——行政大楼确实仿太极图中央圈布局，但太极的阴、阳两区中，只有阳区建了楼，而阴区是一个巨大的湖，湖中种了不少莲花。

虽然这么看出去一样地心旷神怡，这学校的气氛却让他觉得越来越诡异。

"到了。"陆修把江鸿带到"新生报到处"门外，说，"你进去报到吧。"

"谢谢。"江鸿忙道。

新生报到处有一张办公桌，桌后一张转椅，转椅上半躺着一个人，穿着黑西服，两脚搁在桌上，脸上盖着一本《富爸爸穷爸爸》，正在睡觉。

正面墙上挂着龙飞凤舞的草书：时光无涯，唯心灯万古如昼永存。

左右两侧还挂了几幅绚丽的坛城唐卡。

"那个……您好？"江鸿走近少许，"老师好。"

"老师……好。"江鸿凑到那男人耳畔，极小声道。

男人还在睡。

陆修原本站在报到处外走廊里，面朝外发呆，闻声朝里看了一眼，转过身，做了个口型，发出了不明显的喉音。

江鸿仿佛感受到一阵气浪袭来，耳畔响起"轰"的一声，犹如什么无形的力量从自己身前冲了过去。

"轩老师！"陆修冷喝道。

那男人脸上的书顿时被掀飞了出去，整个人吓了一大跳，脚下一滑，"哗啦"倒在了办公桌后。

"啊！啊！！怎么了？！"男人惊醒，怒吼道。

"啊！"江鸿也被吓得不轻，刚才那是什么？一阵狂风？

"轩老师，新生报到。"陆修在门外沉声道，顺手关上了办公室的门。

那男人一脸睡眼惺忪，从地上爬起来，江鸿赶紧伸手拉他，轩老师勉强坐正，点点头，捡起地上的书。

"刚才怎么了？"江鸿惊魂未定。

"没事，没事。"那男人勉强定了定神，看了江鸿一眼，自言自语道，"哦……新生报到，对，对，也该来了。"

江鸿一脸尴尬地站着，男人说："我是轩何志老师，你叫什么名字？"

轩何志抬头，与江鸿对视，两人都怔了一怔，江鸿心想，哇，这老师也好帅。轩何志浓眉大眼的，一脸正气，还很年轻，不到三十岁，长着一张教导主任的脸。

"江鸿。"江鸿拿出录取通知书。

"哦，哦。"轩何志算是醒了，解释道，"今天本来不是我值班，吴老师出差去了，来，我帮你办……入学手续。嗯，江鸿，江鸿，我看看。"

轩何志先是在电脑上输入江鸿名字。

"找到了。"轩何志说，"很好，沧海遗珠啊，沧海遗珠……"

江鸿："嗯？"

轩何志又抬头打量他，笑了笑："长得还挺帅的小伙子。"

"啊。"江鸿的脸红了。

江鸿忙谦虚道："没有没有，陆修学长更帅。"心想：咦，我为什么要这么回答？

"那是咱们学校的校草。"轩何志说，"那小子不是人，不能和他比，你长得这么帅已经很了不起了。"

"哈哈哈哈。"江鸿没想到轩何志会这么说，答道，"您真幽默。"

"唔。"轩何志对比照片，确认江鸿的身份，说，"山城人，是吧，哦，是陆修主动申请来照顾你的，嗯，哦，原来是你啊，他等了你很久了……"

"什么？"江鸿没听清楚，莫名其妙道，"不是啊，我们昨天晚上刚认识。"

"哦，好的。不能打听学生个人隐私，嗯……"

轩何志嘴里念念有词，起身，去一旁的柜子里翻档案，找到江鸿的资料，取出他的成绩单。

"文化课不错嘛。"轩何志看了眼，把录取通知书盖了章，放在一起。

江鸿："惭愧惭愧。"心想：我又不是特长生，当然只学文化课吧？

轩何志写了张新生报到的条子，说："凭条子去领一卡通、宿舍钥匙、名牌，都给你分好了，陆修会一直照顾你，有不明白的找他问就行。"

"谢谢老师。"江鸿乖巧道，心想，这是什么特别的社会实践吗？也许带带师弟入学，能得点儿学分？

江鸿关上门出来，轩何志又漫不经心地开始看《富爸爸穷爸爸》，陆修则等在走廊里，看见条子，便不发一语，带他去领饭卡、寝室钥匙，前往寝室的路上，又带他路过学校超市，买了点儿生活必需品，超市里还有不少进口商品。

"网购会送到山下的村里，开学后每天傍晚一次，送到宿舍楼下，学校统一分发。"陆修说，"加我微信，我把收货地址发你。"

江鸿刚抵达兴安，还想出去玩几圈，问："学校怎么出去啊？"

"半小时一班车，"陆修说，"正门、侧门有站牌，侧门半点，后门整点。到了，这里是你的宿舍。"

江鸿抬头，看着面前的宿舍楼，冷冷清清，还没人入住。

陆修加了他微信，带他进电梯，送他到宿舍门口。

"谢谢学长。"江鸿再次乖巧道。

陆修看了眼宿舍的门，犹豫片刻，似乎也意识到自己带江鸿这一路上，也许会给他招来不必要的麻烦。

"带你进去？"陆修问。

"不用了，"江鸿说，"太麻烦你了。"

"那我不陪你了。"陆修说，"有事微信叫我。"

"我晚上请你吃饭吧？"江鸿忙道。

"等你忙完再说。"陆修头也不回地走了，却没有搭电梯，而是两手揣在卫衣兜里，快步下了楼梯。

江鸿站了一会儿，从走廊望出去，看见楼下陆修离开的背影。

江鸿朝他吹了声口哨，陆修停下脚步，有点儿迟疑。

"师兄！"江鸿想起轩何志说的，便这么喊了他一声。

陆修转头，从楼下朝九楼眺望。

"谢谢你啊！"江鸿潇洒地朝他打了个招呼，总的来说，入学还是挺愉快的。

他掏出钥匙，打开了宿舍门，推开，看见了一个垃圾堆，以及一名打着赤膊、只穿黑色长裤、满背汗水弓身打扫的青年男子，和垃圾堆里一只断掉的手。

江鸿："……"

那人停下动作，朝他望来。

"你……好。"江鸿看了一眼就炸了，"我的妈呀！这个寝室为什么这么脏？！发生了什么？！碎尸案吗？！"

十分钟后，江鸿五官变形地提着一只假手，与那名室友面面相觑。

"我叫金。"室友说。

"我叫江鸿。"江鸿指指床上自己的蓝色名牌，两人这就算认识了。

"上一批住这寝室的学长是医学系的，"金解释道，"这是他们练习针灸用的模型。我来我来！你休息吧！"

"一起吧。"江鸿开始和他抢那只假手。

"我来就行。"金再三强调，"你歇着你歇着。"

"不不不，"江鸿说，"我妈说了，哦，不，搞卫生是分内事……"

"我爸说了，重活儿不能让朋友做……"

两人都想与对方搞好关系，江鸿死死握着那只假手，金最后只得让步，让他干点儿轻活儿。

金的个头很高，将近一米九，体态矫健，一身肌肉却恰到好处，丝毫没有大块头肌肉男的威慑力，雄性气场很强，一头自然微卷的头发，脸上还带着胡楂，给人的感觉却是温和可靠的。

江鸿去洗手间打水，试了下热水器，这寝室里设施几乎一应俱全，有空调、电扇、单独的洗手间且干湿分离。

每个人有单独的书桌与床，并非上铺下桌的格局，角落里还有休憩区与电视柜，当然，电视机需要自己买。

学校居然这么大方，给大一学生住宿的条件也极好。

"可以买洗衣机吗？"江鸿爬上去拆窗帘，准备手洗。

"不行，"金说，"没有排水孔，不过楼下有洗衣房。哎，小心！"

江鸿站在窗台上,金马上从身后托着他的腰,江鸿差点儿大叫起来,他滑了一下,顿时被金拦腰抱起。

金:"……"

江鸿:"……"

两人四目相觑,突然门口传来"喀"的一声。

江鸿与金同时转头,看见一名瘦高的白皙男生,戴着眼镜,厚刘海挡住了眉毛,穿着黑色衬衣。

"呃。"那男生面无表情,观察被金接住的江鸿。

江鸿与金马上分开,表情诡异。

"嗨。"男生说。

"嗨。"江鸿尴尬地道。

男生拖着行李箱进了寝室,把放在自己床上那只假手拿起来,看了看,扔在空床上。

"抱歉,"江鸿马上道,"我们在打扫卫生。"

男生示意无妨,吹了口桌上的灰,左右看看,名牌是刚挂上去的,与江鸿在同一侧,颜色一样都是蓝色的,上面有他的名字:张锡廷。

江鸿又注意到金那边床铺的名牌,连同另一名没来的室友,底色是红色的,为什么还要分颜色?

"我来帮忙,"张锡廷问,"要做什么?"

金又道:"你休息吧。长途跋涉,挺累的。"

"你帮我拆过滤网吧。"江鸿马上说。

张锡廷简单一点头,便一个飞身上桌,去拆了空调过滤网水洗。

这群室友身手怎么都这么好?一个个飞檐走壁的……江鸿心想。

张锡廷来了以后,金和江鸿反而都不说话了,气氛变得尴尬起来。

"你们忙你们的,"张锡廷用眼角余光扫视江鸿与金二人,"不用管我。"

"呃,我到楼下买去污粉。"江鸿说。

"好。"金说,"需要钱吗?我这里有现金。"

江鸿摆摆手,快步下楼去。

寝室内,江鸿离开之后,张锡廷与金始终没有交谈,各自默默地打扫卫生,气氛仿佛带着少许紧张感,犹如将两只猛兽扔进了一个笼子里。

"我把垃圾拿下去扔了,"金说,"搭把手。"

张锡廷头也不回,打了个响指,寝室内装满垃圾的纸箱依次凌空升起,堆叠,金抱住其中一个，另外四个飞过来，叠放在第一个上。

金皱眉道："除了实践课，不能在校内外用法术。"

张锡廷："这不是还没开学吗？寝室里怕什么。"

金没再说什么，抱着垃圾纸箱，转身出门。

"喂，狮子。"张锡廷忽然又喊住了金。

金转头，扬眉示意。

张锡廷说："不要欺负那小孩儿。"

金的脸色瞬间变了，发出野兽般的喉音，仿佛想过来找张锡廷麻烦。

"你哪只眼看见我欺负他了？"金克制着怒火。

"只是提醒一声。"张锡廷转身面朝金，推了下眼镜，注视着他，互相打量一番。

金走了快五百米，找到垃圾的指定堆放处，恰好江鸿买到去污粉回来了。

江鸿从宿舍走到超市，再走回宿舍这一路上，感觉这学校越来越诡异了，却说不出诡异在哪儿，一切都如此静谧，路上也有学生，但不知为什么，总让人觉得不对劲。他左看右看，幸好又见了赤裸上身的金，想必他经常这样晒太阳，皮肤已有点儿深小麦色。

两人点了点头，默默地走到一起。

"你是哪儿来的？"金问。

"山城。"江鸿说，"你呢？"

"好地方啊，"金说，"我去过。家母克什米尔人，我随我爸入籍，家在雍凉定居。"

"啊，"江鸿说，"你去山城玩吗？"

"看演出。"金说，"亲戚在马戏团里表演。"

江鸿点了点头，金的体格强壮高瘦，面部却看不出混血的特征，除了头发像稍烫过，肤色、身材就是健壮的汉族大男生。

"你是不是……"江鸿说。

"你……"金也同时说。

两人尴尬沉默，江鸿道："你先说。"

"你先说。"金忙道。

江鸿挠挠头，忍不住说："你是不是有点儿紧张？"

"对。"金被阳光晒得表情有点儿扭曲，带着尴尬的笑。

江鸿蓦然爆发出一阵大笑，金也跟着笑了起来，他理解了金的意思。

"我第一次自己离开家，和人打交道，"金说，"不免……很紧张。"

江鸿大笑起来，拍了下他满是汗的肩膀，说："我也是的，嗯，我也一直有点儿。"

金一手在江鸿背上轻轻拍了下,说:"我在家里几乎没朋友。"

"啊哦——"江鸿懂了,确实这高个子给他的感觉不太懂人际交往。

"那你上学呢?"江鸿忍不住问。

"我爷爷教我读书识字。"金说,"去年11月他去世后,我报名今年考试,就被这边录取了。"

江鸿点了点头,说:"节哀顺变。"

金很自然地说:"早有心理准备,他又是寿终正寝,没什么。"

说着金随手一拈,江鸿只觉眼前一花,金就这样凌空不知道从哪儿拈来了一只蝴蝶,手指夹着蝴蝶递给江鸿。

江鸿伸手去接,再松开手指,蝴蝶便拍打翅膀,飞上蓝天。

"死去只是化茧成蝶。"江鸿想起了那个说法。

"对。"金笑了笑,他的笑容很俊朗,旋即搭着江鸿的肩膀,回了寝室。

寝室内已经整洁了不少,地板在江鸿离开的短短二十分钟里被洗得相当干净,整洁的瓷砖露出来后感觉凉快了不少,空调也打开了。

"啊——"江鸿擦洗完所有的书桌,心道终于搞定。

"贺简没来,"张锡廷弓身铺床,说道,"你不用帮他打扫,活儿让他自己做。"

"洗都洗了,举手之劳而已。"江鸿说,"你和金……你俩认识?"

江鸿转身时,注意到他与金似乎一直在观察自己,而张锡廷的眼神里,还带着少许疑惑。

张锡廷答道:"床边不是有名字吗?"

江鸿看了眼那个红色的名牌,点了点头,铺好床,开始放东西,他看见金的书桌上放了几本翻译版的小说、球星的手办。张锡廷的书桌上则是一台小巧的笔记本电脑、一个相框,相框里是他与一个女生的合影,相框旁还有一个动漫的手办。

江鸿自己带到学校的,是一个Switch掌机、一个蓝牙音箱,电脑打算过几天军训结束了再去买。

洗好烘干后的窗帘挂了上去,秋日阳光灿烂,整洁的男生宿舍玻璃窗擦得干净无比,投来午后的日光。金换了条运动短裤,躺在床上,腿太长了,只能架在床栏边睡午觉。

张锡廷打开电脑,开始打游戏。

江鸿注意到金和张锡廷从自己回寝室后,就没有说过话,气氛有点儿奇怪。

"你在玩什么?"江鸿凑过去,希望张锡廷不嫌自己烦。

"Dota。"张锡廷对江鸿倒不排斥,答道,"你玩吗?"

江鸿说:"玩,但打得很少。"

江鸿搬了张椅子,在张锡廷身边坐下,看他打游戏,张锡廷的反应实在太快了!唰唰唰几下就推掉了敌人的塔,手速、技术都是江鸿的好几倍。

"太强了!"江鸿发自内心地赞叹,张锡廷还能一心二用,边打边给江鸿解说,丝毫不嫌他啰唆。江鸿多看了两眼那个相框,张锡廷便仿佛知道他想问什么,说道:"我女朋友。"

"真漂亮啊。"江鸿说。

那女孩儿肤白貌美,穿着也很精致。

桌面上还有两个棋篓、一张折起的棋盘。

江鸿:"你会下围棋吗?"

张锡廷道:"你也会?"

江鸿:"会一点儿。"

张锡廷便不再打游戏了,说:"来来来,咱俩下一盘。"

江鸿硬着头皮上了:"我下得很烂……"

张锡廷:"可以!"

江鸿陪张锡廷下了一个小时的棋,张锡廷的技术很高超,但仍然隐隐地被江鸿压了一头。江鸿跟着厉害的老师学过,虽然跟专业的比还有差距,但与张锡廷比,却丝毫不落下风。

张锡廷不由得对江鸿刮目相看:"你这么厉害?!"

江鸿:"小时候学过……半吊子罢了,和专业的根本没法比,天外有天,人外有人啊。"

张锡廷赞同道:"说得对,天外有天,人外有人。"说着又叹了口气。

江鸿注意到金醒了,躺在床上看书,问道:"金,你在看什么?"

"《哈姆雷特》。"金把封皮朝江鸿扬了扬。

江鸿总觉得这两名室友有点儿火药味,为了让两位新朋友更相亲相爱一点儿,他提议道:"我饿了,要不咱们出去吃饭吧。"

这个提议同时给了两人一个台阶下,张锡廷合上笔记本电脑,换了件T恤,金也穿了件上衣,两人把江鸿夹在中间,下楼去食堂吃晚饭。

这一路上实在非常考验江鸿活跃气氛的能力,但哪怕在高中人称"暖场王"的他,面对这两名话不投机半句多的室友,也显得非常心有余而力不足。他先是朝张锡廷闲聊,再转头问金,在两人之间来回问话,像个夹在感情破裂的父母之间的小孩儿——

真是够了！一切为什么都这么诡异？！

总算打好晚饭坐下来时，江鸿收到了一条微信消息。

陆修：一切正常？

江鸿：挺好的，认识了两名新室友，都是很好相处的人呢，学长吃饭了吗？

陆修：有问题叫我。

江鸿注意到金与张锡廷都在看他，便拿着手机晃了晃，说："师兄在问我，你们有一对一的师兄吗？"

"是师姐，"张锡廷答道，"还没入学。"

金答道："有吧，我没找，怕给人添麻烦。"

两人也意识到了气氛似乎太紧张，于是张锡廷终于没话找话地问了一句："你们故乡都吃什么？"

"好吃的很多。"江鸿终于接上了话头，开始与两人聊吃的，金也不时发表几句意见，双方看上去都在照顾江鸿的面子，却又避免直接回答对方的话，一来二去，气氛总算没有那么诡异了。

入夜，学院内添了不少人气，高年级早返校的学生三三两两，或勾肩搭背，或踩着滑板经过。

江鸿："我终于知道，为什么这学校让我觉得这么诡异了！"

金："嗯？"

张锡廷："……"

江鸿紧张地说："你们没发现吗？学校里没有动物！鸟啊！猫啊！就连昆虫都没有！"

张锡廷："嗯……"

金："所以呢？"

江鸿回忆起昨夜来到学校的那一刻，一进校园区域，鸟叫声就全没了，蝉鸣、蟋蟀叫声，统统听不见，只有风声。

"应该是除虫了吧。"江鸿说。

但只要有人就行，宿舍楼亮起不少灯，看上去还挺热闹，又有室友做伴，江鸿就不觉得害怕了。

"说到诡异……"

回到寝室后，三人各自躺在床上，金自言自语道："上次我在塔克拉玛干沙漠，碰到的事才叫诡异。"

张锡廷："嗯？"

江鸿："……"

江鸿最怕灵异事件，但既然是金自己碰到而不是"听说"，应当不灵异才对，于是他壮着胆子，问："什么事？"

"我自己开车，到我表姑家去送吃的。"金说，"开到一半，没有月亮，也没有星星，沙漠里也没有路，沙丘上站着一男的，脸色煞白，穿一身蓝色中山装，手里拿个旧搪瓷缸……"

我的妈呀！江鸿的背上、手臂上的汗毛全部竖了起来。

"干尸吧，"张锡廷说，"沙漠里晒干了……"

江鸿心想，别说了吧！好可怕啊！

"我我我……"江鸿最怕这种，空调还开得很冷。

"我不知道。"金说，"我还以为他找我要水喝。"

张锡廷："被渴死的，死后阴魂不散，就总找过路人要水喝……"

张锡廷终于与金对上话了，却是在这么一个情境下，江鸿很想哀求他俩别说了，但两名新朋友好不容易开始一问一答地聊天，又不好打断他俩。外头漆黑一片，房里各自手机屏幕亮着白光，金又说："我把车开了过去，你猜我看见什么？"

张锡廷："嗯？"

金："他的两脚埋在沙里，膝盖下面全没有了……"

啊啊啊——能不能不要说了！江鸿在心里呐喊。

张锡廷："我湖城人，先前我们那儿有个过路客被谋财害命，死了尸体埋在藕田里沤肥，长出来的藕全是手、脚的模样，寄生在荷花里了，收上来的藕切开，里头还有血一般的红芯……"

江鸿："……"

金："眼珠子变莲子了吗？"

张锡廷："不知道，没亲眼看见，后来找了个捉妖的，把那一片藕田里的怨憎全给收了……"

金："人心当真比妖魔还狠……"

江鸿平躺，塞上耳机，把声音开到最大。

五分钟后，他瑟瑟发抖，偷偷摘下一侧耳机，想听听他们说完没。

金："条件好的话，有些干尸能保存上千年……"

江鸿又以迅雷不及掩耳的速度，果断把耳机戴上了。

不知过了多久，黑暗之中：

"江鸿？"

"江鸿，江鸿？"

"江鸿！"

"哇啊啊啊——！"

江鸿整个人弹跳起来，抱着被子，看见了张锡廷手机惨白灯光下的脸，张锡廷道："你没事吧？"

"没……没有。"

金与张锡廷不知道什么时候停下了闲聊，同时看着他，张锡廷说："你抖得有点儿厉害。"

"我……"江鸿说，"你们聊完了吗？我只是在听音乐。我害怕啊！"

金："害怕？你怕什么？"

"怕鬼啊！"江鸿抓狂道，"怕干尸！你们说的故事真的好恐怖啊啊啊！"

寝室里陷入了奇怪的沉默，足足三秒后，金蓦然大笑起来，张锡廷一手抚额，哭笑不得道："你……你怕鬼？！"

"能不能别说了，"江鸿哀求道，"我真的害怕……"

两名室友："……"

张锡廷开始以为江鸿在逗他们玩，醒悟过来这小子是真的怕灵异事件后，马上改口道："对不起，我没想到，不说了。"

金也忙道："对不起，对不起。"

"不不不，没关系。"江鸿说，"我还是……戴耳机。"

"对不起对不起。"张锡廷与金表达了诚挚的歉意。

金再三致歉："我真的没想到。睡吧睡吧。"

室友们都睡了，江鸿抓着被子，空调冷风吹来，犹如阴风阵阵。宿舍窗外一片漆黑，只有山里的风声，不闻鸟叫，学校里的灯光全灭了。

好害怕……江鸿像头牛一般，还在不断地反刍那个死人与藕的故事，越想越觉得毛骨悚然，他看了眼手机，上面陆修又发来了消息：睡了？

江鸿想到陆修让有事就找他，可是室友也不是存心欺负他，便没有说这件事，只说一切都好，就是学校里太静了，睡觉前看了个鬼故事，有点儿害怕。

陆修："……"

江鸿回了个"捂脸"的表情，陆修那边便没有再发来消息了，想必是觉得他奇葩。

啊啊啊……还是好恐怖……江鸿实在睡不着，觉得这学校阴气莫名地重，他无意中看见斜对面空床上的那只还没扔掉的假手，更恐怖了啊！

"你还好吧？"张锡廷在黑暗里悄声问。

江鸿顶着被子，朝床脚那边爬过去，他的床正好对着张锡廷的床，两人床尾是并在一起的。

"还……行。"江鸿说。

"你真的怕这些？"张锡廷也坐了起来，问道。

江鸿用手机照着自己的脸，又照照张锡廷的脸，猛点头，张锡廷做了个手势，让他掉转睡的方向，自己也把枕头挪了过来，这样两人的头就能挨着。

张锡廷躺在床上，抬起手，越过床头栏杆，轻轻地把手掌按在江鸿额头上，他的手掌温暖、宽大，江鸿被摸了一下额头后，突然就感觉好多了。

"多锻炼，胆子就大了。"张锡廷说。

江鸿心想：还是算了，我才不想锻炼这种胆量。

"你迟早要面对。"张锡廷又说。

"别说了，"江鸿小声道，"待会儿我又要害怕了。"

张锡廷自顾自地笑了起来，觉得江鸿很有趣。

张锡廷还在回女朋友消息，手机屏幕的光照在脸上，江鸿忽然发现他没戴眼镜的脸还挺帅的，进了大学后碰到的人颜值都好高啊，不仅陆修、教导主任，就连金和张锡廷这两名室友都长得很好看。

"你们在一起多久了？"江鸿小声问。

张锡廷没有回答，抬眼，像是在回忆。

"很久了，小时候就认识。"张锡廷想了想，说道。

"哇，青梅竹马。"江鸿说。

张锡廷侧头看了江鸿一眼，说："你有女朋友吗？"

江鸿答道："没有。"

"不信。"张锡廷说。

"真的。"江鸿说，"我妈让我读大学再谈恋爱，你有认识的女生介绍给我吗？"

"我只认识师姐。"张锡廷说。

"师姐怎么样？"江鸿说，"最喜欢学长学姐们了，都好会照顾人啊！"

"人很温柔。"张锡廷答道，"不过你不会想和她谈恋爱的，是个蛇妖。你自己找去，长这么帅，只要想谈，很快就找到了。"

江鸿小声地"哈哈哈"了几下，听见金翻了个身，便不说话了。他用被子捂了一会儿头，感觉不那么紧张后，再把被子慢慢放了下来，进入了熟睡。

十一点半，寝室门被推开，一道黑影走了进来。

静谧里，金与张锡廷的呼吸明显地一窒，两人同时睁开双眼，却都没有起床。

只有江鸿睡得正香，歪在枕头旁，两脚夹着被子，呼吸均匀。

那个身影走到江鸿身前，伸出手，轻轻在他额头上按了一下，又把一件东西放在了他的枕边。

接着，他又如一阵风般离开了寝室，门轻轻关上，发出轻响。

张锡廷坐了起来，看看金，再看门外，金起床，走过去锁上了门，一切如常，复又睡下。

翌日清晨，江鸿整夜睡得很好，不知为何，这个入夜后如此静谧的学校，令他睡得很沉，也许是山里含氧量高的缘故。

江鸿头发乱糟糟地坐在床边，发现枕边的东西。

"咦？"江鸿道，"这是什么？昨晚还没有的，天花板上掉下来的吗？"

那是一片比一元硬币略大的薄片，通体黑色，在阳光的照射下，隐隐泛着金光。江鸿起初以为是墙皮的反面，抬头看天花板，又是完好的。

他翻来覆去地看，上面还有一轮轮的细纹。

"你朋友拿来的吧。"金刷过牙，脖子上搭着毛巾。

张锡廷便去洗手间，临了扔下一句："是你师兄？"

江鸿拿着那黑色的半圆形薄片，问："陆修半夜来过吗？我怎么不知道。"

"你在睡觉。"金答道。

"太欠缺警惕性了。"张锡廷在洗手槽前刷牙，说道。

"没关系，"金又说，"哥哥们罩你。"

江鸿："嗯？"

他给陆修发消息，问他昨夜是不是来过，陆修简单地回了句：嗯。江鸿又问这东西是什么，陆修只回了三个字：护身符。

学长真温柔啊，知道我怕鬼，还给我护身符。

江鸿被感动了，决定把这片怪东西好好珍藏，收在了钱包里。

8月12日，明天才正式开始军训，这天903寝室决定一起去兴安市区逛逛。而那名叫贺简的最后一名室友，还没有来。

"不等他吗？"江鸿指指那张空床，心想，这样会不会不太好。

"你认识他？"张锡廷问。

"不认识。"

"那你咸吃萝卜淡操心什么。"张锡廷说，"快走。"

能去市区转转实在太好了，怎么才来了两天，就有种恍如隔世感。金与张锡廷的关系过了一夜鬼故事长谈以后变融洽了些，虽然江鸿并不关心他们说什么，也丝毫没有参与的想法。

但至少今天出门，两名室友会彼此交谈了。

"我要不要叫上我师兄？"江鸿想了下，自己要请他吃顿饭。

张锡廷与金都表示没有意见，但他们似乎不想叫各自的师兄与师姐，只有江鸿给陆修发了消息。

陆修的信息一直是秒回：要我带你去市区？好的。

江鸿说了还有室友，陆修那边停了一会儿，似乎在考虑，又回道：那你们去吧，我不去了。

也许陆修不想与不认识的人逛街，江鸿只得作罢，下次再单独约他吧。

"啊，这里才是大门嘛，我说呢。"江鸿跟着两名室友来到学校正门处，看到"苍穹大学"的牌楼，上了红色的新漆，景蓝的牌匾底色，上面以金粉涂了雕出的龙、凤、麟、龟等祥瑞图腾。

正门内还有两尊雕像，江鸿凑过去看了眼，左边的是手持六件法器的神明，右边则是手持一盏灯、长袖飞舞的男子，底座上书篆文，都看不懂。

"左边是不动明王，"金说，"右边是燃灯。"

"哦哦。"江鸿心想，这学校真的好像景点。

校门外停着数十辆考斯特，学生们在此处聚集，大多数是新生，三三两两在聊天等车，有人朝江鸿打招呼，江鸿便愉快地应了。

"你认识他？"张锡廷诧异道。

"咱们隔壁寝室的啊，"江鸿朝站牌下的一名高瘦男生笑了笑，"昨天在洗衣房见到的。"

那男生脸形瘦瘦的，脖子挺长，搭着他的室友，打完招呼，又朝金点了点头。队伍排得很快，他们便分头上了不同的车。

"他叫常钧。"江鸿朝张锡廷解释道，"就问了下名字和哪个寝室的。"

张锡廷始终在观察，这时候推了下眼镜，眼镜片在阳光下突然泛起一道反光，令江鸿觉得他有点儿"腹黑"。

在这里，数百名新生站成了奇怪的两边，很自觉地找到了自己的位置，并且各聊各的。江鸿记得他见过904寝室的另两个男生，也打过招呼，虽然不记得名字了，但他们并没有与同为室友的常钧一起行动。

"喂！"有人朝张锡廷与江鸿招手，"903的？和我们一起吗？"

张锡廷看了眼金，拒绝了他们的邀请："我和室友们出去。"

"你和那小帅哥一起过来？"那人又道。

"不了。"张锡廷答道。

江鸿："嗯？"

江鸿："下次吧！"

江鸿当然不可能去加入他们，否则不就把金扔下了吗？他看看金，金的表情有点儿奇怪，也在看人群。

张锡廷："车来了。"

金："上红车还是上蓝车？"

江鸿："随便吧？我都可以。"

考斯特一侧还有颜色标记，张锡廷说："我们俩，你就自己，坐红车吧，反正也没多久。"

金："行。"

上考斯特时，车里交谈热烈，但不知道为什么，张锡廷与江鸿一进来坐下，突然车里就沉默了。

江鸿："嗯？"

金："你俩坐吧，我坐这儿，不，不，不用起来，不要客气，我又不老，别给我让座……"

坐在窗边的一个男生下意识起身，给金让座，被金按了回去，金走到最后一排坐下，四周的人自觉挪了位置，让他坐得宽敞点儿。

张锡廷则与江鸿坐了个双人座。

"终于可以去市区玩了！"江鸿心情很好，伸了个懒腰，忽然意识到前后左右都在看他，便左右看看，四周的人马上收回目光。

江鸿："嗯？"

为什么总是感觉这么诡异？

"有歌听？"张锡廷侧过头，小声问。

江鸿分给张锡廷一只耳机，张锡廷便抱着手臂，倚在座椅上，漫不经心地看着窗外。

考斯特从学校正门开出，开上盘山公路，一侧是层层染色的树林，另一侧则是碧蓝色犹如缎带般的河水，这景色无论看几次都不会腻……

……怎么又开始高斯模糊了？！江鸿心想：你们司机胆子都这么大的吗？

景色一变模糊，他差点儿就叫起来，但车上的新生们都很淡定，又开始各自聊天，江鸿勉强克制住了自己。全过程只有两三秒，车经过了那片满是榉树的笔直道路，江鸿又看到了自己来时的那条路，以及学校的后门。

他朝张锡廷分享了那天前来报到的虚惊一场，张锡廷先是愕然，继而狂笑起来，把头靠在前排座椅上笑得直抽。

江鸿："嗯？"

"没什么。"张锡廷笑得眼泪都差点儿出来了，转头看了眼江鸿，说，"你太可爱了。"

江鸿："……"

"他俩是我室友。"江鸿隐约听见金在最后一排，朝不认识的新生说道。

考斯特抵达晋恩寺门口，停车，学生们纷纷下车。

"啊！"江鸿说，"第一次来这座千年古……妈呀！为什么这么热！还是算了吧！"

兴安的8月中旬正是最热的时候，太阳犹如一个倾翻的火炉，天上朝地下不停地在下火。早上十点，江鸿刚下车，整个人就被烤得变形了。

"来都来了。"金一把箍着江鸿，把他拖下了车，"陪我买手机去。"

除去刚认识的那几个小时之外，江鸿发现张锡廷真的很好相处，去哪儿都没意见，跟着他们走就行了。

来到兴安市区，江鸿顿时有种回到了文明社会的久违感，先去买了三杯可乐冰沙，戳上吸管边走边喝，再陪金去买手机，在商场里挑手机的时候，张锡廷便径自在一旁试耳机、玩新款的平板电脑。

"这个就轻便一点儿，但是屏幕有点儿小了。"江鸿说。

"我喜欢金色。"金说，"我可以把这四个都买下来，不限购的吧。"

江鸿："……"

金："嗯？"

江鸿："你有四个人格吗，还要用四个手机？"

江鸿第一次碰到这种，赶紧劝说金只买一个手机，金没听明白，又问江鸿："你要吗？我买一个给你。"

"不不不。"江鸿火速拒绝了他，"我的手机暑假刚换的，谢谢，太感动了。哥哥，你是除了我爸妈以外第一个提出给我买手机的人。"

江鸿心想：你这么有钱的吗？可是为什么才刚用上智能手机？

"你买四个手机，只会显得自己像个暴发户。"张锡廷善意地提醒道。

金不好意思地笑笑，解释道："在家的时候，我爸不让我用太好的电子产品，怕我玩物丧志，上大学才解禁了，还要小鸿教我用。"

陪他付完账后，江鸿又帮金注册邮箱、电子账号，金刷完卡付账后，把原来的通话卡拿出来，旧手机直接扔路边的垃圾桶里了。

江鸿给他操作注册苹果账号的时候，看到顶上弹出来一条短信：××银行提醒您，您尾号为3079的账户于××日××时POS机消费支出12500.00元，余额7674130.27元。

江鸿："……"

买完手机后，三个大男生站在商场门口，不知道该去做什么了。

"好热。"江鸿已经打消了逛景点的念头，提议去吃饭看电影算了。不夜城白天不好玩，傍晚又得回学校，三人吃了顿午饭，实在无所事事，张锡廷便提议去玩非恐怖的密室，与江鸿一拍即合。

但江鸿发现，与张锡廷一起玩密室的结果就是，自己与金以及拼团的其余五六个人，只能在一旁看他玩……张锡廷的脑子转得实在太快了，就像个托儿一样，每个线索不到三分钟就找到答案。

"还是你们来吧。"张锡廷也注意到自己像个托儿。

江鸿冥思苦想，解开了一道门，最终谜题实在解不开，只好交回给张锡廷，张锡廷用了不到五分钟就解决了。

"恭喜你们成为离开密室最快的一批玩家——！"工作人员道。

张锡廷无聊地推了下眼镜，带着江鸿与金走了。

日渐西斜，江鸿买了一堆零食全塞在背包里，还给陆修带了东西，在晋恩寺外等回校的班车，来了一辆车身刷了蓝条的考斯特。

"坐吗？"张锡廷朝金说，"还是等下趟？"

"坐吧。"金说，"早点儿回去。"

车里的人在闲聊，三人一上车，突然又静了，车上的学生一起将目光投向江鸿背后的金。

江鸿："嗯？"

又怎么了？上错车了？江鸿充满疑惑。

"我室友。"张锡廷说道。

金自己一个人坐了个两人位，片刻后又上来一个人，是隔壁寝室的常钧，常钧一上车，看了眼，正迟疑要不要下去。

金拍了拍自己身边的位置，示意他过来，常钧便笑了笑，坐下。

车里所有人都看了一会儿他俩，但车开动后便恢复如常了。

江鸿感觉到身后有手指拨了下他的头发，回头看是常钧。

"我看见你们仨玩密室去了。"常钧笑着说,他的笑容带着一点点邪气,痞坏痞坏的。

江鸿:"你怎么不来?"

"哎,注意你的手!别乱摸!"张锡廷冷冷道。

江鸿忙示意没关系,忽然发现张锡廷的气场挺强的,凶起来有点儿吓人。

常钧说:"你没碰上你师兄吗?"

"他没来啊。"江鸿正摸手机要问陆修,却发现自己在密室里时,陆修给他连着发了好几条消息。

陆修:还在市区?我忙完了,过来找你。

陆修:在不在?

陆修:那我先回去了。

江鸿手忙脚乱回复陆修,给他道歉,陆修却没生气,只告诉他没关系,自己顺便来市区办点儿事,已经回去了。

江鸿给他买了副耳机,准备送去他的宿舍,陆修却让他别乱走,晚上会过来找他。

这是军训前的最后一天,而那名神秘室友还是没有来,整个宿舍楼变得热闹非凡,有人打着赤膊在走廊里闲逛唱歌,有人在串寝室,几乎全是新生。

学生会的学长们挨个进寝室,检查新生们军训带的物资,告知注意事项。

江鸿整理背包,看见一个超级漂亮的学姐进来了。

"师姐。"张锡廷主动打招呼道。

"嗨。"学姐挂了个胸牌,名叫狄笛,说道,"锡廷你在这里呀,东西都收拾好了吗?来,这是你们的迷彩服,各两套,帽子衣带都在一起了……"

哇,天啊!真的好漂亮!这应该就是负责一对一带张锡廷的学姐吧!江鸿心想:怎么这些人都这么好看啊!

"明天要去军训,"狄笛说,"来,我看看你们的东西,还有一些注意事项要提醒……你们怎么还有个室友没来?"

江鸿三人把东西摊开,狄笛开始教他们简单地手洗衣服,这时候,她突然抬头,眼神里充满了不安,转斗往寝室外看,继而马上站直,声音有点儿发抖。

"陆学长。"狄笛紧张地道。

陆修站在寝室门外,金稍稍眯起眼,打量着他。

"师兄!"江鸿笑道,"你去剪头发了吗?"

陆修今天换了身宽松短袖T恤与牛仔板裤,刚理了发回来,头发剪短了很多。

"你出来,"陆修说,"我不进去了。"

江鸿于是拿了给陆修买的耳机,陆修又朝里说:"你们继续。"

"妈呀吓死我了,"狄笛被吓得不轻,又说,"他的气场太强了。"

金说:"他昨天晚上已经来过一次了。"

狄笛告诫道:"没事别惹他,他脾气很不好。"

张锡廷点了点头,狄笛又说了些注意事项,特别提醒道:"军训和校内是一样的,不要露出原形,不要用任何法术,有纠察会管,一旦违规,要关禁闭记过。"

"和我没关系。"张锡廷说。

金提醒道:"不要用法术。"

张锡廷懒得搭理他,狄笛又说:"不要斗殴,斗殴也很严重,尤其聚族斗殴……"

江鸿跟着陆修出寝室,从901到930,一路上每个寝室的人都在好奇地看他俩,陆修却没有停步,进电梯里按了十三楼,上了天台。

天台是个花园,空气很清新,亮着花园小灯,上面居然还有个咖啡茶座,江鸿没上来过,顿时"哇"了一声。

对学生来说还是暑假期间,茶座没有开,陆修却仿佛很熟,打开咖啡机,开始泡咖啡。

"咦,你怎么知道……"

"我在这里打过工。"陆修答道。

第二章
|事故|

"哦——"江鸿又问,"学长,你住哪儿?"

"东楼,"陆修说,"在学校的对面。"

陆修指了指远处,那里有另一栋楼,江鸿发现自己对陆修几乎一无所知,问:"大几搬那边去?"

"研究生。"陆修说,"我研三。"

陆修给他一杯咖啡,坐到茶座上江鸿对面,问:"室友欺负你了?"

"没有没有。"江鸿忙道,"为什么这么问?我们相处得很好。"

陆修表情有点儿怀疑,但没有追问,江鸿拿出耳机给他,说:"给你买的。"

那是个黑红色的无线铁三角头戴式耳机,陆修接过,说:"谢谢。"

陆修把它戴在脖子上,江鸿心想:简直帅呆了!

陆修又把耳机的一侧稍稍拿起来,抵在下颌畔仿佛听声音,但他没有放歌,四周一片静谧,自然什么也听不见,只是做了个"倾听"的动作。

"我很喜欢。"陆修又看着江鸿,面无表情地说。

"我也给自己买了个,"江鸿笑道,"我那个是蓝的,现在发现还是红的最好看。"

"和你换?"陆修又说。

"不用了,"江鸿遗憾地说,"应该是脸的问题。"

陆修:"……"

陆修努力地挤出少许笑容,却失败了,他只得说:"你也不错。"

两人一时无话,陆修喝了点儿咖啡,又问:"习惯吗?"

"习惯。"江鸿正出神,想找点儿话题与陆修说,闻言马上答道。

他发现要和陆修聊天是很难的事情,话题无从找起,他的话太少了,问长问短又像在查户口,他想问陆修什么专业,但想也是用两三个字来回答他。

"这个护身符……"江鸿想起来了,拿出护身符,想问陆修在哪里求来的,是不是开过光。

陆修:"害怕的时候,握着它,喊我的名字。"

江鸿打趣道:"这样就能召唤你吗?"

陆修漫不经心道:"看我心情吧。"

江鸿:"哈哈哈哈哈哈。"

气氛再次陷入了沉默。

"这学校军训累吗?"江鸿没话找话地问道。

"还行。"陆修也意识到了自己过于言简意赅,补充了一句,"别打架,也别撺掇人打架。"

"不会的。"江鸿的话题又开始跳跃了,"你头发剪得真好看,哪儿剪的?"

"兴安,"陆修说,"下次带你去。"

男生刚剪完头发是最帅的,陆修剪了一头碎发,却碎得恰到好处,显得很温柔干净。

"今天你忙什么?"江鸿又问。

"没忙什么,"陆修说,"突然想剪头发就去了。你见过你们辅导员?"

江鸿说道:"没有。"

陆修答道:"我认识他,军训想偷懒,你给他说一声。"

"我不会偷懒的,"江鸿笑道,"也没有那么累吧。"

"行。"陆修喝完咖啡,戴着江鸿给他的耳机,又带他回往楼下。

"那就这样。"陆修说,"过几天我再来看你。"

"你别麻烦了,"江鸿说,"等军训回来我请你吃饭。"

陆修一副我行我素的模样,没有回答江鸿,又在整条走廊的学生们的注视下走了。

江鸿回到寝室时,狄笛已经走了,又有个二十来岁的青年,穿着白衬衣与西裤,在朝金、张锡廷说着什么。青年身边又站了一名剃了圆寸的男生。

"他回来了。"金示意那青年看身后。

"您好。"江鸿好奇道。

"我是你们辅导员,"青年说,"我叫胡清泉。"

江鸿忙客气地打招呼,胡清泉把一个二维码递给他让他扫,江鸿问:"交多少钱?"

胡清泉:"这是我的联系方式……"

室友们："……"

江鸿忙道不好意思，胡清泉说："有事你们就微信联系我，走了，大家好好相处。"

说着，胡清泉拍了下那圆寸男生的肩膀，离开903，去下一个寝室了，走时还顺手帮他们带上了门。

寝室内寂静。圆寸男生与他们面面相觑，江鸿最先醒悟过来。

"你一定就是贺简了！"江鸿说，"还在想你什么时候来呢！"

三秒后，那圆寸男生长长地"唉——"了一声，说："该来的总会来，我也不想来好吗？"

江鸿："嗯？"

贺简打量了一番江鸿，再看金与张锡廷两名室友。他的五官很精致，眼睛大且眼睫毛很长，皮肤白皙，是这个寝室里最白的，腿又细长，两边耳朵上都戴着黑色的耳钉，与江鸿差不多高，穿一身看不出牌子的休闲服，外套背面有国风仙鹤的繁复刺绣，一旁堆了三个大箱子。

啊，花样美男啊，江鸿心想，这人是个男团偶像返校进修吗？

哪怕晚上比较凉快，穿外套还是有点儿热了，贺简不停地出汗，却不想脱外套。

"这是什么鬼地方啊！"贺简说。

众人："……"

贺简："这学校怎么这么诡异？这是什么建筑风格？太让人受不了了！而且怎么这么热啊！"

江鸿："你把外套脱了，过来这边凉快一下？"

贺简："这床怎么只有一块木板？连床垫都没有的吗？"

众人："……"

江鸿："呃，确实，不过可以自己买吧。"

"这寝室怎么这么小？这又是什么？这只手是谁的？！上一届学生用这只手在做什么啊！"贺简把衣柜拉开，嫌弃地把那只假手扔进衣柜里，又愤怒地关上，说，"怎么这么脏？"

江鸿："我们已经提前给你打扫过卫生了……不好意思，衣柜里头忘记帮你擦了……"

"你别理他。"张锡廷小声朝江鸿道。

"那个……"江鸿安慰他，"你冷静一下，贺简。"

江鸿没想到第四名室友居然是这个风格的，这种抱怨发生在任何一个寝室里大概率会显得很烦人，然而贺简的吐槽却有不少命中了江鸿自己的槽点——

包括那个新生被扔下的小树林和后门、食堂的奇怪窗口，以及学校的诡异建筑风格……短短十五分钟内，贺简把整个学校从头到尾吐槽了个遍，连地板的瓷砖都没有放过。江鸿虽然觉得这样很不好，但，听起来实在太爽了！他也很想这样吐槽几句，这个学校实在是太奇怪了啊！

贺简："我都不想来，我妈非要我来，食堂里的菜也这么难吃，天啊，我还要在这里待四年……太绝望了！这简直不是能活的地方，我要回家，我要回家！

"我要回家——！我要回家——！！

"我要回家——

"回家——"

张锡廷终于忍无可忍吼道："够了！"

金："给我闭嘴！！"

金那一声吼，顿时让江鸿有种内脏受到冲击的错觉，联想起多年前看的武侠小说里的某种神功"狮子吼"，江鸿险些吐出血来，窗玻璃"嗡"的一声，差点儿离家出走。

倏然间整个寝室静了，剃了个圆寸头、五官秀气精致的花样美男贺简，表情发生了细微的变化。他薄却红润的嘴唇轻轻抿了起来，眉头紧皱。

糟了糟了……江鸿心想：他是不是要哭了？怎么办？

江鸿火速以眼神示意金和张锡廷，不要再凶室友了，又稍微凑近点儿观察他，做了个手势，想拍拍他或者摸摸他，安抚一下。

贺简身上实在太干净太精致了，江鸿还不敢胡乱上手碰他，只得凌空做了个"顺毛"的动作。

"好了好了，"江鸿说，"我昨天刚到的时候也这么想，习惯就好啦。"

江鸿平生的哄人经验为数不多，使出了九牛二虎之力，又在他身边坐下，说："我帮你铺床吧，别生气了。"

"唉——"贺简又幽幽地叹了口气，居然丝毫不在乎被吼了，也半点儿不在意室友凶他，淡定地说："我只是觉得自己可怜，沦落到这个境地。"

众人："……"

换个人一定心想：沦落到什么境地？沦落到和我们住一起的境地吗？

不过江鸿倒不太多心，只因他觉得贺简确实很……华丽，是的，只能用"华丽"来形容，这种华丽的男生，通常应该出现在看上去很高级的私立学校，而不是一所重点大学里的。

"我没有说你们不好的意思，"贺简说道，"我以为这所大学是不一样的。"

张锡廷与金完全不想搭理他。

江鸿心想：我怎么觉得这学校也挺好的，至少比我们高中条件好多了……算了，是我没见过世面。

"你的被子呢？"江鸿说。

贺简摊手，江鸿看了眼那几个大箱子，贺简只是坐着，江鸿又说："我帮你打开吗？"

张锡廷再一次忍无可忍了，看他的模样只想把贺简提起来揍，盯着江鸿的眼神，明显在说：你是他的仆人吗？

贺简坐着不动，说："好，谢谢。"

江鸿打开了一个箱子，里面全是衣服裤子，名牌他还是认识一点儿，都是很贵的牌子。

"那我帮你挂起来。"江鸿说。

贺简又郁闷地说："我自己来吧，谢谢，非亲非故，你对我太好了，我都不知道要怎么报答你了。"

说了这句话后，贺简总算站起来了，一改先前抓狂的态度，仿佛一轮吐槽，让他的精神恢复了正常。

金也跟着起身，说："我帮你。"

贺简带的一堆衣服，衣柜根本挂不下，金便将他的其中两个箱子塞到衣柜顶上，张锡廷看了一会儿，知道这是个少爷，面对人生的巨大落差继而精神崩溃，也不全是他的错，便下楼去帮他买洗漱用品。

"谢谢。"贺简又说，从箱子里翻出三个小盒子，说，"这是我给你们带的见面礼。"

"啊，谢谢。"江鸿有点儿受宠若惊，第一次见面，这少爷就带了礼物？

"还是刻字的？"江鸿打开一看，是一只智能手表，皮表带上刻了自己的名字，诧异道，"你怎么知道我的名字？"

贺简说："我家世代修习奇门遁甲，测几个名字而已，不在话下。"

江鸿："……"

"没有啦。"贺简又笑道，"学院官网上有寝室名单可以查，我看到你们的名字，就让助理去提前准备了。"

张锡廷本来不想收他的礼物，何况刚凶完人家又收人家的手表，着实尴尬，但表上还很有心地刻了名，不收又显得小气。

"对不起了，"张锡廷只得说，"我这人脾气暴，你别放在心上。"

"没有关系。"贺简看那模样确实一点儿也不介意。

接着,贺简又从箱里拿出一套琉璃杯、一个看上去很贵的琉璃壶,放了点儿茶叶,开始泡茶喝。

"明天就军训了哦。"江鸿说。

"嗯。"贺简捧着杯子,答道。

"你没有被褥,怎么办?"江鸿说,"去超市买一套吗?趁着还没关门。"

贺简喝了茶,整理衣服,也不脱长裤,就这样躺在木头床板上,和衣而卧:"我就这样睡吧,家里邮寄的还没到,睡外头买的要过敏。"

另外三人:"……"

金在对床上,朝江鸿做了个手势配合口型:你先别管他。

江鸿点了点头,躺上床去,手机收到张锡廷的消息:

锡廷:你是个温柔的人。

江鸿:大家第一次离开家这么远,又是独自一人,我很理解他的心情,一定是一路上忍了很久,终于遇见倾诉对象,就把心底的难受说出来了,大家都是爸妈的宝贝嘛。

锡廷:你父母一定也很宠你,在爱里长大的小孩儿。

江鸿回了个表情,侧头看了眼张锡廷,张锡廷又从床栏那边伸过手来,摸了摸江鸿的头发,像在逗宠物般,江鸿笑着侧过头去,不让他碰自己脑袋,又推了他一下。

这夜贺简居然就在一张木床板上睡了一夜,江鸿不得不心生佩服——真的勇士,敢于面对没有被褥的人生。

翌日,大家换上迷彩服,江鸿照照镜子,这蓝色的迷彩服还挺好看。

"贺简,我去给大家买早饭了。"江鸿看见贺简大清早的就在阳台上站着,以瑜伽鹤式,单脚站立,问道,"你在做什么?"

贺简头也不回:"我、在、采纳、天地——灵气。"

江鸿:"……"

金和张锡廷分头收拾寝室,倒垃圾,收衣服,毕竟要出门十四天整,寝室门窗得关好。

金:"我关阳台门了,你赶紧给我换好衣服!别拖拖拉拉的!"

早饭后,宿舍下面开始吹哨,催促新生们集合,大家"哈哈哈"地下了楼,一时间教学楼下乱糟糟一片,胡清泉与另一个男人来了,江鸿认得那人,是教导主任轩何志老师。

"大家参加军训，一定要尊重教官，不要闯祸！知道吗？"轩何志拿着个大喇叭训话，"你，你，还有你们……咦，你是明星吗？"

贺简："……"

轩何志朝胡清泉说："你们这一届总体还是可以嘛。"

"快出发吧！"有人不耐烦了，喊道。

"好好好。"轩何志没有任何架子，说，"祝大家军训玩得开心！"

轩何志与胡清泉简短交谈后便走了，胡清泉清了清嗓子，让学生们排成两队，尽量以寝室为单位行动，带着去校外坐车。

"啊——啊！师兄！"江鸿无意中看见了校门处的陆修，陆修正坐在小卖部门口喝汽水，远远地看着江鸿，却没有理他。

"快上车，走吧！"张锡廷拍了江鸿一下，把他塞进了大巴车里。

江鸿上车后，终于看见陆修抬起手，两根手指并着，酷酷地朝他做了个"拜"的动作，起身走了。

他是来送我的吗？江鸿看见陆修，便开启了一整天的好心情。

也没有想象中的严格嘛——江鸿高中军训过，本以为大家都会很严肃，但这么出门就像秋游一样，热闹得很。短短两三天时间，各个寝室就混熟了，有说有笑，江鸿还从背包里取出昨天买的零食，分给隔壁寝室的人吃。

金面无表情，身边坐个"生无可恋"脸的贺简，江鸿还时不时扒着座椅背回头，逗贺简说话："别这么低落嘛，开心点儿，十四天一下就结束了。"

"唉，"贺简一副看破红尘的模样，"还能怎么样呢？人生就是逆来顺受罢了。"

沿途景色很美，大巴在山中行进，气温顿时凉快了下来，江鸿却隐隐约约有点儿担心……

"话说军训基地，不在市区附近吗？"江鸿自言自语道。

正在一旁打瞌睡的张锡廷答道："另一座山里。"

江鸿有种从一个鬼片片场到另一个鬼片片场的悚然感，好不容易习惯了这个深山里的学校，现在还要去又一个与世隔绝的军训基地，天啊，手机会有信号吗？

幸好大巴没有开太久，只用了一个小时四十分钟，就在一个山谷内停下，这是个三山环抱的河谷地带，也有手机信号，基地很大，像是刚建起来不久，营房也是全新的。

江鸿看了眼手机，基地在南岭的深处，比学校还要远。

"过来报到！"接人的教官粗声粗气，让他们下车，又不停吹哨，喝道："各班班长，过来把你们的兵领走——！"

金打头，带着室友们到营房外集合，班长点名，一个班八个人，刚好903、904寝室分到一起。

班长是个头不高的短寸，当兵的经常风吹日晒，肤色略深，脸颊瘦削，一身阳刚之气。

"二班的都在这里集合！"班长也即教官说，"我姓郑，现在开始点名，叫到的答'到'，不要废话！"

学生们便歪七扭八地站着，郑教官先是点了名，接着调了位置，江鸿站在队伍中间，与贺简排在一处。

"说实话，"郑教官粗声粗气，说道，"你们学校的学生，我本来是不想带的！"

众学生脸上露出了复杂的表情，江鸿心想：我们学校很臭名昭著吗？

"……不是无组织无纪律的问题……你们嘛……"郑教官也很苦恼，摘下帽子，摸了摸自己的头，说道，"别给我惹事，大伙儿平安度过这十四天，就行了！"

为什么每个人都在说不要惹事啊！江鸿在内心疯狂吐槽，从昨天的陆修，到今天的轩何志，再到面前的教官，我们就这么像喜欢斗殴的不良少年吗？

"有些人比我厉害。"郑教官说，"不，应该说，你们每个人，都身怀绝技！我承认！"

并没有什么绝技的江鸿："嗯？"

"但是军训，是训练你们的组织性、纪律性！"郑教官明显气场没有江鸿想象中的那么强，说道，"十四天里，我希望大家能养成良好的习惯，你们校长说的，是要培养你们相亲相爱的情谊。情谊！才是我们最重要的！战友情，兄弟情！现在，全体都有！向左——转！"

大家转身，郑教官声音小了点儿，说："绕操场跑十圈，开始！"

金带头，开始跑了，江鸿便跟在后面，他在高中时经常运动，也参加过少年马拉松，跑个三五公里对他来说不在话下。

这军训教官真的好温柔哦！而且一个班才带八个人？！经历过高中地狱式军训的江鸿完全不敢相信自己的遭遇，而且听教官的口气，还有点儿惹不起他们学生的错觉。

"你能跑吗，贺简？"江鸿看见贺简气喘吁吁。

"我可以飞吗？"贺简刚跑起来就满头大汗。

江鸿："哈哈哈哈！"

"教官！"贺简转头，愤怒地说，"可以飞不？"

"不允许使用任何非常规手段！"郑教官远远地道，"跑不动你就休息！不勉强！"

我听到了什么？军训还可以随意休息？不勉强？江鸿整个人都震惊了。

"跑吧，"张锡廷在后面拍了下贺简的背，说，"我们陪你。"

金放慢了速度，同情地看着贺简。

"要不我背着你跑？"金明显对跑步毫无感觉。

江鸿："哈哈哈哈哈！"

贺简："谢……谢谢。"

江鸿："……"

于是江鸿眼睁睁看着金背起了贺简，跑了六圈。

江鸿看看远处几个一起聊天的教官，再看被金背着的贺简。

"不是，"江鸿朝张锡廷说，"还可以这样的吗？"

"跑吧。"张锡廷说。

"好多了，谢谢，"贺简说，"剩下的我自己跑吧，鸿儿，你陪我。"

江鸿："不要那样叫我，太奇怪了！"

跑完步，大家基本上都面不红气不喘，郑教官特地关心了下贺简，得到的答案是可以坚持后，便开始教他们走正步、站军姿。

饭后午休两小时，大家各自整理了床铺与随身物品，贺简还是没有被褥，但他坚持继续睡床板，江鸿也只得作罢。

下午则是继续站军姿、走正步，外加一个小时的越野跑，郑教官带着他们，与好几个班会合到一起，与江鸿的高中军训很像，只是强度更大了些。

这是一个很正常的军训，也碰上了个很正常的教官，郑教官似乎挺喜欢江鸿，因为他大部分时候陪着贺简，不让他掉队。

"这个小明星，是你双胞胎弟弟吗？"郑教官问。

"报告教官，"江鸿答道，"不是。"

众人哄笑。

"你们寝室相亲相爱，"郑教官在哄笑声中，评价道，"很好。大家解散，准备吃晚饭。"

"啊——"江鸿只觉得实在太累了，这个班上的人疲劳程度一半一半，五个人累得要死，另外三个包括金、904的常钧，以及904的另一个男生，却仿佛没事人一般。

贺简搭着江鸿的肩膀，坐在台阶上，只想休息。

"大明星，"金说，"吃饭去了。"

大家一个班八个人，很快就混熟了，尤其在经历了一场越野跑的彼此扶持后。

"女生寝室在哪儿？"贺简喘着气问。

"你要加入她们吗？"张锡廷说，"帮你申请下？"

"不是！"贺简抓狂道，"我想认识女孩子！从入学起就全是大老爷们儿！"

"另外一边，"金说，"得翻过那个坡，过几天咱们去看看？"

"速度吃饭！"郑教官过来，吼道，"吃完去搞卫生！待会儿你们的学长要来看你们了！"

学生们一哄而散，去了食堂。江鸿说："这军训实在太轻松了，等吃饭还不用排队唱歌？"

"你们有的这个不吃有的那个不吃，"郑教官说，"怎么集中吃饭？尊重种族信仰。"

学生用统一的餐盒，吃完洗碗，回营房搞清洁，忙活了一个多小时后排队洗澡。

"借我洗发水。"江鸿朝隔壁间说。

"哦。"金答道，从顶上伸过来一只毛茸茸的手，江鸿随手一摸，摸到好多毛。

江鸿："哇，金，你手毛好长。"

金："呵呵呵呵。"

江鸿："嗯？"

江鸿回忆了下，金似乎体毛也不旺盛啊，虽然手臂上有不明显的金色毛发，却没有那么多才对，算了，不重要。

金："小鸿，你累吗？"

"还好，"江鸿说，"确实有点儿，下午的越野强度太大了。第一天能接受，要是天天这么来，后面铁定得累死。"

"我觉得军训最辛苦的，"另一个隔间里，张锡廷正冲着澡，过了一会儿，说道，"还不是累。"

江鸿："是什么？"

"你们不饿吗？"张锡廷说。

"好饿啊——"江鸿刚吃过晚饭，不到两个小时又饿了，这下被张锡廷提醒过，整个浴室里，所有洗澡间顿时哀鸿遍野。

"饿死啦——！"

"军营里只有一间小卖部，六点就关门了。"金说，"明天去买吃的，今天先忍着吧。"

江鸿被说完，只觉得越来越饿，一个半小时的自由活动时间里，大家从教官处拿回手机,这时候,学长学姐们的探视时间到了。

"天啊!"江鸿简直热泪盈眶,他要爱上这所学校了,这种细节简直让人觉得温暖无比,军训还有人特地来"探监"。不知道为什么,学校似乎非常重视学生情谊与同窗关系,就连今天教官所说的,军训培养重点,也是感情。

"学长——!"

陆修站在月色里,穿了身摩托车手装。

江鸿看见陆修,仿佛见到了亲人,一个飞扑,冲了上去,骑在陆修背上。

陆修:"限你三秒下来,三、二……"

江鸿不等他过肩摔,乖巧地跳下来。

"怎么样?"陆修依旧是那扑克脸。

江鸿笑道:"挺累的,比高中军训累多了。"

陆修示意脚边,说:"给你带了一箱泡面。"

"恩同再造啊啊啊——"江鸿都要哭出来了,抱住陆修。

陆修:"限你三秒放开,三……"

江鸿转而抱着那箱泡面,飞奔而去,跑回了营房。

但很快他又出来了,陆修说:"探视只有二十分钟,有什么问题要帮你解决吗?教官欺负你没有?"

江鸿:"没有没有,大家对我都很好,你对我真的太好了。"

营房四周也来了不少学长与学姐,在和各自负责带的学弟闲聊,江鸿开始钦佩起制订这个一对一送温暖计划的人了。

"你过来要很久吧?"江鸿说。

"我骑摩托来的,"陆修说,"还行。每周只能来看你一次,缺什么微信给我单子,下次来就是一周后了。"

江鸿只怕他们每天都来太累了,听到一周觉得还行。

"累了就回去休息吧。"陆修打量江鸿,看出他今天训练强度有点儿大。

"不,不。"江鸿好不容易看到陆修,虽然他们对彼此几乎毫无了解,也总是不到三句就能把天给聊死,然而这一刻他明显感觉到,他们之间已经不知不觉,在无形中产生了一种奇妙的羁绊。

"还有十二分钟。"陆修看了眼表。

"我送你到门口吧。"江鸿说。

陆修:"嗯。"

江鸿陪陆修从营房处慢慢地走出来,经过操场,陆修身材修长,一身黑色的车手服,身上还有反光条,显得很酷。

"学长。"江鸿说。

陆修:"嗯?"

江鸿搭着他的背,来了个纵跃,又嘿嘿笑着落地。

"你是哪儿人?"江鸿好奇地问。

陆修说:"我在很多地方住过,我也不确定自己的籍贯。"

江鸿:"嗯,你一定很喜欢到处玩吧。"

陆修又不说话了。

江鸿把他送到军营门口,陆修说道:"走了,有事微信叫我。"

"让我看下你的车吧!"江鸿充满崇拜地看着陆修。

陆修:"你到围栏后头去。"

江鸿于是与陆修各在围栏两边走着,陆修的摩托车就停在路边,是一辆运动型的黑金色摩托,侧角镀了银,流畅的线条犹如夜空中的一艘飞梭,陆修取下头盔,戴在头上。

"啊啊啊——!"江鸿狂叫道,"川崎 H2 啊!学长!帅呆了!"

陆修边走边戴好手套,看了江鸿一眼,没有回答,翻身上去,俯身,发动摩托,江鸿在发动机的声浪里喊道:"下次一定要带我坐一下!"

陆修朝他做了个"OK"的手势,"嗡嗡"数声,摩托车轰然发动,化作一道黑影,冲了出去,转眼便消失了。

江鸿还满脸震惊地看着围栏外,丝毫没有想离开的意思,三秒后,又是"嗡"一声,摩托再次飞驰而来,江鸿再次大喊一声。

紧接着川崎 H2 第三次从江鸿面前掠过,陆修这才走了。

江鸿最大的梦想就是买一辆摩托,川崎实在太贵了,雅马哈就可以,但家里人严禁他骑,觉得不安全,只允许他买一辆汽车。

真的太帅了!江鸿没想到居然如此猝不及防地看见了自己的梦想之车,还是在"男神"一般的学长手上,他回味无穷地回到营房,推开门时,大家都各自回来了,带着讨好的笑容看着他。

"那个,江鸿,"张锡廷稍微暗示了一下,"我刚看到……你床底下有一箱 UFO 的飞碟炒面?"

"啊,是的。"江鸿还是很懂事的,赶紧把炒面拿出来请大家吃,虽然那是陆修特地给他带的,说实话有点儿心疼,但总不能看着室友们挨饿。明天等小卖部开了再去买一箱。

于是两个寝室的学生在欢呼声中瓜分了炒面。

江鸿真想赞美方便炒面，简直就是上天的恩赐。

"啊！赞美方便面！"贺简帮他把心里话说了出来，"简直是上天的恩赐！"

"哈哈哈哈太对了！"江鸿朝贺简说，"幸亏你能吃这个。"

"我对饮食也没那么挑。"贺简几次吃着面，差点儿睡着了，一边瞌睡着，一边惊醒后又若无其事地打起精神与他聊天，颇有垂死病中惊坐起的气势。

"你师兄是陆修？"常钧吃着炒面，问道。

"嗯，是啊。"江鸿觉得一碗根本不够吃，但不好再吃了，便勉强满足地收起筷子，"怎么啦？"

"他是我偶像啊！"常钧说，"下次能帮我找他要个签名吗？"

江鸿道："他也没有那么高冷？有机会我介绍你们认识。"

904 的另一个男生胡子拉碴的，说："陆修不是研究生兼职助教老师吗？他不带学弟吧。"

"我不知道。"江鸿记得这男生叫王琅，说，"我第一天进来，就碰上他了，被随机分到的吧。我觉得我给他添了不少麻烦。"

常钧充满了羡慕嫉妒，决定把那个泡面碗带回去收藏起来，江鸿心道这也太夸张了，不过看陆修骑摩托的样子简直帅到没边儿，有几个迷弟也是可以理解的。

"关灯了！"郑教官在窗外吼道。

哨声响起，营房内关了灯，第一天军训结束了，室内陷入了静谧之中。

第二天，一切如常，白天下了雨，不用再十公里越野跑。站过军姿后，教官带着学生们打了会儿室内篮球，直到傍晚雨停后，天边出现一抹绯色的晚霞，大家才被拉到操场跑了二十圈。

大学军训还挺轻松的。江鸿心想。晚饭后又是照常自由活动，直到关灯，大家都在小卖部买到了零食与泡面，今天他放开肚皮，加餐吃了两大碗 UFO，又喝了半瓶一升装的可乐，实在太饱了，给家里发了消息，与陆修道完晚安后，江鸿开始在床上翻来覆去地睡不着。

夜半，乌云蔽月，江鸿摸黑起来上洗手间，突然发现，常钧的床铺上没有人。

江鸿："嗯？"

江鸿从洗手间回来，没碰上常钧，恰好月亮从乌云后出来了，照在营房的空地上，雨后的空气令人很舒服。

学校、军训地俱远离喧嚣的城市，江鸿从小到大，很少来到这种近乎与世隔绝的地方。在家长大的每一个夜晚，月亮的光辉都被城市的灯火所掩盖，这几天他惊讶地发现，月亮居然可以这么亮。

双眼熟悉了月光后，世间一片银白色，月下安静的山林非但不可怕，反而有种圣洁感。

江鸿在营房后面散步消食，走上山坡，突然看见背对月光，有两个身影正依偎在一起，他正想走开，却听见了常钧的声音。

"你该回学校了。"常钧说。

"啊，已经这么晚了吗？"女孩儿的声音是狄笛的。

不会吧！这么快就和师姐谈恋爱了吗？！太厉害了吧！江鸿心想，而且还是带张锡廷的师姐！哇！

他不打算惊动二人，准备礼貌地离开，但他无意中看了眼地面，发现了一件事——常钧与狄笛，这一男一女，脖子的影子怎么看上去有点儿奇怪？不，他们的脖子……为什么这么长？！

江鸿在山坡上滑了一下，踩到一片草丛，声音很轻，但那两人还是察觉到了，敏锐地一起回头。

江鸿与他俩同时打了个照面。

江鸿瞬间瞪圆了眼。

双方都安静了，江鸿那一刻感觉到自己的头皮要炸开了！他看见了极其恐怖的景象！

常钧与狄笛身体如常，脖子却变成了蛇的脖子，脑袋也成为蛇的脑袋，正以脖子缠绕在一起，互相吐着芯子，听到声音时，其中那条"男蛇"正扭过蛇头，睁着金灿灿的眼睛，朝江鸿望来。

"啊啊啊啊啊啊——"江鸿顿时魂飞魄散，用尽全身力气，狂叫出来。

"啊——"绿眼睛的"女蛇"被江鸿吓了一跳，也发出一声尖叫。

"江鸿？"那金眼睛蛇头还开口说话了！用的是常钧的声音！

江鸿一个踉跄，不断退后，两条纠缠在一起的蛇脖子马上分开，绿眼蛇转身跑了，金眼蛇站了起来，朝江鸿跑了过来，蛇头带着蛇脖从衣领里弹出，凑近江鸿，吐了下芯子。

"嘘！嘘！别叫这么大声！"

江鸿："……"

接着，常钧那人类身体的一手搭上江鸿肩膀，脖子缠住了江鸿的脖子："兄弟，明天我请你吃小炒，再给你买包烟，你可谁都别说啊。"

江鸿的瞳孔剧烈收缩，常钧的蛇脑袋与江鸿面对着面，金色的大眼睛里倒映着江鸿帅气的脸。

三秒后,江鸿直挺挺地倒了下去。

"江鸿!江鸿——!"常钧焦急地喊道,"怎么了?!你快醒醒!"

江鸿醒来的第一件事,就是发出抓狂的大喊。

"啊啊啊——"江鸿的意识还停留在最后被那条蛇缠住脖子的记忆里。

"没事了!没事了!"办公室里亮着灯,江鸿发现自己躺在一张行军床上,辅导员、常钧、金、张锡廷都在。

常钧充满歉意地拍拍他,说:"你……没事吧?"

江鸿带着惊恐看向常钧,常钧又恢复了人类男性青年的脸,刚才是我的幻觉吗?

张锡廷显然很生气,自己的室友被欺负了,朝常钧说:"他怕蛇!"

常钧说:"可是我也不知道他怕蛇啊。"

胡清泉朝江鸿说:"好了好了,没事的,小伙子不要害怕……只是蛇而已嘛,蛇很可爱啊,软软的,滑滑的,眼睛还这么大……"说着两手手指扣了个圈,放在脑袋上比画。

"不是!"江鸿恐慌地说,"我看到他……他……我不知道是不是我幻视了,人身蛇头啊啊啊!突然长出来一个蛇头!我……妈呀!你们怎么知道我看到蛇了?"

常钧朝辅导员说:"对不起,我真的是不小心,下次一定注意……"

胡清泉说:"好了!江鸿,来,想点儿别的。"

金也安慰道:"没事的,不就是蛇嘛。"

江鸿简直毛骨悚然,胡清泉又说:"你看?看我?"

胡清泉的脑袋突然变成了一只棕黄色的狐狸头,身上还穿着短袖T恤,那是一只滑稽的小眼睛藏狐,金顿时哈哈大笑,张锡廷哭笑不得,说:"胡老师,你有必要这么拼?"

江鸿:"啊啊啊啊啊啊——!啊啊啊啊!!"

江鸿:"啊————!!!"

其他人都在哈哈哈,江鸿再一次狂叫起来,这次他是真的被吓着了,整个人从行军床上弹了起来,发出了用尽平生所有力气的狂吼。

所有人:"……"

江鸿一头撞在门上,继而猛地拉开门,夺门而出,冲出了办公室。

"等等!江鸿!"张锡廷与金跟着冲了出来。

"你怎么了？！"金担心地说。

张锡廷道："别跑！"

江鸿现在唯一的念头只有"救命啊救命啊——救命！"他快哭了，所幸最后的理智还在，他冲回营房，拿到手机，顾不得再打字，按住语音键发给陆修。

"救命啊——"江鸿带着哭腔大喊道。

"江鸿！"金从背后抱住了他，江鸿快被吓得精神错乱了，前一个常钧的蛇头已经被后面辅导员变成了狐狸脑袋，在惨白的办公室灯光下朝着他笑的恐怖景象取代。

江鸿冷静下来，看着金，金则满脸疑惑，江鸿下意识地看着金的手臂，想起昨晚洗澡时，摸到了毛茸茸的手……

"放开我……这是什么地方啊！"江鸿带着哭腔喊道，"我要回家——！"

"江鸿？"贺简也出来了，担忧地问道。

江鸿不停挣扎，在那濒临崩溃的瞬间力气出奇地大，金不敢用蛮力，怕扭伤了他，被他挣扎出来，张锡廷又追了上来，拉住他的手，喊道："江鸿！是我！你看看我！"

江鸿不停喘息，惊魂未定，张锡廷皱着眉打量他半响，忽然仿佛明白了什么。

"你怕妖怪？"张锡廷问，"我是人，和你一样的人，你总可以相信我吧？别怕，别怕。"

"不是怕妖怪……"江鸿战战兢兢道，"怎么会有妖怪！不对，为什么我会在这里啊啊啊——陆修！陆修！！"

就在这一刻，天边响起一声奇异的鸣响，犹如金属相撞，又像击磬一般，这下整个军营里所有的营房都醒了，纷纷亮起了灯。

"都睡觉！没你们的事！"有教官吼道，继而挨个营房检查。

江鸿喘着气，看不远处站着的金和贺简，再看张锡廷，张锡廷默念了几句什么，再抬起手，按在江鸿的额头上。

"现在好点儿了？"张锡廷关心地问。

江鸿觉得舒服点儿了，方才那一刻，心率至少上了一百九。

张锡廷朝金和贺简道："他怕妖，你们先别过来。"

金穿着一件兜帽运动背心，两手揣在衣兜里，发出了"啊？"的难以置信的声音，贺简朝江鸿走了一步，又停下。

"你没事吧？"贺简诧异地说，"怎么会害怕呢？"

"没事的。"张锡廷放开了江鸿的手，说。

江鸿渐渐平静下来，说："这些人，都是妖怪吗？我怎么会碰到这么多妖怪？这不是整人节目吧，是吗？"

张锡廷停下动作，望向操场另一边，这时候，陆修出现了。

"学长，学长！"江鸿看见陆修，仿佛看见了救命稻草，顿时朝他跑了过去。

陆修显然睡到一半，还有点儿迷糊，发现江鸿生龙活虎的，也没有责怪他，只问道："怎么了？"

"我我我……我看到妖怪。"江鸿又开始激动，连话也说不清了。

陆修稍一想，便明白了江鸿只是害怕。

"都别靠近他，"陆修说，"我来处理。"说着回头看了眼江鸿，江鸿紧紧地抓着陆修的衣角，现在他唯一可以信任的人，就只有陆修了。

"跟在我身后。"陆修淡定地说，又朝金等人说："你们都回去。"

五分钟后，二楼办公室门口，陆修没有要求江鸿进去，只让胡清泉出来说话。在开阔的走廊里，江鸿没有方才那么害怕了。

陆修："你看到了什么？"

胡清泉："我只是……"

"妈呀——！"江鸿看见辅导员胡清泉那个毛茸茸的藏狐脑袋，又原地起跳，整个人巴在了陆修身上。

陆修："……"

江鸿朝陆修说："就是这个，就是这个啊！！"

陆修："嗯？"

江鸿几乎带着哀求，朝陆修说："我先是看到一个蛇脑袋长在一个人的身上，然后辅导员又突然变成这样，到底怎么了？！我要离开这儿！学长带我走……"

胡清泉："……"

陆修终于反应过来，转头，以极度震惊的眼神看着江鸿。

"我本以为他看见我能笑一笑。"胡清泉解释道。

陆修想到了一个严重的问题，打量江鸿，江鸿则成了惊弓之鸟，一会儿看看陆修，一会儿用受惊的眼神看看胡清泉。

陆修："你什么都不知道？"

"知道什么？"江鸿躲在了陆修身后，抓着他的衣服，瑟瑟发抖。

胡清泉也意识到了，说："不应该啊，糟了，哪儿出错了吗？名字、籍贯没错啊，每个新生，轩主任都特地核实过。"

"江鸿，"陆修皱眉，"不对，没有人告诉过你？"

"告诉我什么啊……"江鸿稍微镇定了一点点,毕竟陆修的气场太强了,仿佛他站在自己的身前,就不用再害怕了。

"我是妖族,"胡清泉说,"你的室友也……"

陆修以眼神示意胡清泉不要说到室友,免得再次刺激江鸿,胡清泉便改口道:"你不知道我是妖族?"

"为什么……"江鸿说,"可是,你是妖怪吗?这是怎么回事?世界上真的有妖怪?那不就……可是这是个唯物世界啊!"

胡清泉:"你知道这所学校是做什么的吗?"

江鸿:"是是是……是做什么的?"

胡清泉那模样,比江鸿还要震惊,他竭力控制着自己的语速,不要显出咄咄逼人的语气,尽量耐心问道:"这是一所培养驱魔师的学校,你什么都不知道,怎么会考来苍穹大学?谁给你报的名?"

江鸿:"……"

江鸿求救般地又望向陆修。

天亮了,陆修与胡清泉带江鸿回到了学校。

学校里空无一人,江鸿疑神疑鬼,四处张望。

他在车上稍微睡了会儿,在陆修身边,他感觉好多了,仿佛这名学长身边有着强大的气场,形成了一个保护圈。饶是如此,江鸿仍注意与胡清泉保持着距离。

清晨,轩何志刚上班,睡眼惺忪的,还打着哈欠,以为他们是来寻自己开心。

"你再说一次?"轩何志道。

胡清泉:"就是这样的,他什么也不知道,从小到大没见过超自然现象,也不知道自己具有灵脉资质,进学校时也没人告诉他……"

轩何志打量半天疑神疑鬼的江鸿,难以置信地道:"你……你不知道?这是一所培养驱魔师和降妖师的学校。"

江鸿:"什么?什么东西?什么师?"

"驱魔师。"轩何志指指自己的口型,"七淤——驱,摸哦——魔,驱魔师。"旋即又做了个"摇铃捉鬼天灵灵地灵灵"的动作。

江鸿:"……"

"是我的失职。"陆修沉声说。

江鸿躲在陆修身后,又看看陆修,正想说"不,不,不关你的事",轩何志又朝他招手,说:"你过来,江鸿。"

江鸿很怂,生怕教导主任又变出个什么东西的脑袋来吓他。

"别怕,我是人。"轩何志大致明白了整件事,语气也温和了许多,"来,过来让我看看。"

江鸿走了过去,轩何志没有碰他,只是上下打量他,问道:"是什么促使你报了我们学校?"

"我不知道。"江鸿这二十四小时里说得最多的就是"我不知道","我妈给我报的。"

"不可能吧?"轩何志说,"没有我们学校的招生代码,根本不在高校名单里显示啊。"

江鸿忽然想起来了,说:"是我们家附近那个庙里……老君洞,有一位大师,高考前,我妈带我去求签,和他聊了挺久……他还单独和我说了……兴安有家苍穹大学,可以当备选……"

"那就对了嘛。"轩何志打开电脑,从江鸿的表格下找到推荐人一栏。

"一苇大师?"轩何志抬头,问。

"好像就是他!"江鸿说。

轩何志:"那是我们招生办的特派老师。"

江鸿:"……"

胡清泉说:"要不要给他打个电话问问?"

江鸿:"他……他已经圆寂了。"

胡清泉:"招一下他的魂?"

江鸿瞬间魂飞魄散道:"不要了吧!我看没这个必要啊!"

轩何志:"5月底圆寂的,说不定干完江鸿这票……招完这拨学生,恰好功德圆满,就升天了。"

办公室内诸人无语。

轩何志深吸一口气,说:"这……不好办啊。按理说,他应该都和你解释清楚了,江鸿,你回想一下,他就没有与你交代这些相关事宜吗?理论上应征得你的同意,这是特派老师的工作,你好好想想?"

"啊……"江鸿渐渐回忆起来了,说:"我小时候,我妈偶尔会带我去看他……最后那次,一苇大师确实……确实把我叫到他的禅房,给了我一串念珠,还说了快一个小时……"

轩何志关心地问:"他都说了什么?"

江鸿:"他他他……他闽州人,口音太重了,我几乎一句也听不懂……"

众人:"……"

轩何志:"你看,这里还有你的签名,他是不是给你一份知情同意书了?"

江鸿:"我……我以为那个是庙里募捐的留名,没仔细看。"

胡清泉:"你……"

轩何志:"……"

江鸿:"可是那份知情同意书的抬头,明明写着'老君洞试点推广纳新'什么的啊!我以为是发展香客,就签了名了!"

轩何志:"好……好……的,那么……"

轩何志与胡清泉面面相觑,陆修欲言又止,最后还是没打断他们。

江鸿:"可是这个学校里,为什么还有妖怪?!我……我不是歧视妖怪,就算是驱那个什么,培养神棍……神……培养法师的学校……"

江鸿还有点儿语无伦次,毕竟今天发生的事,已经让他的世界观彻底粉碎了,这个唯物的世界居然有妖怪!

"人族与妖族是平等的,"轩何志叹了口气,旋即意识到胡清泉就是妖,而且站在自己面前,瞬间挤出职业性的微笑,"妖族也可以捉妖驱魔的嘛,就像人类里设立警察抓坏人,一个道理,不是吗?"

江鸿无法反驳,但依然觉得很诡异。

"我以为你知道,"胡清泉说,"寝室里红色名牌表示妖族,蓝色名牌表示人族,你们附近几个寝室,都对你有非常深刻的印象。江鸿,你是我们学校设立办学以来,第一个完全没有种族芥蒂的人类,现在看来……"

胡清泉哭笑不得道:"原来你只是因为,不知道他们是妖?"

江鸿蓦然想起与张锡廷出门坐车时的诡异场景,原来如此!那是妖族的车!为什么学生们总是奇怪地各自三三两两抱团,同寝室的也会分开,有好些都是妖怪啊!两百多名学生,有一百多只妖怪!

一百多只活蹦乱跳的妖怪!世界上还有比这个更吓人的事情吗?

"这是学校的办学方针之一,"轩何志无奈道,"希望人妖……不是那个人妖,这里指泛义的人、妖,大家能通过一起学习,一起成长,慢慢地和平共处,消弭种族的偏见。"

接着,轩何志摊手,意思是现在全部给你解释清楚了,好了?

"你们带他回去军训?"轩何志说。

"不不不!等等!"江鸿再次抓狂,"不是这样的啊——!不是的!"

数人:"嗯?"

江鸿深呼吸,组织了好一会儿语言,说:"可我也不会法术啊!我从来没想过要当法师……"

"驱魔师。"轩何志再次更正道。

"你有灵脉资质，"胡清泉说，"只是你没发现。你跟着大伙儿上课，就能开发你的特长……"

"不，我没有！"江鸿说。

"你有，"陆修说，"我知道你有。"

江鸿："我没有。"

陆修："你有。"

江鸿道："没有，我很确定我没有，而且我也不想去捉鬼啊啊啊！我怕鬼！"

"捉鬼只是社会实践的一个课程，"胡清泉耐心地说，"不会让你天天去捉鬼的，也没这么多鬼给你捉，鬼都过得好好的，也不能随便欺负他们……"

"这不是我想说的啊啊啊！"江鸿要疯了，说，"我……我要回家！我什么都不会，为什么要让我去当法……驱魔师！"

轩何志再次转向电脑，出乎意料地，办公室里除了江鸿之外的三个人都很淡定。

"你有资质，你看？"轩何志说，"背景调查里写的，往上数，你的高祖父是民国时期的大风水师，名叫江禾，是大名鼎鼎的降妖师，封印了不少厉鬼……"

"我根本不认识他。"江鸿绝望地说。

轩何志说："你高祖父是个了不起的人，你一定也行。"

江鸿叹了口气，他根本不知道该如何作答，办公室里再次陷入了沉默。

"你想怎么样，江鸿？"最后是陆修打破了静谧，问道。

"我我我……我想回家。"江鸿现在唯一的念头，只想回去，回到那个自己熟悉的世界里去。

"你要退学？"胡清泉难以置信地道。

轩何志与胡清泉对视一眼。

"你想退学？"陆修也问道。

"可以吗？"江鸿带着哀求，只看陆修。

"这……"轩何志显然非常为难，"这我不能做主，可是你退学回去怎么办呢？"

江鸿道："我回去只能复读……吧。"心想：我当然只能复读啊！

胡清泉也是头一次碰到这种事，傻眼了。

"得等副校长回来，"轩何志说，"我没法做决定。"

陆修沉默注视江鸿，眼神里带着少许复杂意味。江鸿依旧抓着陆修的衣角，从进来以后就没放开过。

"曹斌什么时候回来?"胡清泉问。

"他在驻委开会。"轩何志说,"我先给他打个电话……这样。"

轩何志左想右想,又说:"陆修,你带他去休息会儿,让他好好想想,别冲动,如果他改变主意了,你就给我发消息。待会儿我和副校长好好商量下。清泉,下午你还是回去带军训。"

陆修不发一语,带江鸿离开寝室。

江鸿说出退学时,总算松了口气,外面下起了小雨,他在陆修身后,顶着雨往前走。

"咱们去哪儿?"江鸿问。

"我宿舍,"陆修说,"可以吗?"

江鸿忙点头,他觉得自己需要休息,昨天晚上到现在,睡了还不足三个小时。

江鸿离开后,教导处办公室内,轩何志挂了电话,刹那间爆发了。

"啊啊啊——怎么办?这是严重教学事故啊啊啊——!"轩何志双手抱头,疯狂大喊。

胡清泉:"主任,您……冷静点儿,冷静点儿。"

"怎么办!?"轩何志走来走去,又猛地回身,抓着胡清泉使劲摇晃,"一苇那个老头儿究竟在做什么?!驻委要揍死我的!这个月绩效奖金又泡汤了啊啊啊——我又要自费买机票去燕京述职作检讨了!怎么连招个生都能出教学事故——我到底做错了什么?!这就是命运吗?!而且为什么还是他?!怎么偏偏是这小子?!就算曹斌放过我,陆修那家伙也会找我麻烦的啊啊啊!陆修一定会找机会打我的!"

胡清泉:"主任,主任!好好解释……没事的,曹校长说了什么?"

轩何志:"他说……'你给我等着'。"

胡清泉:"……"

轩何志:"……"

上午十点,陆修的寝室里,江鸿简直筋疲力尽,倒了下去,旋即忽然弹起来。

"学长对不起……我可以睡你的床吗?"

"可以。"陆修在烧水,研究生寝室里他独住,窗边种满了绿植,阳光明媚,阳台上挂着洗涤得洁白的衬衣,柜子里放着两个头盔。江鸿送他的耳机被放在玻璃柜里,与头盔搁在一起。

书桌上有一排书:《中外妖怪志异》《中国神话史》《飞行与空气动力研究》……平铺着绿色的工作板,一旁放着锉刀,似乎是加工了什么材料,还散落着少许黑金色的碎屑。

江鸿点开微信，前面一排全是他新加的妖怪，每个人都在问他情况怎么样了、好点儿没有、现在在哪儿。

江鸿不知道该不该回，最后还是战战兢兢，依次回了"还好"。

"我好困。"江鸿疲倦地趴在陆修的床上。

"睡吧。"陆修坐在转椅前，轻声说了句什么，江鸿只觉得一股强大的意志涌入自己的脑海，接管了他凌乱的思绪，瞬间脑海里一片混沌，仿佛意识被迷雾遮挡，睡着了。

窗外的阳光照在江鸿脸上，他醒了，不知不觉竟已睡到下午三点。

"学长？"江鸿紧张坐起身。

陆修正在做手冲咖啡，看了他一眼。

"啊。"江鸿松了口气。

陆修清理了书桌，递给江鸿一杯咖啡，拆开在食堂买的三明治，递给他一份。

"副校长回来了，"陆修说，"要见见你，吃完就跟我走。"

"好……"江鸿又有点儿害怕，陆修看出他想问什么，说："副校长是人，不用怕，学校高层基本上都是人类。"

又一次来到学校中央区的行政大楼，太极形的布局中，"阳"一区为九层仿古宫殿，"阴"一区则是一个大湖，时值夏末秋初，湖面上几许残荷，静谧无比。

湖心处，太极的"点"上，是个小小的岛屿，岛上有个石台。

江鸿停下脚步，看着那湖面，忽然有种陌生感，来了这所奇怪的学校后，许多地方自己还来不及好好看看，现在想来，他的关注点似乎从受到惊吓后，就开始偏离了。

"你想好了吗？"陆修突然问了一句。

"嗯……"江鸿硬着头皮说，"我……想好了。"

陆修说："想好就走吧。"

江鸿看见湖心处那个石台，石台上插着一把古朴的剑的雕塑。

"学长，那是什么？"江鸿上一次就想问了，只是新生报名时，从高处往下看，看不清楚石台上的剑，只能依稀看见小点。

"智慧剑的模型，"陆修答道，"不动明王的法器，象征镇守学校用的。"

"这剑只是陈列用吗？"江鸿十分好奇。

"原本在校长的手里，"陆修说，"但他目前不在我们这个世界，和他的爱人结伴，去了另一个时空，至于本体，我也不知道在什么地方。"

江鸿点了点头，随陆修上了行政大楼。

"八楼，"电子声播报，"副校长办公室、教导区及集中行政楼层。"

轩何志正在另一个办公室里焦头烂额地处理一堆不知道什么文件，看见江鸿来了，便出外招呼，敲门，推开另一个办公室的门。

那是个很大的办公室，里面坐着一名穿黑西裤白衬衣的男人，还打了领带，正在转椅上午休小憩，两手十指交叠，放在胸前。

"江鸿来了？"那男人没有睁眼，只是淡淡道。

江鸿有点儿紧张，那男人目测三十岁左右，气势很强，与陆修相比，仿佛是另一种强大，陆修的气势是青年人的锋锐，而这个男人的气场，则是深不可测。

他的五官很刚毅，发型两侧剃短了，留下头顶蓬勃的短发，喉结轮廓明显，漂亮，像个当兵转业后的青年干部。

江鸿想起了轩何志所说的，如果真的有"驱魔师"，那么能让他产生第一印象的，一定就是面前这个人。

"自我介绍一下，"男人说，"我叫曹斌，是苍穹大学的副校长。校长暂时不在此地，目前学校事务，由我全权代理。"

"校长好。"江鸿说。

曹斌摆摆手，示意不必客气，旋即想到了什么，又起身与他握手。他的手掌很大且指节分明，动作有力、坚定，握手的那一刻显得很重视江鸿，而不是仅仅的客套。

"那我们先出去了。"轩何志明显有点儿怕他。

曹斌点了点头，轩何志便朝陆修使眼色，带着他离开办公室，关上了门。

"喝点儿什么？"曹斌问，"威士忌加冰可以吗？"

"不，不，"江鸿忙道，"我喝酒喝得不多。"

"冰镇酸梅汤？"曹斌又问，"可以消暑。"

江鸿点了点头，看着曹斌转身去倒饮料的背影，他有种感觉——这个办公室，是世界上最安全的地方。

"这几天，我在灵径胡同驱魔师委员会述职，"曹斌说，"接到轩何志的电话后，刚刚回到学校，让你久等了。"

曹斌把饮料递到江鸿手里，给自己倒了杯加冰的威士忌，朝他示意举杯，笑了笑，他的笑容非常英俊，再一次令江鸿觉得很安心。

"上班时间不该喝酒，"曹斌说，"不过还在放暑假，就无视一下学校规章制度吧。"

江鸿也朝他举了下杯。

曹斌说："你的诉求我了解了，不想入学当驱魔师，没什么问题，你是本校创办以来的第一例，但在创办学校时，对这种特殊情况，也设置了紧急预案。"

江鸿说："学校开多久了？"

"不久，还不到十年。"曹斌说，"他们从另一个地方把这所学校收购了过来。"

江鸿点了点头，又有点儿犹豫，曹斌扬眉，做出询问表情。

"怎么？"曹斌又说，"你以为我会劝说你留下？"

江鸿说："我以为……嗯……是的，没想到……"没想到这名副校长虽然看上去不苟言笑，却意外地随和。

曹斌说："作为一名驱魔师，需要拥有尊重事实的智慧，这种智慧，就是在我们面对困难与抉择时，一定要问自己'事实是什么？事实所支持的真相，又是什么？'。事实不因你'觉得应该如何'或'希望它变得如何'而被改变。"

江鸿说："是的，是这样的。"

"你的内心深处已经做出了决定，这就是事实，再来反复地劝说你，没有意义。"曹斌说，"我们尊重他人的决定，也尊重事实本身。"

江鸿如释重负。

"但是要进行重置流程，需要花一点儿时间。"曹斌又说，"你想好以后，就在这里签字。"

"什么重置流程？"江鸿听起来感觉有点儿恐怖，犹如人道毁灭之类的。

"驱魔师、妖族、魔以及许多超自然现象的存在，"曹斌认真地说，"是要对外保密的，相信你也清楚。"

"对对，"江鸿主动道，"我自小长大，从来没见过鬼和妖怪，可见保密工作确实做得很好。"

曹斌说："也不尽然，三不五时，总会有外泄事故，不过这不重要了。如果你决定回到自己的生活里去，我们就要用一点儿小技巧，来让你忘掉这一小段时间的记忆，包括从你拿到苍穹大学的录取通知书之后，到回到家门口的一刹那。"

"啊？"江鸿有点儿茫然，说，"可以不忘掉这些吗？我保证一定不会对外说的。"

曹斌摊手，做了个"爱莫能助"的手势，说道："这不仅仅是为学校，也是为了你。"

江鸿说："我可以签保密协议一类的……"

曹斌认真地说："你可以不说，但我们的敌人，也许会用一些非常规手段，在你身上获取一些学校的信息，你也不希望被盯上，对不对？"

"哦,是这样吗?"江鸿心想:还有敌人?该不会是什么坏的妖怪吧?说实话,他又有点儿好奇,所谓培养驱魔师的学校,魔又在哪里?全国大地有这么多的妖魔鬼怪,需要他们去维护和平吗?然而这些已经与他没多大干系了。

"好吧。"江鸿觉得有点儿遗憾,但还是接受了。

"学校会派一名学长,送你回家。"曹斌说,"签下名字,你就可以准备动身回家了。届时由驱魔师委员会接管善后工作,会为你编织一段记忆,大体是你升学考试没有考上心仪的院校,决定复读,暑假来兴安旅游了一趟。你家里人,以及相关的亲朋好友,这一段记忆都会被修改。"

"好的。"江鸿心想:这个委员会真的神通广大,还能修改记忆?

"你认真看下知情同意书,"曹斌又喝了点儿酒,打趣道,"这次一定要看清楚了。"

知情书上所写无非是江鸿自愿退学,回到故乡重考的内容,包括以曹斌所述,落榜散心为理由,最后又有一个补偿条款——作为招生办没有仔细核查造成失误的弥补,在江鸿复读考上大学后,苍穹大学会以联合科研奖学金的方式,与江鸿新的学校沟通,朝他发放一个定向奖学金,四年共计六万元作为补偿。

当然,到了那时候,江鸿应该完全不知道这是怎么回事,只会当成自己莫名其妙地走了好运气。

"不需要钱,"江鸿忙主动道,"我自己没搞清楚,也有责任。"

曹斌说:"没关系,一点儿心意,耽误了你这么多时间,还耽误了你考个好学校。"

江鸿沉吟片刻,而后说:"如果我选择回家,是不是就会忘记了我的室友,还有陆修学长?"

"是的。"曹斌礼貌地说,"你们是两个世界的人,不要产生交集,才是最好的。虽然违反规定,也不排除他们以后,会用另一个身份去探望你,毕竟你家里与陆修是世交,他也是报恩来的。"

"啊?!"江鸿正签着名,闻言震惊了,说,"什么时候的事?我完全不知道!"

曹斌说:"也许你还没有出生吧?人死后,灵魂在天地间转世轮回,谁又说得清楚对方是不是曾经的那个人呢?来来去去,俱为记忆……"

江鸿看着曹斌,曹斌则持威士忌杯,看着窗外,傍晚时分,天边竟然出现了一道瑰丽的虹霞,犹如光带横亘苍穹,与地相接。

"……说到底,所谓羁绊,无非也就是执念而已。"

曹斌转头,与江鸿对视,过来和他握手,说:"祝你以后一切顺利。"

江鸿点头道:"谢……谢谢。"

江鸿签完名，离开办公室，陆修已在那里等着他。轩何志朝江鸿点点头，又进去了。

陆修："我负责送你回家，有始有终，你有什么要收拾的吗？"

江鸿忽然道："我想去看看军训的室友们，可以吗？"

陆修稍一沉吟，便点了头，江鸿又说："对不起，我是不是有点儿矫情？"

"不会。"陆修答道，带着江鸿下楼，回宿舍取头盔。

"你骑摩托带我去吗？"江鸿惊讶地道。

"你不是想坐？"陆修上了摩托，示意他坐上来，"以后也没机会了，来吧。"

于是江鸿坐上去，揽着陆修的腰，陆修一加速，轰地蹿了出去。

副校长办公室，曹斌一脸无奈地看着轩何志。

轩何志："我真的不知会这样，今年招生指标要完成本来就很难……"

"我不怪你胡乱招生。"曹斌说，"只是你事前但凡留个心，问清楚，说清楚，不至于到这一步，你们怎么连这种事都不说清楚？"

轩何志站在办公桌前，乖乖挨训。

"可惜了那孩子，"曹斌叹了口气，"原本是个好苗子。你看看你，看看你们，招个生都能出教学事故！"曹斌拿着一沓文件，只想揍轩何志，轩何志忙躲。

"地脉的事调查得怎么样了？"轩何志又问。

"毫无进展。"曹斌出了口长气，松了领带，重重坐回转椅上，眉头深锁。

"啊——"狂风吹来，江鸿坐在摩托上，张开手臂，仿佛在玩过山车一般。

陆修疯狂加速，仿佛在发泄什么，把川崎H2开上了200迈。江鸿到得后面，已心惊胆战，看什么都是高斯模糊，紧紧抱着陆修，喊道："慢点儿慢点儿！学长！慢点儿！"

这摩托还是在山路上开，稍不留神就要飞出去摔到江河里去，江鸿贴着陆修的后背，感觉他俩已快能互相听见对方的心跳了。

"呼——呼——"抵达目的地军营外，天已近乎全黑，陆修依旧是那面无表情的模样，骑在摩托车上，等江鸿去告别。

陆修提前通知了辅导员，903寝室的三名室友到了围栏边上，看着他。

"你还好吧？"贺简担心地说，"托你的福，大家都说军训强度太大，把新生搞得精神崩溃了，今天教官让我们在空调房里看电视，看了一整天呢。"

江鸿："……"

张锡廷却似乎猜到了什么，打量片刻江鸿。

金问:"你不舒服?"

"嗯……"江鸿想了想,没有说自己退学的事,刚认识室友们不过三天,这情谊说深也不深,但他觉得大家都是好人……好妖,从来没欺负过自己,突然怪舍不得的。

"我家里有点儿事,"江鸿说,"得赶紧回去处理下。"

金问:"需要帮忙不?"

江鸿忙摆手,示意无妨,金于是说:"有事就和哥们儿微信联系。"

"好好。"江鸿点头道。

营房吹哨,提醒他们速度去洗澡,金明显不当一回事,便带着贺简先走了,留下张锡廷与江鸿对视。

"让我猜猜,"张锡廷说,"他们搞错人了,是不是?你是凡人?怎么进来的?"

张锡廷居然猜了个八九不离十,太聪明了。

路边骑在摩托车上的陆修转头,看了他一眼,似乎在警告。

"不是,但差不多。"江鸿也小声道,"我什么都不懂,最开始真的被吓着了。"

"回去吧,"张锡廷说,"回去也好,好好过自己的日子,空了我会去看你的,到时候你也许已经不记得我了。"

江鸿闻言有点儿难过,张锡廷却笑道:"我们还可以重新当朋友,再见。"

"再见。"江鸿听到这话时,又高兴起来,隔着围栏,与张锡廷击了下掌,张锡廷潇洒地一挥手,回了营房。

在这个月夜里,江鸿只觉得十分失落。

他慢慢地走回陆修身后,跨上摩托,回程时陆修开得很慢,仿佛想带着他欣赏这月下的大江大河、宏伟山川,一片银白的世间,每一片树叶都在月光下闪闪发亮,犹如浩瀚的灵力之海中,浮沉的无数碎浪。

第二天,江鸿带齐了行李,与陆修在咸阳机场候机,陆修开始检查江鸿的手机,把所有加上的学校联系人删除、学校网页浏览记录清理掉。昨夜离开军营后,陆修便几乎没有说过话。

"学长,"江鸿说,"机票多少钱?我转给你吧。"

"学校报销。"陆修戴着墨镜,无聊地坐在商务座上发呆。

江鸿忍不住侧头看他,觉得有点儿对不起陆修,又想到曹斌说的话,说道:"学长。"

"嗯?"陆修稍侧过头,摘下墨镜,示意他有话就说。

"你家和我家……"江鸿问,"是世交吗?"

"谁告诉你的？校长吗？问这些做什么？"陆修随口答道，又把墨镜戴上了。

江鸿："也是，待会儿也记不得了。"

陆修继续出神，江鸿说："可是我还是想知道。"

陆修没搭理江鸿，江鸿忽然生出一个念头，小声道："学长，你也是……妖，对不对？"

陆修再次摘下墨镜，说："你想看？"

"不不不。"江鸿忙拒绝了他的好意，生怕陆修领子上又变出一个什么头来。说来也奇怪，他其实一直隐隐约约猜到了陆修的身份也是妖怪，可不知为何他半点儿也不怕陆修，反而把他当成最信任的人。

"你多少岁了？"江鸿又问，"你是不是认识我的祖先？"

"告诉你了，"陆修又说，"你会回学校吗？"

江鸿想了想，没有再问下去。

飞机抵达山城，越是离家近了，江鸿越觉得有着莫名的不舍。

"你以后会来找我吗？"江鸿又问。

"不会。"陆修打了辆车，把江鸿的行李放上车，与他坐在后座。

"嗯。"江鸿说。

陆修手指抵在一起，朝车窗外看，片刻后又说："飞过山城，顺路的话，会看看你，但你发现不了我。"

江鸿伤感地笑了笑，说："好吧。"

"回去重新考个好大学，"陆修淡淡道，"会有别的学长照顾你。"

江鸿挠了挠头，的士到了他家小区门口，又是傍晚了——一切都如此熟悉。

"对不起，学长，"江鸿拖着行李箱，忽然回头，朝陆修说，"我给你添了这么多麻烦。"

陆修摘了墨镜，沉默地稍稍低头，看着他。

江鸿站在路上，慢慢地走回去，似乎放慢步伐，还能与陆修多相处一会儿。

"一百六十年前，"陆修忽然说，"在羊卓雍措湖畔，有一个人，为我封正。"

江鸿："嗯？"

江鸿转头，看着陆修，现出询问的神色。

"你知道封止吗？"陆修说。

"那是什么？"江鸿对此一无所知。

"世间的妖，修炼至大成境时，便拥有了跃升至另一境界的能力。"陆修说，"有些变为人，有些则变为其他的模样，但突破境界的刹那，需要依靠外力，来进行最后的推动。"

江鸿停下脚步,茫然点头,他实际上并不知道陆修在说什么。

"人作为万物之灵,是唯一能为外物'封正'的种族。"陆修说,"就像起名字一样,只有人会给外物起名,赋予了名字之后,无论活物死物,就获得了初步的'灵'。世间万物,便在'人'的认知之中不断生长、蜕变。"

"哦,"江鸿忽然想到了,说,"所以我的祖先,因为这个与你认识吗?"

陆修没有正面回答,只解释道:"一只……一只生灵,修炼多年,终于获得龙的形态,但若在天劫降临时,这最后的时间点上得不到封正,就会粉身碎骨,再次被打成污泥中的'虺',重新经历艰难的修行。"

"啊,"江鸿同情地点头,"真难啊。"

"一百六十年前的羊卓雍措湖,有这么一个生灵,"陆修说,"它的修炼来到了终点,那夜天劫降临,狂雷之下,方圆百里空无一人,牧民们都躲了起来。"

江鸿静静听着,陆修望向他,清澈的双眼里倒映着江鸿帅气的面容。

"……但当地有一名土司家的小儿子,从小是个傻子,那年他只有十四岁,不知道为什么,恰好就在羊湖边上,他看着天劫里的蛟,一直笑,说出了那个词,藏语里的'库鲁'。"

江鸿:"是龙的意思吗?"

"是的。"陆修说,"他虽然是个傻子,眼神却很清澈,穿着藏袍,朝天空中喊着'库鲁''库鲁''库鲁'。"

江鸿说:"那只什么东西,最后成功了吗?"

"成功了。"陆修说,"不过傻子淋过雨,生了一场大病,三天后就死了。"

江鸿心想:可是我……我家祖先全是汉族人啊,等等,你在说自己吗,学长?!你是什么?你是……?!

陆修又说:"人生有三魂七魄,死后记忆散去,唯独命魂归入天脉,进入下一次轮回。龙四处寻找,一百六十年后,终于找到了他。这样也好,江鸿,好好生活……天地一逆旅,同悲万古尘。"

说着,陆修扣起手指,在江鸿额头上弹了一下。

"等等,学长,你居然是……"

"过眼皆成空。"

伴随着陆修话音落下,面前卷起一阵风,江鸿隐隐约约觉得有人影出现过,却又消失了。

江鸿:"嗯?"

江鸿转头看看，自言自语道："我在做什么？奇怪，啊！已经七点了！"

江鸿拖着行李，进了小区，回到久违的家里。

桌上已是热腾腾的饭菜，父母都在家里。

"回来啦？"江母问道，"玩得高兴吗？"

"还行。"江鸿说，"累死了啊——哇，妈，你做的什么好吃的？"

父亲在桌边看手机，说道："我替你看了几个复读班，你玩也玩过了，散心总算散完了，明天开始，就准备再战吧！"

江鸿一边说"好的好的"，一边去洗手吃饭，回到了他的生活里。

第三章

| 回归 |

盛夏山城，马路烫得简直能煎蛋，江鸿一出到车外，就感觉自己快要被晒化了，父亲将他送到补习机构外，按了下喇叭朝他道别，把车开走。

江鸿自己前去报名，当天便进了教室，找到最后一排的位置坐下。报名这个机构的，俱是与江鸿差不多的落榜生，当然，落榜生里也有学霸与差生之分。复读的人生索然无味，且充满了疲惫感——大家的目的都是一致的，来了这里，只要念书就行，没有余力交朋友，也不会有心思闲聊。

这节课老师正在讲高考卷子，江鸿爽了大半个暑假，现在又回到备战考试的课堂上，不由得心生绝望。

兴安真好玩，东西也好吃，就是有点儿热……江鸿不由得又开始回忆自己的暑假之行。如果能在兴安读大学，就可以到处玩了。

咦，我在兴安都玩了什么？江鸿总觉得有点儿奇怪，明明去旅游了一趟，回想起来，却没有多少记忆。似乎去了密室？和谁去的呢？他依稀记得，考试落榜之后，他几乎要崩溃了，父母便给了他一笔钱，让他出外玩玩散心，于是他选择了兴安。

可是我玩了什么？江鸿脑海中空空如也，手机里也没有照片，我为什么要一个人出去旅游？为了散心……哦，是的，我在兴安认识了朋友吗？好像认识了，可为什么没有加联系方式？

老师在讲台上讲试卷，江鸿已经开始神游物外了。

我去了晋恩寺，嗯……可是晋恩寺长啥样，怎么一点儿记忆都没有了？

我认识了朋友，那是谁呢？江鸿越想越糊涂，怎么认识的？路上认识的吗？男的女的？高的矮的？

江鸿脑袋里一片混乱，头顶全是缠在一起的乱糟糟的黑线，我买了什么纪念品吗？什么也没买，我还去了南岭，可是我为什么要去南岭呢？我去那里干吗？

我是谁？我在哪儿？我要做什么？江鸿已经彻底混乱了。

好热啊，空调制冷一点儿也不给力，教室里还挤了七十多个人，这日子简直不是人过的……早知道去年就努力点儿了，唉，千金难买早知道……可是就像以前老师说的，有的人适合念书，有的人不适合……江鸿的思绪开始漫无边际起来。

江鸿总觉得自己这辈子有点儿失败，练长跑吧，没有练成运动员，跑到初中母亲就不让他跑了，理由是运动太厉害怕长不高，初二初三时，人是成功地长到了接近一米八，可跑步也不再成为升学加分项……念书吧，成绩总是不上不下，要考进第一梯队都很困难……小时候学钢琴，考过六级以后也没学了；学下围棋，虽然跟了个国手级的老师，也是半途而废，只学了两年。

什么都会一点儿，却什么都不精通，这就是江鸿短短十八年的人生。从前的老师说，家里爸妈太溺爱他了，舍不得逼他，可江鸿觉得也不对，是自己的问题，不能怪罪父母，他们已经很爱他了。

唉——复读一年，我能念上好学校吗？这种人生，什么时候才结束啊？

江鸿趴在桌上，活像一只被晒蔫了的狗。

睡一会儿吧，就睡一会儿。不知道为什么，这趟旅游总是让他觉得很累，仿佛去工地上搬了五天钢筋而不是散了五天的心……

只睡一会儿……睡十五分钟……江鸿心道。

于是江鸿睡着了。复读班上无论老师还是同学，都没空管他，都复读了，谁在乎你读不读。

别的特长他一般般，唯独吃喝玩乐外加睡觉，能够迅速进入状态。

江鸿不仅睡了超过十五分钟，还做了个梦。

他梦见自己穿着一身藏袍，站在宝石般的靛蓝色湖泊旁，梦中他不过十四岁，有着清澈犹如湖泊般的双眼。

突然间狂风大作，天空中乌云密布，湖水轰然炸开。

一条灰色的巨蛟，从湖中飞出，在空中盘旋，天顶雷云凝聚，震撼世间的狂雷正在酝酿，顷刻间朝着巨蛟倾泻而下！

第一拨炸雷共有三十六发，电光瞬间照亮了天际。

"库鲁——库鲁——！"身穿藏袍的江鸿震惊了，他朝着天空激动地大喊。

但雷霆声瞬息将他的喊声掩盖，在那天崩地裂之中，人的力量是如此渺小，羊卓雍措湖畔，江鸿成了一个不起眼的小黑点。

"库鲁——"

六十四发、八十一发天雷接连落下，巨蛟在天际舒展身躯，雷霆使它的鳞甲片片剥落，闪电为它染上了黑金的色泽，它前额的独角在天劫之力下粉碎，仿佛引走了天怒的避雷针，取而代之的，则是两只漆黑的龙角在不断生长。

"库鲁——！！"江鸿双眼倒映着雷电，与那漆黑天空下盘旋的黑龙。

最后，天空中一发雷弹，竟是朝着他射来。

那条龙马上飞向江鸿，替他挡了一发雷电，空中无数黑色的鳞片，犹如烈火后的灰烬，在风里飘扬，散开。

"铃——"下课铃响，江鸿蓦然醒了。

"哦，已经下课了吗？"江鸿揉揉眼睛，再看黑板。黑板上密密麻麻，全是笔记。

"好累啊。"江鸿坐上他爸的车时，已经是晚上九点十五分了。

"累就对了。"江父聚精会神地开着车，说道，"人要生活，要努力，要拼搏，哪里有不累的？你看老爸年纪一大把了，也要陪吃吃喝喝、陪应酬，都累。"

"爸，我觉得我真的不太适合念书。"江鸿说，双眼望向外面梦幻般的路灯。

"别这么说，"老江对儿子很疼爱，他本想安慰几句，却念头一转，说道，"你也许在学习理工科上没有天赋，但考个好的大学，还没有到需要动用天赋的地步。

"人一生中需要不断地去尝试，才能找到最适合自己做的事，但是啊，儿子，如果你现在放弃了，就连尝试的机会也没有了。"

"嗯，我会认真学的。"江鸿心想，明天一定不能再走神睡觉了。

江鸿从小没被打过骂过，凡事家里都与他讲道理，他也明白道理，只是偶尔仍免不了会抱怨几句。

回到家时，母亲已做好了消夜，父子俩吃过，江鸿便早早躺上床去睡觉了。

这几天他总觉得自己很累，注意力更难集中，也许因为玩了一圈，假期后遗症还没结束，只能慢慢调整了。

临睡前，江鸿整理书包与钱包，突然发现了夹在钱包里的一个东西。

那是一片有点儿像贝壳一般的、比一元硬币稍大、不到一毫米厚的薄片，打开钱包时，"当啷"一下掉在了书桌上，弹了几下，质地很坚硬。

江鸿："嗯？"

江鸿拿起那片东西，有点儿像海鲜带子的壳，对着台灯看，充满了年轮般细腻的纹路，纹理犹如偏光的光栅，折射出绚烂的色彩。

平放在手里，这片漆黑的东西又隐隐泛着金光。原本锋利的边缘似乎经过人工打磨，已变得平滑柔和。

这是什么？江鸿想了想，好像是个护身符？是护身符吗？可是我从哪儿得到的护身符？晋恩寺？这上面分明什么也没写。

江鸿第一直觉是，这是有人给他的护身符，却不知道这直觉是哪儿来的，反正就是认定了。

于是江鸿从抽屉里找到了红绳，在护身符外缠了几圈，把它缠紧，做成一个可以戴的简单项链，收进钱包里，用手工来让自己紧张了一整天的脑子放空片刻，再关灯，睡觉。

"爸。"

翌日清早，江鸿吃过早饭后朝父亲说："今天放学不用来接我了，我自己回家吧。"

父母各自"嗯"了声，江鸿便决定从这天起，自己坐地铁上学与放学，不再麻烦父亲接送了，毕竟父亲也很辛苦。

8月16日，处暑将近，地气鼎盛，地脉活动至此达到顶峰。

大地某处，地下深坑之内：

那是一个广阔的空间，从地面直到穹顶，悬壁内嵌着数以万计的石窟，每个石窟内"住"着一具全身赤裸的身体，那躯体犹如雕塑，又似生者，唯独双目紧闭，仿佛陷入了漫长的沉睡。

一些躯体乃是人的胴体，另一些则在面部出现了妖的特征。

石窟前则绘着发光的符文，符文衍化为锁链，锁住了各自封印的石窟内那些赤身裸体的身躯。

在这万神之窟深处，地脉炽盛之光照耀了广阔的空间，流动的地脉能量通往每一个石窟，源源不绝地供给着这些躯体维持存在所需的养分。

地脉血管汇聚之处，有一个巨大的池子，池畔种满了蓝色的发光花朵。

一个男人出现了，他往池畔走来，地脉的池水幻化出人脸形状，仿佛池中藏匿了一只巨大的黑影，男人便隔着池水，与那妖兽对话。

"驱魔师委员会情况如何？"池水中的声音说道。

男人身穿白衬衣、黑西裤，戴着谷歌的分析眼镜，三十岁上下。

"一切都很顺利，"男人说道，"驱委内部多年来机构臃肿不堪，这一次换届后，驱委已不足为患，只要有足够的耐心，一定能一举拿下。"

他的手中有一团黑色的稳定光球，犹如一个小小的黑洞，光球出现之时，地脉的明亮光芒便稍稍暗淡下去，就像这个空间内的光，都被那黑洞吸走了一般。

"现在我们的目标是拿下曹斌。"男人又说，"原本苍穹大学防守得很严密，但这次，他们的招生招错了人，恰好给了我们一个突破口，现在，我需要一个可用的素材。"

"谨慎行动，我们如今的优势是在暗处。"那神秘的声音在池中发出诡异的声响，"注意你的心灯，不要让他们看出端倪。"

"我会非常小心。"那男人说，"我申请使用一个素材。"

"拿去吧，"那声音缓缓道，"只要拿下苍穹大学，我们会有更多的素材。"

男人抬头，望向万神之窟的某个方向。

这天，山城下起了特大暴雨，早上离开家时雨还不大，江鸿拿了把雨伞就去挤地铁了。抵达学校后，雨越下越大，气温慢慢地降了下来。

午饭后，操场开始积水，培训机构在地势较低之处，暴雨倾盆，从天上哗啦啦地直往地上倒，学生们早已见怪不怪，每年夏天山城、江城等地都会有强降雨，已经习惯了。

到得下午四点，雨越来越大，伴随着雷鸣，雨水声与打雷声掩掉了老师的声音，大家都听不清老师在说什么，只得改为自习。学校门口的积水已经淹到膝盖了，看这样子，今天的雨还将继续下。

父亲给江鸿发了消息：晚上我还是来接你吧。

江鸿有点儿担心，但五点半时，公司地下车库进水了，父亲的车泡在积水里，暂时不能蹚水出来，于是江鸿又改为自己回家。

学校通知今天可以不上晚自习，但雨实在太大，不少学生还是决定在教室里自习到雨小一点儿再回家。

现在的江鸿已再没有上学时的侥幸心理，一点儿不期望明天因为暴雨预警放假，毕竟读书是自己的事，考不上想去的学校，一年光阴就相当于浪费了，有意义吗？没有。所以他也不想放假，更主动留下来晚自习。

他把培训机构发下来的、今年的高考卷子重新做了一次，开始对答案，大概知道自己错在什么地方。直到晚上九点，雨终于变小了。

家里发来消息，问他情况怎么样，江鸿让不要担心，父母就真的不担心了，江父与江母向来很相信儿子面对问题的能力，互相之间也有着很好的信任。

直到九点二十，学生们几乎全走光了，江鸿对完最后一道题的答案，才收拾书包，关上教室门回家。

"要不然，还是让爸爸来接我吧……"江鸿走出学校时，倏然就改了念头。

学校外面的积水到膝盖深，四周黑漆漆的一片，路灯一闪一闪，还下着小雨，漆黑的水面波纹荡漾，底下仿佛有什么恐怖的怪物……

但是现在叫老爸来接，又要回学校等上至少半小时。

江鸿回头看，发现学校里的灯全熄了，一个人也没有。

啊啊啊——好恐怖啊！！

江鸿内心天人交战，最后还是硬着头皮，脱了鞋子，先走再说，等走到人多的地方就好了。

他战战兢兢地在路上走着，总感觉水里有鬼，会随时从黑暗的水面冲出来，"哇啦"一声巴在他的肩背上。

连续下了一整天的雨，气温骤降到二十来度，风一阵阵地吹，吹得江鸿全身发抖。

"有人吗？"江鸿涉水往前走，蓦然回头，"谁？谁在那里？！"

江鸿头皮一阵阵地发麻，从钱包里取出那个护身符，也不管有没有用，揣在裤兜里。

走过两条街，江鸿看见商业街临近打烊，有了灯光，稍微安心了点儿，买了串轰炸大鱿鱼，让店家切开，放在一个纸袋里用竹扦戳着吃。

十点，他终于走到了公交车站，裤子湿透了。

最后一班公交车不会已经走了吧……江鸿看了一会儿站牌，车站亮着灯，等公交的只剩他自己。

江鸿："……"

江鸿左看右看，又有点儿紧张，拿出耳机戴上，将音乐开到最大，开始吃鱿鱼，借咀嚼来缓解紧张感。

《巴赫十二平均律 C 大调》前奏曲响起。

在那静谧的深夜里，公交车站顶棚、广告牌后隐藏的黑暗中，伸出了无数触角，朝着江鸿缓慢地伸了过来。

江鸿："嗯？"

江鸿叼着一根鱿鱼须，转头，触角就在他发现前的刹那，全部收了回去。

江鸿："……"

江鸿睁大双眼，警惕地审视着暗夜中的一切，停下咀嚼，足足二十秒后，继续吃了起来。

公交车到站，江鸿心道谢天谢地！最后一班！

江鸿火速上车，打了卡，车上空空荡荡，只有自己一个人，司机转头看了他一眼，没有说话，江鸿说："辛苦了，这么晚还有车，太感谢您了。"

司机沉默，关上了车门，江鸿到车里坐下，穿上运动鞋，长嘘一口气，继续吃他的鱿鱼，总算可以回家了。

车碾过路边的积水，车窗上满是雨珠，数个黑影贴附在车窗上，江鸿忽而抬起头，看着蒙蒙的车窗外的一切。

已经很久没有报站了。

"师傅——"江鸿说，"这是368吗？"

"是。"司机简短地答道。

江鸿说："我到正大花园。"

司机没有回答，车里一片黑暗，车外的光也渐渐地消失了。

只有江鸿手机上的白光，映着他的脸，他玩了一会儿手机，看见信号只剩下两格，越来越觉得不对。

江鸿把车窗打开一条缝，看见公交车正在漆黑一片的江边走，外头是嘉渝江。

江鸿："……"

他记得368不走这边，这是要去哪儿？！

江鸿瞬间就炸了，说道："师师师……师傅，你这……要往哪儿开？"

"嘉渝江大桥。"司机扳着方向盘，好整以暇道。

江鸿："可是我不过江啊！我要回家！这不是368吗？"

"别着急……"司机慢悠悠地说道，"我先带你去一个地方……"

江鸿飞快地站起来，拉着吊环往前走了几步，只见公交车的车灯射向黑暗，沿江公路漆黑一片，江鸿道："这这这……这是要做什么？！师傅？"

"哎——"司机转头，江鸿看见了平生所见最诡异、最恐怖的景象，那名司机的衣领上，长了一个惨白的、犹如猴子般的、湿漉漉的动物头！

啊啊啊啊啊——！！！！

江鸿登时狂叫起来。

"救命啊——"

江鸿翻出车窗，只想逃跑，却被另一只毛茸茸却又十分坚硬的爪子攫了回来，紧接着是一股塑料绳卷了上来，死死缠住他的脖颈，并不断收紧。

江鸿眼前发黑，两脚死命挣扎，快要窒息了，最后一刻他转过头——

看见了一只黑黝黝的蜘蛛脑袋，它的口器正在不断摩擦，而蜘蛛的眼睛里，倒映出江鸿自己惊恐万分的脸。

江鸿："……"

江鸿的脑袋一歪，不动了。

"别把他勒死了。"开车的猴子说道。

那只巨大的蜘蛛拖着臃肿的腹部,占据了近一半公交车的空间,它的八只脚展开后足有一辆私家车大小,此刻它发出窸窸窣窣的声音,用两只前足"捧"着江鸿,将他带到公交车的前半部分。

但这一次,江鸿却没有昏倒,他的惊吓阈值不知道在什么时候升高了,这种吓死人的场景怎么好像在哪里见过,但是这不重要,这是什么东西啊啊啊!!蜘蛛啊啊啊啊!好恐怖啊啊啊!天啊!!

如果内心独白能具象化,江鸿现在无声的"啊"可以把整条嘉渝江给填满,他的恐惧已达到顶峰,但也许是物极必反,最后一刻,他又突然镇定下来,这样就看不到那个恐怖的蜘蛛脑袋了。接着,他竭力控制住发抖的全身,假装自己晕了过去。

但那蜘蛛似乎不会开口说话,只安静地捧着江鸿,就像猴妖养的一只宠物。

江鸿心里简直翻了天——我我我……我的护身符呢?!为什么不发挥作用啊?!这些到底是什么啊?!啊好困,好想睡觉……不行不行……江鸿全身起了鸡皮疙瘩。

公交车停,放气,开门声响起,似乎上来了一个人,听声音是个女的。

江鸿尝试着把半边眼睛睁开一条缝,看见的是那蜘蛛近在咫尺的、长满绒毛的、像苍蝇一般的脑袋。

江鸿:"……"

江鸿果断又把眼睛闭上了。

"就是这小伙子吗?"那女声说道。

"是。"司机的声音尖锐刺耳。不多时,车又继续开了起来。公交车驶过滨江大道,路上只有三三两两的私家车经过,暗夜里,谁也不会注意到车厢中巨大的蜘蛛黑影。

"像个凡人哦。"女声很温柔,手还在江鸿脸上摸了一把。

司机说:"抓紧时间。"

倏然间江鸿感受到一种冰凉的液体浸泡过全身,随之而来的是一股窒息感,仿佛有什么东西正在朝他的身体里钻,这一次他是彻底窒息了,他不受控制地睁大双眼,感受到身体的剧烈疼痛。

他被一团黑色的黏液包裹住了,透过那半透明的黏液,他看见一个化了浓妆的、年近五十岁的大妈正在笑嘻嘻地看着他。

江鸿这次想叫,却叫不出声,看见她的爪子伸进了黏液里,朝着自己的面部抓来。

世界顿时一片黑暗，江鸿失去了意识。

片刻后，一阵狂风吹来，冰冷的雨水打在他的脸上，江鸿醒了。

"救……"江鸿转头一看，震惊了，脚下是万丈高空，面前狂风大作，他被蜘蛛丝绑在了嘉渝江大桥的顶部，悬挂吊索的巨臂顶上。

巨臂一柱擎天，尖端只有一个不足十平方米的凸起，上面竖着钢柱，天空中闷雷滚滚，乌云里隐约泛着雷光。

那湿漉漉的猴子带着它豢养的巨型蜘蛛，在一旁虎视眈眈。

一名身穿保洁员制服的大妈好整以暇，坐在一旁，朝江鸿说："小兄弟，咱们来聊聊天嘛。"

江鸿："……"

在这种情况下，面前的景象简直说不出地诡异。

"你是什么人啊！"江鸿大声道，"妖怪啊！救命！救命——！"

江鸿这次毫无抗拒，就接受了"世界上有妖怪"的这一设定，连他自己也不大相信，当务之急，是想办法从险境中脱身。

"听说你去了一趟兴安，"那保洁员和蔼地说，"我想问问你，你见到曹斌了吗？你叔叔交给你什么任务？让你去偷智慧剑？"

"那是谁？什么剑？"江鸿带着哭腔，求饶道，"我不认识啊！我没有叔叔！你们是不是找错人了！"

保洁员戴上手套，摊开一个写着"无忧家政"的工具包，江鸿看了眼她的包，刹那魂飞魄散，里面全是镊子、针、手术剪刀等刑具。

保洁员拿着一把手术剪刀、一把手术钳，朝江鸿走来，朝一旁的蜘蛛吹了声口哨，蜘蛛慢慢地爬过来，江鸿心想：该不会是要在我肚子里产卵吧！

"你要干吗？！"江鸿哀求道，"我真的不知道你在说啥啊！这就用上刑了吗？你是容嬷嬷吗？别乱来啊！我看到了我看到了！别过来！"

"……是是是，你刚才说什么来着？"江鸿马上道，"我没听清楚，能再重复一次吗？我太紧张了……"

"智慧剑，"一旁那猴子提醒道，"找到了没有？"

"对对对，就是那个。"江鸿说，"就在那个什么斌的房间里，放在他的枕头底下！我都说了！你可以放我走了吗？"

保洁员与猴子充满疑惑，对视一眼。江鸿心想：自己身上有什么武器？他两手被捆在身边，不停地在裤兜里摸索，忽然想起那个护身符的边缘，说不定可以割破蜘蛛丝，这里距离水面足有五十米，跳下去会摔死吗？

他紧紧抓着护身符,尝试着用它割断蜘蛛丝,但它的边缘实在太钝了。

然而就在他握紧护身符的刹那,心里突然响起了一个似曾相识的声音:"害怕的时候,握着它,喊我名字。"

谁?那是谁?霎时江鸿脑海中一片空白,他总觉得有一个重要的人被遗忘了,无论如何也想不起来,可是那个人又是真实存在的,仿佛几天前才和自己说过话……

……喊谁的名字?谁的?是个男生……他叫什么?

"叫什么啊……叫什么?"江鸿看着保洁员丝毫没有停下脚步的意思,蜘蛛弓起身,排出一枚血红色的卵,足有拳头大。

保洁员已经开始剪开江鸿的T恤,还用酒精棉在他的腹肌上消毒。

江鸿拼命挣扎,死活就是想不起那个名字,喊道:"我能说的都交代了啊!就是那个人!我都忘光了!我只认识陆……"

一道炸雷响起,轰隆巨响,就连两只妖怪也被吓了一跳。

"陆修——!"江鸿死死攥着那枚护身符,他顶着暴风雨狂喊道,"陆修——!陆修!"

天雷声瞬间盖掉了江鸿的呐喊,雷霆隐去,雨水小了些许。世界归于寂静,什么也没有发生。

江鸿:"……"

保洁员:"嗯?"

猴妖怀疑地看着江鸿。

一秒,两秒,三秒……半分钟过去,依旧无事发生。

保洁员说:"这是你最后的机会了,否则我就把你的肚子剖开,把蜘蛛卵塞进去,再缝起来,你放心,小帅哥,一定给你缝得看不出来……"

江鸿终于崩溃了,怒吼道:"你要杀就杀!恶心的妖怪!你有本事就现在杀了我!否则只要老子能动了!第一个就杀了你!妖怪!垃圾——!给我滚——!"

保洁员发出一阵怪笑,显得尤其刺耳:"你真要有这本领,就不会——"

乌云退去,月亮出来了,柔和的月光照耀之下,嘉渝江中,出现了一个巨大的黑影。一阵金铁交鸣响起,震耳欲聋,犹如磐锤拖过古老的洪钟,留下嗡嗡的共振。

猴妖与那保洁员同时转头。

月光下,一条近二十米长的巨龙从嘉渝江中飞跃而起,带着滔天的浪花,水花飞溅,每一片鳞都闪烁着月亮的辉光,四散的每一滴水珠,都折射出明月之下的大千世界。

黑龙嘶吼着从江中飞起，撞向桥梁悬臂，两只妖怪同时抬头，现出震惊、恐惧的神色，甚至忘了躲避。

江鸿怔怔看着天空，这一切不过发生在短短的三秒内，以他的视角，只看见一个遮蔽天空的巨大黑影。

下一刻，悬臂顶崩开了一小块，千丝万缕的蛛丝飞散在空中，江鸿下意识转身，张开手臂，朝着嘉渝江里跳了进去！

五十米！老天保佑！压水花！江鸿在心中默念，千万不要在水面上撞死啊！

然而顷刻间那黑龙轰然而来，以龙角接住了他，带着他在空中一个盘旋，江鸿紧紧抱住了龙角，大喊道："这又是什么东西啊啊啊——"

黑龙："……"

黑龙一口龙焰差点儿喷错了方向，然而那猴子已飞速冲下了大桥，保洁员发出尖锐的怪叫，展开肉翅，竟化作蝙蝠飞走了。

黑龙怒火滔天，却找不到发泄对象，长尾一扫，直接将那蜘蛛拍死在桥梁上。

江鸿："等等……等等！"

没等江鸿喊完，黑龙便带着他，再次一头扎进了江里，"轰隆"一声入水，江鸿晕头转向，只觉得四面八方全是气泡，他下意识地抱紧了龙角，却突然抱了个空——

黑龙消失了。

江鸿奋力往江面上游，身边又出现了一双手臂，从背后紧紧揽住了他。

那是个身材修长的青年，他抓紧了江鸿，在漆黑的嘉渝江中不断往上游。

寂静中，江鸿停下动作，任凭他带着自己游向水面。

江鸿曾经参加了高中游泳队，水性一直很好，但这青年显然比他更熟谙水性，他便放松自己，等待救援。

孰料那青年见他突然不动，以为他溺水了，紧张地让他转过脸，看他的双眼。

江鸿："嗯？"

一点点微弱的光里，青年的双眼清澈无比，眼中带着担忧神色。江鸿指指上面，再指指自己的咽喉，意思是不快点儿上去吗？

青年便揽着他，一路出江面。

江鸿"呼"地猛喘气，那青年带着他慢慢靠岸，两人最终湿淋淋地在满是鹅卵石的江滩前上岸。

江鸿死里逃生，差点儿肚子里就被种了蜘蛛卵。

"来晚了，"那青年道，"抱歉，江鸿。"

"你你你，你怎么认识我？"江鸿咳完后，惊讶地道。

两人对视，江鸿短暂地静了一会儿，慌忙道："你是……陆修！"

"你都想起来了？"

这次轮到陆修惊讶了，他们并肩坐在江滩上，陆修注视着他的双眼。然而迎接他的，是江鸿茫然的目光，他明显对此一无所知。

"是你吗？"江鸿左右看看，生怕妖怪再追上来，紧紧地抓住了陆修的手，他有点儿语无伦次地说，"我也不知道你是谁，只是我突然想起来，喊出这个名字……叫作陆修的人，就会来救我……你是谁？"

"没事了。"陆修最后说。

雨又下了起来，陆修打着伞，与江鸿走在路上，夜十二点，过往的车越来越少，江鸿拦了几次都没有拦到出租车，两人浑身湿淋淋的，全身往下滴着水。

陆修穿一件白衬衣，浸湿后贴在身上，现出青年人白皙的皮肤与身材轮廓。

"你……你是什么人？"江鸿觉得在他的身边很安心，但依然对他充满了好奇。

陆修答道："我是一名驱魔师。"

"驱……驱魔师？"江鸿茫然道，"那是什么？"

陆修示意他继续拦车，说道："不用怕，我是来保护你的。"

江鸿深吸一口气，这夜惊魂甫定，总算好些了。

二十分钟后，江鸿拦到一辆出租车，他求助般地看着陆修，不太想与他分开，陆修却示意，愣着做什么？上车啊。接着自己也坐了上去。

"太好了！"江鸿如释重负，说，"你陪我回去吗？你住哪儿？要么住我家？"

"我送你到家门口。"陆修答道。

江鸿说了地址，出租车开上嘉渝江大桥，回往渝中半岛。

"你是不是认识我？"江鸿忽然道。

"嗯。"陆修沉吟。

江鸿还有点儿疑神疑鬼，他有许多话想问，奈何当着出租车司机的面，不好胡说八道。

江鸿小声说："道长……你有微信吗？"

陆修凑过来，江鸿摸出手机，以为他要帮自己添加，陆修却在他耳畔缓慢地说："不要叫我、道、长，否则我会动手揍你。"

"好好……"江鸿忙道歉。

陆修那眼神简直能杀死江鸿，接过手机，输入自己的微信号，让江鸿添加，又把手机扔了回去。

出租车很快就抵达了江鸿家外，那是个别墅小区，江鸿刷了门禁，要带陆修进去，陆修却说："我就送你到这里。"

江鸿转身，还有点儿害怕，想邀请他与自己一起回家，陆修却道："你不用怕，他们不会再来了，回去好好睡吧，忘了这件事。"

江鸿忽然说："陆修，我们是不是在兴安认识过？"

陆修万万没想到江鸿会这么问，短暂沉默后，点头道："是，你想起来……你怎么知道的？"

江鸿站在小区外，回过身，说："我发现我去兴安玩了一圈，回来什么都不记得了，身上还多了这个护身符，咱们是不是认识？后来因为什么，你把我……我的这段记忆被消除了？"

"你很聪明。"陆修扬眉道。

"所以咱们认识很久了，是不是？"江鸿猜对了，他一点儿也不笨，只是在念书上不怎么开窍。

"不算很久。"陆修说，"你不回家？不怕你爸妈担心？"

江鸿惊醒，一看手机，一点了。

"可是你住哪儿？你全身都湿了，去我家换件衣服吧……现在还有车回去吗？"

"我保证从现在开始，你是绝对安全的。"陆修道，"不要跟任何人提起今天晚上的事。"

"伞给你。"江鸿递给陆修自己的雨伞，陆修却不接。

"陆修，"江鸿说，"我们还会再见面吗？"

"你不是能召唤我？"陆修淡淡道，转身离开。江鸿注视着他的背影，转身飞奔进小区。

父亲已经睡了，母亲还在等他回家，看见江鸿全身湿透，说："我们都要报警了！你跑哪儿去了？"

"嘘。"江鸿示意别吵醒了爸爸，好说歹说，朝母亲千道歉万保证，母亲才生气地回房去。

江鸿疲惫不堪，回房间拿衣服洗澡，朦胧的水汽里，他翻出了那枚护身符，在灯光下端详。

叫他的名字，他会出现吗？呃，我正在洗澡，还是不要喊了吧。

江鸿洗过澡，只觉得今天实在发生了太多的事，就像做梦一般，但自己从小到大的十八年里，也终于碰上一次灵异事件了。

只是有些事一旦过去，就显得极其不真实，江鸿甚至开始怀疑自己到底有没有经历过嘉渝江大桥上的一切，唯独身体的酸痛提醒着他，这不是一场梦。

午夜，雨终于停了，乌云散尽，现出漫天的星辰。

江鸿的家是联排别墅，他的卧室与书房在三楼，午夜两点时，终于熄了灯。

此刻，陆修正躺在江家的屋顶上，闭着双眼，感受着那温柔的夜风。

阳光灿烂，照进卧室里。

江鸿这一夜做了无数稀奇古怪的梦，就像随着一觉过去，什么妖怪、嘉渝江大桥、蜘蛛卵，统统成了幻觉，就连陆修也变成了梦里的人。

他一会儿梦见自己骑在一条龙的脑袋上，抓着龙角，在天地间遨游；一会儿又梦见他们撞上迪拜塔掉了下来；还梦见蜘蛛与蝙蝠在啃噬自己的身体。

但每个梦都不如何恐怖，或者说在梦里，江鸿体会不到惧怕的情感，明明呈现出无数惊心动魄的场面，却仿佛有着强大的精神力量，镇守在他的梦境之上，犹如一道结界。

唯独枕边的护身符提醒着他，这一切真实地发生过。

直到今天早饭时，江鸿恢复了理智思考，才觉得这一切实在太不真实了。昨天晚上发生的事，简直击碎了他的世界观啊！

世上有妖？！这代表着什么？还有法术？超自然力量！这简直不亚于外星人的发现！那么人死了是不是就意味着有鬼魂了？这么想来，鬼魂好像也不那么可怕了，如果鬼把我吓死了，那我也变成了鬼，大家不会很尴尬吗？

妖一旦被发现，是不是就一点儿也不神秘了？就像科学家发现新的物种一样？

江鸿的知识体系受到了暴击，正在他咀嚼这暴击的滋味时，父亲的通知让他受到了第二轮的暴击——

"爸妈要出去玩几天，"江父温和地说，"你要和我们一起去，还是留在家里学习？"

这不是废话嘛，江鸿当然哪儿都不敢去，都复读了，还敢到处玩？当然父亲也是本着凡事都尊重他的抉择的教育理念。

"你们去哪儿？"江鸿问。

"你爸爸带我去兴北玩，"江母显然很得意，"顺便去兴海。"

虽然出不了国，但江父与江母明显在家是待不住的，江父去考察，顺便带江母去玩。

"去吧。"江鸿酸溜溜地说，"多拍点儿好看的照片，什么时候去？"

父母结婚多年,依旧恩爱,显然也有他们自己的生活,原本江父安排的是,等江鸿考试结束,相当于为人父母也解放了,便给自己与老婆安排了个为期一月的大环线,到兴海湖去扯横幅,隔空为儿子庆祝。

结果江鸿回来复读,让父母的美梦成空,但环线还是要玩的,于是江父与江母就决定把儿子扔在家里,自己也去散心了。

"下午就出发了。"江父说。

"那还问我去不去!"江鸿抓狂道,"根本就没有打算带我嘛!"

"知道就好。"江母嘲讽道,"认真念书吧你。"

"我上学去了。"江鸿无奈道。

"拜拜——"父母与儿子告别,击掌,耶,开始放假喽!

还有一年时间才考试啊……昨天的妖怪为什么会找上我?

江鸿顶着大太阳,走出小区,还在思考那件事,小区外的路边停着电动车,几名外卖小哥在扎堆玩手机聊天。

江鸿突然看见路边小面馆临街的小桌子前,坐着一个人。那人背对着他,但江鸿认出了那背影,犹如早已熟悉。

"陆修!"江鸿快步过去。

陆修已经吃完早饭,似乎正在等他,今天的他穿着白衬衣与黑西裤,戴着副墨镜,侧头看了江鸿一眼。

"我……上学去。"江鸿说,"你怎么在这里?"

"我被派来保护你。"陆修说。

江鸿愣愣看着他,片刻后,陆修若无其事起身,示意他走啊,等什么。

"这个给你吧。"江鸿拿出牛奶,问,"你陪我去学校吗?"

他有许多问题想问,幸而陆修没有离开的意思,跟在他身后,两人并肩进了地铁站,经过高中站时,不少学弟学妹被陆修吸引了目光。

好酷!江鸿心想,而且陆修还是个驱魔师,这职业显得更酷了!

"昨天……"江鸿小心翼翼地问道。

陆修倚在地铁门边,眼神隐藏在墨镜的遮挡后,江鸿不知道他有没有在看自己。

陆修扬眉,示意问啊。

江鸿:"他们为什么会找上我?"地铁里人很多,江鸿问得很克制,且很小声。

"找错人了。"陆修的回答简明扼要。

江鸿:"……"

江鸿转头看看四周,地铁拥挤的人群中,不少人在看他俩,带着好奇的目光,但江鸿知道这些人只是觉得他俩长得年轻好看，大家都戴着耳机，时不时瞥他俩一眼。

江鸿也分出一个无线耳机，朝陆修递了递，陆修满脸疑惑地接过，戴上，与他一起听起了音乐。

江鸿便趁机又靠近些许，陆修比他高了七八厘米，便稍稍低头，鼻梁恰好到江鸿的额头，车厢内十分拥挤，陆修便腾出一手，搭在江鸿身后。

"那……"江鸿又忍不住发问，他总是很难找到机会，不是这儿有人，就是那儿有人，现在不问，待会儿到了学校更没机会了。

"……昨天我看见的，那条黑黢黢的东西，"江鸿又问，"是什么？"

陆修莫名其妙："蛐蛐？什么蛐蛐？"

"黑黢黢"是山城话，意为"黑黝黝"的东西。

"一条黑色的怪物，"江鸿问，"后面还飞起来了。"

陆修："嗯？"

陆修倏然警惕起来，摘下墨镜，认真地端详江鸿，皱眉道："黑色？怎么会是黑色？你在哪里看见的？"

江鸿一脸茫然，手掌做了个"从水里飞跃而出"的动作。陆修总算明白了。

陆修："……"

陆修又戴上了墨镜。

江鸿追问道："那是什么怪物？"

陆修不回答。

地铁到站，又有人从陆修那边上车，早高峰时间，大家使劲开始挤，把陆修挤得与江鸿贴在一起。

"哎！轻点儿！"江鸿怕有人趁机揩陆修的油，陆修伸手揽住了他。两人朝侧旁避开了少许。

"那是我的魔术。"陆修面无表情地说。

江鸿："啊？"

"还想看吗？"陆修嘴角微微勾了起来，危险地问道。

江鸿忙道"不了不了"，没明白陆修的意思。

"好热。"江鸿下了地铁，徒步走向学校，陆修一路跟在他身后，他的白衬衣背脊处也出了不少汗，现出漂亮的背部轮廓。

"你和我一起去上课吗？"江鸿又问。

"不去。"陆修说，"我就到这里。"

说毕，陆修在培训机构外的小卖部前坐了下来，侧头看一群放假的小孩儿买冰棍，再看江鸿，示意你去上课吧。

"那你等我放学？"江鸿又问。

陆修拿着江鸿给他的牛奶，戳上吸管开始喝，没搭理他。

机构内打第一次铃，催促上课，江鸿只得走了。

他的书包昨夜被水泡湿了，只得另找了些复习资料，但每天上课也是下发题目，做卷子，又不怎么影响。今天全天都是做卷子，发了十二套真题下来，大家要用一天的时间做完，也可以带回家做，明天再开始讲题。

早自习时间，大家睡眼惺忪，开始争分夺秒地写卷子。

江鸿忍不住朝学校外面看，从五楼的教室，恰好能看见小卖部房顶，却看不见陆修。

他在做什么？他是来保护我的吗？那么他这几天，会不会寸步不离地跟着我？这么热，也太辛苦了吧……江鸿心想，这名驱魔师真的好帅啊，而且不像贺简那种帅……咦？贺简又是谁？……就是那种帅哥的帅而不是明星的帅，没化过妆……我要不要去看看他？江鸿还有很多问题想问。

复读真的好痛苦啊啊啊——江鸿纯靠毅力在坚持，他的身体虽然在教室里，灵魂却已经飞到了学校外面的小卖部。

我去看看他吧……卷子带回家做，今天一定会写完的。

江鸿收起包，蹑手蹑脚地从后门溜了出去。

小卖部外面，陆修又不见了。

"啊……"江鸿左右看看，自言自语道，"走了吗？老板，刚才那个帅哥去哪儿了？"

"哦，他买了根冰棍吃，吃完就走了。"老板答道。

江鸿顶着炎炎烈日，想了一会儿，拿出护身符。

"陆修？"江鸿捧着护身符，犹如指南针一般，在学校门外乱转悠，"陆修——陆修——哇啊！"

江鸿刚转过身，差点儿撞在陆修身上。

陆修摘了墨镜："怎么出来了？回去上课！"

江鸿拍拍书包，说："今天做题，卷子已经拿到了，我带回家写吧，刚才你去哪儿了？你也在找我吗？"

陆修简直拿江鸿没办法。

"我要去办点儿事。"陆修说，"不上课了？"

江鸿说:"不上了,找个凉快点儿的地方吧,我还有事情想问你。"

陆修转身就走,江鸿忙跟在他身后。

江鸿:"驱魔师是做什么的?"

陆修:"……"

江鸿:"可以再让我看看你的法术吗?搓个火球让我见识一下吧。"

陆修:"……"

江鸿:"你为什么会来保护我?可以说说咱们是怎么认识的吗?"

陆修:"……"

江鸿:"那些妖怪是做什么的?为什么会抓我?抓错人的话,那他们本来想抓谁?"

陆修:"……"

江鸿:"你要去办什么事?"

陆修走进一家星巴克,点了两杯咖啡,把江鸿摁在桌前。

"做卷子。"陆修说。

"饶了我吧!"江鸿叫唤道,"十二套,做到天黑也做不完啊。"

陆修不为所动,江鸿只得乖乖拿出卷子,在陆修眼皮底下开始做。

陆修:"又做什么?"

江鸿:"我去加点儿糖——!这咖啡苦死啦。"

江鸿的人生简直与不加糖的冰美式一样苦,他磨磨蹭蹭,拿出卷子开始做,刚开始做了选择题,陆修便想把这沓卷子卷起来抽死他。

"这么明显,"陆修按捺住脾气,说,"B是空集,你为什么选B?"

"三长一短选最短啊。"江鸿茫然地说。

陆修:"……"

陆修拿过草稿纸,演算给他看,全程安静,江鸿恍然大悟地说:"哦——"

"懂了?"陆修问。

江鸿:"不懂。"

陆修:"……"

"开玩笑的!"江鸿说,"懂啦!"

江鸿在题目上做了个记号,又接着往下做,陆修见他也不算,随手选了个A,忍无可忍,问:"这是三短一长选最长?"

"不是!"江鸿分辩道,"这道题我做过!"

陆修看了眼题目,心算数秒,这才放过他。

"你学什么的?"江鸿好奇道,"你数学真好啊!"

"驱魔学专业。"陆修答道。

江鸿赞叹道:"驱魔师还能辅导数学。"

陆修:"我也没想到!学了个驱魔专业还要给你辅导数学!快做题!别分心了!"

陆修快要暴走了,江鸿马上收拾心神,认认真真地往下写。一大半题目都做过,卷子倒是做得很快,每年的题型都八九不离十,偶尔碰上实在不会的,陆修便认真给他讲题。

中午江鸿去点了星巴克的午餐,两人吃完,江鸿又强打精神写试卷,最后在两点时总算全做完了。

"你也不笨,"陆修皱眉道,"考试怎么才考这点儿分?"

江鸿自言自语道:"考试前我爸给我请了个老师补习,分数提高了不少,可能考场发挥失常了吧?可是你真的好强,你怎么什么都懂?我还不知道……"

陆修简直是个学霸,全身都是优点,江鸿实在太崇拜他了。

"不知道什么?"

"咦?"江鸿短暂地想了下,自嘲道,"我总感觉和你认识了挺久,结果才一天啊。等等我,你去哪儿?"

陆修走出咖啡店,在路边等公交,江鸿便跟他一起等。

"我可以跟着你吗?"江鸿也不知道该去什么地方,只想跟着陆修。

陆修:"不要问长问短,就让你跟着。"

江鸿:"那你先回答我……"

"我不会搓火球,光天化日,不能施法给你看,现在也没必要施法,施法会被驱委的督察盯上!认识的过程既然想不起来了,就是不能让你想起来。他们为什么抓你我也不知道,我现在正要去确认是不是抓错人。我也不知道他们想抓谁。"

陆修总算正面、一口气回答了江鸿所有的问题,又道:"最后,驱魔师的工作就是收妖,回答完了,懂?"

江鸿:"哦,可是那为什么不叫收妖师,要叫驱魔师呢?"

陆修:"……"

"好,我不问了。"

江鸿只觉得越来越崇拜陆修了,长得又高又帅不说,还这么酷,还是学霸!

男生对男生的崇拜之情总是十分直接,交到这么厉害的朋友,江鸿汹涌澎湃的情感简直无处安放,千言万语,化作跳起来巴在他背上,兴奋地大叫道:"哥!

你好酷啊！帅呆啦！"

陆修："给我下来！这里是公交站！"

陆修在校场口公交站下了车，快步穿过解放路，拐进一条巷子。

"这里我熟。"江鸿从小在七星巷长大，说，"咱们要去哪儿？去十八梯吗？"

陆修："从现在开始，什么都不要问。"

十八梯正在改建，那是一条从高处上半城，延伸往山脚码头的长长梯级，从山脚往上看，犹如登天的云梯，两侧又有无数小道回旋来去，彼此穿插，就像一棵枝繁叶茂的大树。

陆修带着江鸿，快步从梯顶走下来，两边俱是坐在街边用扁担竹篓卖菜、卖水果的小贩。

两百多梯级，陆修走了不到三分之一，就停下了脚步，似乎有点儿狐疑，路边有家火锅店，正是打烊时间。

"是这家火锅店吗？"陆修自言自语道。

一个大妈在店外绣十字绣，闻言抬头，说："从桌子穿过去，直走就是了。"

"谢谢。"陆修点头，带着江鸿穿过巷子里乱七八糟的桌子，朝幽深的巷子深处走去。

江鸿紧跟其后，走出巷子，突然又回到了十八梯上。

江鸿："啊？"

陆修走在前面，头也不回地抬手，示意不要问。

这是彭罗斯阶梯吗？！江鸿心道见鬼了，我刚刚才从那边过来，怎么又回到十八梯上了？

"十七、十八、十九……二十。"陆修数着台阶，到了某一级上，又转身往右，江鸿还在四处张望，陆修已抓住他的手腕，把他拖了过去。

"别离开我太远。"陆修那口气显然有点儿不耐烦。

江鸿被陆修拉着往前走，第三次上了十八梯。

江鸿："怎么回事！"

要不是有陆修在，江鸿铁定会骇然大喊鬼打墙了，接着陆修又开始数脚下台阶。

"七十三，七十四……"这一次陆修左转，江鸿突然发现，路边的人已不知在什么时候，全部消失了！台阶上空无一人，面前是一条寂静的、爬满青苔的小巷。

穿过那条小巷后，陆修放开了手，两人并肩站在巷外，江鸿发现自己又回到了平地上，一侧就是嘉渝江，这是滨江路的某一段！

空间发生了奇异的错位，仿佛在一个入口处连下十层楼梯，出来还是平地？！

呃……不过这对山城来说,也没什么奇怪的。

江鸿总算也领略到了外地人口中的"魔幻3D山城"了。

在他与陆修的面前,出现了一座民国建筑,两侧全是茂密的银杏树,时值盛夏,银杏树的叶片在阳光下现出翠绿,江风吹来,江面上还有水鸟。

江鸿震惊无比,看着那栋三层民国小楼前悬挂的镏金招牌,十个金光闪闪的大字:驱魔师委员会山城分部。

"哎哎,什么人?"传达室内是个老头儿,说道,"叫什么名字?来来,过来登记!预约了没有?找谁?"

陆修停下脚步,看了传达室里一眼:"找吴宿远。"

老头戴上眼镜,翻开一本访客记录,查今天的预约,说道:"叫什么名字?"

江鸿好奇地躲在陆修身后,观察附近情况。

"陆修。"陆修答道,"他认识我。"

刹那空气仿佛凝固了,老头缓缓拿下眼镜,从老花镜后看了陆修一眼,放下那本访客记录,在传达室里退后,继而火速打开传达室的门,朝小楼里直奔而去。

江鸿:"他怎么了?"

陆修:"不知道。"

江鸿还是第一次看见六十岁左右的长者能跑出这个速度,陆修却一脸淡然,站了一会儿,伸手打开传达室的窗,拿出访客记录翻了翻。

半晌无人搭理,陆修又说:"走吧。"

霎时,这座民国风格的三层小楼不知道从哪儿涌出来近百人,全部站在二三楼的走道上朝下看,一楼各个办公室里,办事员们纷纷出来,各自关上背后的门,警惕地看着陆修与江鸿。

"呃,"江鸿说,"怎么回事?他们都是驱魔师吗?"

陆修已经惯了这景象,说:"刚才答应了我什么?"

江鸿想起来答应了绝对不问东问西,但眼前这一幕实在太奇怪了!整个驱魔师委员会如临大敌,各自以防备的姿势面朝陆修。

"是你啊。"三楼出来一名中年人,两手按在栏杆上朝下看,"什么风把你刮到山城来了?请上来吧,真是稀客。"

这架势,就像他们是来一个帮派驻地谈判一般。

陆修带着江鸿上楼梯,抱着文件的妹子在拐角一侧站着,仿佛穿行来去的所有工作人员,听见他们到来时,都停下了手头的事。江鸿知道这待遇自然不是针对自己,明显是对陆修的。

这种眼神,怎么仿佛在哪儿见过?

两人上了三楼,那中年人等在办公室外,江鸿心想,这应该就是陆修要找的人了吧?

"请进。"吴宿远四十岁上下,保养得很好,在这里办公,穿着打扮也很有民国风格,戴一副金丝眼镜,就像个卖保险的。

办公室很宽敞,铺了复古地毯,窗帘前还站着四个人,三男一女。

"驱委和苍穹大学,是两个独立的系统。"吴宿远说。

陆修:"所以呢?"

吴宿远嘿嘿一笑,言下之意很明显,我管不着你们,你们也别来找我们的麻烦。

陆修扫了办公室内众人一眼,说道:"有必要这么紧张?打听点儿事而已,又不是来踢馆。"

吴宿远听到这话时,仿佛放下心头大石。

"哦,打听事情。"吴宿远笑了起来,点了点头,指指沙发,示意请坐吧,又用眼神示意,办公室内的其余几个人便沉默地离开。

"喝点儿什么茶?"吴宿远也随意地坐在沙发上,犹如招待前来谈判的重要客人。

江鸿心道:哇,陆修在他们的圈子里这么厉害吗?这人是办事处的主任?对他这么客气?

"随便。"陆修说。

"把小许叫上来一趟。"吴宿远又吩咐手下,旋即带着笑意,试探地打量江鸿。

江鸿有点儿坐立不安,陆修又说:"不用看了,他是凡人。"

"凡人是不能进来这里的。"吴宿远的表情在赔笑,仿佛在客气地责备陆修,怎么能把无关的人带进来呢?

陆修没有回答,吴宿远自讨没趣,于是不说话了,两人仿佛在等待什么,气氛突然显得尴尬了起来。

数分钟后,茶来了,门外又带进来一个小伙子,头发剪得很短,皮肤黝黑,瘦高个儿,却显得很精神。

"这是我们的信息部主管,"吴宿远说,"他叫许旭阳。阳阳,陆哥有些情况,想找你了解一下。"

陆修直到这时才进入正题:"昨天晚上嘉渝江大桥的事,你知道?"

那名叫许旭阳的青年男人有点儿不知所措,看了眼吴宿远,吴宿远又说:"你陆哥问什么,你就答什么,没关系。"

这办事处果然很山城，充满了江湖气。

"知道。"许旭阳便言简意赅地说。

哦，是我的事情啊。江鸿开始渐渐明白了。

"是什么妖？"陆修问。

陆修在黑夜里看不清晰，却没有盘问江鸿，反而朝驱魔师们了解情况。

许旭阳也明白过来，看着江鸿，说："他就是那个被绑架的小孩儿？"

"陆哥在问你话！"吴宿远说，"你怎么反而问起他来了？"

许旭阳忙道歉，陆修摆手示意没关系，反而江鸿注意到吴宿远的额头上滑下一滴又一滴的汗珠。

"你很热吗？"江鸿好心提醒道，"要不要擦一下汗……给你纸巾。"

"谢谢，谢谢。"吴宿远的汗水暴露出了他内心深处的慌张。

"是一只猱，"许旭阳认真说，"和一只蝠妖。我们赶到的时候，他们已经跑了，情况目前还不清楚，不知道他们为什么绑架这位……这位小兄弟。"

江鸿本想说"我也不知道"，但看了眼陆修冷峻的表情，决定还是先不说话。他现在已经看出来了，这群人应该都是驱魔师，负责收妖什么的，而且他们非常怕陆修。

"今天我们已经派了人在正大花园外面蹲点了，不知道晚上他们还来不来。"许旭阳又说。

"藏身之处在哪儿？"陆修说。

"还没有完全查清楚。"许旭阳说。

"有线索吗？"陆修又道。

许旭阳说："他们偷了一辆公交车，368线路，我们特地去查过，没有那名司机。"

陆修的手指在茶几上随意地敲了下，没有说话，吴宿远于是又紧张起来，左看右看。许旭阳说："具体的经过，我们还在调查，据说有人看见，那天晚上袁家巷有黑影出没。"

陆修对山城不熟，思考片刻，吴宿远又道："你加陆哥的微信，有事你随时通知他吧。"

陆修便掏出手机，加了许旭阳的联络方式，最后说："那么，打扰了。"

陆修离开三层小楼时，一切又恢复了正常。

人走后，吴宿远擦了把汗，纸巾湿透，拉开窗帘，看见陆修远去，总算松了口气。

"他们都是驱魔师吗？"江鸿总算逮着机会问问题了。

"嗯。"陆修说。

江鸿的问题多到简直要爆炸了，现在如果不让他问清楚，他宁愿去跳江。

"他们为什么这么怕你？你是领导吗？"

"不是。"

"那为什么……"

"怕挨揍。"

"那你为什么要揍他们……"

"你啰不啰唆？"

陆修与江鸿回到十八梯上，渐行渐远。

"陆哥！"一个声音喊道。

陆修与江鸿转头，看见一个外卖小哥穿着制服，戴着头盔，正是刚才那名信息部的主管，许旭阳。

江鸿："……"

"待会儿我让下属去袁家巷打听打听。"那外卖小哥挟着一辆电动车，轻轻松松，没事人一般与他们一起爬十八梯，"您的手机注意保持开机。"

陆修点了头，没多说，许旭阳跑得飞快，一会儿到前面去了。

"哦，对了，晚上又有降雨，你们要点外卖记得提前点儿！"

江鸿："这……他真的是驱魔师吗？"

陆修那表情简直拿江鸿没脾气了。

江鸿："哦，对了，他们为什么要抓我呢？这些驱魔师也没查出来。"

陆修："你总算想起该问的了？"

江鸿说："我感觉我也没招谁惹谁啊。"

陆修站定，开始等待江鸿主动回忆，江鸿在夕阳下想了大约三分钟，抬头，充满期待地看着陆修，说："咱们去吃饭吧？我带你去吃好吃的？"

陆修："……"

夜幕低垂，整个山城瞬间变得热闹起来，与白天晒蔫了的模样判若两"城"，街道霓虹闪烁，巨大的LED广告在高楼大厦间跃动。街边所有的火锅店仿佛约好了一般一起开业，成千上万的食客也犹如约好了一般，占满了所有的桌子。

空调开得很足，犹如来自西伯利亚的飓风，从每个老板娘身后的柜台高处涌来，冲向街道。桌椅拥挤不堪，奔驰与大众缓慢地从火锅桌旁穿过，服务员捧着装满小碗的铁盘，在桌与桌之间穿梭来去上菜，提着暖瓶装满冰镇绿豆汤的老太太挨桌叫卖。

"我不挑食。"陆修坐下就说。

"什么？！"江鸿正在点菜，"这家巫山烤全鱼很好吃！"

"我什么都吃！"陆修只得大声道。

周围实在太吵了，都在喝啤酒划拳。江鸿点了条烤江团，想了想，说："晚上住我家吧！你不是山城人，对吗？"

临街餐厅实在太吵了，江鸿只能扯着脖子喊，但晚饭还是很好吃的。

"驱魔师还要送外卖吗？"江鸿坐到陆修旁边，说道。

陆修心道你怎么喜欢关注这种事，做了个手势，说道："不知道！个人爱好吧！"

江鸿："那你有别的职业吗？"

陆修："没有！我还在读研究生！"

"你为什么要揍他们？"

晚饭总算吃完了，江鸿与陆修沿着滨江路，慢慢地走回家去，沿途灯火繁华，江面上还有闪烁着霓虹的游船，对岸则是如帆船般的大剧院。

"我为什么不揍他们？没拆了他们办事处算客气了！"陆修反问道，"守护山城的是他们，你被妖怪劫持了，责任都算在他们头上。"

江鸿说："可是我被绑架，他们也不知道的嘛。"

"驱委有专用的监测仪器，"陆修又说，"什么都不知道，要他们做什么？"

"最后还是你来了。"江鸿说。

"我要是来晚了呢？"陆修说，"你就有危险了。"

江鸿"嗯"了声，他总觉得那个外卖小哥挺辛苦的。

"驱魔师的待遇很好吗？"江鸿问。

陆修随口道："还行吧，一份活儿而已。"

道长收妖看上去很神秘吧？对他们而言，也不过是糊口的营生，这么想来，江鸿忽然觉得也没那么神秘了。

江鸿："为什么要当驱魔师呢？"

陆修："嗯？"

陆修不知道江鸿问的是"大家"，还是单指"自己"。

"我没的选，"陆修说，"也不想学别的。至于他们，我就不知道了，也许是为了世界和平吧。我不知道为什么不叫收妖师要叫驱魔师，不要再问我这个问题。"

江鸿哈哈笑了起来，把挎包换了个方向背着，转身在江边倒退着走。

"好酷啊。"江鸿说，"你是不是会很多法术？"

"会一点儿。"比起昨天，陆修的话变多了，本以为江鸿接下来要他表演，正要拒绝时，江鸿却道："世界上真的有很多妖怪吗？"

陆修："你说呢？"

江鸿刚被妖怪绑架过，自然明知故问，但看山城分部的这个规模，隐藏在现实世界之下，确实有太多的秘密。

"里世界与表世界的交集不多，很少发生交错。"陆修说，"守护凡人，让你们不要被吓着，是驱魔师的其中一个职责。但最近十年里，随着地脉的异常，驱魔师们维护的这个无形结界，正在逐渐被打破。"

江鸿大致听懂了，陆修的解释相对比较浅显。

"为什么？"

"不知道。"陆修答道。

江鸿："谢谢你，陆修，虽然我知道，你也不需要我道谢。"

陆修与江鸿慢慢地走着，江鸿以倒退的姿势与他保持半米距离，两人都看着对方的双眼。

"真的好酷。"江鸿又问，"什么人可以当驱魔师？"

"什么人都可以。"陆修随口答道。

"有培训吗？"江鸿说。

陆修："最近几年，开办了一所大学。"

江鸿顿时来了兴趣："哇，还有大学？是不是今天那个主任说的苍穹大学？"

陆修不答。

江鸿："那想考进去，是不是很难？从哪儿招生啊？"

"你现在倒想当驱魔师了？"陆修问道。

江鸿做了个手势，说："有……一点点想，我还要复读呢。大学里是不是会教法术？就算学会了，也不能在现实世界里用吧，除非有无辜的人碰到危险，就像我昨天晚上那样……"

说着，江鸿又望向远方的嘉渝江大桥，他已不知不觉步入了一个充满梦幻的世界。

"……很了不起。"江鸿心想，如果自己也学会法术，或许可以飞天遁地，与陆修一起，到处去救人。

"昨天那个妖怪阿姨，"江鸿说，"真的把我当成另一个人了吗？她为什么这么笃定？"

"笃定什么？"陆修随口道。

他们经过洪岩洞前，对面是犹如动漫画面般的繁华灯火，两人靠在江边的栅栏上,隔着车水马龙的道路与游人,抬头眺望洪岩洞夜景。

江鸿买了两瓶可乐,递给陆修一瓶。

"她一直在问我,"江鸿怀疑道,"想找一件东西。"

"嗯,什么东西?"陆修顺着江鸿的话接了下去。

"咦?"江鸿发现了一件事,"你为什么完全不盘问我,昨天晚上我被抓的那会儿发生了什么?"

陆修莫名其妙:"你不是害怕吗?"

江鸿:"我……我虽然害怕,好歹也要向你交代事情经过吧!不然怎么查这个……案子?"

陆修:"你既然害怕,我就不会再问,免得你想起来又自己一个人担惊受怕半天,这很难理解?"

江鸿这才明白,陆修对昨夜的事绝口不提,宁愿去驱魔师委员会查,也没有让他一再回忆昨夜经历,原来是怕他有心理阴影!

"啊啊啊——你怎么这么好啊!"

"给我下来,这是景区!"陆修简直拿江鸿没办法,一言不合就往他身上跳。

"我现在不怕了。"江鸿一本正经地说,"不,自从你出现,我就半点儿不怕了。"

"那你说吧,"陆修打开一瓶可乐,自言自语道,"洗耳恭听。"

于是江鸿仔细回忆,大致将昨夜的事复述了一次,陆修只是面无表情地听着。直到江鸿说到"智慧剑"时,陆修的表情才有了轻微的变化。

"智慧剑?"陆修皱眉道,"两只不入流的妖怪,还在找智慧剑?"

"那是什么?"江鸿说。

"一件法宝。"陆修道,"接着往下说,有什么能看出敌人身份的细节吗?仔细回忆下。"

江鸿忽然想起蝠妖所用的工具包上,那"无忧家政"的印字,说:"啊!想起来了!"

"嗯。"陆修依旧反应冷漠。

最后江鸿说:"那个'黑黢黢'的东西就突然出现了……"

陆修:"……"

陆修示意:你可以闭嘴了。

"智慧剑很重要吗?"江鸿又问。

陆修:"或许吧,我不怎么关心除了你……除了妖怪之外的事。"说着,陆修又看了江鸿一眼,对他而言,明显江鸿的安危更重要。

"世界上有多少驱魔师?"江鸿问。

"我们国家注册的有四万多个,但大部分注册了不干活儿。"陆修无聊地答道,"还在活动的,一万多人吧,国外不清楚。还不回去?"

"你在驱魔师里是不是很厉害的那种?"江鸿与陆修走回家去,又问。

"还行吧,"陆修说,"不知道,从来没有单次对阵所有驱魔师的经历。"

"驱魔师有排名吗?"江鸿又问。

陆修一瞥江鸿:"老子天下第一。"陆修终于道,"这是你要的答案吗?"

江鸿哈哈大笑,带着陆修回了自己家,家里人都出去了,只有他俩。

"你先洗澡吧。"江鸿说,"晚上咱们一起睡我房间,给你浴袍,衣服我拿去洗了。"

陆修也不拒绝,江鸿拿了他的衬衣裤子去洗,忽然有种感觉,仿佛他们已经认识很久很久了,陆修就像小时候邻居家的大哥哥,这次见面,只是他们数年分别后的一次重逢。

"你健身吗?"

"你怎么总是这么多问题?"

"驱魔师要练体能吗?你有没有什么擅长的运动?"

"游泳、击剑。"

"哦,你果然像经常运动的人啊。"

两人并肩躺在江鸿的床上,陆修穿着江鸿的浴袍,无聊地玩着手机,等许旭阳的消息。

江鸿也很喜欢游泳,甚至在初二时,教练还教过他跳水,只是初三蹿个头太快了,不适合练这个,最后只得作罢。

"我们国家有多少妖怪?"

"很多。"陆修随口道。

江鸿:"怎么修炼成妖的?一定要活的东西才可以吗?蟑螂可不可以修炼?"

陆修:"不行。"

"因为它是昆虫吗?可是为什么蜘蛛又可以?树可以吗?花也可以吧?那青菜为什么不可以?从来没听说过西蓝花和毛豆成精不是吗?大家都是植物,为什么它们不可以?

"美人工笔画会变成画妖,那《蒙娜丽莎》和《自由引导人民》能不能活过来?

"石头和琵琶既然可以成精,为什么洗衣机和烘干机不可以?"

"你够了。"陆修放下手机,看着江鸿。

江鸿："我是真的有许多疑惑啊啊啊。"

陆修："《万物定律》的序言上有解答。"

江鸿："那是驱魔师的教材吗？"

陆修："念驱魔学专业，你就能学到了。"

"龙是怎么飞起来的？明明没有翅膀啊。靠喷射推进吗？从哪里喷气？那起飞的时候不会笔直冲出去，撞到头吗？怎么升空的？"

"……"

"《地脉空气动力学》第二册。"陆修说，"睡觉。"

十点了，江鸿又在黑暗里说："最后一个问题，大哥哥，这个给你抱着睡，她是我女神。"说着递给陆修一个印着动漫形象的抱枕。

陆修的手停在关灯键上，看着江鸿，示意他快问。

"你吃什么长这么帅？大哥哥，你有女朋友吗？"江鸿问道。

陆修懒得理他，关灯睡觉。黑夜里，陆修安静地躺着，二十秒后，江鸿把被子蹬开。

陆修的长腿撑起，把被子拉回来，江鸿蹬开，陆修拉回来，江鸿又蹬开，陆修又拉回来，江鸿蹬开陆修拉回来江鸿蹬开陆修拉回来江鸿蹬开陆修拉回来……

"你做什么？"陆修不耐烦道。

"我好热。"江鸿说，"我们来聊天吧，我睡不着。"

江鸿翻身坐起，凑近少许，看着陆修的脸，充满期待地正要发问时，陆修果断出手，按在了江鸿的脸上。

"嘘卡。"陆修仿佛在说一门轻声的、奇异的语言。

江鸿："……"

"我还有一个问……"江鸿一句话没说完，就像被打了麻醉一样，整个人倒了下去。

陆修让江鸿躺好，把空调降低一度，自己也躺下睡了。

江鸿眼前一片黑暗，但很快就明亮了起来。他发现自己置身于一个广阔的地下洞穴中，四周都是幽幽的蓝光，洞穴四壁全是内嵌的悬龛，远看犹如许多小小的窗口。

"有人吗？"江鸿喊道，"这是哪儿？"

蓝光照在悬龛内，江鸿走近些许，看见几乎所有的悬龛中，都有着赤身裸体的"人"，只有少数悬龛空了。

这些人正在沉睡，就像科幻电影里营养舱中培育的躯壳，蓝光照在他们赤裸的肌肤上，泛着奇异的光泽。

好诡异……但江鸿没有生出恐惧之心，他又转身走向洞穴中央的地下湖泊。

"快走！"一个声音在耳畔响起。

江鸿蓦然转头，看见了陆修，陆修抓住了他的手，不让他靠近那个湖，猛地朝自己一拉，继而抱着他凌空翻身，刹那化作巨兽，载着江鸿飞起，冲破了穹顶。

江鸿又看到了那"黑黢黢"的东西，但他还来不及看清楚，便紧紧地抱住那巨兽，冲出地底。

"哇啊啊——这是什么啊？！"

江鸿突然醒了，发现自己整个人巴住了睡在旁边的陆修。

江鸿："……"

陆修似乎根本没有睡，此刻左手正在刷手机，右手被江鸿拽着。江鸿一动，陆修知道他醒了，便推开他的脑袋。

"哦……是做梦。"江鸿放开陆修。

"梦见什么？"陆修瞥了他一眼。

"忘了。"江鸿睡眼惺忪，努力回忆了一下，却忘得一干二净，只知道做了个梦。他看了眼时间，震惊了。

"已经早上五点了吗？"江鸿难以置信道。

陆修"嗯"了声，江鸿拉开窗帘，看见外头铺天盖地，下起了暴雨，今年夏天山城的雨水不知为何特别多，尤其在夏末这几天里。

"啊，好大的雨。"江鸿说，"今天还是不去补习了，反正今天讲卷子，你昨天已经给我讲过了。"

陆修答道："随你。"继而也翻身坐起，盘膝坐在床上，认真地回消息。

江鸿于是又躺下，翻滚数周后，说："我们叫个外卖吃吧，我好饿。"

陆修突然看了江鸿一眼，眼神中带着迟疑，似乎在抉择。

江鸿："怎么啦？"

陆修想了想，说："我要出去一趟，我的衣服在哪儿？"

陆修去洗手间换衣服，穿回衬衣西裤，在床边系纽扣，江鸿忙坐起，问："去哪儿？我可以一起去吗？"

陆修沉吟片刻，终于道："你如果想跟来，要听我的话。"

"好。"江鸿弹起来换衣服，旋即意识到了陆修的目的——他要去收妖！

暴雨倾盆，江鸿穿一身晨跑的运动服，兜帽拉起来遮住脑袋，打着一把大伞，在七星巷外的街道等待。

一名外卖小哥骑着电动车过来,喊道:"陆哥!跟我们来!老大在地方等您!"外卖小哥身后还跟了辆奔驰。

"我们去收妖对不对?"江鸿在车上小声问。

陆修神色沉着,做了个"嘘"的动作,把自己的手机递给江鸿,让他帮自己收好。

袁家巷,山城医科大学附属医院第一分院后门外。

天空漆黑一片,雷光阵阵,凌晨五点四十分,后门的早餐店已经开了,许旭阳点了早餐,三人坐在一张小桌前,又来了两名夹着黑色公文包的中年人,站在许旭阳身后。

"饿了没有?"许旭阳招呼道,"先吃早饭吧。"

老板端上面来,许旭阳又朝身后那俩中年人说:"你们也坐下,太惹眼了,到那边去吃吧。"

"他们是同事,"许旭阳解释道,"主任让我们配合,收那只蝠妖。待会儿小哥你看看……"又朝江鸿道,"是不是绑架你的那只。"

陆修道:"查出什么来了?"

许旭阳把面端给两人,江鸿便开始吃,许旭阳说:"这只蝠妖我们查了有一段时间了,你们说的那家无忧家政,是医院保洁的其中一个外包商,蝠妖躲在医院里,一直在找机会吸血。"

江鸿心想,有一点点吓人,但是还在可接受范围内。

"待会儿咱们去太平间里看看。"

江鸿:"……"

陆修:"另外那只猴妖呢?"

"猴妖的下落还没查明,"许旭阳说,"另外一组同事去找了,说不定这蝠妖能供出同伙来。待会儿你们不用动手,看看就行。"

江鸿松了口气,陆修却难得地提醒道:"当心点儿。"

早晨六点,门诊还未开,暴雨依旧哗啦啦地下着,天近乎全黑。

许旭阳的两名驱魔师同事先从后门上去,其中一人刷了门卡,到得安全通道内。江鸿跟在陆修身后,有点儿害怕,伸了几次手,陆修感觉到了,便侧过身,让江鸿抓着他的长袖衬衣的袖子。

"怕就先回去。"陆修说。

江鸿知道陆修想让他克服恐惧感,而且自己在场,也有助于指认,便摇摇头。

"还好。"江鸿说,"只是医院里有点儿瘆人……"

"医院属金,"负责殿后的许旭阳说,"血刃之气重,但只要为人正气,那句话怎么说来着?平生不做亏心事……"

"半夜不怕鬼敲门。"江鸿笑道,这话有效安抚了他。

众人上了六楼,两名中年人一言不发,走在最前头。其中一人打开公文包,在走廊沿途贴上黄纸符咒,间隔三米一张。另一人则用一个小小的磁力贴,贴在了电梯按钮上,以防有人突然进入六层,打乱他们的布置。

太平间里传来"吱嘎""吱嘎"之声,走廊里只有昏暗的日光灯,照得四周环境一片惨白。

幸亏这次人多,否则江鸿现在铁定狂喊着"救命啊"一路飞奔逃走了。

"松一点儿,抓得太紧了。"陆修小声说。

江鸿稍稍放开一点点陆修的衣袖。

全部布置妥当后,两名驱魔师一左一右,把守在太平间门外。许旭阳则站在陆修与江鸿身前,双腿略分。

江鸿心想,接下来,就是见证奇迹的时……

"驱魔师公干!"一声怒吼,把江鸿吓了一跳,他还没做好心理准备,两名驱魔师便踹开了太平间的门。

一股冷雾扑面而出,太平间内尸体横陈,不少抽屉被拉开,两名身穿制服的保洁员,一男一女,正在尸体上吸食血液,听见巨响声时发出凄厉的怪叫,马上起身。

"啊啊啊——"江鸿第一次看见那么多死人,顿时吓蒙了,下意识地要召唤,抓着护身符,喊道,"陆修,陆修啊——!"

"我就在这里!"陆修道,"你喊什么?"

那两名妖怪瞬间化身为一人高的巨蝠,展开翅膀,卷起沉重的钢棺,呼啦啦朝着驱魔师撞了过来。

其中一名驱魔师抖开一面卷轴,狂风卷起,载着尸体的钢棺再次飞射进去,巨响声不绝。另一名驱魔师就地翻滚,进了太平间内,抛出符纸,自动贴附于墙上!

"混账——"一个疯狂的声音狂吼道,一只蝠妖再次幻化为人形,江鸿瞬间认出了那名大妈。

"就是她!"江鸿喊道,"就是她啊!"

一片混乱中,陆修面无表情道:"别抓得这么用力,衬衣要被你撕坏了!"

江鸿越抓越紧,还把陆修的衣袖往自己这边扯,把他的衬衣扯得领扣崩了,半边衬衣快要扯下来,现出陆修半个胸膛。

到处都是钢棺,里面还散落出遗体,江鸿躲在陆修身后,紧接着,那蝠妖注意到了江鸿,朝他露出瘆人的狂笑,一个转身向他扑来!

但冲到面前,陆修只是抬起手虚按,温润双唇稍动,虚念了一个词:"沙。"

空间仿佛受到挤压,产生了诡异的波纹,无声正面击中那一人高的蝠妖,蝠妖顿时鲜血狂喷,不知吸了多久的血尽数呕吐出来,旋即血雨卷着蝠妖朝后倒飞出去!

"收!"只见许旭阳拿着一个塑料饭盒,一招弓箭步,朝第一只蝠妖揭开饭盒盖,强大的吸力再次将蝠妖吸了过来,蝠妖在空中迅速变小,被"轰"的一声,收进饭盒里。

"哇——"江鸿第一次看见饭盒也可以收妖,太神奇了!

许旭阳谦虚地笑着点头,在饭盒上贴了符纸。那只大妈蝠妖还在盒中乱撞,另一只在太平间中的公蝠妖却发了狂,四处乱撞。

两名驱魔师冲了进去,却听见一声巨响。

"当心!"陆修拉起江鸿后退,到处都是翻飞的符纸,不知那公蝠妖做了什么,只见它陡然张嘴,现出利齿。

陆修马上伸手,以修长手指果断堵住了江鸿的耳朵。世界刹那一片寂静,江鸿诧异地转头,看见许旭阳与两名驱魔师同时转身,捂住双耳。

蝙蝠会超声波……江鸿突然想起来了。

下一刻,地板在超声波的震荡下轰然塌陷,整条走廊碎裂,朝下垮了下去!

陆修手指堵着江鸿耳朵,一时间猝不及防,又在这封闭的室内,两人同时下陷,与驱魔师、许旭阳一同落至第五层,然而第五层几乎是同时塌陷,灰尘翻飞,落至第四层。

医生、病人发出大喊。最后一刻,许旭阳施展了一个法术,张开结界,保护了走廊两侧的病房门。

四层再次垮塌,陆修根本腾不出手,与江鸿一同不断下坠,三层、二层、一层,变故只发生在顷刻之间,江鸿再一次看见地板拱起,车辆歪斜侧翻,知道自己已掉入地下停车场……

蝠妖的超声波轰炸尚未停下,地下停车场水泥地面砰地爆开,将他们陷入了地底的洞里!

最后一刻,超声波停下的瞬间,陆修左手将江鸿扶住,右手食、中二指凌空画出一个符印,再用手掌一拍。

那一下爆发出了滔天的黑色火焰,倒卷而去。混乱之中,江鸿晕头转向,四面全是黑暗,头上全是沙石,他感觉到陆修揽住了自己缓慢落地,减了缓冲,又感觉到有什么很重的东西掉下来，却在他们的头顶炸开了。

及至四周全安静下来，只剩下两人的呼吸声，陆修才放开江鸿，两人慢慢起身。

废墟里传来许旭阳的呻吟："格老子的，"许旭阳说，"公的是只蝠王……大意了……"

"你没事吧！"江鸿起来，确认自己与陆修完好后，赶紧去查看外卖小哥的情况。

许旭阳掉下来时没人保护，那一下摔得不轻，满头都是血，左手屈着，踉跄起身。

"业务不精，让你俩见笑了。"许旭阳自嘲道。

"小心起来。"江鸿扶了下他。

陆修走出几步，抬头观察。

"这是哪儿？"陆修说，"下水道？"

面前有一个巨大的宽敞通道，却没有水。

"应该是防空洞，"许旭阳说，"以前抗战时修的。"

"对对！"江鸿说，"这样的通道，山城有很多。"

"我好多了，谢谢。"许旭阳说。

江鸿打开手机照向深邃的黑暗，周围是砖石砌起的洞壁。

陆修又抬头看他们摔下来的地方，那里已经被乱石堵住了，仿佛发生了塌方，他迟疑片刻，问："这上面人多不多？"

"很多。"许旭阳知道他想做什么，忙阻止道，"上头全是闹市区，不能轰个洞出去。"

"那走吧。"陆修示意江鸿到自己身边来。

"我的两名同事应当都在上面。"许旭阳说，"咱们先找个通道出去吧，得小心别撞上蝙蝠窝，我怀疑它们的据点就在这儿。"

手机没有信号，也找不到定位，三人便朝有风吹来的方向走。通道内一片寂静。

"当初应该修驱魔学专业，不该学灵异现象分析。"许旭阳无奈地笑道。

陆修没答话，走在最前面。

"你是苍穹大学的吗？"江鸿说。

"你也是？"许旭阳说，"学弟啊。"

江鸿忙道："我不是。"

陆修似是想打断他们的对话，但想了想，没有吭声，他低头时，看见地面有一行血迹，通往防空洞更深处。

"慢点儿走。"江鸿见许旭阳手腕骨折了，疼得满头大汗，想方设法地引开他的注意力,陪他聊会儿天,"为啥选这个专业?"

"我外婆去世了,"许旭阳说,"想学个和鬼魂沟通的办法,就能再见见她。"

"哦——"江鸿来了精神,问,"你见着了吗?"

许旭阳笑了笑,说:"生死是天地间唯一的奥秘,我连入门都还没到呢。"

好吧,江鸿现在明白,鬼魂一说应当确有其事,但他为什么从来没碰到过呢?

"江鸿。"陆修示意他到自己身边来,别废话了。

看来驱魔师确实也是个很有用的专业,江鸿心想,为父母延年益寿,说不定还能炼个丹之类的,很有吸引力。

陆修带两人走到岔路口,一侧的风显得更大了。另一侧,则传来奇异的声响,仿佛有无数耗子正在啃噬木头,"沙沙"声中间或几声刺耳的摩擦声。

陆修看了许旭阳一眼,判断他的情况还能不能参与作战。

"你走这条路,"陆修说,"通知你们的同事,过来收妖。"

许旭阳沉默片刻,而后点了点头,陆修关了手机照明,交给江鸿保存。

"你……"陆修想让江鸿跟着许旭阳走,却又有点儿不放心,最后道,"你还是跟着我。"

江鸿点头,许旭阳没有坚持,让他们注意安全,便一瘸一拐往出口走。

"他伤得很重。"江鸿小声说。

陆修不搭话,两分钟后……

陆修:"别这么用力扯我袖子,你又在害怕了?不是说和我一起不怕的吗?"

江鸿拉着陆修的袖子,把他的衬衣扯得快滑下来,陆修正在与江鸿拉锯战。

"你不说话……有点儿恐怖。"江鸿说,"咱们快走到校场口了吧。"

"你要说什么?"陆修道,"会惊动妖怪。"

江鸿:"可是蝙蝠都用超声波,咱们就算不吭声,它们也能感觉到……"

陆修没脾气了,但走着走着,前面忽然出现了一点儿光。两人转过拐角,那蓝光越来越明亮,陆修停下了脚步。

防空洞内阴风阵阵,在洞内回荡,洞穴两侧挂满了成千上万的蝙蝠,地面上、墙壁上有着血管般的裂缝,缝隙间一阵阵地闪烁着蓝光,蓝光犹如心跳般起伏、搏动。

裂隙延伸向洞穴深处的正中央,在那里,坐着一只足有三米高的、庞大无比的白毛猩猩,它的毛发极其坚硬,还在往下滴着水。

那猩猩体形笨重,手臂长满了白毛,身边散落着几只水猴般的怪物,身前又躺着一只被撕去半边翅膀的蝙蝠,蝙蝠腹部起伏,显然非常痛苦,正是方才被围攻的那只蝠王。

陆修抬起手，示意江鸿不要再往前走，并缓慢后退。

"离开这里。"陆修极低声道。

"既然来了，为什么又要走呢？"那只巨大的白毛猩猩口吐人言，气定神闲地说，"看来你认得我是谁，这世上认得我的已经不多了，小伙子，不管你是谁，留下来叙叙旧吧。"

江鸿在那一刻感觉到了极其危险的气势，仿佛两股杀气正在他看不见的地方凌空交锋，同时，陆修反手，以食指在江鸿手心上写字：找机会跑，这家伙很难缠。

三秒后，陆修冷冷吐出两个字："免了。"

那白毛猩猩仿佛毫无理由地被激怒，露出狰狞的獠牙，朝着陆修与江鸿发出一声狂吼！声音轰然震响，在防空洞内回荡，上万只蝙蝠从四面八方同时被惊飞。

气浪扑面而来，陆修长身而立，气声发出数个模糊的音节："Hatalatu！"

霎时陆修背后现出一个巨大的虚影，龙头浮现，那幻影龙朝白毛猩猩发出龙吼，两股气浪对冲，在防空洞壁内激荡。

"无知的小辈——竟敢挑衅吾等——"白毛猩猩怒吼道。

陆修依旧沉声道："你早该死了，滚回你的地府吧！"

江鸿只觉自己几乎要被陆修与妖怪的那阵狂风掀飞起来，但陆修一把搂住了他，纵身飞跃，快步跑上防空洞洞壁，借着前冲之力，将江鸿推了出去。

"趁现在！走！"陆修喝道。

白毛猩猩纵声嘶吼，抬起双臂，在身前画出一个太极轮！

江鸿刚落地，知道自己不能拖累陆修，喊道："那你自己当心！"说毕不等陆修回应，跑向防空洞的另一头。

大地传来阵阵震荡，江鸿不敢回头看，只一路狂奔，只要自己成功脱险，陆修一定就能跑出来！

但震荡不仅没有远离，还越来越近……江鸿停下脚步，疑惑地看着前面。隆隆声正从防空洞的出口朝他而来。

江鸿："……"

三、二、一……海量的江水、雨水犹如腾龙般，轰地冲向江鸿。

江鸿深吸一口气，却没有大喊，而是猛地闭住了气，随即弓身，没有与水流强行对抗，被倒冲回了防空洞深处！

洪水席卷而来，呼啸着冲向陆修，陆修右手快速画出一个反太极，朝着水流方向一推，霎时光芒万丈，灌满整个防空洞的水流又轰然退去！

江鸿:"喀……喀……"

江鸿竭力起身,浑身湿透,回头往来处看,紧接着洪水再一次涌来。

江鸿怒吼,幸而还给他一点儿间隙,换了口气。

陆修手上的反太极飞快旋转,与那白毛猩猩相抵抗,气浪一拨又一拨席卷而去,洪水不断上涨,江鸿刚逃出去没一会儿,又被洪水卷了回来,这次他死死扒住拐角,不敢出声,生怕让陆修分心。

这妖怪一定很难对付!陆修一定要赢啊啊啊——

江鸿把头伸出水面,再次深吸气。

白毛猩猩声若洪钟:"你不该只有这点儿本事,人类给你下了封印?既然如此,为什么还向着他们……"

陆修趁那大妖怪说话时,突然将手中法术猛地一收,洪水刹那间灌满整个防空洞。

白毛猩猩在水中漂了起来,紧接着陆修再画符文,吐出一串气泡。

"嗡"的一声,江鸿耳膜震荡,看见那白毛猩猩在水中倒射出去,"轰隆"一声撞在防空洞壁上!

陆修在水中抬起一手,提拳,拳上现出发光符文,狠狠打向那只凶兽!

白毛猩猩两手猛地抵住陆修,背后再伸出了两只手臂,结印。

江鸿心里一惊!

陆修右手出拳,左手手指同时结印,抵住了白毛猩猩一式,然而白毛猩猩背后出现了第三对手臂,举起一把短刀,短刀上喷射出血红色的光芒,朝着陆修胸腹刺去!

江鸿吐出一串气泡:我要窒息了……

陆修侧身避过,一拳揍在那大妖怪脸上,白毛猩猩短刀脱手,六只手臂却牢牢扼住陆修,两只前手掐住了他的咽喉,后手则架住了他的胳膊,最后两只手臂死死扼住他的脚踝。

"说你的龙语……"白毛猩猩在水中怪笑道,"原形呢?变幻你的原形呀,这里的顶上全是高楼大厦,冲破地面,来吧,来杀人吧……"

白毛猩猩六只手臂同时使力,竟是要将陆修五马分尸!

江鸿在水中旋转,犹如敏捷的游鱼,悄无声息在水底打滚,抓住了那把短刀。

陆修抬眼,看见江鸿举起短刀,从那白毛猩猩背后一刀捅进了它的脖颈。

白毛猩猩蓦然抬头,在水中发出一声痛吼!但陆修比它速度更快,身体一脱困马上转身飞踹,将它蹬了出去。

短短片刻,白毛猩猩抬手,狠狠拔下脖子上的短刀,陆修右手在水中变幻,现出闪烁黑金光泽的钩爪,连同整只右臂覆满了坚硬的鳞片。

刹那陆修暴起,一手扼住了白毛猩猩的咽喉:"图勒苏!"

这一次,陆修全力以赴,清晰的龙语术震荡,一记龙咆哮冲击之下,白毛猩猩身体变形,撞在洞壁上,撞穿砖石,浑身鲜血爆射,硬生生陷进了花岗岩中,飞溅无数碎石。花岗岩地岩层在陆修威力全开的一招中,犹如豆腐块破碎,连带着整个防空洞接连垮塌。

这一下交锋威力十足,一旁的江鸿却遭到了自记事以来的最狠的一记闷击,刹那吐出本来就没多少的空气,感觉像玩蹦极玩到一半绳子断了。

我要死了……江鸿心想。

陆修却马上飞来,一手搂住江鸿,一股气息涌入江鸿的肺部,强行撑起了他的胸膛。

啊……我又活过来了……江鸿心想。

紧接着陆修抬手,食、中二指在水中一旋。湍流漩涡涌来,卷住两人,将他们呼啸着带出了防空洞,江鸿只觉得一阵晕头转向,被转得想吐,感觉自己像进了个滚筒洗衣机。

我又要死了……江鸿心想。

三秒后,陆修与江鸿"哗啦"一声,顺着水流冲出了防空洞。

啊,我又活过来了——江鸿看见漆黑一片的天幕。

临江门防空洞前,"轰"的一声,洞口处洪水爆射,疯狂涌出,将路边停的车辆全部推进了嘉渝江里。

陆修一手揽着江鸿,在空中旋转,继而以一个极帅的姿势,于半空中来了个后翻身,双脚接连落地,再稍一侧倾,弓身,弓步,空出的一手按地缓冲。

江鸿则被半抱着,怔怔地看着周围。

"怎么样?"陆修道。

"我想吐……"江鸿勉力站直,扶着陆修,弓身喘了好一会儿。

数辆送快递的货车、送外卖的电动车开来,不少人围聚到防空洞外。许旭阳一手缠着绷带匆忙跑来,又有两辆奔驰堵住了街道。

"已经疏散了!"许旭阳喊道,"你们走吧!"

"那是无支祁!"陆修喝道,"你们对付不了!通知燕京,让总部那边派人过来!"

"什么?那是只什么?"江鸿百忙之中还不忘勤学好问,呕着呕着,转头问了句。

"那不是只什么，"陆修答道，"它就叫无支祁。"

"不可能！"吴宿远带着几名驱魔师，从奔驰车上下来，说道，"无支祁是《山海经》上的怪物，早就死了，你们一定是看错了……"

话音未落，又是一声闷响，大猩猩长啸声中，一个白影飞身冲了出来，撞开防空洞外的隔离带，张开六只手臂，所有驱魔师顿时如临大敌。

但那只白毛猩猩没有与他们缠斗，只是朝陆修看了一眼，踩在地面上凌空跃起，飞向嘉渝江江心。

"你现在看到了。"陆修道。

又是一声巨响，行驶在江面上的一艘货船被无支祁撞上，侧面顿时凹陷下去，驱魔师们纷纷跃上栏杆，朝江心眺望。

吴宿远拿出对讲机，开始安排，江面围聚起快艇，朝着那艘货船包围而去。吴宿远眼里充满震惊，又看了眼陆修。

"它是远古水神，"陆修提醒道，"驾驭江海的力量不在我之下。"

话音刚落，只听无支祁一声咆哮，江面顿时掀起十米高的巨浪，横扫开去！

陆修马上双手前推，手中迸发光芒，卷向江岸的巨浪被抵住，再次"哗"一声垮了下来，快艇被冲向岸边。

吴宿远不住喘气，这远古凶兽，确实如陆修所说，根本不是他们能对付的。但又能怎么办？保护城市是他们的职责，只能硬着头皮上了。

"麻烦您给我们殿后。"吴宿远朝陆修说。

"打不过还打？"陆修说道，顺手一把揪住江鸿的衣领，把他拖回来，不让他靠栏杆太近："回来！收妖你凑什么热闹？你是驱魔师吗？"

"吴宿远！"陆修又道。

吴宿远正要翻出栏杆，回头看了陆修一眼。

"先削弱它，才有机会。"陆修说道。

吴宿远凝重点头。

江鸿眼睁睁看着驱魔师们各显神通，飞了出去。

"哇，好帅！"

陆修一手始终揪着江鸿的衣领，预备随时把他拖回来。

"我可以录像吗？"江鸿震惊了，他看见上百名驱魔师齐出，冲向江心。

"没用，"陆修说，"会被删掉的。"

江鸿："他们能删我手机里的视频？"

陆修："否则呢？你觉得现在有多少人看见了？删视频只是第一步，驱委还会让人忘了这一幕。"

江边、桥上的车几乎全停下了，不少人走出车辆，远远眺望，拿出手机拍照录像。

许旭阳快步跑过，喊道："快开结界，结界师呢？看见的人太多了！准备离魂花粉！"

数名驱魔师跃上栏杆，扔出符纸，空气发生了波动，突然眼前的一切全消失了。

"没了？"江鸿又茫然道，他看见几架无人机经过，飞向桥上，洒出奇怪的光粉，陆修又说："不要来这里！自己人！"

"知道！知道！"许旭阳远远道。

"那又是什……"江鸿说。

"一种药剂，"陆修说，"根据剂量由近及远，能让人忘记正在想的事情。"

布好的结界突然产生了一阵震荡，似乎有什么力量正在设法强行突破。

陆修皱眉，江鸿说："他们不会死吧？"

"驱魔师也是人，"陆修道，"是人就会死。"

江鸿充满担忧，陆修迟疑片刻，问："你想看看战况吗？"

江鸿问："可以吗？我保证不会添乱。"

陆修便将江鸿拉起来，快步踩上栏杆，纵身一跃，进了结界。结界内打得天昏地暗，已成了战场，陆修与江鸿落下时，正好在一艘小船上。

那白毛猩猩无支祁占据了江心的货船，六只手臂维持着强光，竟是犹如光轮般展开了强大的法术，江水变成了一片血红色，千万股水箭从江面射出，疯狂攻击驱魔师们。

目睹战场的一刻，让江鸿极为震惊，眼看驱魔师们犹如飞蛾扑火般飞向那凶兽，又接二连三被击落，掉进江里。

吴宿远则站在另一条船上，双手侧着拉开，现出一道闪电，紧接着手臂前推，闪电犹如巨龙般照亮了黑暗江面，炸向无支祁！

"这大叔好强！"江鸿震惊道。

"每个城市负责人都有点儿本事。"陆修袖手旁观。

江鸿说："你不是驱魔师吗？要上去帮忙吧！"

陆修一手始终做着蓄力姿势，说："不着急，就像钓鱼一样，先消耗它的力气。"

"你的左手怎么在发光？"

"我在准备法术。"

无支祁一个转身，拉起一道漩涡，开始吞噬江面上的快艇。

吴宿远显然已体力不支，再次释放闪电时，光芒与能量都暗淡了很多。

"吃什么能蓄积这么多电能？"江鸿说，"一碗米饭才两百大卡，这得多少碗米饭才能支持人体自放电！简直有违能量守恒定律吧！"

"他在引导自然界的能量。"陆修哭笑不得道，"你在想什么？！"

"把它引过来！"陆修朝远处的吴宿远喝道。

吴宿远看了陆修一眼，就在他分心的刹那，无支祁转身，一道巨浪掀翻了吴宿远所站的小船。

"当心点儿……"江鸿提醒道。

忽然间，所有驱魔师停下了攻击，退到外围，陆修露出略微诧异的眼神，朝天顶看了眼。

"有援军来了。"陆修道。

江鸿："谁？妖怪的吗？还是咱们的？"

"他们的。"陆修的"他们"意为驱魔师们，但他很快又改口道，"不，是咱们的。"

霎时间，结界正上方破开了一道裂缝，无数狂雷从裂缝中倾泻下来，那凶兽无支祁瞬间放弃了追击所有驱魔师的动作，六只手同时朝头顶一抬，撑起一个圆形的红光法阵，不住吼叫，开始抵抗来自头顶的狂雷电刃！

江鸿眼里映照着这华丽无比的一幕，只见无支祁全身爆出黑色的鲜血。

第一拨狂雷霎时一收，响起一个声音。

"这不是你该出现的地方！"一个身穿黑西装的身影出现，身周雷光绽放，从高处落下，天崩般一拳击落。

无支祁暴吼一声，被那一拳击中法阵，法阵碎裂，那雷霆万钧的拳法将它不住下压，无支祁难以抵抗巨力，将脚下的货船踩成了两半，两腿唰地分开。

江鸿："啊，它被劈腿了——好痛——"

陆修："……"

那身影在空中一个回旋，朗声道："宿远！封印它的力量！陆修，搭把手！"

陆修无奈，挡在江鸿身前。

只见那西装男子一个翻身，到无支祁身后，一招旋风腿踹中其后背，将那三米高的巨兽踹得飞起，朝陆修与江鸿射来。

吴宿远喝道："动手！"

驱魔师们各自结印，一时间符文犹如流星，从嘉渝江上这方圆数里的各个角落里纷纷飞起，在黑暗中拖着光焰飞向半空中的无支祁，最后是一道来自吴宿远的竭尽全力的闪电，灌注于它的全身。

陆修左手一抖，现出龙爪，在它冲到自己面前的刹那准确扼住了它的咽喉。

"重归尘土,再入地府。"陆修沉声道,"人世间不是你该来的地方,图勒苏!"

无支祁咧嘴,露出恐怖的笑容。

陆修那下龙语用尽了全力,右手再一拍,拍在了它的额头上!

无支祁的头颅瞬间炸开,黑色的血液混合着腐坏的脑浆朝后爆出,六只手同时垂落。它庞大的身形化作黑烟,在风里飘散开去。

远处一艘快艇朝他们驶来,那名身穿西装的男子站在船头,遥遥眺望二人。男子头发理得很短,五官刚毅,这时结界犹如褪去的墨水慢慢破开,太阳出来了,金色的阳光洒在江面,也洒在那男人的头上。

"我刚到江北机场,"男人说,"听说你们出了点儿事,不太放心,过来看看。"

江鸿疑惑地看着他,总觉得似乎在哪里见过,男人还朝他主动点头打招呼。

"你好,江鸿。"男人说,"全新的生活过得怎么样?"

江鸿:"什么?"

"他叫曹斌,"陆修说,"是苍穹大学的副校长。找个地方,坐下聊吧。"

江面又恢复了平静,货轮沉了,驱魔师们正在江上收拾善后。

当天午后,江鸿在电视上看到了新闻——江面的无人驾驶货轮突发意外,船底断裂。狂风掀起江浪,将停放在路边的车辆卷进江滩……

山城医科大学附属医院第一分院,楼板多年失修,局部塌陷,幸无人伤亡。

江鸿带陆修与吴宿远、曹斌回了家,第一件事就是与陆修去洗澡换衣服,两人身上全是泥水。足足洗了半小时后,江鸿才恢复了神清气爽的状态。

曹斌与吴宿远正在餐桌前坐着。曹斌随手翻了翻江鸿摊在桌上的卷子。

"这么快就在复读了?"曹斌问。

"对的。"江鸿说,"我怎么觉得在哪儿见过你?"

曹斌说:"所有的相遇都是久别重逢。"

江鸿笑了起来,去给曹斌泡咖啡,吴宿远则蔫蔫的,半晌提不起劲。

"无支祁已经死了很久了,"曹斌说,"不能怪你,谁也不会想到它会突然出现。"

吴宿远:"我也没搞懂,这只凶兽怎么会潜伏在城市地底下,它的目的又是什么?"

曹斌:"这话你要朝总部说,多半又要怪你情报工作没做好。"

两人说话也不避江鸿,江鸿在一旁做手冲咖啡,充满了好奇,他转眼看曹斌,发现曹斌也在注视他,目光中似有深意。

曹斌与吴宿远相对沉默片刻,曹斌又说:"我其实有点儿怀疑,怀疑它不是无支祁。"

"那是什么?"吴宿远说。

"是它,却不是它。"曹斌思考片刻,接过江鸿的咖啡,答道,"谢谢。按理说,SS级别的上古凶兽,首先是不可能复活的,毕竟千年前的驱魔师们,封印它也费了很大一番力气……其次,以一只SS级怪物的实力,你不觉得它太弱了吗?"

吴宿远说:"陆修先给了它致命一击,你又削弱了它,外加我们的驱魔师消耗了它的实力……"

"正常情况下,"曹斌说,"除非解开陆修的封……除非……嗯……如果陆修全力以赴,应当能打败它……总之它表现出来的实力,与它的名头不相符。"

吴宿远说:"说不定是复活后,需要时间恢复?"

"有这个可能。"曹斌皱眉道,"那么问题来了,是谁复活了它呢?"

吴宿远与曹斌再度沉默了。

曹斌说:"最后一刻你也看到了,它是化作黑烟消散的。"

吴宿远:"唔。"

曹斌说:"只有一种特殊形态,会出现黑烟。我们已经有十年没有看见过了。"

吴宿远说:"这是非常严重的情况,必须上报,引起足够的重视。"

曹斌点了点头,说:"希望不要被我们猜中,项诚不在,会有大麻烦的。"

吴宿远说:"我要动身去一趟燕京,谢谢你,小弟,咖啡很好喝,我得走了。"

"这就说完了吗?再坐一坐吧?要不要上楼洗个澡?"江鸿心道:我什么都没听懂啊,你们要不要再聊一会儿?满足一下我的好奇心。

吴宿远把咖啡喝完,匆匆离开了江鸿家。

陆修也洗完下来了,头发还是半湿的,穿着拖鞋与宽松的短裤,打着赤膊,往餐桌前一坐。

曹斌则依旧坐着,似乎在想事情。

"你是校长?"江鸿观察曹斌,问。

曹斌点头,朝他礼貌地笑了笑。

"他是校长。"陆修用棉签掏耳朵里的水,随口道。

曹斌:"新生活还习惯吗?"说着看了陆修一眼,陆修也回视他一眼,在这短暂的眼神里交换了一些信息。

"什么新生活?"江鸿根据自己的推理,隐约猜到了某件事,说,"我在兴安也见过你对不对?就像见过陆修一样,只是我全忘了。"

"忘了说不定是件好事呢?"曹斌起身,来到手冲咖啡壶畔,说,"你自己不喝吗?我给你们泡一杯吧。"

陆修掏完一只耳朵，开始用棉签掏另一只耳朵，他的动作很粗暴，仿佛和自己的耳朵在过不去，最后掏出来不少血。

"妖怪的血。"陆修见江鸿用担忧的眼神看着他，解释道。

江鸿朝曹斌说："谢谢。"

曹斌有点儿诧异，看看手里的壶，说："谢什么？"

"是你让陆修来保护我的，对吧？"江鸿认真地道谢。

曹斌笑了起来，答道："我以为是你自己召唤了他。"

"是他召唤了我。"陆修答道。

"哦——呃？"江鸿有点儿搞不清楚状况。

"总之，"陆修把棉签扔进垃圾桶里，"该抓的都抓了，你也安全了，待会儿我就走了。好好念书吧。"

"你去哪儿？"江鸿茫然道。

"回学校。"陆修说，"不然做什么？"

曹斌忽然觉得好笑，自顾自地笑了起来。

"哦……"江鸿顿时很失落，说，"要是妖怪再来，我可以召……"

"没有那么多妖怪。"陆修不耐烦地说，"把护身符还回来，你以后也用不到了。"

曹斌说："我让山城驱委照看你一段时间，不会再有危险了，这次也是我们失策，把你卷了进来。"

"你还会来看我吗？"江鸿问道。

陆修手里拿着一个小小的鼻烟壶，倒出少许蓝色的粉末，在他修长的手指间搓来搓去。江鸿好奇地看着他的动作，突然想起，这不就是在江边，那些无人机播撒的药剂粉吗？陆修说可以让人忘记正在想的事情……他要做什么？

陆修抬眼，与江鸿对视，接着陆修便别过目光。

"看我心情。"陆修淡淡地道。

"你们学校还招生吗？"江鸿看曹斌泡咖啡的动作，忽然说道。

餐桌前再次沉默。

江鸿："嗯？"

"招生。"曹斌终于说，"你要来吗？不过得等明年了。"

江鸿说："我可以吗？我……可是我完全不会法术。"

曹斌："不会可以学，我以前也完全不会。"

江鸿："我能学会吗？"

曹斌说："也许？不试试怎么知道呢？"

陆修懒懒问道:"你不是怕鬼怕妖怪吗?"

江鸿说:"也……可以克服吧,我会努力克服的,有些妖怪也没那么可怕。其实我觉得恐怖的气氛比较重要,就像恐怖片很多场景,也没那么可怕,但是加上音效突然'当——'一下……"

陆修被他突然发出的"当"搞了个猝不及防,差点儿把手上的花粉都洒了。

"别突然大叫!"陆修恼火地说。

曹斌泡完咖啡,又说:"你为什么想当驱魔师?因为好玩?"

陆修说:"我倒是看你胆子大得很,否则还敢在水底拿刺魂捅一只SS级的上古凶兽。"

江鸿:"啊?刺魂……是什么?"

曹斌有点儿意外,说:"偷袭成功了吗?"

陆修点了点头。

"啊……"江鸿避开曹斌与陆修的注视,看看窗外,阳光灿烂。

为什么呢?因为好玩吗?江鸿看见那些驱魔师降妖的过程,是很危险的,但他们也很勇敢,相比之下,自己实在需要勇气。许旭阳还说,想和死去的外婆沟通,想窥破生死。

然而最重要的,也许都不是以上原因。

"因为……因为……"江鸿内心实则早已有了答案,但他有点儿不好意思,"要是你们早点儿就好了,我也不用复读了。"

曹斌:"我们学校是一本,你确实得好好努力下。来,尝尝我做的咖啡。"

江鸿看陆修,又看曹斌,说:"那你让他留下辅导我吧,我一定能考上的。"

陆修:"我不用写论文了?光围着你转。"

曹斌笑道:"这你要问他。不喝喝咖啡吗?"

"好……好的。"江鸿端起咖啡,放到嘴边,又问,"你们学校录取分数线多少?"

"让你喝你就喝!哪儿来这么多废话!"陆修终于发火了。

江鸿:"……"

江鸿第一次看到陆修这么凶,赶紧喝了一口。

"太烫了啊——!!"江鸿绝望地叫道,"校长,你真的会做手冲吗?你不是只喝洋酒吗?咦?"

江鸿忽然隐隐约约,好像想起了什么事,看看陆修,又看曹斌,短暂地经历了"我是谁""我要做什么""我为什么在这里"的灵魂之三连问后——

许多记忆纷繁错杂,在脑海中再次浮现,就像原本被海水掩盖,却在退潮后留在了沙滩中的贝壳，闪闪发亮；又像迷雾散尽，乌云被风温柔地吹去，在夜空中若隐若现的满天星辰。

"我为什么……"江鸿倏地全想起来了，"我……我不退学了！现在还来得及吗？！我可以回学校吗？！"

"回去继续军训，档案还没给你投回来呢。"曹斌说，"驱委的人要气死了，又得修改一次你家里人与亲友的记忆。"

陆修把花粉掸进了垃圾桶里。

"去收拾行李，"陆修朝江鸿吩咐道，"下午就出发，回兴安。"

"天啊！"江鸿感到无比幸运，仿佛自己是上天的宠儿！"我居然已经考上苍穹大学了！"

曹斌："抱歉，下次我会注意咖啡的水温。我先走了，你送他返校。"

江鸿把包里的卷子抽出来，统统撕了，来了个天女散花。

让复读见鬼去吧！小爷从今天起，要去当一名会飞会发光的驱魔师啦！！

秦陇西部，南岭军训基地外。

"我就送你到这儿，后面六天我没有探视机会，不能来了。"陆修骑着川崎H2，摘下头盔，没有下车，回头朝身后的江鸿说。

江鸿还有点儿困，昨晚下了飞机后睡得不大好，今天抱着陆修，在他背上睡了一路。

"哦，好。"江鸿想到还有六天的军训，这六天里见不到陆修，就有点儿无聊。

"照顾好自己，有麻烦就召唤我。"陆修说。

江鸿站在军营外，看了他一会儿，说："你先回去吧，真对不起，这几天里给你添了好多麻烦……"

陆修安静地看着他，江鸿做了个"你快走"的示意，陆修依旧是那冷漠的模样，注视他时，仿佛有话想朝他说。

"怎么啦？"江鸿呆呆地道。

陆修："你头盔没还我，想戴着去军训吗？"

江鸿："……"

江鸿笑着摘下头盔给他，陆修便突然加速，"嗡"一声开走了。

刚下过一场雨，营地里地面湿漉漉的，空气非常清新。江鸿在回来前，做了好一番心理建设，见到妖怪时一定要淡定……但回到营房的那一刻，不免还有点儿怂。

他慢慢地推开自己班房的门，看见了……

三个人、四个妖怪，正在床上横七竖八地挺尸，金正在看书，张锡廷在聊微信，贺简躺在床上闭目养神……

隔壁寝室的，两个人类男生在下象棋，常钧和另一个叫小皮的正凑着脑袋说话，常钧不知道从哪儿抓了只金光闪闪的虫子，拿着给小皮看。

"哦，回来啦！"金的眼角余光最先发现江鸿，顿时有点儿意外，没想到他居然还会回来。

张锡廷马上反应过来道："欢迎欢迎！"

大家正在午休，看到江鸿时便鼓起了掌。

"啊——"小皮与江鸿同时大喊起来。

常钧一见江鸿马上陪着鼓掌，瞬间把那手里的虫子拍成了饼。

"你把它拍死了！"小皮绝望地叫道。

大家围过来问长问短一番，贺简也醒了，问："你家里的事情处理完了？"

"完啦。"江鸿说道，并与张锡廷交换了一个心照不宣的眼神，仿佛达成了某种默契，旋即大家又开始研究被常钧拍死的那只虫子，仿佛江鸿的离开与来到，只是一个小小的插曲。

今早下雨，大家便无所事事。到得午后，教官又开始三十公里的拉练，一时所有人怨声载道，但大家抱怨的并不是"怎么要跑这么远"，而是因为山里下了雨，跑完身上全是泥，回来不好洗衣服。

江鸿倒是没有抱怨，出营地之后，开始跟着大家一起跑。

教官骑着辆三轮摩托，旁边还坐着辅导员胡清泉，监督他们行动。

"同学们跑不动了不要勉强！"胡清泉拿着个大喇叭，朝他们喊道，"随时可以请假的！"

众人回头，各自无语。

"怎么又回来了？"张锡廷与江鸿跟上队伍，慢慢地跑着，张锡廷小声问道，"他们没给你闻离魂花粉？"

"唉，说来话长……"江鸿心想不过跑三十公里，时间也多，便从头细细给张锡廷说了经过，反正曹斌也没让他保密。只略过了关于陆修是条龙、他江鸿的前世与封正的事。

张锡廷听完后十分震撼，沉吟片刻，而后道："是这样吗？陆修对你真没的说。"

"对啊。"江鸿本想说他确实是个很好的人，虽然大部分时候总是板着脸，但细想起来，陆修也不是对每个人都这么客气，只有对他是这样而已。

"而且他也太厉害了，"江鸿又说，"比那些驱魔师还强。"

"因为他是条龙，"张锡廷道，"你应该不知道？"

江鸿装作恍然大悟的模样，说："那应该很稀少吧？"

张锡廷说："现在人世间知道的就只有两条龙，另一条是咱们的项校长，但听说好像通过奇怪的办法，用时光跃迁的技术离开了。"

江鸿非常震撼，一时间不知道该问龙的事还是时间旅行的事了。

"所以大家都怕他！"江鸿明白了。

"也不是因为这个。"张锡廷明显对这个学校的事也不太清楚，而且他不爱八卦，顶多从大家的只言片语里听到了什么，再结合自己的猜测，得出的结论，"这种事你不应该比谁都清楚吗？只有你和他走得最近……"

"你们两个！不要在那里聊天了！"教官骑着三轮摩托过来，胡清泉已经不知道去了哪儿，教官拿着辅导员的喇叭喊道，"还有两个半小时！太阳要下山了，你们才跑了一千多米！快点儿！"

两人同时回头喊道"知道了"，张锡廷明显不把跑步当回事，又说："他们在找智慧剑啊。"

"智慧剑到底是什么？"

"一件镇校神器。"张锡廷说，"原本的主人留下来的，只有它能封魔，都说智慧剑在学校里，但已经好几年了，也从来没人见过它……"

江鸿忽然想起一件事，又问："这个学校里的同学，是不是每个人都身怀绝技啊？"

"呃……"张锡廷说，"人族大多数有家传的技艺，妖族再怎么样，也会个一招半式吧。但你不用担心，学校里除了上课，是严禁使用法术的，不会有人来欺负你，谁和你过不去，我和金会修理他们……"

江鸿说："可是我还是什么本领都不会。"

张锡廷和江鸿并肩跑着，张锡廷本想说你等上课就能学会，但忽然转念一想，抓狂道："谁说你什么都不会？"

江鸿："我真的不会……"

张锡廷："你可以召唤一条龙啊！召唤龙！兄弟！谁敢来欺负你？你不欺负别人就不错了！"

江鸿一想好像也是，却仍然据理力争道："可是我就算把陆修召唤过来，他也不会帮我随便揍人吧。"

张锡廷用看傻瓜的眼神看着江鸿，江鸿于是放弃了狡辩的打算。

"其实大家也不像你想象的那样，动不动就飞天遁地，"张锡廷安慰道，"待会儿你就会看到很多废物杂鱼。这么说来,学期末比武的时候,你说不定实力还能排到年级前十……不,前三呢,毕竟你可以随时召唤一条龙来暴打他们。"

"还有比武?!"江鸿顿时吓得不轻,这是什么诡异的学校啊?!

张锡廷又想了想,修正了自己的说法:"不,我觉得可以妥妥地拿年级第一,谁能打得过一个硕士研究生?!而且研究生还是一条龙!"

跑过茂密的丛林,进入临江山路,偶尔经过几辆拖着农副产品的皮卡,带着水汽的风吹来,空气宜人无比,令人心情舒畅。

江鸿与张锡廷跑着跑着,碰上了第一个废物。

"啊,好累啊。"一名少年身穿与他们一样的迷彩服,在路边弓身喘气,说,"肚子好饿。"

"小皮?"江鸿认出那人,恰好是隔壁寝室的小皮。

"你们先走吧……"小皮累得不行,江鸿心想:可你不是非人吗?妖族体力也有这么差的?!

张锡廷提醒道:"咱们是最后三个了。"

"你们先走,"小皮说,"就让我当倒数第一吧,没关系,总要有人当最后一名的。"

张锡廷对妖族算很友善的,只能做到表面如常,示意江鸿要不要先走?江鸿想了想,说:"一起吧,反正都要倒数了,没关系。"

江鸿虽然不知道小皮是个什么怪,但只要别让他看到人的脖子上长着奇形怪状的头,就可以当不知道,于是他拖上了小皮开始慢慢地跑。

"平时见面,"张锡廷仿佛看出江鸿的疑惑,说,"除非必要,否则不要随便问对方是什么妖怪。"

江鸿点了点头,猜测这是一个心照不宣的礼节。张锡廷又解释道:"你没发现吗?哪怕再强大的妖,内心深处,依旧渴望当人。"

"好像是的。"江鸿明白了,人是万物之灵,哪怕大家表面不说破,人类似乎对其他种族,确实有着天生的、隐隐约约的优越感;妖族在化形后,也以把自己当作人为荣。结合那天晚上无意中撞破常钧的原形——也许妖族被看到真身,就像人类衣服掉了,以裸体示人般尴尬?

小皮却道:"江鸿,你们体力好好啊。我跟我爸说了不想军训,你为什么不索性逃掉,等军训结束了再来呢?"

"来都来了,"张锡廷说,"你就练吧!"

江鸿笑着说:"这不是想你们嘛!"

小皮也是个实心眼的,说:"可是咱们才认识没几天吧?都没怎么说过话?"

江鸿:"……"

正在此时,天上降下来一只将近一人高的鸟儿,呼啦啦拍动翅膀,解救了江鸿的尴尬。

江鸿抬头一看,顿时震惊了!

那是一只仙鹤!而且是绝无可能出现在此地的仙鹤!它实在是太优雅了!修长的脖颈,金色的长喙,银色的脚爪,大片大片且每一片都完美无比的羽毛,明亮的双眸,还有彩粉般的眼影!额上一小撮淡蓝色的绒毛……简直就是神兽!

下一刻,仙鹤收起翅膀,直接朝地上一倒,躺在路中间,喙张了张,发出一个熟悉的声音——

"好累——飞不动了。"贺简说。

张锡廷:"……"

江鸿:"……"

仙鹤抬起脑袋,看了他们仨一眼:"你们可以抬着我走一段吗?"那仙鹤又用贺简的声音说。

张锡廷:"你才飞了不到三公里!"

仙鹤:"飞起来比跑步还累。"

江鸿:"地上很脏!你快点儿起来!"

仙鹤身上发光,变回人形,正是穿着迷彩服的贺简。

呃……你衣服哪儿来的?江鸿心想,人形态变成妖,再变回人,不会裸体吗?为什么衣服也连着一起变了?

贺简生无可恋,横躺在山路中间,双目无神地看着江鸿与张锡廷。

"可以抬我吗?"贺简说,"我会报答你们的。"

三人沉默地绕过了贺简,继续往前跑,片刻后,贺简气喘吁吁地追了上来。

"你们太狠心了!室友!"贺简说。

"金呢?"江鸿说,"让他背你吧。"

贺简说:"他在前面呢,让我告诉你们,慢慢跑别担心。"

"咱们寝室估计要跑最后一名了。"张锡廷哭笑不得道。

现在江鸿相信了张锡廷的话,看来同学们并不像他想的那样,废柴还是很多的。

跑着跑着,他们又碰上了另外几个寝室里的,江鸿看不出是人是妖,只能从张锡廷的态度去推测,张锡廷主动打招呼,并边跑边闲聊的,都是人族;而他点过头,便不再说话的,一般都是妖。

很快,江鸿这支垫底队伍里,就变成了二十多个人,由江鸿领跑,大家边跑边聊天。江鸿高中时跑过好几次半马与全马,半马用时两个多小时,再加十公里,四小时铁定够了。

"三十公里啊!"小皮哀号道,"我从出生开始就没跑过这么远。"

另一个男生拍了下他,说:"人都跑下来了,你就跑吧!"

江鸿说:"后半程是下坡,会舒服很多的!大家保持节奏,调整呼吸!咱们已经跑了十公里啦!"

到得十七公里时,他们登上南岭支脉的山腰高处,下午三点半,远方的秀丽景色尽收眼底。

在这里等候的学生已增加到了四十多人,大家都在休息、闲聊,教官在凉亭里放了运动饮料,供他们自行取用。

"好,来吧!"江鸿说,"天黑前,咱们一定能到营地的,加油!"

接着,一群人又浩浩荡荡,在江鸿的带领之下,跑下了山。下山的路大多数是下坡,江鸿张开手臂,享受着扑面而来的山风,"哇吼"一声,跑得飞快,一众少年也跟着犹如坐过山车般,从山顶冲了下来。

不知不觉,五点五十,天边现出落日的最后一抹余晖,世界被群山的阴影温柔地掩盖,犹如给人间盖上了一张夜的毯子。

"终于回来啦!"江鸿喊道。

最后无一人掉队,全部抵达营房,大家连话都说不出来了,各自就地歇息。

胡清泉正在清点人数,笑着看了眼江鸿,什么也没说。

江鸿站在一旁,稍稍弓身,喘息不止,有人喘着气过来,朝他说:"谢谢,江鸿。"

江鸿抬头,看见是隔壁904寝室的两个男生,一个戴眼镜的叫王琅,另一个叫左伟琛,两人与他分别击掌,江鸿便笑了起来,知道他们的意思是谢谢他领跑,否则一定会掉队。

"谢谢。"又有人过来,与江鸿击掌,妖族居多。反而人族同学似乎有很强的荣誉感,不想输给妖怪们,纷纷拼着力气跑在了前面。

"谢谢。"

"谢了。"认识不认识的从他身边经过,每个人都会抬起手,和他击掌。

这一刻,江鸿觉得非常开心。

但回到班房内,就没那么开心了,大家横七竖八,各自倒在床上呻吟。

"你第几?"张锡廷朝已经洗过澡、躺在床上的金问道。

金还在看书,朝张锡廷比了一根手指,江鸿顿时震惊了。

大家晚饭也不想吃了，全躺着不动，犹如一具具尸体。

"我好想去兴安泡温泉，"小皮说，"咱们去麓山吧。"

"饶了我吧……"常钧呻吟道。

"别说了！"众人一致谴责小皮。

是夜，江鸿甚至不知道自己是怎么睡着的。直到翌日早上九点，所有人仍躺在床上，没有人愿意起床，幸而教官也很识趣，没有再给他们安排体能训练，只让简单地做了操，教过军体拳后，便让大家自由活动一天。

接下来的五天，江鸿体验到了什么叫填鸭式军训……军体拳、枪械射击、唱歌……教官教完，很快就要验收成果。

"我觉得我做什么都做不好，唉。"小皮在厨房里剥包菜，江鸿在一边削土豆，今天轮到他俩帮厨，剩下的学生在外面走正步。

江鸿安慰道："我觉得我也是。"

小皮说："连帮厨做出来的菜都比别人做的难吃。"

江鸿："我会多吃点儿的……"

小皮长得很干净帅气，有张娃娃脸，且俊秀无比，身上有种天生可爱讨喜的弟弟感，眉毛很浓，眼睛也很有神。这学校随便一个男生放在普通学校，都是校草级别的，怎么大家都长得这么帅啊，因为是妖族所以可以自己随意整容吗？

可是人族大部分也长得很好看，因为他们都在吸食天地灵气？

江鸿也有点儿失落，他发现自己上了大学，做什么好像也都是倒数第一，昨天练拳，金和贺简只看了一次就会了，其他人就连张锡廷随便上手打个几式，也是无师自通，只有江鸿自己要从头到尾练三次，还要教官单独给他演示。

"我才是吧，"江鸿郁闷地说，"什么都倒数第一。哎，不过你说得对，总要有人当最后一名的。"

打拳最后一名，射击打靶分数最低。虽然江鸿比较擅长音乐与跑步，但是论唱歌，还是贺简唱得最好，音域广且声音好听，就连自己拿手的马拉松，也跑了个集体倒数第一。

小皮说："我爸对我寄予厚望，回去又要被他唠叨了。"

江鸿安慰道："你别告诉他不就完了。"

"辅导员会给他说的。"小皮绝望地说，"我好惨啊。"

江鸿心想：不会吧，辅导员还会打电话通知父母自己军训拿了倒数第一吗？

小皮说："我爸是学校老师，教导主任，叫轩何志。"

"啊！"江鸿说，"我见过他！等等……"

江鸿心想你爸不是人吗？你怎么是妖？！这……不会有生殖隔离吗？他马上开始"脑补"了一个缠绵悱恻、可歌可泣的故事。

"现在倒数第一是我。"江鸿说，"你是倒数第二，还好吧。"

"嗯。"小皮有点儿无精打采，说，"要不是为了等我，你也不会跑那么慢。"

"没关系。"江鸿哭笑不得道，"不等你，我也跑不到第一名。"

小皮："那要是能跑到第一名，你会等我吗？"

江鸿想了想，说："也会等吧，跑第一名也没钱拿。"

"你太好了。"小皮带着星星眼，旋即又问，"那有钱拿呢？"

江鸿："那就要看多少钱了……"

小皮："多少钱以下可以等我啊？"

江鸿："能不要这么较真吗？"

军训在一场倾盆暴雨下结束了，最后一天，江鸿去和胡清泉聊了半小时，大致内容关于他为什么决定回来继续念驱魔师学校。胡清泉明显从曹斌处了解了大部分，只是特地提醒了他一些在学校的注意事项，譬如不能随意使用法术，否则会挨处分，斗法群殴更会被退学。

但实在不行该用就用了，后面也可以申诉。

"想多了，"江鸿哭笑不得道，"我根本就不会。"

"后面会教你的，"胡清泉慢条斯理地说，"只要是有灵脉资质的，都能学会，反正注意点儿就行了。"

江鸿还是比较期待的，但他看到胡清泉手里的军训表格，又有点儿尴尬，每个项目他都是最后一名……

"这个打分不重要，"胡清泉说，"只作为开学后的一些参考，你学的是机械电子工程，也即是常说的现代化驱魔……"

江鸿依然有点儿不习惯，不明白"机械电子工程"和"现代化"是如何能与"驱魔"诡异地结合在一起的。

江鸿："其实我更喜欢驱魔学，我好像报错专业了。"

"没有关系！"胡清泉说，"如果你的资质合适的话，后面你有一次随便转专业的机会，不过我建议你选学现代化驱魔，打好基础，接下来呢……"

"……你也会学习到一些法术。"胡清泉最后说，"好好读书，守护人类的和平吧，鉴于你在军训中表现优秀，学校决定给你颁个奖。"

"这是在嘲讽我吧！"江鸿听到这里，终于暴走了，"辅导员，我会觉得很耻辱啊！"

"不不不！"胡清泉马上澄清道，"你误会了！"

当天下午，颁奖时间，903寝室获得四个奖，一个是金获得的"长腿跑手"，因为他在越野比赛里获得了第一名。

江鸿则得到了"相亲相爱"奖杯，因为他没有放弃落下的同学，带着六十多个人浩浩荡荡地跑完了三十公里全程，大家一起跑了个集体倒数第一。

张锡廷得到了一个"军神"称号，因为他在模拟作战中沉着冷静，指挥903与904寝室在逆境中反扑，夺得了高地。

贺简得到了一个"怀旧歌星"的奖杯，因为唱歌好听。

然而江鸿突然发现，好像每个人都有一个奖——904寝室和自己同班房的四名同学，也各得一个奖杯。常钧是"厨神"，因为帮厨日做的菜很好吃；小皮是"日行一善"，因为他经常帮助他人。另外两个男生，王琅被封"棋神"，左伟琛得了个"敏捷之星"，因为他上军体拳课时，不仅闪过了教官的突然袭击，更还手打倒了教官。

由小皮的老爸，也即教导主任轩何志亲自来到班房里，为他们颁奖，真正做到了人人有奖，永不落空。

"你这个奖杯底座的边上，有一条镀金的边，和大家的不一样，不要告诉别人。"轩何志与江鸿握手颁奖时，在他耳畔小声提醒道。

江鸿："……"

这重要吗？江鸿心想你们怎么这么无聊……

就这样，江鸿的军训圆满落下帷幕，坐上大巴车离开南岭，大家唱着歌，辅导员胡清泉还带他们去市区聚餐，吃了顿自助火锅。

新学期的生活，就在再一次进入与世隔绝的南岭，与山路上高斯模糊的景色中，充满挑战地开始了。

第四章
| 实践 |

寝室里，贺简的华丽手工刺绣高支数床上用品二十二件套终于到了。一铺开，百鸟朝鹤呈祥的景象，登时映得整个寝室喜气洋洋。

"这是逾矩，换了在古代，你会被杀头的。"金对贺简逾矩使用这等华丽生活用品，并将凤凰改成了仙鹤的行为，发表了简单的点评。

"所以现在不是古代，"贺简说，"妖妖平等。"

江鸿渐渐习惯了两名室友是妖的情况了，不仅不觉得可怕，还觉得挺可爱的。回校后，他听金提起在马戏团表演的那名表哥，知道是只狮子。那么换言之，金也是狮妖。

狮子与仙鹤，江鸿都完全不害怕，但蛇就让他有点儿发怵，或者可以这么说：怕不怕妖怪，和是不是妖怪本身无关，只和什么东西变成了妖怪有关……蜘蛛非常恐怖，反之熊猫就没什么问题了。

"会有蟑螂妖吗？"关于这个问题，江鸿私底下问过张锡廷。

张锡廷说："我记得不行，可能是灵脉的类型限制了……我不能告诉你这些，会误导你，开学后都会教的。"

江鸿便不再多问了，返校后他发现，大家经过这次军训，确实就像胡清泉说的那样，关系变好了不少，人族与妖族没那么明显的分界线，大家也不会总是抱团了。

"你到底怕什么？"张锡廷说，"你怕蛇妖，那你怎么不怕龙呢？龙出水的时候也是滑溜溜的吧。"

"我也怕龙啊，"江鸿说，"但不是那种怕，是敬畏吧。"

大家的生活开始进入正轨，金成了903寝室长，并建了个群叫：金的后宫。

但群名很快就被张锡廷改成了"金的兄弟们"。

接着群名在"金的迷弟们"与"张锡廷的哥哥们"之间反复修改横跳,贺简看了一会儿,把群名改成了"贺简的粉丝",于是在贺简下水参战后,又开始了新一轮的命名权争夺。

最后江鸿忍无可忍,改成了"江鸿的哥哥们",这场鏖战才总算暂时消停。反正江鸿年纪最小,他无所谓,大家也看他面子,不再抢着占对方的便宜了。

"各位哥哥,不要睡啦。"

9月1号早上七点,江鸿挨床叫室友:"起床了,今天是开学第一天啊。"

"再睡一会儿吧,"贺简哀号道,"这么早起来做什么?"

"你仙鹤不是应该作息很健康的吗?"江鸿已经跑了个步回来了。

"我不吃早饭了,"金从被子里露出乱糟糟、毛茸茸的鬈毛,说道,"再睡会儿,七点半叫我。"

江鸿不敢掀金的被子:"我给你们带了早饭,起来洗漱,八点有新生大会呢。"

张锡廷冒头看了眼,懒洋洋地起来。贺简给寝室里买了台巨大的电视,江鸿把自己的switch游戏机插上去,昨天晚上寝室的另外三个人玩到半夜两点,现在简直睡眼惺忪。

"你吃过了?"张锡廷问。

"和学长一起吃的。"江鸿今天出去跑步,本想给陆修带早饭过去,陆修在击剑社刚训练完,过来陪他吃早饭。

从今天起,大学生活就要开始了,大家的大学生活都是丰富多彩的,但有一些大学,注定比另一些大学更丰富多彩,譬如说苍穹大学。

新生大会在礼堂里召开,这所学校的礼堂建得像个歌剧院,能容纳上万人,但根据江鸿这几天的观察,他们年级只有两百多人,还开了一堆专业,热门专业像驱魔学,分到的只有十来个人,有些专业更只有三五人,甚至还有无人读的专业。

整个学校所有年级加在一起,也不知道能不能把礼堂坐满,但对培养的目标而言,一届两百多名驱魔师,已经很多了。

大家分散地坐在礼堂里,贺简一坐下就歪在江鸿肩膀上继续睡。

轩何志先到了,两手朝大家做了个"集合"的手势,用麦克风说:"都往中间坐点儿,大家显得热闹点儿。"

没有人动,轩何志反复说了几次,才有几个不情不愿地起来,挪了几排。

曹斌也来了。

"那是曹斌吧。"金低声朝张锡廷说。

张锡廷皱眉,说:"我爸见过,我没见过。"

"是他，"江鸿说，"他很厉害。"

金说："当年第一次全国联考的时候，他可是最年轻的一级驱魔师呢。"

江鸿："驱魔师还考级吗？"

张锡廷："嗯，咱们毕业以后会根据在校成绩，直接评二级，但一级还是要考，在学校里尽量不要挂科。"

"大家都坐到前四排来，把中间区域坐满。"

副校长曹斌发话，学生们便都起来了，朝中间围聚，显然平时不太把轩何志当回事，但副校长很有威严，不得不遵从。

礼堂里观众席呈扇形分布，从前到后，从低到高，江鸿他们坐的位置，恰好与舞台中央平齐，从他的位置上能与曹斌对视。

曹斌看了他一眼，两人视线对上，曹斌又退后少许，朝后台说了几句话，便有几个人过来，坐在预先摆放在舞台中央的沙发上。

第一个人是一个年轻女生，用黑布蒙着双眼，曹斌过去，扶她一下，为她引路，把她带到位置上坐下。第二人是个中年男子，有点儿发福，头发留长了，用一个发夹夹着，梳到后面。

"那个是方宜兰吗？"贺简突然醒了，越过张锡廷，朝金问道。

"嗯。"金答道，"第二个人是谁？"

"他叫窦宽，"前排的小皮回过头，说，"是驱委的新主任，钢琴弹得很好，管互联网这块。"

第三个人上来的时候，学生们自发地鼓起了掌，一时间掌声响起。

那是个看样子不到三十岁的男性，穿着白衬衣黑西裤，短头发，面容很英俊，然而除了英俊之外，江鸿总觉得还有一股别的气质，就像有种奇特气场，让人沐浴在阳光之下，非常舒服。

男人浓眉大眼，非常有魅力，戴着一副谷歌的单边眼镜，皮肤很白皙，衬衣扣子也扣得很规整，他朝学生们点了点头，掌声便渐渐停了。

"他是谁？好帅啊。"江鸿问。

"陈真，"张锡廷说，"驱魔师委员会的会长，十年前他就成名了。"

江鸿坐在观众席的最边上，盯着陈真看了一会儿，他的表情很从容，气质与曹斌截然不同，他一定是个很有涵养的人。

江鸿侧旁的空位上，突然有人坐下了。他一转头，发现是陆修。

陆修刚结束训练，身上还带着汗，衣服半湿着，但他的身上一点儿也不难闻，甚至闻不到什么气味。

"你怎么来了？"江鸿好奇地道。

"早上没课，"陆修小声道，"过来看看他们说什么。不要说话，认真听。"

台上，曹斌说："我们欢迎各位领导，来给大家说几句。"

话筒先是递到那蒙眼女子手中。

"各位好，我叫方宜兰，我兼任苍穹大学驱委监察办公室的主任。"那女生的声音很甜很温柔，"接下来会有很长一段时间，负责督促你们的老师们认真教学，也负责办学环境的反馈，各位如果在学校里发现了什么问题，可以随时给我的邮箱写信……"

"……我们鼓励越级打小报告，"方宜兰笑道，"曹斌是拿我们没办法的，为了随时敲打他，让他兢兢业业地为你们服务……"

下面的学生开始哄笑，有人大声道："食堂的饭菜难吃可以反映吗？"

轩何志马上示意，不要起哄。

"当然可以。"方宜兰说，"我们的办学理念，就是培养一流的人才，同时我们也把我们的人才派来给你们当老师、当校长了……"

方宜兰用非常亲切的语气，就像一名大姐姐与学生闲聊般说了十余分钟，眼看下面的学生开始纷纷举手，曹斌便接过话筒，说道："现在不是提要求的时候，同学们有什么问题，可以给方主任写信，每一封信她都会亲自回复。好，我们就这样，请窦部长下一个发言。"

窦宽接过麦克风，说道："各位同学！你们好！"

他的声音浑厚有力，语气坚定，说道："今天能够坐在这里的大家，都是佼佼者！你们或许身负传承的技艺，或许有着过人的天赋，选择这条路，去目睹里世界的残酷与黑暗，并承担起净化世间的职责，各位都非常了不起！是有崇高理想的青年！

"……21世纪是互联网的世纪，我们的生活正因互联网而发生巨大的变化，比起数十年前，世上的怨憎找到了全新的突破口，痛苦、悲伤与愤怒这些负面情绪，将互联网作为渠道，在不断地繁衍……

"……互联网驱魔，是一个近年来的全新课题，我看了下名单，有同学也报选了信息传播专业，毕业后欢迎你们来驱委信息部任职，这块领域是全新的，大有作为……

"……我还注意到不少同学使用个人通信装置，不得不说，现在网络实在是太发达了，你看见灵异现象，随手一拍，马上就可以上传到网上，对……说得对，鬼魂还好一点儿，尤其精怪与地脉异常……

"……每一张发到网上后被删除的照片、每一个'分享灵异经验'又被禁言的用户,背后都是我们信息部同事疲于奔命、彻夜加班加点儿的身影……

江鸿:"……"

江鸿看了眼周围的学生,每个人都很无聊,甚至开始玩手机。

"……我们有同事,上次就因为一个学生不懂事,拍了张湖怪的照片发到网上,导致全组加班删帖,抹去围观群众的记忆,累得差点儿猝死,在ICU(重症监护室)里躺了三天……所以网络安全真的非常重要,是新时代的重中之重!大家身为驱魔师,一定要自觉维护……你说是不是,校长?"

曹斌站在一旁,面无表情地听着,显然也有点儿抓狂,这个叫窦宽的,废话实在太多了。

陈真趁窦宽转过来时,认真地看了眼手表,窦宽似乎明白了什么,快速收尾道:"好,我就说这么多!接下来的时间,交给你们最敬爱的陈会长!"

大家纷纷放下手机,掌声又响了起来。陈真不接窦宽的麦克风,曹斌把一个微型麦克风别在陈真的衬衫上。

"大家好。"陈真认真地说,"自我介绍一下,你们之中有不少人已经认识我了,我是驱魔师委员会的会长,我叫陈真,是心灯第二百七十三代的持有者。"

场内一片静谧,江鸿明白了,陈真应该是不少年轻人的"男神"。

当然江鸿的"男神"就坐在身边,他看了陆修一眼,陆修也难得地抬起头,一改往日无聊的表情,注意力集中在了陈真身上。

"先补充窦主任说的一点,将互联网作为宣泄渠道的悲伤、愤怒、绝望等负面情绪,从来都不是我们必须去'消灭'的重点,千百年来,它们始终都在,只是在时代的发展之下,有了新的宣泄的平台而已。

"我们去作战的,是这些催生人心负面与阴郁的现状,而不是简单地一堵了之。负面情绪有意义吗?有,它就像世界的两极,像光与暗相伴相生的关系,无论去掉哪一个,人生都是不完整的,生活就在这种协调之中不断向前。

"首先我要恭喜你们成功入学。"陈真又淡然道,"今天我想谈谈地脉出现异变的问题,你们中的许多,也许已经从家长处听到了一些消息……"

现在,所有的学生都放下了手机,抬头看着陈真。

"我们的世界正在面临一个前所未有的危机。"陈真说,"天地脉正遭逢奇异的紊乱与变化,目前天脉大体仍然维持正常,但地脉在最近的十年中,出现了自文明诞生以来,前所未有的频繁爆发。

"这种能量爆发与之后的沉寂,对表世界形成大量的影响,具体有全球多处地震、海啸、龙卷风等自然灾害频繁,瘟疫蔓延,山火肆虐,大家也都注意到了,二十一世纪前几十年里,天灾人祸远远大于上世纪的整个一百年。"

陆修眉头微微拧了起来,学生们开始小声议论,形成嗡嗡声。

陈真又说:"驱委正在全力以赴,研究目前产生的这个现象,有人认为是天魔将再一次降临……"

这下整个礼堂里哗然。

"那是什么?"江鸿好奇道。

"回去跟你解释。"陆修说。

陈真:"……但时间太短了,距离上一次天魔转世,才刚过了十年,是否果真如此,我们目前也无法下结论。你们校长,正在时间的乱流中,寻找这一切的源头,音信全无。总之,如果无法顺利解决,妖族、人族所共同生存的世界,也许将在不久的未来,遭遇灭顶之灾。"

整个礼堂内一片寂静。

陈真:"说是世界末日也不为过,这个时间段,根据地脉的观测,乐观点儿预测,将是三十到五十年后,悲观一点儿,五年后即将出现重大变故,也说不准。"

在那寂静中,陈真又轻松地说:"为什么会发生?我们对此一无所知;将发生什么?无可奉告;如何解决?一问三不知。但只要来了,就必须去面对,接下来,将是时间对全体驱魔师、对这个世界上所有原住民的考验。"

"我相信我们能解决,"陈真最后说,"就像我们解决每一次危机一般。各位,我将世界的未来托付给你们,请珍惜现在的时光,投身到学习里去,当危难发生时,请助我们一臂之力。"

说毕,陈真起身,朝所有学生一鞠躬。所有人甚至忘了鼓掌,陈真说完之后,便与驱委的两人离开。

"什么意思?"江鸿现在非常茫然,他先是参加了一场正常的高考,结果莫名其妙地进了一个学法术的学校,认识了一条龙与一群妖怪,现在又告诉他,马上要世界末日了,他必须认真学艺,去拯救世界?!

"他说得太严重了。"散会时,常钧走在他们身边,说,"地脉的异常是有,但是没有到这么严重,我不少亲戚都住在地下,偶尔会地震,可能是大自然不太稳定吧。"

"也许是周期性的。"金也同意这个看法,说,"天魔不会再来了。"

江鸿与陆修走在一起,待会儿还有课,大家便根据各自的课表,到教学楼去。秋日里阳光灿烂,微风习习,陆修听完之后,正在思考,仿佛陈真的话里蕴含了大量的信息。

"天魔是人世间的怨气集合。"陆修回过神,见江鸿正注意他,便主动解释道,"战争、天灾,都会死人,给人造成痛苦,这里的'人'泛指所有的生物。"

"哦……"江鸿想起窦宽所说的,通信渠道覆盖面变广,促成了人与人之间信息的飞快沟通,也会容易把人的情绪放大,将有同样感受的人的想法统合在一起。

"死去后灵魂归入天地脉,前去轮回,但怨气与记忆经久不散,弥散在大地上,会自动聚合在一起,形成'魔'。"陆修又说,"'魔'最终具备自我意识,会开始吞噬活物,争夺世界的控制权。陈真所主掌的心灯,就是破除魔的其中一个法宝,智慧剑也是。"

江鸿说:"那我大概懂了,所以'驱魔师'的工作,是驱魔!这才是最重要的!"

"嗯。"陆修说,"瘟疫下全球死了五百多万人,虽然与古代战争相比,只能算个零头,但我觉得瘟疫不是造成地脉乱流的原因,你祖先是大风水师,天天与地脉打交道,也许你能解开这个谜。"

"可我什么都不会,"江鸿哭笑不得地道,"家里也没有这方面的书……不过算了。"

陆修:"还不去上课吗?"

江鸿看了眼表,差不多了,说:"那我赶紧走了。"

陆修:"要陪你去?"

"可以吗?"江鸿马上道,"可以旁听?好啊!"

陆修不置可否,似乎想多与江鸿聊聊,便跟着他前往教学楼。

第一节课,班上除了江鸿,只有五个人,三男两女,其中一男一女是情侣,亲昵地坐在一起。

江鸿全都不认识,却知道这些就是自己系的同学了,他友好地朝他们打招呼,大家似乎都知道他,便纷纷点头。

陆修进来时,他们便以好奇的目光看看他,陆修也没说话,拉起运动背心的兜帽,趴在江鸿身边的位置上。

马上就要开始第一节课了!江鸿兴奋地想,第一节课是法术理论基础!会怎么样呢?一上来就教法术吗?

来人是个戴着厚瓶底眼镜、头有点儿秃的中年男子,穿着米黄色的衬衣与黑色西裤,夹个教学用公文包,很像一名高中的语文老师。

"大家早上好。"中年男子说,"我叫谢廖,阿廖沙的'廖'。"说着在黑板上写下自己的名字,同时注意到了陆修。陆修抬起头,看了谢廖一眼。

谢廖没有过多地关注陆修,似乎早就知道这家伙,同时取出一张表格,说:"我们来点下名吧,虽然班上只有六位同学,但大家还是要互相认识一下。"

"王锦月。"

"到。"一名单独坐在窗边的女生举手道。

"卞磊东。"

"到。"那名与女朋友坐在一起的男生答道。

"程就。"

"到。"另一名穿运动服的高个子男生答道。

"肖紫浔。"

"到。"情侣里的女生答道。

"连江。"

"到。"最后一名身穿滑板 T 恤的、一米七出头的小男生答道。

"江鸿。"谢廖又看了江鸿一眼。

江鸿应了。

谢廖在表上给每个人做了简单的记号与批注,说:"第一节课,有同学心想,这就教法术了吗?也太快了吧。"

这正是江鸿的心里话。

谢廖又说:"有同学有一定基础,家里也教过,觉得这节课,我可以不听了,甚至可以不来上了,反正期末考,我靠家传法术,轻轻松松也可过,是不是?"

江鸿心道:你们家里补课都教法术吗?这么厉害的?

谢廖又说:"那么对零基础开始学的同学,要注意什么呢?其实老师告诉你们,法术它呀,真的不难学,首先你要克服自己对这种未知力量的陌生与排斥……看?"

说着,谢廖打了个响指,手指上现出一团火球。

"哇——!"江鸿顿时激动地大喊,开始疯狂鼓掌,把一旁睡觉的陆修吓了一跳。

"不要一惊一乍的!"陆修低声怒道。

江鸿突然发现,整个教室里所有的同学都用诡异的目光看着他,因为只有他一个人在欢呼和鼓掌。江鸿有点儿尴尬。

谢廖点了点头,收了火球,说:"只要来上我的课,你就一定能学会,跟上进度,按照老师的要求,认真完成作业,不会出现学不会的情况的。"

江鸿感激地点头,谢廖又话锋一转,说:"对于那些已经能熟练操作某些法术的同学呢,一定要知道,首先学海无涯,大家的家传都是专攻一门,难免有偏科,要当个优秀的驱魔师,就要努力钻研学习;其次,一些不好的施法习惯,容易造成很大的破坏,更容易伤害到自己,上我的课,要把从前学的那些都暂时忘记,摒弃习惯性思维影响,否则期末考我是不会放水的。"

没有人回答,有人已经在桌子底下玩手机了。

"接下来我会给每个同学做一个小测试,"谢廖说,"为了保证测试的公平,不要互相干扰,大家到走廊上等一会儿,我叫到名字的再进来。"

同学们便纷纷出去,那滑板少年叫连江的,与江鸿搭话,问:"你在家没学过?"

"呃,"江鸿答道,"我爸妈都是凡人。"

"哦……"众人纷纷点头。

江鸿说:"话说凡人家庭的学生,多吗?"

"应该不多吧,"滑板少年道,"但估计不会只有你一个。"

江鸿听到这话就放心了。

谢廖在教室里喊人,依次进去,最后是江鸿。

"陆老师?"谢廖一直没管陆修,江鸿进来时,谢廖终于忍不住了,走到他身边说,"我要做个灵脉资质评估,要么你先……回避一会儿?"

江鸿:"嗯?"他不是研究生吗?怎么又变老师了?

"我偶尔会当助教。"陆修朝江鸿解释道,也没搭理谢廖,起身,挪到教室角落里去,依旧趴在桌子上睡觉。

谢廖:"陆老师……"

"我是他的召唤兽,"陆修解释道,"你让我出去,一会儿他要召唤我,我还是会进来。"

谢廖:"……"

谢廖只得站在讲台前,两手撑着讲台,朝江鸿说:"你拿着这块玉。"说着示意他看面前天鹅绒布上,放着的一块环形的玉。

江鸿用手把它拿起来,说:"哦,好了。"

谢廖:"……"

江鸿:"嗯?"

谢廖说:"怎么没动静?"

陆修抬头,皱眉远远看了眼。谢廖沉吟片刻,观察江鸿。

谢廖:"你的父母有表现过法术倾向吗?或者宣称自己会法术?"

江鸿:"没有,他们精神都很正常。"

陆修:"光玉没亮?"

谢廖："没有，奇怪了，光玉只会检测到本源灵脉。"

江鸿："它本来该有什么反应？"

谢廖："应该会亮起来，哪怕很微弱。这不应该啊。"

江鸿："我把它含在嘴里有用吗？"

陆修："……"

谢廖见江鸿摆弄半天，那块玉始终没有发光，便只得作罢，又问："那么你平时，有别的超自然天赋吗？自我认知或者无意中发现的，也可以。"

"我可以召唤陆修，"江鸿说，"这算吗？"

谢廖擦了把汗，陆修的表情却变得凝重起来，问："你确定不是光玉出了问题？"

谢廖拿起那块玉，示意陆修看，玉顿时绽放出五色光华。

陆修站起来，走到讲台前，谢廖又递给他，陆修接过，那块玉顿时变成通体深蓝，片刻后，蓝光一敛，变成黑光，犹如墨玉般。

"哇！"江鸿惊讶道。

谢廖与陆修对视，数秒后，陆修把玉放回去，两人都没有说话。

江鸿问谢廖："老师，这意味着什么？"

"意味着你或许没有灵脉资质。"陆修替谢廖答道。

谢廖马上道："也或许是被封印禁锢了，还有一个可能……是你身上的灵脉资质非常特殊，光玉不能鉴定出来。"

"哦……"江鸿看了看陆修，又看谢廖，大概明白了。

"那……"江鸿想了又想，决定自己来说出这个真相，免得谢廖小心翼翼，"所以，我是不是就，永远也学不会法术了？"

谢廖也有点儿不知所措，这还是他从业以来，第一次碰到这种情况。

"也不一定。"谢廖说，"我要问问其他老师，这种情况，你放心，一定有办法解决的。你先叫大家进来，一起上完这节课，稍后我带你去找教导主任问问看。"

江鸿心情很复杂，但眼下发生的事他还没有心理预期，也正因如此，他也未曾彻底明白过来发生了什么事。

他把班上其他同学叫了回来，看见谢廖与陆修正小声说着什么，片刻后陆修示意他留下继续上课，自己先走了。

当天午饭前，教导处。

"轩老师，轩老师？"谢廖深情地呼唤着轩何志。

"轩老师！"江鸿喊道。

正在小憩的轩何志刹那惊醒，险些从椅子上翻下去。

"什么？什么？！"轩何志蓦然道，一转眼看见了谢廖带着江鸿，瞬间无比恐惧，"又出教学事故了吗？！怎么回事？怎么老出教学事故啊！"

谢廖背着手，无奈地看着轩何志。江鸿叹了口气，心情有点儿低落。

谢廖："是这样的，我想看看江鸿同学的入学推荐信，以及他的资质传承，已经征得他的同意了。"

"哦，哦。"轩何志惊魂甫定，说，"好的啊，我这就调给你们看，嗯……碰上什么事了吗？"

谢廖不易察觉地摆摆手，示意江鸿先不要着急，招呼他一起到轩何志的电脑前，看江鸿的个人履历。

个人履历分为三部分，内容非常详细，就连江鸿自己也没看过。第一部分，是他从出生之后到十八岁高三封档前，所遭遇的灵异事件，江鸿居然碰上过，而且还不止一次！但他为什么没有记忆？想来是驱魔师们用特别手法消去了他的记忆。

原来在四岁时，江鸿就撞见过一群鬼，据说当时他们正在团建……虽然有驱魔师消除了他的记忆，但心理阴影消除不掉，也许这也可以解释江鸿为什么会本能地怕鬼了。

第二部分是族系资质分析，详细到了往上追溯五代，而且恰好卡在五代这个时间点，就像轩何志所说那般，江鸿的高祖父是一名出生于建陵的大风水师，拥有沟通天地脉的资质，下面还附带了他的生平事迹。

第三部分，则是山城南坪老君洞那位已经圆寂的一苇大师，给江鸿写的评语：天资优秀，聪颖，性格活泼，可塑性强，富有同情心与正义感。

但本应详细列举江鸿超自然能力的一栏里，却全是空白。

"是哪儿弄错了吗？"谢廖怀疑道。

轩何志认真一看，也发现了，说："怎么了，一苇大师没有给他资质评价？对的啊，名字与身份证号码都没错。"

这时候，江鸿的手机来了消息。

陆修：我在食堂等你。

"怎么说？"陆修打好了饭。

苍穹大学从上到下都透露出一股土大款的气息——八块钱的食堂套餐有杭椒牛柳、酸甜菠萝虾球、一大块松茸蒸肉饼、一碗茶树菇鸡汤，还送一块马卡龙当饭后甜点。

江鸿说："让我先继续上课，谢老师会和年级其他的老师一起商量这件事。"

陆修只漫不经心地"嗯"了声，江鸿自顾自笑了笑，开始吃午饭，说："学校里的伙食真好。"

陆修却不接他的话，江鸿掏出手机看了眼，寝室里三名室友消息一致：哥哥，帮我带份饭。

贺简：只要素食。

江鸿默默地继续吃，陆修突然开口说："就算没有灵脉资质，也不影响使用法术，你可以准备一些符咒、卷轴。天地间还有一些特别的法宝，能赋予人暂时借用天地脉力量的能力。"

"我没有很沮丧，"江鸿笑了笑，"也不会退学，别担心。"

江鸿现在渐渐缓过来了，今天课堂上剩余的时间里，他一直在反复咀嚼这件事，这意味着他也许永远无法学会"魔法"，但对本来就是第一次接触法术的江鸿而言，倒不显得太绝望，就像一个本来就不会飞的人，听到自己长不出翅膀的诊断时，并不会太难过。顶多有点儿遗憾，不，确实很遗憾。

"古代有不少驱魔师，"陆修又说，"是完全不会法术的，但这不妨碍他们……"

"你为什么会找到我？"江鸿忽然问道。

陆修："嗯？"

江鸿记得在上一次失去记忆前，陆修所提到的，那个关于封正的故事，足足一百六十年。陆修追寻着他足足一百六十年，他是怎么知道自己就是那个人的？

陆修说："我有我的办法。"

江鸿好奇地道："是什么办法？"

陆修的脸黑了下来，说："你是在质疑我吗？"

江鸿忙澄清道："没有没有！我只是在好奇，你是怎么知道，一百六十年以后，我们会相遇的呢？那这一百六十年间，我一直没有投胎转世吗？那我又在什么地方？"

陆修停下动作，只是静静地注视江鸿。

江鸿自言自语，有点儿低落："那天妖怪还提到我叔叔……可是我没有叔叔啊。我看完履历后，就一直在想，会不会……什么地方出错了？"

陆修忽然起身，说："我回去了。"

"啊。"江鸿不明白陆修为什么生这么大的气，本能地感觉到糟了，他想站起来拉陆修，然而一转眼，陆修就这样消失了。

江鸿呆呆地站了一会儿，复又坐下，给陆修发消息。

江鸿：对不起，学长，我说错话了，我有点儿害怕，我怕现在的一切，万一、万一……对不起！我说错了什么话，你就骂我吧。

陆修破天荒地第一次没有秒回他消息。

江鸿又等了一会儿，只得起身收拾自己与陆修的餐盘，给室友们买饭回去。无精打采地走到寝室前，陆修终于来了消息，果然还是不舍得生他的气。

陆修：不关你的事，是我的问题，让我自己待一会儿就好了。我没有生气，有这个疑问很正常。

江鸿松了口气，心情平复了些，又隐隐有点儿担心。

"哥哥们，"江鸿带着饭盒，回去投喂他那三个作息日夜颠倒的室友，敲床栏，"放饭了啊，要不要我帮你们倒在饲料槽里？"

"谢谢哥哥！"三名室友亲切地互相尊称，动作整齐划一，起床吃饭。

"怎么了？"贺简看江鸿脸色有点儿不对，便亲切地问道。

江鸿摆摆手，示意没事。下午的课让他心情好了些，是节大课，"自然与超自然构成"。

整个寝室一起行动，大家坐在教室倒数第三排，整个阶梯教室容纳了八十多人。来上课的是一个老教师，手里也拿着一个教学公文包。

"……今天我们来讲自然，与超自然。"老教师自我介绍道，"我叫何永顺，永远的'永'，顺利的'顺'。我的这个课呢，是要点名的，随机点三到五次名，还会抽查作业，期末考勤都会算在平时分里。

"有些同学觉得，不就是超自然能力与现象吗？我在家里都听过！尤其是妖族的同学，觉得，嘿，我就是超自然力量本身！我说啊！你们千万不要这样想……"何永顺在讲台上慢条斯理地说，"这门课程，将是你们接下来四年的学习里最坚实的基础，法术也好，法宝也罢，对天地脉、妖族、人类潜能的研究，千变万化，都要归到超自然理论里来……无论什么专业，无论你们毕业后从事什么工种，一视同仁……要有敬畏之心……"

江鸿绝望地说："真是够了，这么神秘又刺激的课，怎么能上成这样啊！我都要睡着了！"

贺简也一副欲哭无泪的表情："还没有我外婆讲故事好听。"

"我先睡会儿，"张锡廷说，"有重点了喊我。"

金则在课桌下又开始看小说，江鸿摊开笔记本，本想记点儿东西，奈何这老师讲课实在太催眠了，看来学什么都一样，就连灵异现象研究也能学成像高数一般痛苦不堪的睡觉课。

"天脉，就是天的脉搏……也就是世界的'气脉'……"

江鸿先是给陆修发了一大堆道歉的话，后来又不敢给陆修发消息，怕打扰到他，只能等他主动找自己，等待良久，陆修终于来了消息。

陆修：忘了提醒你一件事。

江鸿：啥？你好些了吗？

陆修那边显示"正在输入中"，仿佛写了删，删了写，过了足足十分钟，才来了又一条言简意赅的消息：我的能力被封印过，每天化为真身的时间，总共持续大约五分钟，迫不得已需要召唤我的时候，你自己注意着时间。

江鸿不知道该说什么，只能先回个"哦"，陆修便不再发消息过来。

那么自己有危险召唤陆修的那天，他是从学校飞到山城？兴安到山城有五百七十多公里，陆修用五分钟飞完这段距离，求陆修的平均时速？

每秒一千九百多米？！这是超音速吧！江鸿震惊，这样飞，脸不会歪吗？还不是因为我！是我太没用了啊！江鸿旋即开始责备自己，然而没有施法资质，又让他当一名驱魔师的愿望成为泡影。

"今天的课我们就上到这里。"老师说，"回去把前两页的问答题写一下，下节课随机抽查。"

下课铃响，大家纷纷离开教室，各自手里抱着一本犹如从天桥底下地摊上买回来的、荧光黄封皮的《超自然现象研究》，去赶着上下一门课。

礼拜一的第二节课，"里世界探索"，是现代化驱魔合并管理学两个班一起上课，共有二十名学生，江鸿又见到了自己班的同学，以及隔壁寝室的小皮。

管理学是这个学校的热门专业，学成之后大多数进入驱魔师委员会在各大城市的分部任职，贺简班上的同学大多数也是富豪子弟，但似乎富豪之家也是分等级的，大家明显就对贺简更客气一点儿。

老师名叫朱瑾玲，是名优雅的老太太，一身打扮得珠光宝气，显然很得学生们喜欢，进教室时，大家纷纷笑了起来。

朱瑾玲在黑板上写下自己的名字，坦然道："各位同学注意了，我这门课可不好过，什么挂科率，在我这里是不存在的，别说曹斌，就算项诚亲自来说情，也是没用，给我好好学。"

"哦——"学生们拖长了声音。

江鸿打起精神，暂时把自己的烦恼抛到脑后，决定认认真真地上课。

朱瑾玲又笑着说："虽然我也是妖族，但你可别想从我这里博到多少种族的同情分。大家一视同仁，知道吗？"

"知道——"学生们又纷纷应和。

这是江鸿第一次遇见坦然说出"我是妖族"的情况，不由得对这老师产生了好感。

"她是什么妖？"坐在他们身后的滑板少年用笔戳了下贺简，好奇地问道。

江鸿记得他叫连江，是和自己一班的，这时他大概能总结出规律了，妖族的姓氏与名字里，大多数使用种族谐音或特征，也不知道这是不是约定俗成的，像贺简的"贺"就是鹤的谐音、"金"则是金毛狮子的意思？那么常钧的"常"对应蛇的长吗？小皮又是什么？

"别用笔戳人！"贺简小声道，"粗鲁！她姓朱，你说是什么妖？"

"啊。"江鸿心想，猪妖吗？但他没问出口，总觉得有点儿不雅。

"是朱鹮！"贺简仿佛从江鸿的表情里推测出他在想什么，低声道。

"哇……"江鸿道，"那果然很优雅。"

小皮说："江鸿，你是不是看不出大家的种族？"

连江说："我也看不出来，只能辨认你们是妖族，剩下的全靠猜。"

"这样啊。"小皮用笔写下自己的种族，两个字"貔貅"，给江鸿看了眼。

"第一节课上，"朱瑾玲说，"首先大家要做的第一件事，就是分小组，这个小组，大家必须两名人类成员、两名妖族，别问我为什么，学校这么规定的，我也没办法。总之，大家先自由分组吧，分好之后，组长把组名报给我，接下来的一整个学期，课题作业都以小组的形式完成。"

教室里开始议论纷纷，江鸿突然就有点儿紧张，他以凡人之身入学，来前人生历练一片空白，现在还没通过资质鉴定，不能用法术，糟了，我会被大家嫌弃吧！

江鸿惴惴望向贺简，与贺简对视了三秒，江鸿忽然又注意到讲台上的朱瑾玲老师正在看着自己，眼神中透露出鼓励的神色。

三秒后，贺简忽然热情洋溢起来。

"哎呀——江鸿！"贺简马上亲切地搂住了他，说，"咱们这么要好，你一定和我在一组的，对不对？"

江鸿顿时心花怒放，说："真的吗？你愿意和我一起？可是我什么都不会啊！我只会拖你后腿吧！"

贺简优雅地说："没关系没关系！来吧！咱俩绑定了！说好了，你在哪儿，我就在哪儿。"

"啊……"小皮也伸出手指，想轻轻地戳一下江鸿，但想来想去，有点儿胆怯，转而"唉"地叹了一口气。

"那……剩下的组员呢？"江鸿问。

贺简朝江鸿说："你自己选吧，选谁都行。"

"不不不，"江鸿说，"你……你选吧，是我沾了你的光，小皮？"说着同时注意到了小皮和连江正看着自己。

贺简低声道："你说了算，想选谁就选谁，咱们组稳过。"

"真的吗？可以吗？"江鸿再次征求了组员的意见，回头看充满了期待的小皮，说，"那咱们带上小皮吧？连江你是人类吗？哦是的，那咱们正好四人一组。"

"没问题！"贺简说，"就这么愉快地决定了！"

"耶——！"小皮与贺简击掌，小皮简直激动得不行。

小皮快哭了："我的期末考试稳啦！"

连江不知道自己怎么莫名其妙就"躺赢"了，片刻后他在后面低声问小皮："他这么强的吗？我们也是才认识。"

小皮极低声答道："我爸说，他可以召唤一条研究生啊！"

连江："能不用'条'这个量词来修饰研究生吗？"

小皮又说："那个研究生是条龙！"

"陆修？！"连江也震惊了。

"军训的时候你听见龙啸了吗？"小皮又说，"就是陆修！被召唤过来了。"

滑板少年连江道："对对！我听见了……我还说那是啥嘞！"

"陆修怎么啦？"江鸿隐约听见了名字，回头问道。

"没什么！"连江与小皮马上假装若无其事。

"朱瑾玲也教咱们大二的易经，"贺简说，"她的课确实不好过，要非常认真。而且对着易理高强的老师，千万不要作弊，很容易就会被发现。"

江鸿说："她算卦很厉害吗？"

贺简郑重地点头："唔！她在飞禽里精通易理，六爻学数一数二的。"

连江说："这我有听说，驱委有时也要找她算卦。"

接下来是定组长，大家都不想当组长，最后连江觉得自己"躺赢"怪不好意思的，就申请了组长位置，朱瑾玲于是道："五名组长到我这里来，领你们本学期的课题。"

连江上去，领到了一个信封。大家凑在一起，打开看了眼。里面是一幅画，画上是一个奇异的符号，像个象形文字里的小人。

"什么东西？"四人都傻了眼。

"每个组拿到的图案，就是你们本学期的课题线索。"朱瑾玲说，"大家如果有把握，也可以不上课，自己去做期末作业，提前做完，接下来就放假。"

江鸿："这是个字吗？还是什么东西的标志？"

"那交什么啊？"另外一组有人说，"我们要把这只怪物给您抓过来吗？"

132

朱瑾玲说:"看你们自己商量决定,你交研究论文也行,给我照片也可以,想收了也行,如果能抓着的话。当然,我会根据执行难度给你们打分,想图轻松呢,最后不及格重修可别怪我。"

"可以请外援吗?"又有人问。

"可以朝任何人求助,包括家长。"朱瑾玲优雅地说,"当然,我相信你们的父母也不会帮忙的,毕竟学习是自己的事,对不对?而且你们的家长,也不一定就能帮上忙,我看啊,帮倒忙的机会居多。"

江鸿看着那个字,简直一头雾水。朱瑾玲又道:"接下来,我们开始正式上课,今天给大家讲讲总纲,内容是,里世界有多少未经探明的知识?

"……众所周知,我们的知识体系像一个圆,这个圆越大,接触到的圆之外的区域就越多,可以说是无穷无尽,有学者认为,我们对目前能厘清的,里世界的研究,尚不足3%,一来缘于从事驱魔行业的人才实在太少了;二来这一知识体系建立的时间点大大晚于各项社会与自然专业,甚至晚于计算机……

"……我们根据知识体系的构成,可以将已知世界的外围结构,分为四大板块,第一块是往生者的世界,包括灵魂、转世,以及推动生与死进行循环的神秘力量;二是仙、神、魔的来处,也即常说的'上位维度';第三块,是精神与梦境的宏大区域;第四块,则是隐藏在自然世界之下的'罅隙',物理学上将这些地方称作'蜷曲维度'……"

朱瑾玲在黑板上的正圆中写上"表世界"也即人们生活的地方,外围分成四个大块,并进行了标记。

"目前我们对罅隙的理解,在四个板块中最为深入……

"我们的学校,就是利用'罅隙'所建成的,记得山路上你们会看见一段时间的景色混乱不?这就是进入罅隙结界时的体验,不仅苍穹大学,全国各地的驱魔师办事处,以及国际驱魔师联盟的各个分部,都使用了罅隙技术……"

总算说到江鸿经历过的事件了,山城驱委,就是隐藏在罅隙中的建筑!其后驱魔师们联手收妖,在江面上制造结界,说不定也差不多。

朱瑾玲的课上得十分生动有趣,且结合她的见闻,很快不知不觉就下课了。连江拿着课题信封,又去问了朱瑾玲。

"这个课题是通过易学测算来为你们界定的,"朱瑾玲说,"包括抽到的序列与随机性,我只能告诉你们,课题本身,与参与的一位或多位同学,有着一定的联系。"

江鸿:"嗯?"

其他人:"嗯?"

朱瑾玲的话说得稍微大声了些,是说给江鸿这组人听,也是说给其他学生听,又道:"不用问我有什么关联,我也不知道,只是根据卦象显示,将课题做到最后,都会与大部分人有或多或少的关联,所以一定要用心。"

好吧……江鸿根本不觉得这个符号与自己能有多大关系,想必是与连江他们会有牵扯,但每个人都一头雾水。

江鸿伸了个懒腰,已经近乎忘记了早上的郁闷。有女生过来约贺简,贺简便答应了,带着她去吃晚饭,小皮则去找他爸轩何志,江鸿还有点儿事,便与连江道别,四人拉了个群,这个群名正常多了,叫"四缺一等条龙"。

江鸿决定去社团部碰碰运气,看陆修是否在那里。

傍晚,夕阳西下,击剑社的大门敞开着,不少人正在里面训练,江鸿看了会儿,辨认不出谁是谁,教练也不管他,江鸿便在旁边坐了会儿。

一名面朝他方向的高个子输了好几剑,最后摘下头盔,与对手握手,正是陆修。陆修头发被汗水湿透,没有看见江鸿,走到另一侧的长椅上坐下,拿了毛巾,盖在头上。

江鸿总觉得他看见自己了,只是不想走过来打招呼,便主动去给他送饮料。陆修看了他一眼,接过饮料,用戴着手套的左手拧开,一口气喝了。

江鸿坐在他身边,陆修没有吭声,江鸿也没有说话。

直到大家渐渐打完散场,各自去吃晚饭,击剑社快没人了,陆修才问道:"课上得怎么样?"

他的语气很平静,似乎确实不怪罪江鸿了,直到现在,江鸿还不知道陆修为什么生气,但最好的办法是,不要再提中午那件事。

"挺好的。"江鸿带着讨好的笑容,生怕陆修一言不合,又不理他了,拿出课上那个符号的复印件,给陆修看,"你知道这是什么吗?"

陆修看了眼,答道:"没见过。"

江鸿笑了笑,陆修起身去换衣服,江鸿便像只小狗般跟着陆修,到了更衣室外,陆修拉了窗帘,江鸿又给他整理换下来的击剑服与金属衣,说:"我拿回去给你洗吧。"

陆修拉开帘子,恢复了平时高冷的模样,换了件黑T恤、宽松牛仔裤,看了江鸿一眼。

"放着我自己洗。"陆修说。

江鸿讨好地收进挎包里,说:"我拿走了,明天送回来给你。"

134

陆修总是在帮江鸿，江鸿也很想为他做点儿什么，他又提议道："咱们去吃饭吧？"

陆修不答，径自走在前面，江鸿跟在他的身后。

入夜，校园里开了灯，到处都是谈恋爱的小情侣。

晚饭时间，陆修与江鸿在食堂里吃小炒，江鸿点了个麻辣香锅，总算吃到久违的家乡菜了。

陆修不说话，江鸿便始终保持安静。

"我不想干预太多你的学业，"陆修突然说，"你如果想当驱魔师，要自己成长。"

江鸿笑道："嗯，好啊，我就是黏人精，你如果觉得不合适给我说的，别理我就好了。"

陆修说："关于资质的事，他们正在开会商量，过几天会给你结果，你可能会调整一些课。"

江鸿本以为陆修指的是学期作业的事，意识到了什么，是不是今天因为他的事情，陆修去找校长或是其他老师，被责备他管得太多了？

"好。"江鸿说，"我没打算退学，这次来，我一定会认真念完的。"

陆修看着江鸿，眼神有点儿复杂。

江鸿又说："就算一辈子学不会法术也没什么，就像你说的，可以用符咒嘛，虽然我还没学会用符……"

"我不是那个意思。"陆修又突然说。

江鸿："嗯？"

陆修叹了口气，自言自语道："算了，没什么。"

江鸿愣了一会儿，不明白陆修的内心在想什么。陆修最后道："你想找我，就随时召唤我，我一定会来的。"

"好。"江鸿笑了起来。

他还有很多问题想问，但因为今天中午陆修的生气，他不敢再问下去了。晚饭后，陆修送江鸿回寝室，江鸿看着他的身影，忍不住在想，陆修为自己做这么多事，也是因为报恩吧？

毕竟一百六十年前，是自己的某一世为幻化为龙的他封正了。

但一百六十年前那个土司家的傻儿子，是江鸿自己吗？没有任何记忆的所谓"前世"，可以算到他头上吗？如果我不是那傻儿子的转世，可能陆修也不会理我吧？想着想着，江鸿有点儿失落。

陆修："嗯？"

江鸿："……"

陆修："怎么了？"

江鸿勉强笑笑，说："没什么，我回去了。"

陆修端详江鸿的脸色，说："你生气了？"

江鸿说："我没有那么小气……"旋即意识到这话好像拐着弯在讽刺陆修小气，忙解释道，"我不是说你小气……"然而又好像越描越黑了，只得改口道，"我只是觉得老给你添麻烦，也许哪天你就会觉得我烦了。"

"算了。"陆修冷淡地说。

江鸿有点儿垂头丧气，正要转身时，陆修却把一只手放在江鸿头上，拍了拍。

江鸿笑了起来，转头，陆修却已不知何时消失了。

当夜，江鸿的寝室里热闹非凡，一群无所事事的大学生挤在他寝室里，看张锡廷稳坐电子游戏王的宝座，用格斗游戏迎接来自四面八方的挑战。

没办法，苍穹大学的夜生活实在是太无聊了，最近的娱乐场所，距离这里足有一百七十三公里，还要途经黑夜里的七弯八绕的山路以及至少两次高斯模糊。大家晚上除了打牌消遣，就只能看书、看电视与打游戏。

"不要吵啦！"舍管挨层过来查房，舍管四十来岁的男人模样，本质是只公鸡妖，大清早总控制不住自己，在睡梦中会自动弹起来打鸣，开启一天的新生活，学生们都很烦他，何况他总是一惊一乍的。

"十一点才熄灯！"众人道，"现在才九点半！让我们当和尚吗？"

"你们就不能搞点儿有益于社会的消遣吗？！成天沉迷于这些电子鸦片！一个人沉迷不够！还一群人挤在一起！你们这是在聚众吸毒！"那中年人圆瞪着眼，叉着腰，无形的鸡冠正在充血，随时要上来驱逐他们，又尖叫道，"还一个个衣冠不整的，上衣也不穿！聚众淫乱！聚众吸毒！不要以为还没熄灯就没人能管你们！出去问一下，我……"

突然间，舍管静了下来，某间寝室里出来一个男生，带着一股经过走珠香水重重掩盖后的黄鼠狼的微弱气味，舍管碰见了天敌，开始颤抖。

"吵不吵？"那男生光着膀子，去楼下拿快递。

"啊是这样啊！"舍管说，"那你们不要玩太久，我……走了！"

江鸿："……"

大喊大叫终于消停下去，江鸿有点儿疲惫地躺在床上，室友们轮流去洗澡。

"怎么了？累了？"张锡廷打着赤膊过来时，看了江鸿一眼，顺手想摸他的头，江鸿便把脑袋别过去，不让他碰。

"你说人有前世吗？"江鸿看着天花板，怔怔地问道。

金已经洗完澡了，躺在江鸿对床上翻书，说："当然有了。"

江鸿说："转世轮回是怎么回事？"

"里世界探索课上会教，"张锡廷道，"学到你就清楚了。"

贺简还没回来，张锡廷敞着浴室门，开始洗澡，方便边洗澡边与他们聊天。

"我就突然想知道，"江鸿说，"转世轮回，是不是会忘记所有前世的事呢？你看咱们都不记得自己的前世，对不对？"

"嗯。"张锡廷在浴室里答道。

金说："灵魂研究是这样的，我爷爷和爸爸，都是灵魂研究的学者，你有兴趣可以学点儿梵文、克钦语和克什米尔语。这三种文字写成的文献里，有大量的关于灵魂转世的记载……"

"你告诉他结论就行了，"张锡廷在水声中说，"他没空学这些。"

江鸿答道："我很好奇，咱们是怎么转世的？"

金简单地描述了下，解释道："人有三魂七魄，或者说'脉轮'，魂魄储存记忆，塑造性格，让'你'成为'你'。死去的那一天，记忆散尽，命魂就会重新进入天地脉的大轮回里，重新投胎转世。"

江鸿说："那记忆都没有了，转世后，也就相当于与这一世的'我'没有关系了吧？"

张锡廷很快就洗完了，擦着头发出来，说道："这也是现在灵魂学研究的一个课题，不过普遍认为，在转世的这个过程里，一定有机制，仍然标记出你的自我。来下棋吗？"

江鸿欣然应允，张锡廷便摆开棋盘，与江鸿下棋。

江鸿忍不住问："可是我不明白，忘了所有的'我'，还是'我'吗？"

张锡廷说："我也不太清楚，我家不是从事这个方向的，但你可以放心，是你没错。"

"我这么解释给你听你就懂了。"金很耐心，直到张锡廷说完，才开始补充。

"你记得三岁以前的记忆吗？"金朝江鸿问道。

"不记得。"江鸿一边落子，一边答道。

金说："那么你觉得，三岁前，甚至婴儿时期的经历，对你的成长，成为一个什么样的人，有影响吗？"

江鸿："有！而且还很重要！"

江鸿马上明白了金的类比，张锡廷朝金比了个大拇指，果然还是家学渊源。

金说："你的命魂就是一块黏土，记忆就是世界的双手，无时无刻不在捏你，每一世轮回后，你的经历……"

江鸿已经懂了："我的经历共同塑造了我这个人，决定了我会成为什么样的人。"

"啊，"张锡廷马上想到了另一件事，"这就解释了，为什么每个婴儿都会与生俱来地带有天生的性格。"

金点头道："也许吧，但还不是定论，有人认为是基因，但基因理论解释不了同卵双胞胎的性格异向。现在学术界也认为，除了基因，还有其他的要素在共同作用，其中一个要素，就是轮回给人造成的影响。"

江鸿明白了，也正因如此，金解开了他的一点儿小纠结。

那么我应该就是那个傻子。确定了自己曾经是傻子后，江鸿觉得很幸福。

夜十一点，熄灯了，贺简还是没有回来。

江鸿又收到了一条消息。

陆修：我费了一番力气，找到了一个能回答世上所有问题的法宝，问了它，这一世你在哪里，根据它告诉我的特征，找到了你。晚安。

哦，是这样吗？能回答世上所有问题的法宝！江鸿心想，这是如何逆天的一件存在啊！就没有人问过它 M 理论吗？费米悖论呢？

那个法宝现在在哪里？江鸿马上开始问陆修。

江鸿：简直是好奇宝宝的救星啊！有生之年我能看见它吗？

江鸿：你为什么不顺便问一下它双色球开奖号码？是每个人只能问一个问题吗？把法宝介绍给我吧，让我也去问一下。

陆修不回答他了，接下来江鸿无论怎么缠着他问，给他发语音、打文字、发表情包，陆修都置之不理。

也许这个法宝要想很久很久？说不定要想一百六十年……就像《银河系漫游指南》里的超级计算机，最后给了个"42"的答案。

江鸿足足烦了陆修半小时，还是没有得到答案，他都想摸出护身符现场召唤陆修了，但就在这个时候，阳台上传来翅膀的拍打声响，贺简优雅地从宿舍外飞了进来。

会飞就是好，可以无视宿舍的门禁。江鸿心想。

紧接着，贺简变回人形后，"砰"地一头撞在了阳台的落地玻璃门上。

所有人吓了一跳，贺简抓狂道："谁锁的门？！"

"那个门是推拉的！你都不确认的吗？"金无奈道。

贺简眼冒金星地进来，还带着给他们的蛋糕，江鸿想起贺简放学后和女孩子出去，顿时道："哦——你——"

贺简马上做了个"嘘"的动作，请他们吃蛋糕，把大家的嘴巴堵上。

如是，苍穹大学的第一天校园生活，就在蛋糕的美好滋味里结束了。

翌日大伙儿都起得很早，江鸿顿时以为太阳从西边出来了。

903寝室整齐划一，一起出门吃早饭，一起行动，因为今天有令人心生期待的——驱魔实践课！

驱魔学专业的金与张锡廷、管理学专业的贺简、现代化驱魔的江鸿，大家都在一起上课。

今天加上了热门专业驱魔学，学生顿时暴增到了四十五人，上课地点也在学校专门开设的特殊场地前，背后是一所旧校舍，校舍以围墙围起，地上画了法阵。

法阵周围，有四尊镀金的雕塑，江鸿认得，分别是大地的四灵——朱雀、白虎、青龙与玄武。

学生们一进入这里，顿时犹如脱缰的疯狗般，各自开始用法术，手里光球四射，你一个火球过来，我一个水弹飞过去。

江鸿艳羡地看着同学。

哇——那是什么？火球术！哇——还可以下雪刮风！

张锡廷一进来，双手做了个奇异的动作，没有发光，也没有调动任何超自然力量，但金马上恼火地转身，面朝张锡廷。

"快停下！"金怒道。

张锡廷两手犹如催眠般环绕，金竟然一个趔趄，险些摔倒在地，竭力怒吼一声，发出狂风般的狮子吼，贺简与江鸿顿时捂住耳朵。

张锡廷被那股力量反弹，撤走法术，金上前要按着他揍，张锡廷一个翻身上了围墙，在墙面奔跑，金弓身化为一只威风凛凛的狮子，追了上去，顿时将张锡廷扑倒在地。

"我错了！哥！"张锡廷马上求饶。

金才放开了他，叼着他的衣领把他提起来，让他站好。

江鸿一直在笑，见两名室友回来，问："刚才是什么法术？"

"无尽梦境。"张锡廷说，"家传法术，很耗神，我的技术还是差点儿。"

"好帅啊！"江鸿说，"我可以摸一下你吗，金？"

那只巨大的狮子光是站着，就快有江鸿高，转过头来，"嗯"了一声。

江鸿便把手伸进它的鬃毛里，摸了摸，摸得狮子很舒服。

"简直帅呆了！"江鸿说。

"我人形不帅吗？"金闷声道。

"人形也帅！"江鸿星星眼，说，"金是第二帅。"

他决定把陆修以下的第二名给金，金勉强还是满意的，以后爪挠了几下脖颈。江鸿又得寸进尺道："我可以骑你吗？"

江鸿看到大的猛兽就忍不住想骑上去，金想了想，便趴下来，说："让你骑一会儿，出去不要乱说。"

"好的好的！"江鸿第一次骑狮子啊！

"我也可以吗？"贺简指指自己。

"不行！"金说，"好了骑够了就下来吧，你要拍照留念吗？"

"可以吗？"江鸿说，"那太好了！"

也许因为江鸿是金在人类世界交到的第一个朋友，他对江鸿实在有点儿无原则的宠爱。

"你学会法术了吗？"张锡廷问江鸿，"露一手？简单的火球应该会一点吧？"

"可以点烟。"金变回人形，整理了下头发，说道。

江鸿："呃……其实是这样的。"

江鸿把资质评定的事告诉了室友们，三名室友同时露出震惊的表情。

张锡廷："什么？"

金："光玉出问题了吧！你确定那是光玉？"

贺简："不可能，是老师的问题吧。"

江鸿无奈地摊手，张锡廷最先反应过来，想了想，说："嗯……其实也没什么，退一万步说，哪怕毫无灵脉资质，也不影响你当个驱魔师。"

张锡廷说了和陆修一样的话，安慰了江鸿。

"你们几个！"老师在场边催促，"上课了！"

"……历史上曾经有人毫无灵脉资质，还当了驱魔师的老大呢。"张锡廷最后把话说完，搭着江鸿的肩膀，过去集合。

"大家随便坐吧！"那是个三十来岁的男老师，像个体育老师般，个头魁梧，比金还高了些许，穿一身蓝色的运动服运动裤，叼着个哨子，江鸿看不出他是人还是妖。

"先自我介绍一下，我叫夏星辉。"那老师说，"本来这节课你们的导师，是格根托如勒可达，也即驱委里的格总啊，大家基本都听说过吧！但是他这个学期有事，去守你们妖族的圣地了，就由我来代课，具体回归时间不详，也许要到春节后了！"

"我也是刚来，在我的课上，"夏星辉又说，"要提醒你们注意一点，绝对绝对不要出人命妖命，课上有任何过节，禁止课下斗殴，我是不会帮你们说情的！"

大家各自散开着坐，也不需要集队。

江鸿与小皮坐在一起，前面是他的三名室友，毕竟江鸿不会法术，可不想被拉去当教具。

夏星辉又开始挨个点名，点完名后，看学生跃跃欲试的表情，说道："因为我也不知道你们在家里学了多少三脚猫的本领，同学们呢，也都有点儿蠢蠢欲动了！那么咱们先来打一场，热热身吧！"

"好——！"所有人同时欢呼道。

江鸿："……"

你们怎么都这么暴力啊！江鸿心想，这节课就是学打架的吗？

小皮说："糟……糟了，我什么都不会啊！"

江鸿："我才是吧！"

小皮："你可以召唤陆修！"

江鸿："这是上课啊！我怎么召唤陆修？那你也可以召唤你爸！你爸可是教导主任呢！"

小皮："他不会来的！他早就说了，不会帮我。他说我军训一直倒数第二，把他的脸都丢光了……"

江鸿："那……可能大家看在你是教导主任的儿子的分上……打你的时候应该也……下手会轻一点儿吧？"

小皮："……"

"不是打我啊，喂！"

夏星辉看见大家纷纷起身，开始活动手腕脚踝，顿时有点儿紧张，毕竟一个人要打一群学生，实在不好说。

夏星辉两手画了个太极，再一撒，蓝色光芒飞出，绕着四灵雕塑中央区域的法阵旋转，形成了一个二十米方圆的擂台。

"叫到名字的站上去！"夏星辉道，"每人一分钟，不管你用什么办法，家传法宝也可以，召唤什么东西出来，都行！只要把你的对手逼出圈外，就算赢了！赢的人留在圈里，输的人下场！何珊珊！匡磊！这就开始吧！认真点儿，我会根据今天的表现，给你们排个名，期末时还要打一场检验你们一学期的成果！"

学生们哗然，马上围在法阵外，开始观战。夏星辉吹哨，示意开始。

"糟啦！"小皮脸色惨白，说，"待会儿怎么办？"

"你好歹也是妖族，"那滑板少年连江挤到他们旁边，说，"就没有异能吗？"

小皮说："吃东西算吗？"

江鸿一手抚额，只得安慰道："你可以自己出来。"

"好吧。"小皮说。

他的年纪实在太小了，江鸿感觉他只有十五六岁，这么小就来念大学，应该会很辛苦吧。

"输了！下！一只脚踏出圈也算！注意了！"

"输了！下！不要缠斗！"

"下！"

"下下下下！一分钟早过了！"

在夏星辉不停的"下"里，学生们堂而皇之的斗殴，变得节奏飞快。

一时间场上光芒四射，上去的学生开始狂轰滥炸，仿佛被憋了太久，法术稀里哗啦地全部扔了出来，还有明晃晃的法宝，以及召唤出来的发光刀剑。

这些东西平时都藏在哪儿的啊？！江鸿目睹了大量违反牛顿三大定律以及能量守恒的行为，世界观彻底崩塌了。那男生用的砍刀犹如门板一样，就像变魔术般直接从空气里抽了出来？！

还有那个男的，又是怎么回事啊？！打着打着突然消失了？！江鸿看着看着，更发现那四尊雕塑，居然是会动的，如果学生用了太危险的法术，或是收不住手时，四尊神像就会活过来，玄武到中央去抵消法术，青龙与白虎一边一个，按住交战双方。但大家出手都算有分寸，毕竟没必要生死相搏。饶是如此，江鸿也简直看花了眼。

"程就留在场上！下一个，江鸿！"夏星辉喊道。

江鸿："……"

夏星辉道："江鸿呢？"

那名唤程就的男生站到擂台中央等候。

夏星辉道："江鸿！快点儿！别磨磨蹭蹭的！浪费大家时间！"

江鸿举了手，战战兢兢地站起来，磨磨蹭蹭到结界旁边。

"召唤可以用吗？"江鸿朝夏星辉道。

"可以——"夏星辉不耐烦地道，"召唤什么我都没意见，快！快！"

江鸿很期待他说"不能用"，这样他就可以说"我只会召唤呢，那还是不打了吧"。

夏星辉又推了下他，把江鸿推进了结界里。

"等等啊——"江鸿抓狂道，但已经被推进去了。

程就很有耐心，朝他抱了下拳。

"咱们好像是一个班的。"江鸿认出了同班同学。

"对。"程就说。

"待会儿……下手轻点儿。"江鸿说。

程就："好……好的。"

夏星辉："开始计时。"

程就拉开手势,江鸿道："我还是自己出去吧!"

夏星辉说："你干什么?回去!哪儿有不打先弃权的?!以后当了驱魔师,面对危险,你也要跑?"

场边众人安静地看着江鸿,张锡廷道："你用就是了!怕什么?"

"来吧,"程就说,"只是切磋。"

夏星辉："你学召唤的是不是?召唤个给大家看看?做什么都可以,不要退缩!"

"你召唤啊!"场边还没动手的学生们起哄道,"别怕!"

程就突然发动,上前一步,江鸿终于没办法了,说："我只会这个啊——陆修!陆修!"

江鸿抓着他的护身符,放弃了挣扎,大喊道："陆修——!快来!"

场内肃静,三秒后,什么也没有发生。江鸿眍眼看天上,没有变化,一片寂静。

程就："啊?"

"在这里,我知道你今天这节课肯定会召唤我,正在外头等着。"陆修在围墙外朗声道,并一手撑着半人高的围墙,以一个潇洒的姿势翻了过来,走到场地中央,跨进结界圈。

夏星辉："……"

所有人："……"

江鸿突然很感动,他看着陆修,陆修却没有看他,淡定地走到他身边站着。

"今天是什么规矩?"陆修朝夏星辉说,"一起上还是单挑?"

夏星辉："……"

陆修便朝程就说："你先上吧。"

程就又是一抱拳,显然还不知道陆修是谁："得罪了!"

紧接着,程就化作虚影,唰地冲向陆修,陆修甚至没有动,身前仿佛泛起无形气场,轰的一下将程就弹了出去!

霎时场内哗然,不是所有人都知道江鸿的召唤兽是一条……一位研究生,更不清楚陆修是何来路,但这名身穿黑T恤的男生这么强,登时激起了大家的好胜心。

"夏老师，"陆修朝夏星辉说，"我下一节还有课。"

"哦，好！下一位！迟子建上来！"夏星辉马上道，"江鸿站在场上！"

接下来的比试，从谁能屹立到最后，变成了谁能在陆修手下撑尽可能长的时间。

江鸿："……"

"看清楚了！"夏星辉还拿陆修当示范来讲述。一名上台的学生竭尽全力，双手释放出电光，妄图缠绕住陆修，陆修却仅用一手前推，手中便释放出蓝光，两道光芒如有形之物，在空中对抗、纠缠。

夏星辉抓住这个千载难逢的机会，跑到蓝光与电光交锋的中间点，大声解释道："法力天平！出现了！这个叫什么！这个就是法力天平！当交战双方的实力相差不远时，有可能会形成僵持局面，这个时候，你可以尝试破坏法力天平，一旦打破了平衡……"

夏星辉手指上发出光芒，朝两道纠缠的能量上轻轻一点。

轰然巨响，场内掀起一股冲击波，陆修另一手马上推出，幻化出护罩，抵挡住了冲击，另一名学生则被冲出了场外。

"看见没？"夏星辉道，"重要的是，不要站在能量的直线位置上，你就不会有事！但是，打破法力天平的过程，一定要非常谨慎！"

"好帅啊！"无论男生女生，都在场边小声议论。陆修大部分时候站着不动，极少几次，只说了一句话，依旧是江鸿听不懂的龙语，便将对手直接推出了圈外。

"下一个，张锡廷！"

江鸿："呃……"

陆修面无表情，看着张锡廷施法。时间一秒、两秒过去。

陆修："你在做什么？"

张锡廷："……"

"那是催眠术，"江鸿解释道，"可能对龙不起作用。"

"哦，无尽梦境，"陆修点了点头，说，"感觉到了，还可以。"

张锡廷无奈，自己退了出去。

金上场时，直接变成了原形，疾冲向江鸿，陆修速度却比它更快，拦在了江鸿身前，侧着手掌在金的侧面轻飘飘一按，金顿时在空中翻滚，摔了出去。

接下来所有人再上场，法术的目标变成了江鸿，这样一来，还能在陆修手下多撑一段时间。

"很好！"夏星辉道，"你们也终于意识到了！当有召唤兽出现时，第一时间不是与强大的召唤兽缠斗，而是要马上招呼它的主人……"

"主人"正在瑟瑟发抖,看陆修为他挡住了所有的法术,努力分辨道:"我不是什么主人……"

"我只是打个比方!"夏星辉大声道。

陆修看了江鸿一眼,又冷喝一声,平地卷起一阵龙吼,横扫开去。

"还有谁?"陆修问道,最后一人也下场了。

江鸿硬是在场上撑到了最后,心道:我就说不要了吧,你们非要我召唤。

夏星辉道:"没有了。"

陆修:"那我回了,江鸿中午别等我吃饭,我有点儿事。"说毕,又意味深长地看了江鸿一眼。

"谢谢啊!"江鸿感动得不行,总觉得陆修才是"主人"。

这天下午,903寝室又是集体行动,上法宝鉴别与制作课。这是每一位驱魔师都要学的,期末的验收成果是交一篇法宝研究的论文,以及到小东门古玩城淘一件法宝。论文占40%,实践环节占60%。

江鸿非常认真地听课,毕竟如果他无法修习自体法术,就要靠法宝来帮助了。广义的法宝包括所有可以封装能量的媒介,包括电磁场,就连电池也是法宝的一种。

狭义的法宝则被定义为被铭刻了脉轮回路的、能借此施展作用于环境的力量的持有物。

所以陆修给我的这个护身符,也是法宝——江鸿取出护身符,仔细地观察了它,猜测应当封装了特殊的不受干扰的通信法术,发动的条件就是自己拿着,并喊他的名字。

法术理论基础、里世界探索、驱魔实践、法宝鉴别与制作,四门专业课。接下来还有驱魔史、大学英语、初级计算机、哲学四门公共课……这就是大一上学期江鸿的课表了。

可是一群驱魔师上哲学,不会觉得很违和吗?!江鸿心道设计课程的人在想什么啊?一边"物质是世界的基础",下课后又"精神力量改造世界的方式有三点……"不会自相矛盾吗?

江鸿就这样,快上完了一个礼拜的课,寝室里因为贺简上符咒学,到处都是废弃的黄纸,贺简还聚精会神地拿着毛笔、朱砂作鬼画符,江鸿等室友的床上到处晾满了半干的符。

"你家这么有钱,"小皮过来串门的时候,问了句,"也要这么拼吗?你不会去驱委任职的吧?"

贺简说:"唉,现在妖王不在,妖族内斗很厉害,要想进妖协谋个好位置,也要有研究生学历呢。"

"妖王到底是谁?"江鸿半点儿也不知道里世界的这些内情。

贺简:"你怎么什么都不知道?"

"就是咱们那个失踪的校长,"小皮解释道,"他叫项诚。"

江鸿:"哦!就是他啊!我听人提起好几次了,他应该很强吧。"

小皮说:"简直是逆天好吧!全因为他给了我一点点龙力,我才能变成人呢,像我这种菜鸡……"

小皮又要开始顾影自怜了,江鸿赶紧安慰了几句,一只菜鸡安慰了另一只菜鸡一番,却忍不住也开始顾影自怜起来。

第一周的六节法术理论基础课,江鸿还是跟着上。谢廖开始检查大家使用法术的能力,并倾听班上同学对施法有什么困难,唯独跳过了江鸿,没有检查他的法术。

大家用一个礼拜的时间,掌握了火焰的初级用法,已经都能搓火球了。

江鸿充满羡慕地看着同窗们,心里又叹了口气,只能认真地做笔记。

第二周,谢廖开始教授火焰的第二种使用方式。

"其实你不需要太在乎,"谢廖下课后,朝江鸿神秘地眨眼,说,"大多数驱魔师在面临危险时,能反应过来一两个法术,就已经很不错了,用来用去,还是使用自己最常用、最熟悉的方式收妖,所谓'看家本领',往往就是这个意思。我有预感教得这么辛苦,最后这些法术都派不上用场。"

江鸿见过许旭阳以及山城驱委的驱魔师们收妖,他们的手法并不会千变万化,放法术和放烟花似的,就连陆修最常用的,也是那一套奇怪的咒语。

"什么时候,用什么样的技能去放倒你的对手!这非常重要!"

实践课上,夏星辉走过学生们的队伍,大家排成一个扇形,面前是被召唤出来的小型玄武。

"要根据你遇见的危险,去预判敌人接下来的行动!不要千篇一律!"

江鸿依旧没有被布置作业,似乎成了一个特殊的问题学生,看着大家各自使用在课上学的超自然手段,自己不免有点儿失落。

"午饭后到行政大楼四楼去。"夏星辉路过江鸿身边时,在他耳畔说了句。

江鸿"哦"了声,依旧盘膝坐在一旁,给试法术的同学们加油。

唉——江鸿心里叹了口气。

中午他突然想见见陆修,但从那天召唤他之后,陆修就总是在忙,这天他主动约陆修,得到的回答一样是:"今天也忙,午饭你找别人一起吃。"

江鸿觉得自从那次他生气，他们之间就有点儿怪怪的，是不是他还很在意这件事？

他决定自己好好静一静，入学后总是与室友或是班上的同学一起行动，有时也需要独处梳理下自己的想法。

打了饭，江鸿坐在角落里吃到一半，陆修又来了消息。

陆修：怎么一个人在吃饭？

江鸿马上转头张望，陆修在哪儿？

陆修：别东张西望了，我不在食堂，一个朋友告诉我的。

片刻后，陆修又补充道：不太熟的朋友，应该说是同学。

江鸿心想：研究生肯定也有班级同学吧？

陆修又问：怎么不和室友一起行动？合不来吗？

江鸿本打算说，自己一个人想静静，但想了想，决定说实话。

江鸿回答他：除了你，谁也不想见。

陆修那边显示"正在输入中……"

江鸿：实践课的缘故，大家都在施法，只有我，坐在一边看着，那会儿就突然很想召唤你……不过现在好多了。

陆修那边显示持续输入，片刻后又停了，江鸿边等他消息，边吃完了午饭。江鸿告诉他自己要去行政大楼的事，陆修那边就彻底没动静了。

江鸿背起运动斜挎包，决定空了也去搞个滑板，在校园里来去如风一番。他来到行政大楼，按了电梯。

"四楼，"系统声道，"'骑着龙去买菜'S班小组驻地。"

江鸿："嗯？"

江鸿探头探脑，看了半天，走廊里一排房门，都没有挂牌，其中一个房间门拉开，曹斌的声音在里面道："江鸿，进来吧。"

"校长好。"江鸿说。

江鸿进去，里面布置得像个小型的娱乐室酒吧，一排高脚椅共有六张，还有桌球台、撞球机，墙上还有飞镖靶子。

墙角摆着一台三脚钢琴，一旁有老式的黑胶唱片机。

"咦？这是什么地方？"江鸿好奇地道。

曹斌正在吧台后做手冲咖啡，答道："一个朋友在行政大楼里开的娱乐室。尝尝我今天做的咖啡？"

"谢啦。"江鸿说，"今天的咖啡喝完，会想起前世吗？"

"不不,"曹斌说,"就是一杯普通的咖啡。可以帮我放一张唱片吗?你选歌。"

江鸿欣然到角落的架子前去,选了一张古典乐,想起第一天来学校报到,远远听见的歌,应该就是这里放的?

他有预感曹斌通过开会,已经对他的灵脉资质,讨论出了一个结果,今天让他来,就是通知这个结果的。

巴赫的音乐响起。

曹斌说:"你喜欢听古典乐?"

"嗯,"江鸿答道,"我小时候被逼着弹了很久的巴赫,只要不自己弹,还挺喜欢听的。"

"很好。"曹斌放好滤纸,称咖啡豆,磨粉。

江鸿:"很好?"

曹斌:"音乐与记忆有直接关联,熟悉一门乐器的驱魔师,在突破记忆禁锢上,有先天的优势。"

江鸿:"哦?但是我没有灵脉资质,也……可以吗?"

曹斌从咖啡粉中抬眼,看了眼江鸿,又说:"没有灵脉资质,你动过退学的念头吗?"

江鸿说:"当然没有,因为……嗯……怎么说呢?"

曹斌把壶放上电磁炉,开始烧水,用毛巾擦手,说道:"因为已经退过一次学了,再退会有点儿尴尬。"

江鸿笑了起来,发现这名副校长似乎有着直窥人心的力量。

"有一点儿吧?"江鸿说,"毕竟第二次入学,是我自己决定的,做人总不好出尔反尔,更重要的一点,也许是因为……陆修?"

"为什么呢?"曹斌淡淡道。

江鸿道:"我……大家都有英雄情结吧?总之我很崇拜他的!"

曹斌温和地说:"先喝点儿水,润润嗓子再接着说……"

江鸿接过矿泉水:"总之,校长,你不要胡乱揣测。"

曹斌郑重答道:"我相信你。"

江鸿想了想,又问:"所以今天是要告诉我,灵脉资质的事情,实在没办法吗?"

"嗯。"曹斌道,"针对这件事,我们开会讨论了三次,虽然不知道在哪一环节出了问题,光玉的测试,也绝不会出错。"

"哦——"江鸿有点儿失望,这些天里,悬在心里的大石,终于落了下来,在此之前他还抱着最后的一点儿希望,譬如他确实身怀什么自己也从未发现、更瞒过了驱魔师们的强大能力……然而事实就是这样。

曹斌烧完开水,开始泡咖啡,说道:"谢廖想带你去一趟燕京,再检测一次,但我坚持认为没有这个必要。我们要尊重现实,并接受现实,没有就是没有。"

"对。"江鸿想的与曹斌一样,虽然有点儿遗憾,可事就是这样,没有意义。

"但我早就想开了,"江鸿呼吸着咖啡的香气,说,"我还是会努力学习的,哪怕不会施法,也要当个厉害的驱魔师。"

曹斌分出两杯咖啡,递给江鸿一杯,又说:"我也相信你能办到,所以学校一致同意,这是一个很合适的时机,来启动一门特殊的课程,为像你这样的学生,安排特别的学科……"

"……谢谢校长,"江鸿,"咖啡比上次的有进步,那我先走……咦?什么?"

曹斌说:"这门课,由我亲自教学。"

江鸿:"什么!"

这时候,敲门声响,曹斌又说:"进来。"

小皮在门口探头探脑,看见曹斌时有点儿紧张,说:"校长好。"

江鸿还没回过神来,曹斌又道:"随便坐吧,这门课我们会很轻松,不会布置很难的作业,也不用太担心挂科……"

"小皮?!"江鸿震惊道。

"啊,"小皮戾戾地说,"江鸿,你也来上课了吗?"

江鸿有点儿受宠若惊,说:"校长,你亲自给我们上课?"

曹斌点头,说:"对,本年级,你们两位同学,将由我亲自授学。从这周开始,你们就不用再去上法术理论基础了,当然,你想去也是可以的,驱魔实践还是照旧。"

江鸿:"太好啦!上一个学期吗?还是一个学年?"

曹斌道:"四年。"

江鸿:"啊!"

"可是我什么也没带……"江鸿突然仿佛窥见了希望,说,"我要回去准备什么教材吗?"

曹斌:"不需要,咱们像现在这样坐着聊天就行。皮云昊,你还站着做什么?请坐。"

小皮过来,坐在江鸿身边,想了想,说:"校长,你能教会我怎么当一只合格的灵兽?"

"那要看你自己。"曹斌笑了笑。

"可是小皮不会没有灵脉资质吧?"江鸿说,"他是妖族啊!还是貔貅!"

小皮说:"我虽然会一点点法术,可是时灵时不灵的,也许因为没有自信吧?我爸让我来校长这里……"

曹斌:"这和你父亲没有关系,你想学,我就教你,别的人也一样。"

小皮有点儿感动,说:"谢谢你,校长!"

曹斌看了眼表,说:"我们还有一名助教,不过今天他迟到了,再等一会儿吧?"

江鸿亲切地搂了下小皮的肩膀,心想太好了,虽然这么想有点儿不厚道,但能在废柴班上有个陪伴,确实让他不孤独。

"可是我觉得江鸿根本不用来废柴班,"小皮倒是很自觉,想到什么说什么,"他都可以召唤陆修了。"

江鸿:"我也不能什么都靠学长啊!我也希望能帮上他的忙,虽然他很宠我,但无止境地索取,这种关系是不对等的,我就怕总有一天,他会厌烦我的没用和只会叫救命……哦,对了,小皮,这话千万别让他知道……"

"我已经听见了。"陆修的声音道。

江鸿:"……"

陆修依旧是那张扑克脸,背了个运动挎包,不知道什么时候进了娱乐室。

"这就是我们这门课的助教。"曹斌说,"人到齐了,开始上课吧。"

曹斌接过陆修递给他的运动挎包,想了想,又道:"开始上课前,先纠正一个说法,这不是废柴班……嗯,陆修,你起个名字吧。"

"还是叫 S 班吧,我记得以前就叫 S 班。"陆修坐在了吧台前,于旋转椅上稍稍转身。

"S 是龙的形象,"曹斌彬彬有礼道,"哪怕放到现在,也非常贴切。很好,以后,你们就是 S 班的学生了。

"我们这门课程,暂时先起名叫'驱魔综合学',目前因为在起步尝试阶段,没有什么规矩,也不会给你俩定下方向。"

曹斌把泡好的咖啡递给陆修,陆修点了点头,意思是有进步。

"大家可以轻松地上课,轻松地完成作业,我们以问答为主,第一节课上,由两位同学发问,我与助教,负责回答你们所有的问题,当然,仅限于我们回答得上的……"

"真的吗?!"江鸿简直就像中了五百万大奖,"什么问题都可以问?这么幸福的吗?!"

曹斌示意让他先说完,不要忙着发问。

啊啊啊——太好啦!终于有一个地方,是可以让江鸿全力发挥提问的课堂了!

这些天里他憋了无数个问题，哪怕上课能够暂时缓解他的好奇心，却又衍生出更多问题，每一天、每一夜、每一分、每一秒……江鸿的好奇总是得不到解答，就像个饿着肚子、无时无刻不在翻来覆去哀号的人——现在曹斌居然告诉他，今天可以"放题"！以自助餐的形式解答江鸿的一切疑惑，江鸿现在双眼都要发绿光了。

"江鸿……"小皮说，"你……你的表情有点儿可怕。"

"呃，收敛一点儿……"江鸿也意识到自己太迫切了。

曹斌说："在你们提问前，我想先朝你俩发问，虽然大概能猜到答案，我还是希望由你们亲口说出……你们为什么会选择，或者说，希望成为一名驱魔师？"

说着，曹斌端着咖啡，走到窗边，注视窗外绿意盎然的景色。

江鸿与小皮对视一眼，一时都没有说话。

曹斌倚在窗前，朝他的两个学生做了个"举杯"的动作，笑着说："这么问，并不是想特地强调什么，或是谈论初心，而是我确实对此有疑惑。最初，我们成为一名驱魔师，去探索这个世界的原因，是什么呢？"

"……或许这也是苍穹大学得以创办的初衷吧。"

陆修始终安静地坐在吧台后，江鸿听到曹斌的提问后，无意中转向陆修，看了他一眼，两人目光对视。

陆修没有别过视线，只是眼睛一眨不眨地盯着他。

"因为我爸。"小皮最先说道。

曹斌有点儿啼笑皆非，这确实是他预料中的答案。

江鸿答道："因为……崇拜陆修。"

"除此之外呢？"陆修在那静谧中开了口，"你就没有别的动力了吗？"

"也是有的啦。"江鸿笑道，"其他原因，可能是好奇吧？或者是想成为一个什么样的人之类的，至于确切如何，我也没有明确的想法。"

"对未知世界的探索欲，与求知，"曹斌赞许地说，"也正是构筑起我们这个世界一切学科的来源。皮云昊，如果排除你父亲的因素，推动你成为驱魔师的动力，又是什么呢？"

小皮说："其实我说因为我爸……嗯，也不是很多人以为的那样。他虽然对我有期望，表面上看来……从小到大我都在听我爸的话，挺没主见的，可是我也想……也想……"

小皮犹豫良久，说："这么说有点儿难为情，我也想孝敬他，不让他失望是一回事，还希望能……多挣点儿钱，让他过上更好的生活。"

"很好。"曹斌点了点头，说，"我们会在第一学期结束后，再讨论一次这个问题。

现在，你们可以自由提问了。"

放题时间到了！江鸿简直心花怒放，做了个手势，小皮马上自觉把发问权全部交给他。

江鸿掏出一本厚厚的、写满了字的笔记本，那是他在入学后总结的"问题宝典"。曹斌与陆修看着那本黑皮笔记本，表情都有点儿僵。

江鸿翻到第一百四十三页。

"老师，"江鸿举手道，"妖族变成人后穿了衣服，可是变回原形是裸体的，那再变成人，怎么又有衣服了？不会裸体吗？"说这话时，他很好奇地看着陆修。

陆修："……"

曹斌："……"

小皮："……"

江鸿："我没有在想象谁的裸体！我只是好奇而已……"

曹斌示意陆修回答，陆修面无表情道："包括法宝、武器在内的一切外装，在人形朝原形变化的过程中，会短暂地进入一个特殊维度，你看上去外装消失了，实则还存在着，只是叠加在现实维度之上，你简单地理解为空间储物就可以了。"

"哦，是这样啊——"江鸿想起了在实践课上，从不知道哪里"变"出来四十米大砍刀的同学，大致明白了。

"那为什么……"江鸿于是又有了另一个问题：为什么可以使用这个维度呢？

这次陆修没有等他追加提问，便截住了他："因为灵脉，灵脉能够作用于两个不同的维度，脉轮修炼得越强大，能储存在这个'虚空'里的现实物就越多。"

"好。"江鸿暂时满足于这个回答，又翻到第九十一页。

"为什么有的动物可以修炼成人，但是有的又不可以？狮子可以修炼成人，海参为什么不可以？如果昆虫也可以的话，为什么蜘蛛可以但蝉不可以？为什么洗衣机和空调不能成人，但是笔可以？"

"那个……"小皮弱弱地说，"蝉可以的，只是你没见过，江鸿。可能蝉妖太吵了，都被收了。"

"哦，那为什么蟑螂不可以呢？"江鸿修正了问题，期待地看着曹斌，又看陆修。

曹斌："……"

陆修："……"

"第一，因为脉轮的形式。"陆修组织了语言，尽量表现得认真地说，"不同形状的脉轮，决定了是否能够吸纳天地脉的力量，积累消化为己用的效率。具体脉轮形状受基因进化影响，有些物种的脉轮呈现破裂形态，无法让灵气在体内形成自循环。"

江鸿："哦——那就不会成为妖。"

陆修点头，又说："第二，成妖也受物种的多样性与数量决定，以及寿命的长短，宏观看来也有概率，像濒危物种因为族群个体稀少，成妖的个体就很少，但这不是一定的，某些国家一级保护动物占有优势环境，修炼也更快。

"第三，非生物在自然条件下成妖的几率极低，大部分集中在法宝上，法宝幻化为人形，是因为在制造过程中，法宝师最开始就刻入了完整的脉轮。"

"哦——"江鸿懂了，又问，"那么石头呢？"

"岩石、木制品本身的矿物纹路、木纹等，具备脉轮的特性。"陆修又解释道，"电器在制作过程中不会被刻入脉轮，所以也不具备成妖的条件。"

"这个问题细想的话提得很好。"曹斌过来，拿了一支箱头笔，在白板上画出人的形状，说，"对脉轮的研究，还在起步阶段，目前所知道的脉轮形态，一共有六种。"

曹斌借着这个问题，开始上课了，他用了二十分钟，给两人讲解了脉轮的形态。

江鸿借此找到了自己"没有灵脉资质"的理由，原因非常简单：大部分人体内的脉轮，是支离破碎的，区别只在于有些人断裂的部分比较多，有些人的脉轮则是车祸现场……当脉轮完全连接在一起时，便可借由吸收天地灵气的方式，让自然界的灵气在体内流动，获得施法的力量。

如果脉轮断裂得不多，也可以通过修习或使用特殊药物的方式，来把它连上。但若乱七八糟的，就没有办法了。

"懂了。"江鸿点头道。

小皮显然在此之前也是一知半解。

曹斌又示意继续问。江鸿摊开笔记本，好奇地道："世界上有神仙吗？他们又住在哪里呢？"

曹斌示意陆修回答，陆修便答道："有，也没有。这个问题和'地府、阴间'在何处，可以合并回答。"

"可以这么说。"陆修拿了箱头笔，走向白板，曹斌便让开到一旁去喝咖啡，陆修在白板上简单地画出了太阳系草图，于地球周围画了一个圈，说，"里世界探索这门课，应该已经初步讲过蜷曲维度了。"

"都住在蜷曲维度里？"小皮也对此十分好奇。

"不是。"陆修面无表情道，"理解了蜷曲维度，你就能理解上位维度。这是类似于蜷曲维度的、叠加在我们现实世界空间上的另一个世界，上位世界与现

实世界互相独立，就像大家都住在一个房间里，却看不到对方也碰不到彼此。人类无法进入这个世界，但根据计算与推测，这个世界就是'神'居住的地方。"

"通常我们所称呼的'神'，有一个定义叫'上位灵'，目前已确认存在的上位灵有四百一十三位，曾经交互过，也即显露过'神迹'的有六十九位。"陆修在地球大气层外圈画了一个类似于小行星带光环的示意，说，"你可以这么理解，上位维度是分开的许多个小行星，每个小行星上的规则都由它的主宰者制定，只能在这些主宰者愿意的时候，将力量借给现实世界的某些人。"

曹斌说："也即常说的'降神'，只有极少数驱魔师具备这个资质。"

小皮说："像陈真一样吗？"

江鸿："那问题又来了……"

陆修："先听我说完。接下来是地府，有'上位灵'，就有'下位灵'。我们常说的'鬼魂'，就是下位灵。这里的上位与下位只代表维度，不代表仙、神与鬼是同样的存在……"

"鬼魂应该去投胎，是不是？"陆修又问，"我猜你们也会这样问。人死后，灵魂确实会进入天地脉的轮回，重新转世，但有些灵魂不希望轮回，就会暂时栖身于下位维度里，到了合适的时间段再去入轮回，也有些灵魂恐惧记忆的失去，永远不愿入轮回。你可以想象成下位维度是一个列车的换乘中转站，这里挤满了等待换乘的乘客，也即地府。"

曹斌说："死后不去投胎，其实是没有意义的，因为在漫长的时光里，记忆本来也会一点一滴地磨损，经过几百甚至上千年的光阴后，记忆会全部损耗殆尽。"

江鸿已经忘了自己要问什么了。

陆修又说："下位维度会在每年地脉产生周期性波动时，与现实世界短暂地重合，这个时间点就是……"

"七月十五！"小皮说道。

陆修："对，有希望再见面的亲人，如果对方没有去轮回的话，可以试试七月十五见个面。"

江鸿说："那问题又来了，世界上人口不断增加，灵魂的总量是保持固定的吗？"

"不是固定的。"这次陆修的回答很明确，"天地脉会根据意识的数目，时时刻刻都在分离出新的个体，也即常说的纯净魂，来加入生灵的阵营。"

小皮也有一个问题好奇很久了："投胎是所有生灵都混在一起投吗？"

"不混在一起。"陆修答道，"从低向高，虽说众生平等，但纯净魂因为魂力微弱，会先投向植物，然后是鸟兽虫鱼，再是智慧更高的动物，最后过了许多世，再投胎为人。所以说,人是万物之灵,这是灵魂的进化。"

曹斌这时候开口道:"灵魂进化说目前也不太确定,是一个研究方向。"

陆修:"嗯,这是其中一个假设,因为我们还没有找到给灵魂做标记的办法,所以无法追踪观测。"

江鸿突然想到,那陆修也有前世吗?但这个问题太隐私了,不能这么问。

陆修却仿佛察觉了江鸿的疑问,答道:"龙是纯净魂,因为龙是从虺独立进化而来。"

这个问题又衍生出了很多新的问题,那人不就越来越多了?可是好像确实人也是越来越多,现在世界上已经有几十亿人了……江鸿想追问下去,却被自己搞得头晕脑涨,觉得需要缓一会儿,先消化一下。

"那个,"江鸿又说,"我还有一个问题!这个世界上,是不是有什么全知的法宝?!可以解答所有问题的东西,是真的存在的吗?不会出现悖论吗?!"

曹斌:"……"

陆修:"……"

陆修显然也没想到,江鸿会突然提起这件事。

曹斌略带着责备的目光望向陆修,陆修只得答道:"无可奉告。"

"我来回答吧。"曹斌只得说道,"这是一个秘密,但让你知道也无妨,只是不要朝外说。"

"哦,这个很严重吗?"江鸿不知道,纯粹是突然想到了,倒不是因为陆修先前说的话,"如果敏感的话,不用告诉我。"

曹斌说道:"确实有一件这样的法宝,由驱魔师协会保管,但不是你想的这样,这件法宝,可以回答你世界上所有的问题,却需要满足特定的条件。"

江鸿充满期待,想问"什么条件",但又不敢问。

"首先,只有高阶神兽才能朝它提问。"曹斌又道,"其次,它只有在特定的时刻到来时,才会回答一次问题,这个时刻通常会间隔好些年头。再者,得到的答案,不一定清楚明晰地指向你的问题,而是需要结合实际情况自己判断。"

江鸿:"哇——"心想:这么看来好像也很合理。

江鸿还想问为什么,小皮说:"这法宝是什么?什么样的特定时刻?要等多少年?"

"是一个神的头,"曹斌说,"做了防腐处理,具体启动的时间不固定,根据天象'九星连珠'的时刻而决定。好了,不要再纠结这件事了。"

说着,曹斌又朝陆修做了个手势,似乎在警告他,陆修只得假装没看到。

江鸿终于遇上了对手，被这节课搞得晕头转向，问了一大堆问题，大部分问题曹斌都在听，由陆修这个助教来回答，但陆修已经成功地把他绕晕了。

"你还有多少问题想问？"晚饭时，陆修与江鸿坐在食堂里，江鸿总算道："我感觉问撑了，最近几天再也不想问了。"

两人对坐吃饭，江鸿有点儿担心，说："最后那件事，是不是又给你添麻烦了？"

陆修漫不经心道："其实什么用没有，不用管他们，只是驱委因为这件法宝，被我踢过馆，现在还在疑神疑鬼的。"

江鸿："你居然上驱委踢馆？！"

陆修："对，怎么？"

江鸿："驱委在哪儿？"

陆修："燕京，灵径胡同。"

江鸿："那你打赢曹校长了吗？"

"校长当时没怎么动手。"陆修随口答道，把盘里多打的一个鸡腿夹给江鸿，又给他的酸奶戳吸管。

江鸿："那你……你为什么去踢馆？"

陆修："找那件法宝啊，不是说了？"

江鸿："找它做什么？"

陆修不回答了，江鸿又问："最后打赢了吗？"

江鸿总算明白，为什么人族学生们，看到陆修都有诡异的眼神了，搞不好那些学生的家长还被陆修揍过，可是他为什么吃饱了撑的，去驱委踢馆？这也太凶残了吧！他看着正在喝酸奶的陆修，根本想不出他上门把驱委打爆的场景。

陆修："你说呢？"

江鸿对陆修的崇拜之情，顿时又增加了无数分。

陆修："秋假快到了，你回家吗？"

江鸿："不回。"

陆修："有安排吗？"

江鸿刚从震撼中回过神来，忽然心花怒放："你要带我出去玩吗？"

陆修表现得无足轻重般："看你表现吧，你的里世界探索课作业，不是让你调查那个符号？"

"啊，太好了！"江鸿顿时开始期待起假期了，"我们去哪儿玩？"

陆修："带你去兴安调查你的符号，怎么只知道玩？别怪我没警告你，朱瑾玲的课，你一个不当心，真会挂科的。"

第五章
|收妖|

今年秋季公假七日，苍穹大学则因公假后有为期三天的教学研讨会，学生又放假三天，加在一起足足有十天。

假期前最后一天，整个学校空了一半，大家或回家，或出门旅游度假。903寝室一早起来，另外三个专业的已经打包好东西，各奔东西了。张锡廷去燕京找女朋友，金打算回家一趟，贺简的家人则到兴安来看他。

江鸿的爸妈还在外面玩，兴北环线已经一路玩到敦州了。

"节后见。"大家纷纷朝江鸿告别。

"节后见啦，"贺简摸摸江鸿的肩膀，说，"拜。"

江鸿还有课，今天则是曹斌单独给他们上课，陆修有事没来。

江鸿缓了一周，总算缓过来了，带来了一个全新的问题。

"陈真说的那些话，是真的吗？"江鸿朝曹斌问道。

曹斌反问："你们相信吗？"

"我觉得好严重啊，"小皮说，"我爸每天都在纠结这个。"

小皮的父亲是教导主任轩何志，算学里接触驱委最多的了。

曹斌点了点头，江鸿答道："老实说，我不太相信。"

在学校里总是一副岁月静好的模样，但江鸿内心也隐隐觉得不太对，瘟疫、洪水、海啸、地震、全球变暖、火山爆发、大规模的山火、冬天突如其来的酷寒、龙卷风频繁……确实最近几年，好像暗地里发生的事情变多了，现实生活中，却又仿佛一切如常。

"虽然每天我们都在借用天地脉的力量，"曹斌沉声道，"但大多数驱魔师，对它们可以说是一无所知。"曹斌拿起笔，走到白板前，开始了今天的教学。

"天脉暂时来说还在稳定期，我们先说地脉吧。"曹斌说道，"地脉，就是这个星球的血管,输送着供给一切生灵赖以维持的能量……"

江鸿摊开笔记本,认真地听着,地脉即是大地的"气",更常见的描述,则是风水、龙脉等传统术语,在最近的数十年里,地脉产生了剧烈的波动,每一次波动都伴随着巨大灾难的发生。

"目前整个驱魔司,"曹斌说,"也即驱委,对此都束手无策,大家始终没有找到原因。"

"会和魔有关系吗?"江鸿主动道。

这些天的学习里,江鸿大致知道了"魔"的诞生,生老病死,怨憎会,爱别离,求不得,五蕴盛,都会带来"怨气",怨气能通过天地脉的循环进行净化,但一旦怨气超出了净化的阈值,就会开始在世上凝聚,聚合为"魔"。

传说"魔"千年一轮回,借由遗留在大地上某个角落里的种子诞生。而驱魔师最重要的职责,就是将"魔"净化,送它再次进入轮回。

"可是十年前,"小皮说,"天魔不是已经转世,又被消灭了吗?"

"啊?"这点江鸿完全不知道,他望向小皮。

曹斌答道:"确实是这样,上一名成功驱魔的人,就是苍穹大学的校长,项诚。但是后来驱委发现,魔气没有被完全根除,在这一切的背后,也许有更大的危险,或者说,十年前那一战,只是一场热身。"

江鸿不知该如何接话了。

"我们有着潜藏在暗处的敌人,"曹斌说,"十年前的魔,也许只是这个敌人派来刺探我们的前哨。或者说,在自从人类文明诞生的五千多年里,不断轮回的魔,也仅仅是一名前锋,我们即将面临真正的那个无比强大的幕后敌人。"

"不会吧!"江鸿听起来觉得实在是很严重。

小皮马上道:"对对,我爸也是这么说的!"

江鸿说:"那能解决吗?"

"目前,这一切还是一团迷雾。"曹斌说,"所以当我们发现你是大风水师后裔时,确实有点儿小惊喜,对地脉的涉猎太少了,急需有新的发现……"

江鸿:"呃,实在太不好意思了。"

曹斌淡然道:"不,不用这么说,我相信在你身上,一定有特别的力量,只是时机未到而已。既然今天的话题是地脉,我们就来聊聊堪舆吧……"

接下来的一整节课,曹斌为江鸿与小皮开启了有关风水学的知识理论讲授,曹斌虽不专研此道,但教两名本科生,以他的学问已是足够。

下课铃响。

曹斌看着两人整理笔记，又说："这门课的期末考核，是做一件事。"

"啊？"江鸿问，"做什么？"

"做什么都可以。"曹斌轻松地说，"任何时候，你觉得能够交出来的作业，一件法宝，收一次妖，可以协同，也可以独立完成。或者帮助同学完成一项任务，帮助有需要的人……任何事迹，运用你在课上学到的知识，并最终将它汇报给我。"

江鸿与小皮各自说好，朝曹斌道谢，离开了课堂。

小皮放学后去找轩何志，准备与父亲去燕京一趟，轩何志回驱委，小皮则在燕京玩儿天。两人道别，江鸿便回到寝室，等陆修过来找他。

陆修：再等我一会儿，今天有点儿忙。

江鸿收拾好，洗了澡，带上换洗衣服，心情正好，回复陆修道：不急不急，我都可以。

"哟！出去约会啊！"常钧也打扮得很精神，过来隔壁寝室串门。

江鸿上了一个月的课，现在已经不害怕了，不仅不害怕，还觉得常钧挺可爱的，他就算变成人，也会偶尔保留妖族的习惯，有事没事总喜欢舔下嘴唇，男生这么做会显得有点儿邪气，但在帅哥脸上出现这个表情，江鸿便觉得接受度还好。

江鸿："哟，你也打扮得这么齐整，出去约会啊！"

常钧嘿嘿笑，说："借你发胶用下。"说着到洗手间里去给自己捏头发，又问，"晚上出去约会吗？"

江鸿："别胡说八道，我和学长出去玩。"

常钧："哦……"

江鸿还在等陆修，常钧弄完头发，又让江鸿帮他抓抓，江鸿于是上手给他打理发型，常钧又道："陆修我男神啊！"

"知道了——"江鸿面无表情道，"你说好几次了，因为你们都是爬行动物，所以你特别崇拜他吗？"

"龙啊！"常钧说，"这么高贵的龙，怎么能说是爬行动物？"

江鸿自己都觉得好笑，常钧朝镜子里的江鸿眨了个眼，说："你知道他当年踢爆驱委的事迹吗？"

江鸿听陆修自己说起过，却不敢多问，马上好奇心要爆炸了。

"哦，不清楚啊。"江鸿道。

常钧说："他一个人，杀进灵径胡同里，把所有的驱魔师全打趴下了！"

江鸿听到内情，说："那……他打赢了？"

常钧："刚开始打赢了，后来他们叫了帮手，就打不赢了。"

江鸿："陈真吗？"

常钧："陈真一个人，还打不过陆修，他们就叫了项诚，那个不在这儿的校长。"

"校长这么厉害的吗？！"

"他也是龙！后来副校长也来了，听说正、副校长打陆修一个，陆修总算打不过了。"

"妈呀！他是孙悟空吗？"

"……"常钧说，"我还听说他被校长下了封印，是真的吗？"

江鸿提心吊胆，生怕陆修又突然出现，幸亏没有："我不知道，"江鸿矢口否认，说，"你空了自己问他。"

常钧端详自己帅气的发型，说："我走啦！"说着还捏了下江鸿的脸，欣然去赴约了。

江鸿直等到六点多，正无聊地躺在床上玩手机时，突然宿舍楼下响起一阵奇异的声响。

犹如钟磬相击，又像浑厚洪亮的提琴低音弦，在巨钟内嗡嗡振动。

上一次听见这声音，是在嘉渝江大桥顶端——江鸿蓦然一个翻身起来，跑出宿舍，整个宿舍楼所有还没回家的学生全跑了出来，扒着栏杆朝下看。

"哇啊啊——学长！"江鸿这次听清楚了，那是一声龙吟！

江鸿回身锁上门，只见一条巨大的黑龙降了下来，掠过宿舍楼，江鸿瞬间玩心大起，翻出栏杆，朝外一跳。

黑龙身体经过，接住了他，蓦然升高，在无数学生注视下，破空而去！

"好帅啊！"江鸿单膝跪在龙头上，双手各抓住一边龙角，瞬间被带上了近千米的高空，乱流冲来，龙角处却出现了一个旋转的法阵，为他抵御了狂风。

"我以为你会骑摩托过来！"江鸿兴奋地喊道。

"声音小点儿，"那条龙发出了陆修的声音，"你正对着我的耳朵喊话，要聋了！"

"哦好好，不好意思……"江鸿纯粹是下意识地大喊，哪怕周遭狂风呼啸，却全被黑龙的法术挡在了外围。

"带你上天兜个风，"龙形态的陆修说，"但只有几分钟时间。"

"帅呆啦——啊，不好意思……我又忍不住喊了起来……"江鸿激动疯了，就这么短短片刻，他们已经离开了学校，飞过了南岭的山中小村落。

龙找了个没人的地方，来了个骤降。

"啊啊啊——"江鸿瞬间体验了一把没有安全带坐过山车的生死时速，被龙带着疾冲下去，两腿朝后飞了起来，手上依旧紧紧抓住龙角。

半空之中，那龙倏然消失了，取而代之的是陆修的手，他抓住了江鸿的手腕，把他拖向自己，再转身，一手搂住了他，两人在空中一起翻身，稳稳落地。

江鸿："……"

江鸿一阵天旋地转，实在太刺激了！两人落在一个公交站牌前，陆修放开了江鸿，依旧面无表情，修长的手指揉着外耳，显然嫌他实在太吵了。

"咱们现在去哪儿？"江鸿说。

"兴安，"陆修说，"你又失忆了？"

江鸿去扒陆修，想跳到他背上去，陆修几次敏捷转身，江鸿都扑了个空，却死皮赖脸地往他身上黏。

"我说去兴安的哪儿。"江鸿说，"咱们在兴安玩十天吗？我来安排行程吧？酒店订好了吗？我来订吧……"

陆修没搭理他，江鸿几次想上手，都无法得逞，恰好车来了，陆修便把江鸿衣领一提，拖了过来。

放十天假，还可以和陆修一起玩，实在是太开心啦！江鸿还像个傻瓜般叫唤，被陆修拖着上了车。

抵达兴安市区时已是晚上八点半，陆修与江鸿到了不夜城的商业街，先吃火锅。此时兴安的夜生活才刚刚开始，秋夜气温宜人，迎来了最热闹的季节。

"我再看看你的里世界探索作业？"等菜上桌时，陆修朝江鸿说道。

江鸿找出手机里的照片，给陆修看，陆修端详片刻，似乎在思考。

江鸿说："你说得对，我得想办法自己解决，不能全靠你。"

陆修本来想说句什么，但听江鸿如此说，便改口道："那么你查出什么来了？"

"这是一枚金文，"江鸿说，"是墨水的'墨'字。"

他使用软件扫描了符号，在字库里进行对比，得出了初步的结论，同时组长连江也去与其他组交换信息了。

里世界探索课的朱瑾玲，要的当然不是一个词条释义，这个金文"墨"字，背后一定还有别的含义。

"除此之外？"陆修又说。

"就不知道了。"江鸿说，"这种文字通常刻在鼎上，我想去秦西博物馆看看。朱老师说，她通过易经的测算定下了这些课题，每个课题都与参与的学生或多或少有着联系，但我总感觉和我没什么关系。"

陆修："朱瑾玲的易学非常了得，这是她布置作业的惯例，课题做到后面，你就会发现了。"

江鸿:"你上过她的这门课吗?"

陆修:"没有,但她提示了我一件法宝,就是驱委那件,确实非常重要。"

江鸿:"哦——"

陆修既然这么说,江鸿便充满了期待,也许确实有着神秘的联系。

"明天去吧。"陆修认可了江鸿去秦博的提议。

江鸿发现陆修在出神,小心翼翼地问:"怎么啦?"

"我也有点儿事要去办。"陆修说,旋即注意到江鸿的小眼神,知道他想问"可以带我吗",便答道,"听话就带你。"

"怎么样才算听话?"江鸿充满期待地、讨好地问,"晚上我给你洗衣服吧。"

陆修:"不要问长问短。"

江鸿与陆修拍掌,成交。

在学校里被关了一个月,江鸿看到什么都想吃,看到什么都想玩,在不夜城玩了半天飞镖,还让陆修投,陆修一脸无聊地投了飞镖,替他赢到奖品——一个装有六十四个游戏合集的游戏机。

两人到酒店开了房间,两个大男生便躺在床上,江鸿玩他的新战利品游戏机,陆修则在手机上翻阅一些资料。

"这是什么?"江鸿眼角余光瞥见陆修的资料,上面有复杂的图表,以及一些注意事项,"你的论文吗?"

"明天的任务,"陆修答道,"驱魔师朝学校发来的协力请求。"

江鸿便不多问,陆修又道:"睡,明天还要去博物馆。"旋即关了灯。

翌日,两人在秦博门口排队等入场,秋假第一天,所有的景点简直人山人海,江鸿有点儿后悔这个时候来了。

陆修却总是一副无所谓的表情,有人拿手机拍他,他也不生气,随便人拍,只当没看见。

"你今天要去收妖……收那个吗?"江鸿好奇地道。

"不算。"陆修打量江鸿,他经常无意识地盯着江鸿看,但目光又仿佛并不聚焦在江鸿脸上,只有偶尔几个瞬间,或者江鸿说话的时候,陆修才从一种神游的状况中恢复过来。

"只是帮他们看场子。"陆修又说,继而意识到这个说法太社会了,便改口道,"掠阵。"

江鸿"哦"了声,陆修又道:"我教你我用的那门语言吧。"

"啊!"江鸿震惊了,说,"可以吗?这个没有灵……没有限制的吗?"

"有限制。"陆修道。

江鸿心想:那我学了也没用啊,不能像你那样用龙语喷人。

陆修:"要学吗?"

江鸿马上答道:"要。"

陆修:"一共有九个基础发音,组合起来千变万化,能表达一千多种语义。你先学这九个发音,分别是'卡''哈克''刺'……"

"有几个好像外语的弹舌音,"江鸿说,"就算不能用……用那个,也可以说来吓人吧。"

陆修说:"即使不带力量,对低阶的存在,也有震慑作用。"

江鸿在语言上很有天赋,学得倒是很快,一会儿就记住了。陆修又说:"接着是这九个音各自表示的意义,每个字符,都表示一种情绪,譬如愤怒、痛苦、快乐……"

真是一门神奇的语言,江鸿听了陆修解说后才知道,龙语的基础发音只表示情绪,而情绪衍生对应的"存在",便是这种情绪所描绘的对象。譬如"哈克"表示快乐与满意,那么"食物"因为吃下后能产生满足感,于是"哈克"便成了描述"食物"的词根。

"'苏'泛指有形实体,也代表'你',图勒是'摧毁'。"陆修又说,"所以……"

"'图勒苏'是'摧毁你'的意思。"江鸿想起陆修两次攻击无支祁时,释放出的龙语术。

"很聪明。"陆修难得地表扬了江鸿,与他进入了博物馆。

临进馆前,陆修又转头,审视馆外,仿佛发现了不寻常的异动。

"所以龙语不算太复杂,"江鸿想了一下,说,"描述的客体,或者对象不多。"

陆修"嗯"了声,江鸿显然被吸引了注意力,对龙语的兴趣已经超过博物馆藏品了,又仿佛发现了新大陆,兴奋地说:"对!因为龙语不用于描述很复杂的东西,是一种对世界认识的语言……龙也尚未发展出复杂的文明,一定是这样的。"

陆修干脆替他把心里想的话说了出来:"龙语是低级语言,相比较人来说。"

江鸿:"呃,也不能这么说……"

"人是现世最高级的生灵,"陆修倒是没有半点儿介意,"这点毋庸置疑。"

两人站在一幅唐代的字帖前,江鸿说:"龙族没有发展出高等数学和流体力学之类的,也没有科技,因为你们根本不需要啊。"

陆修："还有一个原因是龙本来就稀少，每一千年里，能出两三条龙已经是稀罕事了。"

博物馆里游客分散之后，两人说话便不太顾忌被人听见。

"这么厉害的吗？"江鸿总觉得龙虽然不多，但应当是能看见的。

陆修没有回答，示意江鸿认真看展品。江鸿发现陆修几乎是个全知的学霸，不管问他什么，都能回答上来，西周的青铜器、战国的剑、唐代的琉璃皿……来历全部一清二楚，还更正了几个标签。

"找到你要的线索了？"陆修说。

"没有……"江鸿歪着头端详一个鼎上的铭文，突发奇想道，"咦？我又有一个问题……"

陆修面无表情地从玻璃展柜倒影中，看着江鸿的双眼。

"你学会了龙语，"江鸿好奇道，"那是有另一条龙来教你吗？"

陆修："没有，这是'虚空藏'的一种，关于龙语的久远的记忆，被掩藏在山川、河流、大地与天空中，你替我封正之后的十年中，我慢慢地获得了这些记忆。"

江鸿："哇。"

陆修："许多年后，偶尔还会在脑海里听见另一个声音，来自其他的龙。龙与龙的沟通在更高的维度，就像电波一样。"

江鸿："那现在，世界上还有其他的龙吗？"

陆修："真正意义上的龙，不算衍生物种像鸱吻、嘲风，目前我知道的只有项诚，就是校长。"

江鸿说："他在和你对话？"

陆修又"嗯"了声，江鸿很好奇项诚在朝陆修说什么，陆修却道："具体内容不能告诉你。"

江鸿有点儿酸溜溜地说："我也不想知道。"

等等，江鸿突然想到，校长不是据说已经不在现实世界了吗？他去了哪儿？陆修现在还能与校长沟通？对哦，他们都是龙不是吗："你现在还能……"

"嘘。"陆修做了个手势，示意江鸿不要再问下去。

好吧，这件事本来与江鸿也没关系，纯粹因为他好奇，他总觉得这背后有什么非常神秘的事，会不会与地脉有关？

"你不认真看看吗？"陆修说，"我觉得这个鼎的造型不错。"

江鸿还是很好奇，却尚未理出一个头绪，只得暂时置之不理，看了一会儿面前的青铜鼎，还在走神。

陆修已经忍无可忍了："你看它的里面？"陆修又提醒道。

江鸿伸长了脖子朝鼎里看，顿时"哇"地叫了起来。

"是这个字！"江鸿说，"找到啦！"

陆修："……"

江鸿："……"

两人对视，江鸿终于明白，陆修早就知道这个字的出处，只是希望他通过自己的调查来做作业而已。

江鸿讪讪地笑了笑，拍下了那个鼎的铭文，又拍了它的出处，准备回去翻译看看，又在博物馆里兜了几个圈，这次陆修没有再提示他，两人也没有再找到同样的字。

这也许可以理解为，整个秦博里，就只有这个鼎上有这个字的出现。

午后，两人离开博物馆，江鸿整理自己的调查所得，午饭后与陆修坐在店里吃刨冰。

"再教我点儿龙语吧。"江鸿非常好奇。

陆修："大概知道就行了，学这么多做什么？"

江鸿："学会以后，咱们就可以用龙语来交谈了不是吗？"

陆修："你朝我说我没意见，我朝你说龙语，你受得了灵气涌动吗？"

说是这么说，陆修还是拿来一张纸，在纸上写下几个记号，开始教江鸿龙语的语法。

"这是传承下来的文字吗？"江鸿问道。

"不是，"陆修说，"是我自创并重新归纳的，使用这门语言的目前只有我与校长，反正闲着无聊，我打算把它转变为文字，保留下来。"

"现在有三个人了。"江鸿充满兴趣地说。

"嗯。"陆修看了江鸿一眼，在那一瞬间，似乎有点儿难为情，别过了目光。

学霸就是学霸，还能自创一门语言的文字系统！江鸿认真地听陆修解释他创立的整个语言体系，但说到一半，陆修做了个动作，把手轻轻地按在了桌面的纸张上。所有纸张一瞬间化作白色蝴蝶，四下飞散，继而全部在空中消失了。

江鸿："嗯？"

江鸿抬起头，看见了一男一女，来到他们桌边。

"陆老师，"男人说道，"您来得真早。"

陆修示意江鸿不用打招呼，淡淡道："坐吧，吃什么自己点。还有一个呢？"

江鸿明白过来，这应当就是驱魔师同事了，先前陆修说到有任务要协助执行，他们约了在这家刨冰店里见面。

"他刚下飞机,"那女生把包放在一旁,笑道,"正在路上,他想顺便去看看弟弟,也许会晚个半小时。"

"自我介绍一下,"男人说,"我叫陈舜,您叫我阿舜就行,这是我的名片。"

"我叫杨飞瑶。"女生说,"太感谢您愿意在百忙之中抽时间帮助我们。"

"学校分派的任务,"陆修淡淡道,"不用客气。"

"这位是……"对方注意到江鸿,双方都好奇地打量彼此。江鸿注意到名叫陈舜的男人高高壮壮,像个三十岁上下的健身教练,脸庞瘦削,穿一件白色polo衫、休闲短裤;叫杨飞瑶的女生二十来岁,穿了身连衣裙,化了淡妆,非常优雅得体。

"他是我学弟。"陆修替江鸿答了。

"都是曹校长的学生。"陈舜从运动包里取出一沓资料,说,"这次的任务是这样的……"

"任务怎么样我不感兴趣,"陆修平淡地回绝了他,"我也不会介入驱委的任何工作,导师的要求是让我陪你们一直到任务结束。"

两名驱魔师显然有点儿意外,陆修说着拒人于千里之外的话,却不显得无礼,陈舜只得尴尬地笑笑,说:"好,理解了。"

他俩对视一眼,陈舜便把资料放在桌上,朝杨飞瑶说:"那就,咱俩来对一下流程吧。不等他了。"

陆修:"我们要回避吗?"

"不不,不用。"两名驱魔师忙一起道。

陈舜:"飞瑶,你第一次到兴安,对这边的地脉流向还不太了解,今天晚上,我们最好还是以侦察为主。"

"这名通缉犯,已经有明确的下落了,"杨飞瑶小声道,"他认识你们兴安驱委几乎所有的面孔,如果你在人群中被认出来,很容易就打草惊蛇……"

陆修:"晚上想吃什么?"

江鸿:"我还要吃昨天的火锅。"

江鸿其实很好奇,看样子他们要抓人,陈舜手上还有一份履历表,上面是个男人的资料。

陆修把手放在江鸿脑袋上,做了个"旋转"的手势,强行让他扭过头来,看着自己。

卡座对面的两名驱魔师停下动作,一起朝他们望来。

江鸿被陆修施展"龙的凝视"时,有那么一丝紧张。三秒后,陆修冷冷道:"又吃一样的，不腻吗？"

江鸿："……"

"那我要吃自助火锅。"江鸿愉快地说。

"可以。"陆修说，"快到饭点了，走吧。你俩商量好了联系我。"

陆修选了一家人均四百的自助火锅，江鸿发现陆修的风格就是，看似什么攻略都没做，却为他安排得明明白白。

"那你的钱都从哪儿来？"江鸿好奇地道，"呃，我是不是很没礼貌。"又压低声音道，"龙也要挣钱的吧？可以用树叶变出来吗？"

陆修："我又不是狐狸。曹斌会给我一些驱委的协力任务，像这次一样，能得到报酬。"

江鸿明白了，看见陆修拿了许多虾等海鲜，又问："它们也是水族，吃它们会于心不忍？"

陆修："你吃肯德基全家桶的时候，会有怜悯之心吗？"

江鸿："好吧……在食物链上，确实人的食谱还要更复杂一点儿。"

"那……"江鸿又想问问题了，然而自己都觉得自己很啰嗦。

"问啊。"陆修已经完全习惯了身边跟着个"十万个为什么"的生活。

江鸿："我是不是太吵了，你平时应该很少说话吧。"

陆修："与你重逢这一个月里，我说的话，比上一个一百年中加起来都多，你说呢？"

江鸿大笑起来，但陆修没有生气，已经认了。

"你想问什么？"陆修开始往火锅里下菜，疑惑地看着江鸿。

江鸿已经忘光了，但他听见陆修用"重逢"而不是"认识"来定义他们的关系时，突然觉得很开心。

他这辈子从来没有过像陆修这样的朋友，一百六十年前的那一次封正，犹如在他们之间缔结了一个奇异的契约，将他们联系在了一起。

陆修随手用筷子戳了下虾，虾壳就剥落了，虾肉自己弹了出来。

江鸿："我记得就算在校外，也不可以随便用法术，会被驱委的督察盯上，你居然用法术剥虾？"

陆修："它自己把自己的壳剥了，这叫自觉。"

江鸿："哈哈哈哈。"

江鸿吃着陆修用法术剥的虾，觉得实在是太方便了。他把今天的调查结果发到里世界探索的小组群里，陆修看了眼，说："你不等结果多点儿再说？"

江鸿:"让大家一起想想吧。"

陆修的消息也来了,江鸿伸长脖子看了眼,上面是一个定位,陈舜的语音说:"陆老师,就这里,晚上九点可以吗?我们的同事在那里等您,飞瑶会把他引过去。"

陆修没有搭理,吃到八点五十,才结账出来,扫了辆共享电动车。

"要迟到了吧,"江鸿说,"剩下十分钟,那个地点在十二公里外啊。"

"上来,我带你。"陆修回头道。

江鸿:"啊?"

"这是电动车,"江鸿说,"你要飙车吗?"

接着,陆修骑着共享电动车,瞬间平地起飞。

"哇啊——"江鸿,"等等啊!"

"嗡"一声,江鸿只觉得眼前一花,瞬间越过了高楼林立的鼓楼区,满城灯火被抛在身后。他顿时吓蒙了,手脚并用,两只脚抬起来,四肢牢牢锁住了陆修。

狂风吹来,江鸿转头看,看见华灯初上的兴安夜景,五光十色,犹如一个宏大的梦境,陆修带着他,飞过不夜城上空,街道就像光带在大地上缓慢流淌。

"你说生在这个时代,"江鸿说,"是最幸福的吗?"

陆修稍回头道:"什么意思?"

江鸿答道:"不知道穿越时空的校长,是不是去了未来,未来会比现在好吗?"

"不知道。"陆修若有所思地答道。

江鸿突然想到,人的寿命和龙的寿命,自然是不可同日而语的,陆修已经活了一百六十年了,他应当能活数百或者上千年吧。

"太可惜了,"江鸿说,"我只能活八十到一百年,看不到更遥远的未来。"

"所以呢?"陆修问。

江鸿:"你能活多久?"

陆修:"我不知道,项诚说,不作死的话,上千年吧,活得久的话,两三千年甚至上万年也有可能。"

江鸿:"所以你在龙的世界里,只有十六岁。"

陆修:"嗯。"

江鸿又意识到了另一个问题——我短暂的一生,对陆修而言,也许只是他生命里的小小一段插曲吧?他的生命实在太漫长了,在年轻时遇见了自己,等到江鸿离开这个世界,他们又各奔东西,这么漫长的时光,也许确实挺无聊的。

"到了。"陆修降落下来。

江鸿心道希望这一路上没有被人看到,但陆修丝毫不在意被当成灵异现象,反正有驱委的人去善后处理。

江鸿看着面前高大巍峨、金碧辉煌的建筑，说："泡温泉吗？这么豪华。"

建筑外挂着蓝底镏金的牌匾——不夜宫。

澡堂里装修豪华，尽是镏金柱子，四面还有仕女图壁画，灯光绚烂，不留神还以为自己当真穿越到了古代。

"怎么这里泡温泉要要要……脱衣服的吗？"江鸿有点儿尴尬。

"对啊，"陆修莫名其妙道，"不然？"

"可是我们那里泡温泉，都穿浴衣的……"江鸿据理力争了一下。

"少废话！快点儿！"

江鸿："……"

他下意识地看向陆修，好吧，江鸿觉得本来也没什么，只是南方人与北方人的习惯问题。

两人进了土耳其浴馆，偌大馆内，只有他们俩。

"为什么在这里接头？"江鸿东张西望，问，"不会显得很奇怪吗？"

陆修泡在池子里，长长嘘了口气。江鸿最开始还有点儿羞涩，现在已经完全放开了，舒服地泡着澡。

龙的肌肉轮廓、修长的身体线条原本就充满美感，陆修获得人形后，简直把这种美感发挥到了极致，既有力量感又显得相当匀称。

江鸿觉得陆修的身材就像雕塑一般，总忍不住想多看几眼，既然陆修目不转睛地看他，江鸿便也肆无忌惮地打量他。

"胸肌很难练的啊，"江鸿自言自语道，"要做力量训练。咦，你胸膛上为什么有……怎么受的伤？"

陆修的左胸上，有一个小小的伤疤，犹如被剑刺穿后又愈合的伤口。

江鸿凑近少许，伸手指去触碰陆修的伤疤。陆修没有任何抗拒，先是看了一下江鸿的眼睛，继而仿佛发现了什么，目光抬起，越过江鸿的肩膀，望向土耳其浴馆入口处。

又有人进来了，江鸿回头看，见是名身材高挑的男人。身高腿长，白得像个混血。江鸿看了一眼，男人还留着长发，一不留神险些以为是女生进来了。

男人看了眼凑在一起的江鸿与陆修，在汗蒸区内坐下了。

"你在看哪儿？"陆修的表情有了些微变化。

江鸿闻言又转回头来，笑了笑。

"在哪儿受的伤？"江鸿有点儿心疼地说，"被刺了吗？"

陆修漫不经心地打量江鸿，最后说："自己抓的。"

江鸿："啊？"

"过来点儿。"陆修示意江鸿坐到自己身边，给新来的客人让个位置。

泡池很小，江鸿规规矩矩地坐着，那男人蒸完后冲了水，一头长发半湿着，走进泡池，坐在他俩对面。江鸿又朝陆修身边挪了挪，陆修索性伸出手，把他拉到自己身边。他不敢乱动，就这么僵硬地靠着泡池。

对面那皮肤白皙的男人笑吟吟地看着他们。

"你觉得长头发好看，还是短头发好看？"陆修在这静谧里问道。

"啊……"江鸿不知为何有点儿走神。

陆修："嗯？"

陆修道："问你话呢。"

江鸿："都……好看吧？"

陆修十分奇怪："怎么话突然变这么少了？"

江鸿："头发，你说你吗？我觉得都好看……不过……我还是比较习惯你现在的发型吧，毕竟第一次见面时就是这样的，你想留长头发吗？"

陆修奇怪地打量江鸿，江鸿脸很红，说："有点儿……不太习惯。"

"他们不习惯裸体。"对面那长发男人笑着说道。

陆修这才想起来，"哦"了一声。

方才隔着雾气，江鸿看不清楚，现在突然发现他似乎有点儿眼熟？

长发男人又说："咱们恢复原形时，都是裸体的，我们习惯以本体示人。但人不是，他们除了洗澡，每时每刻都穿着衣服，裸体时没有安全感，就会下意识地减少发声，以免引来敌人。"

陆修答道："嗯，我知道，只是忘了。"

他是驱魔师！江鸿想起他们来这儿，是与驱委的人碰头的，这么说来，对面的这个男人也是妖族吧！

男人的两只耳朵上都戴着耳钉，双耳钉……江鸿在另一个人身上看到过，这么看来，五官也有熟悉的影子。

"你是……"

"我叫贺澜山。"那混血帅哥笑道，"舍弟麻烦你们照顾了。"

"果然啊！"江鸿说，"我就觉得眼熟，你知道我吗？"

贺澜山说："一看就认出来了。嗯，我是贺简的二哥。"贺澜山朝陆修解释道："陆老师，咱们这是初次见面吧？我弟弟和他一个寝室。"

陆修随意地点了下头，没有说话。

"贺简还说去见你们呢，"江鸿道，"没碰上面吗？"

贺澜山说："家母和小妹昨天晚上就到了，我有驱委的任务，得先忙完才能去见他们。"

陆修一手搭在江鸿肩上，眼睛却没有看贺澜山，似乎一副对他毫无兴趣的模样，注视土耳其浴馆里的壁画，不时看一眼江鸿的侧脸。

"你们家几兄弟？"江鸿看见认识的，便稍微恢复了一下问号怪的本能。

"三兄弟。"贺澜山答道，"贺简还有个妹妹。"

真好啊，江鸿心想，自己一直也想要个妹妹。

陆修捋了下半湿的头发，想了想，说道："今天晚上你们还行动吗？"

"杨飞瑶正在把目标引过来，"贺澜山答道，"如果没有意外，应该快到澡堂了。"

江鸿满脸好奇，看了眼陆修，又看贺澜山，再忍不住看陆修，再看贺澜山。贺澜山看出他有话想问，便主动解释道："这次我们要抓的一只妖怪，身上有件法宝，叫'遁龙椿'，能帮助它遁地逃脱抓捕。"

江鸿说："所以要骗到澡堂里来抓它吗？"

"是的。"贺澜山很有礼貌，解释道，"它本身也会遁地，是种族天赋，但只要法宝不在身上，就好抓很多。驱委让我与杨飞瑶回收这件法宝。陈舜是本地驱魔师，由他负责接应。"

陆修放开江鸿，示意他起来，两人过去冲水。末了，三人都换了浴服，在休息区等待。

江鸿："那我们……"

陆修："给你买个冰激凌吃，不要问长问短。"

江鸿："成交，我要吃巧克力味的。"

贺澜山低头看手机，说道："稍后掠阵就麻烦陆老师了。"

"你有把握？"陆修说。

"不太有。"贺澜山说，"只要遁龙椿不在它手上，就有机会，那家伙实在太能逃了。"

"法宝是驱委的？"陆修说。

贺澜山答道："很遗憾，不是，是它自己的，它也修炼有一段时间了。"

陆修："它吃人？"

贺澜山："不吃。"

陆修："害人？"

贺澜山:"目前没有直接证据。"

江鸿在一旁吃着哈根达斯的冰激凌,心想:那你们这不是明抢吗?看别人妖怪有法宝,就用"回收"的名义抢过来。

陆修那表情明显与江鸿想的一样,只是懒得说他们。

贺澜山遗憾地说:"是不太厚道,但这件法宝,与那只天龙,对驱委来说都有很重要的作用,届时如果不得不出手,还请陆老师您留它一命。"

江鸿忽然意识到了,是与地脉的调查有关吗?

陆修始终没有回答。贺澜山的手机屏幕亮了起来。

"目标进来了,"贺澜山说,"在日式汤馆,咱们走吧。"

说着,贺澜山整理浴衣。江鸿冰激凌吃到一半,马上顾不得吃了,要跟去看热闹,陆修却懒洋洋起身,朝座位上一指,示意他别乱跑,在原地待着。

陆修与贺澜山进了日式汤池区,江鸿心想:我不凑上去,我远远地看一眼总可以吧?于是拿着他的冰激凌,探头探脑,远远地跟在后面。

汤池外面挂着半人高的布帘,里头很明亮,站着几个男人。

哇,这个人肌肉好明显……哦,是个健身教练吧……咦?是那个叫陈舜的!江鸿思考,哪个是他们的目标?

汤池边上,坐着一个背上满是刺青的瘦黑男人,个头不高,长相却很凶残。是他吗,是一种叫"天龙"的妖怪?相比之下,自己这边的陆修与贺澜山简直是人畜无害的翩翩佳公子……是他了!

江鸿屏住呼吸,看见贺澜山与陆修走了过去。那男人距离他们十米远时已经警觉了,马上抬头。

"驱委公干。"贺澜山的声音传来,"吴小恩,跟我们走一趟!"

贺澜山说出那句话时,顿时犹如变了个人似的,声音不仅洪亮,还带着一股正气,整个澡堂内所有的人同时抬头,望向他们。

这个时候,陈舜抬眼,朝江鸿望来。

江鸿全神贯注,盯着汤池里,那名叫吴小恩的男人瞬间跳了起来,发出一声嘶吼!并朝陆修与贺澜山露出犬齿,刹那间他的牙齿尽数化作锋利的、前伸的尖锐獠牙,从嘴里刺出,开始疯狂蠕动!

妈呀!江鸿差点儿大喊出来,毒液啊!

贺澜山仿佛早知他会抵抗,拉开拳势,右手以鹤形一抖,手中焕发强光,释放出千丝万缕的金光,朝着那妖怪卷去。

那男人意识到了什么,不敢与他缠斗,猛然后退,朝着地上一钻。

陆修只是抬起左手,打了个响指。

"陆老师!"在一旁观战的陈舜马上慌张地喊道,"手下留情!"

霎时整个澡堂内所有的水形成了滔天的巨浪,连同陈舜那句"别把凡人也淹死了……"一起无情地吞噬。巨响声里,汤池内变成了一个水立方,吴小恩被水流卷了起来,在墙面上狠狠一撞,再抛向空中。

汹涌的水浪卷到江鸿面前就停了,水墙"哗啦"垮塌下去,贺澜山消失在了澡堂里,紧接着吴小恩在地上一抖,再一抖。

陆修注视他的身躯,吴小恩瞬间弹起,化作一条将近五米长的巨型蜈蚣,唰一下朝着门口射来!

"拦住它!"陈舜大喊道。

"啊啊啊——"江鸿看到这么巨大的蜈蚣,才反应过来"天龙"原来是这鬼东西!顿时被吓得魂飞魄散,马上下意识地夺命狂奔,识趣地给那蜈蚣让路。

一声鹤唳,贺澜山化为原形,唰地掠了出来。

陆修跟着快步追出,身上还穿着浴衣,看了眼江鸿,说:"在这儿等。"

江鸿:"我我我,我确实拦不住它,这不能怪我……"

陆修:"冰激凌给我吃口。"

江鸿喂了陆修一口冰激凌,陆修也追出去了。

陈舜没穿衣服跑出来,着急道:"你怎么不拦住它?"

江鸿:"我……我只是来实习的,学长让我无论如何不要出手啊!话说你要不要先把衣服穿上……"

突然间,隔壁女浴池传来疯狂的尖叫声。

"啊,它过去了,"江鸿说,"你……你也要去追它吗?"

陈舜似乎在犹豫,江鸿看见浴池里不少人被陆修那一记水流冲击,搞得头昏脑涨,便上去查看他们有没有事。

"哎,你还好吧?"江鸿问一名中年人。

尖叫声倏地近了,江鸿把人扶出去,一转身,暗道不妙。浴池的瓷砖轰然炸开,那条蜈蚣又钻了出来!

陈舜:"又逃回来了!抓住它!"

蜈蚣在浴池内游走,口器处毒钳摩擦,双眼死死盯着江鸿,再突然转向陈舜。

江鸿:"……"

陈舜腰畔围着浴巾,与江鸿成掎角之势,拦住了那条蜈蚣。整个浴场内,就只有江鸿、陈舜,外加那条巨大的蜈蚣妖。

糟了……护身符不在身上，完蛋了！我放在更衣室的柜子里了！明明陆修一直在身边啊！谁会想到泡澡还带护身符？

在那一瞬间，江鸿眼前仿佛有走马灯闪过，自己十八年的人生就要这样画上句号了吗？

他深吸一口气，正想喊陆修时，陈舜又道："我数三二一，咱们一起上，小兄弟，待会儿注意它会喷毒！不要吸入毒气！"

"那个，"江鸿说，"不然咱们先等一下？"江鸿要抓狂了，心想陆修怎么还不来？！

"三！"陈舜喝道，"二！一！"

"陆修——！"江鸿大喊道。

两人都站着不动，场面十分诡异。

陈舜："……"

江鸿心想：你好意思吗？你是驱魔师啊！我才本科大一！你还等我先上去给你垫背？！

陈舜动机被识破，终于没办法了，只得硬着头皮，大喝一声，拉开拳法，吼道："收妖！"

陈舜冲了上去，江鸿终于喊道："我不会啊！我才刚入学一个月！"

然而对方已经上了，自己再不上去，只怕队友要送命，江鸿只得往前跑了两步，那蜈蚣却仿佛十分忌惮江鸿，反而不敢朝他冲来，蓦然一个转身，朝着陈舜扑去！

陈舜一拳挥去，那拳头仿佛突然变得坚硬无比，揍在了蜈蚣的壳上，发出闷响，蜈蚣翻身上了天花板，再朝地面冲了下来。

"随便！会什么都用出来！"陈舜百忙之中喊道。

江鸿心想：我要真的会什么还站这儿看？眼看蜈蚣已经要把陈舜的脑袋切下来了，江鸿情急之下发现手里还抓着哈根达斯的巧克力冰激凌，于是将纸杯带勺，连同半杯剩下的冰激凌，一起扔了过去。

"收妖——！"江鸿脱手时不忘大喊道。

只见那半杯冰激凌犹如流星般疾射而去，"扑"地打在了蜈蚣妖的左眼上。

蜈蚣妖顿时嘶吼一声，仰起上半身，百足乱挥乱挠，疯狂地扭动着肢体，喷出毒雾。

江鸿："妈呀！"

冰激凌这么有用？江鸿简直不敢相信自己看到的一幕……

只见蜈蚣妖乱扭了几秒，忽然也意识到了这东西没有腐蚀性，在半空中定住，接着以前足挠了下，抹去眼睛上的巧克力冰激凌。

江鸿："……"

蜈蚣妖："……"

江鸿："那个……只是有点儿冰而已，你应该是被吓着了。"

蜈蚣妖愤怒至极，朝江鸿嘶吼一声，江鸿吓得不轻，控制住自己转身逃跑的本能，然而蜈蚣妖始终不来找江鸿，又转身朝陈舜追去。

陈舜被喷了一口毒雾，死死捂住口鼻，还被自己的浴巾绊了下，差点儿摔倒。

"辛苦了！"贺澜山又追了过来。

陆修也赶到了，蜈蚣妖猛地朝墙上一撞，撞出一个洞，消失了。

"不是让你等着吗？"陆修道。

"他在收妖，"江鸿说，"我怕他出事……"

陆修简直没脾气了，说道："我的鳞呢？"

"什么鳞？"江鸿茫然道。

"护身符！"陆修又提醒道。

江鸿马上跑去更衣室，找出自己的护身符戴上，又进来看陈舜，陈舜不住咳嗽，江鸿便将他拖到休息区。

"你去吧！"江鸿道，"别管我了，有事我会叫你的。"

陆修也十分烦躁，这妖怪不正面迎击，一味地跑，又会遁地，很难抓到，他随手做了个"拜拜"的手势，追了出去。

"陈舜，你还好吧？"江鸿拍拍他的脸，说道。

陈舜中了少许毒，说："找……飞瑶，她那里……有解……毒……药。"

不夜宫里已经一片混乱，不少浴客以为澡堂里天然气爆炸，吓得不轻，穿着浴衣围着浴巾狂奔出来，纷纷站在马路边上。不到二十分钟，记者也扛着摄像机来了，借报道的名义，拿着摄像机对着马路上的男性肉体左拍右拍。

江鸿让陈舜手臂搭在自己肩膀上，踉跄出来，正在四处找杨飞瑶时，她却自己出现了。

"让我看看，他怎么了？"杨飞瑶帮江鸿一把将陈舜转移到马路对面的巷子里，问，"那只蜈蚣怎么样了？"

江鸿交代了经过，杨飞瑶没想到最后还是被那蜈蚣逃掉了，十分无奈。她穿着连衣裙，看模样没有洗澡，江鸿问："你刚才在哪儿？"

杨飞瑶答道："我在找那件要回收的法宝。"

她打开随身的手包，翻出一板药，掰开锡纸，喂给陈舜一颗，江鸿说："我先帮他穿上衣服吧。"

杨飞瑶转过身,江鸿开始给陈舜穿衣服,杨飞瑶又说:"贺澜山是蜈蚣的天敌,应当能抓到它。"

"法宝你找到了吗?"江鸿问道。

"找到了。"杨飞瑶从包里取出一个青铜环,朝江鸿出示,"你看。"

也许因为杨飞瑶是驱魔师,江鸿对她挺有亲切感,杨飞瑶则因为江鸿是陆修带来的人,也不避他。

但江鸿没敢乱接怕闯祸,只是借着微弱的灯光看了眼,这法宝名字叫"遁龙桩",看模样却丝毫不像"椿"或"桩",上面刻满了篆字符文。

"它可以遁地吗?"江鸿好奇道。

杨飞瑶答道:"对,等陈舜好点儿,咱们再一起去找他们吧,有了它,进地底就容易多了。"

陈舜的脸色好多了,杨飞瑶不如何在意他,只是在暗巷中飞快地发消息。

"你们兴安驱委的同事说,他们往大雁塔的方向去了。"杨飞瑶说,"陈舜,你好些了吗?"

陈舜起身,已活动如常,点点头道:"好多了。"

杨飞瑶道:"那走吧。"

江鸿犹豫了短短几秒要不要一起去,但对方是两名驱魔师,自己又可以召唤陆修,应当不会有危险,这种看热闹……不,丰富阅历的机会,怎么可以错过?亲眼看看驱魔师是怎么捉妖的,也对学业有帮助,陆修带他来,应当也是抱着这个想法吧。

于是两名驱魔师各自扫了一辆共享电动车,驱车赶往大雁塔。

江鸿骑上共享电动车,在后头吐槽道:"都已经在收妖了,为什么就不能飞过去啊!"

"我们没有飞行法宝,又不是你们陆老师,"杨飞瑶回头道,"怎么飞?在城市上空飞行,会被记过处分的,看见的人多了没法收拾。"

骑到一半,还得停下来等红灯,江鸿心想真是够了。

"那,大姐姐,澡堂里怎么办啊?"江鸿又问。

"他们兴安的驱魔师同事去收拾了。"杨飞瑶笑着答道,"你今年念大几?挺帅啊。我也是你学姐呢,咱们一个学校毕业的。"

"大一。"江鸿乐呵呵地答道,"没有学长帅。"

杨飞瑶自得其乐道:"那是的。"

陈舜黑着脸,转头上下打量江鸿,那眼神仿佛在说:你怎么什么都不懂?

江鸿知道陈舜对他在澡堂里什么也没做很不爽,可是小爷我救了你的命欸!要不是我救你,你现在脑袋都没了。

"我在苍大毕业之后,在兴安驱委实习了半年,才去了燕京。"杨飞瑶又说,"你来过兴安驱委吗?"

江鸿:"没有啊,应该不对外人开放的吧?但是我去过山城驱委,太神奇了!"

杨飞瑶神秘地挤了挤眼,笑道:"只告诉你哦,骑共享单车,从安远门出发,城墙第一百四十七块砖,是开门暗号哦。空了可以来兴安驱委玩,对吧,陈舜?"

江鸿:"有什么玩的?"

杨飞瑶:"门口有卖法宝的店,偶尔还有内部的字画展,我们主任下得一手好棋,号称棋仙,你能下赢他,可以赢一件他的奖品哦。"

江鸿:"呃,还是算了,我铁定下不赢他。"

等红灯时,杨飞瑶又说:"待会儿请你们吃消夜,答谢大家,去撸串吧。"

江鸿:"好啊!"

电动车到得大雁塔外,杨飞瑶稍弓身,仿佛在认真地检查地面的痕迹,陈舜说:"朝后头的园林去了。"

江鸿始终紧紧地跟在杨飞瑶身后,夜十一点,广场上已经熄了灯,剩下为数不多的年轻人在玩滑板。

不远处传来一声口哨响,藏身黑暗中的贺澜山与陆修现出身形。

"抓到了吗?"陈舜问道。

贺澜山头发还半湿着,与陆修商量着什么,三人一来,便不吭声了。贺澜山答道:"被它逃了,但在入地前我增加了一个标记,继续追还是放过它?"

陆修招手,示意江鸿到自己身边来,检查了下,没有受伤。

杨飞瑶迟疑了很短的片刻,说:"它长期在地底活动,知道一些与地脉乱流有关的信息……过来之前,驱委让我尽量把它带回去问话。"

陆修一手搭在江鸿肩上,没有说话,只观察他们。

陈舜说:"我们这边,只让我尽全力配合飞瑶。"

贺澜山:"继续深入的话,需要遁龙椿,你找到了吗?"

杨飞瑶马上打开手包,把那件法宝递给贺澜山。

贺澜山以眼神询问陆修,陆修便看江鸿,指指地面,扬眉,示意:你愿意去?

江鸿说:"当然可以!你去我就去!"

贺澜山端详了下法宝,接着一扬手,念诵了几句咒文,音节非常奇怪,犹如古代的官话。

只听"嗡"一声,那青铜环在五人头顶变大,罩住了他们,继而就像观光电梯般落下,发出微弱的光,把他们罩在了一个圆柱形的结界里。

江鸿充满惊讶地看脚下,仿佛坐电梯般沉了下去。霎时间大地尽成透明,就像进入了一个潜艇,脚底下犹如出现了另一个光芒颤动的、满是江河的世界。

江鸿:"哇!"

陆修那表情也有点儿诧异,五人都低头看着脚底下。

杨飞瑶十分惊讶地说:"我也是第一次见呢。"

贺澜山说:"安杰拿到这件法宝后,研究应该很快就会有进展。"

陆修朝江鸿解释道:"你脚底下的光,就是这个星球的血管,叫地脉。地脉通常在距离我们三千米之下。"

"这么深!"江鸿恰好在想,现实世界里开矿就不会挖到地脉吗?

陆修又说:"但地脉也偶尔会在某些近地面点汇聚,这些地方称作'节点',也即风水龙脉。"

贺澜山笑道:"这是陆老师的校外实习教学课吗?"

江鸿笑了起来,陆修依旧是那没有表情的模样:"地脉的流动不是直线而是曲折的,高度也并非固定。"

随着遁龙椿带他们不断下降,在那静谧里,陆修又解释道:"就像河水在拐弯时,偶尔会……"

江鸿:"灵气外溢!"

陆修点了点头,江鸿说:"所以这些地方就是风水宝地了,适合修炼。"

陆修:"正确。"

贺澜山补充道:"距离这里最近的节点,就是大雁塔。"

江鸿说:"我很惊讶大地居然是透明的,就像海水一样。"

他再抬头看,地面现实世界,五光十色的城市已经远去,地基、河流犹如CAD(建筑平面图)的结构图般奇特。

"这是法宝的效果,"杨飞瑶说,"哪怕能遁地神行的妖兽,也没有这个本领。"

地下川流不息的能量涌动接近了,贺澜山抬起两根手指,转向西方:"它已经逃到五公里外了,"贺澜山说,"标记消失了,只能追踪到这么远。"

陆修:"先找合适的地方降落。"

贺澜山操控遁龙椿不断扩大,四周的空间开始退后,江鸿再次踩到了凹凸不平的地面,刺眼的光芒涌来,他们正站在一条能量地下河的河岸处。

"河水"散发着蓝白色光芒,习惯之后,这光芒还算柔和。贺澜山便将遁龙椿还给杨飞瑶。

"沿着这里走,"贺澜山说,"吴小恩已经停下来了。"

四周一片寂静,江鸿非常好奇身边的河流,他看看陆修,似乎想发问,陆修示意他想问就问。

"这里头是什么?"江鸿说。

"能量,"陆修答道,"星球的血液。"

江鸿道:"我是说,它是什么能?电能?化学能?"

"这很难回答,"贺澜山替陆修答道,"是其中一个研究方向,磁场可以约束住它。驱魔师认为,天地脉中流动的是同一种粒子,他们暂时把它称作'以太'。"

陆修看出江鸿的疑惑,说:"碰到它不会怎么样。"

江鸿很想把手伸进去试试看,但想了下,没有这么做,毕竟陆修是龙,他就算触电也铁定没感觉,人去摸摸高压电线马上就挂了。

陈舜说:"飞瑶,咱们先到前面去探探路吧。"

杨飞瑶一点头,两人便往前走。陆修为了照顾江鸿,走得很慢,贺澜山也与他们步调一致。

"修炼就是吸收它吗?"江鸿又好奇地问。

"不能直接修炼,"陆修说,"会被撑死。对大部分妖兽来说,地面上溢出的天地脉能量已经足够了。"

贺澜山说:"过于纯粹的能量会让妖族体内产生不可逆的变异。"

江鸿点了点头,他体内的脉轮是断裂的,也无法修炼,这么问纯属好奇。

"陆老师?"贺澜山又突然道。

陆修:"嗯?"

贺澜山:"如果我没记错,杨飞瑶应当不是安杰的亲信。"

陆修平淡地说:"我不关心你们驱委内部的事。"

贺澜山想了想,说:"她应当是从窦宽手下,调到安杰部门里的。"

陆修始终不回答,贺澜山就像在自言自语,又说:"这几年里,窦宽与安杰的竞争很激烈,安杰明显不喜欢苍穹派系,尤其曹斌……"

陆修沉默,江鸿不知道贺澜山什么意思,便也静静地听着。

"先前我听说,"贺澜山又说,"安杰与曹斌竞争过苍穹大学副校长的职位,最后安杰输了,导致他对这边有很大的成见……"

话音未落,远处突然传来一声尖叫,三人同时抬头。那是杨飞瑶的尖叫声,贺澜山便大声道:"飞瑶?!"

没有回答,贺澜山快步追了上去,江鸿充满担心也要追,陆修却不紧不慢,让他走在自己身边。

"是不是困了?"陆修注意到江鸿有点儿疲惫。

江鸿:"嗯……有一点儿。"

当下已经是半夜两点,江鸿快困得不行了,但他还勉力坚持着。

陆修:"我变成龙载你吧。"

江鸿:"这里洞穴这么小,会卡住的,走吧。"

陆修便不坚持,毕竟一条龙在洞里爬来爬去,不仅有碍观瞻,还容易让江鸿碰到头。

江鸿忽然又打起精神,想到一个问题,好奇地道:"你每次只能变成龙几分钟,那结束之后,喘口气可以接着变吗?"

陆修:"……"

陆修有时真不知道江鸿哪儿来这么多怪问题。

"不可以,"陆修冷冷道,"变身满五分钟后,要等十二个时辰,否则这封印有什么用你自己说。"

江鸿:"是谁封印了你?"

陆修不答。

江鸿:"为什么封印你?"

陆修随口道:"怕我毁灭世界。"

江鸿:"哈哈哈哈——"

陆修:"你以为我不会这么做?"

江鸿:"呃……你没有那么无聊吧。"

陆修:"这要看我心情。"

江鸿:"你是一只温柔的龙。"

陆修:"……"

江鸿又想扒他,但洞穴太低了,跳起来险些撞到头,只得作罢。走了一小段路后,地势渐平,转而朝下,江鸿便加快了脚步。

前面有风吹来,是个巨大的地下钟乳岩洞。地脉流淌到了此地,朝着一个深坑涌了进去,光线暗了不少。

"这是什么地方?"江鸿震惊了。

面前是一座奇异的地下庙宇,以石头垒砌而成,四周还散落着古代的瓦碗、瓦罐，仿佛有人居住过，正门用乱石封住了。

陆修审视周遭，杨飞瑶坐在了一块石头上，揉着自己的脚踝，陈舜在一旁陪她，贺澜山则手里发着光，绕到庙宇后面，开始探查这座庙。

"抱歉，我刚不小心把脚崴了下。"杨飞瑶有点儿不好意思。

陆修摆手示意没关系。贺澜山说："陆老师，你觉得这是什么？"

陆修走上前去，贺澜山推开了庙的后门，江鸿跟在后面，探头探脑。

"很不寻常吗？"江鸿注意到陆修凝重的表情。

"非常不寻常。"贺澜山喃喃道，"地下三千米处，有一口反向地脉井，还有一座庙？"

杨飞瑶说："还有人在这里居住过。"

陆修一脚踹开庙门，走了进去，庙宇中庭处，横七竖八地摆了九个棺材。

江鸿："……"

江鸿一看到棺材，顿时汗毛倒竖。

贺澜山走到一具棺材前，想伸手推棺盖，江鸿刹那多毛了，说道："可可可、可以不要打开吗？好可怕啊！"

陆修："我陪你到外面去。"

"不……不用了，"江鸿说，"你留在这儿吧，我去找他们。"

江鸿不敢回头，笔直地从庙里走了出来，手里握紧了护身符。

然而就在这时候，他突然听见了陈舜与杨飞瑶在庙外的交谈，江鸿从庙宇后门转出来，恰好与他们隔着一个拐角，看不到彼此，却能听见对方的声音。

"不要动陆修，"陈舜道，"目前还不是他的对手。"

江鸿差点儿就出了拐角，听到这对话时，本能地觉得不对，停下脚步。

杨飞瑶说："贺家的那小子可以试试看。"

陈舜："算了，今天已经完成任务了，不要再多生枝节。"

江鸿的心脏顿时狂跳起来，他们在说什么？

"你能引开陆修吗？"杨飞瑶又问。

"嘘，你小声点儿，"陈舜似乎在观察庙里情况，压低了声音道，"他们万一突然出来……"

杨飞瑶："他俩都是大妖怪，真要出来，不可能感觉不到，放心吧，安全得很。"

陈舜："算了，你忘了交代过什么？"

杨飞瑶笑了起来，笑声在那片静谧里显得有点儿刺耳。

江鸿："……"

江鸿马上意识到了危险,这个时候,自己绝对不能出去,否则一定会被怀疑。于是他慢慢地后退,同时非常注意脚边的瓶瓶罐罐,千万不能出现电影里的情节,什么东西"当啷"一声,实在太蠢了。

他一转身,果然碰倒了一个瓶子。

啊啊啊啊!!

江鸿刹那惊恐地去扶时,庙宇里传来"轰"的一声巨响!瓶子倒下与庙里的巨响恰好发生在同时,掩去了江鸿制造出的响声。

他马上转身,朝庙的后门跑去,霎时围墙被轰开,陆修飞身而出,搂住江鸿,一个翻身跃上洞壁,再借力在空中跃过,稳当落地。

贺澜山也跳了出来,几乎是同时喊道:"陆老师!留点儿手!这洞容易塌!会把咱们埋在下面的!"

江鸿:"陆修!刚才我……"

陆修:"到角落里去!"

话音未落,庙里冲出一尊巨大的石人,不住嘶吼,横冲直撞,那只蜈蚣妖再次出现,高居于石人头顶,口钳拖着黑铁链条犹如缰绳般,操控三米高的石人朝他们冲来!

江鸿冲到钟乳岩后躲避,在那震动中,洞穴顶部的钟乳石纷纷落下,他既要躲避石头人,又要躲闪掉下来的暗器,同时还分神留意杨飞瑶与陈舜。

贺澜山化作鹤形,优雅地飞向石头人顶上,继而再恢复人形,以鹤拳揪住蜈蚣妖,把它拖了下来,再朝着洞壁一抛。

陆修抬起一手,悬在空中,断裂的钟乳岩同时于地上升起,再随着陆修一扬手,唰地犹如上百流星,密密麻麻地飞向蜈蚣妖,环绕着它形成牢笼,钉入洞壁,困死了它。

"啊啊啊——"江鸿大喊道,他在那石头人背上,抓住了铁链,险些被甩下来。

陆修:"……"

江鸿勉力站稳,只感觉自己上了牛背,被甩得飞来飞去,喊道:"这大家伙太难控制了啊!"

"你怎么上去的?"陆修简直不相信自己的眼睛。

"我也不知道啊!"江鸿喊道,"快把我弄下来!"

江鸿拖着铁链,侧身,似乎可以操纵它,陆修拦在前方,大声道:"一、二、三,跳!"

陆修抬手,正准备发动龙语,江鸿惊慌地喊道:"不要啊!这么高摔下来会骨折的！"

紧接着，半疯狂的石头人在江鸿乱七八糟的控制下，朝着陆修冲了过去。下一刻，石头人撞上洞壁，陆修原地起跳，在空中侧翻，抓住江鸿衣领，把他从石头人头上拽了下来。

石头人"轰隆"一声撞得头昏脑涨，再转身时，吃了陆修一记龙语冲击，登时碎成无数裂石，散架了。

"呼——"江鸿本来昏昏欲睡，这下彻底精神了，"我刚才好像是，找了个地方想跳上去，结果滑下来了，不知道为什么，抓住了一条铁链……"

江鸿还在解释，陆修示意不用了，已经不重要了。

"它刚才就躲在其中一具棺材里。"贺澜山朝他们解释道，"没有提前做好准备，是我粗心大意了。"

杨飞瑶的脚还有点儿瘸，欣然道："辛苦两位啦，总算可以回去交差了。"

陈舜跟着拍了几下手，杨飞瑶拿出一个空的香水瓶，将瓶口朝向钟乳岩构筑出的牢笼。她的长发飞起，开始收妖，随着绚丽的光芒被吸入香水瓶，透明瓶身中出现了一只小小的、不断扭动的蜈蚣。

杨飞瑶盖上瓶盖，朝他们道谢。迎上江鸿复杂的目光时，杨飞瑶略觉诧异，江鸿便马上笑了笑，不再看她。

"回去吧，"贺澜山说，"已经快天亮了。"

遁龙椿发动，诸人再次升上地面。

江鸿始终有点儿疑神疑鬼的，但他知道现在不是说自己听到了什么的时候，贺澜山却注意到了江鸿的安静。

"怎么了？"贺澜山问。

陆修替江鸿答道："他困了。"

江鸿"嗯嗯"了两声，回到地面时，则是在距离大雁塔五六公里外的另一处街道，环卫工人已经在打扫街道了。

陆修也懒得与他们道别，带着江鸿就要回酒店。

江鸿还在打量杨飞瑶，见杨飞瑶也在看他，便笑道："学姐，消夜下次再吃哦。"

杨飞瑶一怔，继而笑道，"好，下次回学校，再请你们吃消夜，我记得。"

天蒙蒙亮，江鸿已经哈欠连天，但他仍然强忍着困意，在回酒店的路上，一五一十告诉了陆修，自己在地底听到的话。

陆修沉默了很久，眉头深锁，似乎有点儿疑惑，却半点儿没有怀疑江鸿的转述，也没有盘问他更多的细节，最后只是说："我知道了。"

江鸿躺在酒店的床上，翻了个身趴着，又说："她不会想暗杀咱们吧？"

陆修也躺上床去，随手一拍江鸿的头，江鸿本来就昏昏欲睡，在陆修身边只觉无比安心，很快睡着了。

早上他短暂地醒了一次，看见陆修躺在一边发消息，起来喝了点儿水，又睡得天昏地暗。

当驱魔师有一点儿辛苦，经常要熬夜收妖……江鸿心想。

秋假的第三天，江鸿伸了个懒腰，起床和在敦州玩的父母视频。爸妈已经完全"忘"了江鸿复读的事，只问他："上学习惯吗？""和同学相处怎么样？"江鸿把手机朝向正在刷牙的陆修，说这是研究生学长，一起在兴安玩。陆修朝江鸿的父母打招呼，江母顿时热情得不得了，并相当高兴，儿子才上学一个月，就交到了好朋友，不停地说江鸿给人添麻烦了。

"不麻烦，"陆修用毛巾擦了下手，答道，"照顾他我很乐意。"

陆修的回答很认真，江鸿却觉得挺有趣的，心道自己选择回来念书，实在太明智了，否则他现在就要在复读班内心崩溃地度过这个假期了。

"今天也出去玩吗？"江鸿问。

"不然？"陆修反问道。

江鸿小心翼翼地道："你要……处理昨天杨飞瑶那件事？"

"不需要。"陆修说，"我已经提醒校长了，他会负责。"

江鸿还在思考，驱委到底出了什么事，总觉得有点儿严重，要用到"对付"陆修，是不是那边与曹斌的关系已经水火不容了？

"你不会有事吧？"出酒店时，江鸿总觉得有点儿不安，又问。

陆修打量江鸿，像想说点儿什么，又改了念头："万一我被收妖了，记得来救我。"

江鸿说："好的，一定！"

虽然江鸿连半吊子都算不上，但如果陆修有危险，他一定会赴汤蹈火地去救，当然，能不能救到则另说。

但在陆修被收妖之前，他还是先把江鸿的衣服拿去泡上。江鸿换好衣服，瞥见陆修在浴室里傻乎乎地闻了下自己换下来的T恤，便忍不住哈哈大笑。

"一定很多汗吧！"江鸿笑道，"你在干什么？"

"泥土味，"陆修说，"昨晚在地底待久了。"

这天陆修带江鸿去玩了密室，没有张锡廷在旁，江鸿总算玩到一个正常的密室了。他总怀疑陆修比张锡廷还聪明，只是大多数时候看破不说破，陪他在密室里待了两个多小时。接下来的四天里，陆修带他在兴安玩了个遍，两人还在华山顶上看了日出。

经过悬空栈道时,江鸿把陆修的胳膊抓得紧紧的。

"你怕什么?"陆修有时候实在不能理解江鸿。

江鸿:"太高了啊!只有一条安全绳!"

面前是万丈悬崖,脚下只有靠在山壁上、不足五十厘米的木板栈道,背后则是拴在腰上与锁链之间的安全绳。

陆修:"就算掉下去,我也会接住你的。"

呼呼的风吹来,江鸿看着走在自己身后的陆修,自己死活贴在山壁上,满脸的惊恐,陆修则潇洒地走着猫步,一只手拉着安全绳,身体稍稍外倾,另一只手修长的手指张开,仿佛在空中捕捉着风的轨迹。

悬空栈道上只有他俩,那一刻,整个世界仿佛也只有他们。

江鸿总想找点儿话来说,以分散自己的注意力。于是他问道:"学长,不,陆修。"

江鸿每次回头,陆修总在身后看着他,他很安静,除非必要,他很少主动朝江鸿说话,但他就像山岳一般,总在这里,只要江鸿开始寻找他,便能发现陆修的注意力总在他身上。

"你找了我很久吗?"江鸿问。

"也不算很久。"陆修云淡风轻地说。

江鸿又问:"那,你会……会……你算是在守护我吗?"

陆修想了想,欲言又止。江鸿记得上一次,似乎在谁口中听到过"报恩"这两个字,因他为陆修封正,所以这一世,陆修来朝他报恩,虽然对江鸿而言,上辈子、上上辈子的事,他已经不记得了。

但也许龙有龙的执念吧?江鸿没有说出"报恩"这两个字,总觉得很难为情,何况就算自己记得,也不过是随口喊了几声,能有多大恩情?

"什么意思?"陆修不明所以。

江鸿说:"你会守护我,直到我死吗?"

陆修在江鸿身后答道:"不会。"

"哦。"江鸿明白了,笑着说,"但能在学校里认识你,已经很开心了。"

那一刻,陆修的表情发生了变化,似乎十分懊恼,他的眉头深锁,不与江鸿对视,只望向宏大的山川景色。

江鸿:"是要看咱俩的缘分吗?"

突然间,陆修的语气充满了冷漠,就像陌生人一般:"我不想再谈论这个话题。"陆修冷冷地道,"往前走。"

江鸿吓了一跳，仿佛陆修释放出了无形的低气压，他马上道歉："对不起，学长。我说话没过脑子。"

接着，陆修不再开口，江鸿心有惴惴，总觉得自己又让陆修生气了。

所幸坐游览车下山时，陆修仿佛也意识到了气氛有点儿僵，突然说了句："龙倚靠天地脉的力量起飞，到了空中后，要利用上升气流。"

"啊。"江鸿有点儿茫然，不知道他为什么提起龙的飞行原理，这已经是很早以前问的问题了。

"上升气流在自然界随处可见。"陆修望向车窗外，出神地说，"几乎所有的飞行物种，都依赖上升气流，但随着离开对流层，空气变得越来越稀薄，就很难持续飞行了。"

江鸿乖巧地说："嗯，我懂了。"

陆修从车窗的倒影中注视着江鸿的双眼，又说："龙是唯一能突破平流层，抵达外层的生物，甚至短时间内能在太空环境中生存。"

"哇——"江鸿小声道，"那不就是航天飞机吗？"

江鸿本来想说有机会可以载我到太空去玩吗？但想想自己被带到太空，会很快死翘翘吧。

陆修又道："只是一旦离开了地球环境，就连龙也很难承受，飞出外层后，如果没有意外，基本上也回不来了。"

江鸿点点头，知道陆修的意思是"不能带你到太空中去玩"。

三天的华山之行结束后，江鸿又与陆修去泡麓山的温泉，陆修的心情又恢复了。唐式的半山温泉酒店里，晚上温度骤降，两人各睡一个榻榻米式的地铺。

陆修平躺着玩手机，江鸿则趴着看电视，盖一床厚被子。陆修自从华山下来，话就很少。

江鸿突然听见了曹斌的语音："你明天先回来一趟，驱委那边，事情有点儿复杂，至少比我想象中的要复杂，但我猜想他们目前没有针对你……"

江鸿转头看了陆修一眼，陆修便按掉了语音。

江鸿："校长找你吗？"

陆修随口道："不用管他。"并放下手机，说，"我关灯了，你回去睡。"

江鸿："好冷啊，这才10月份，山上都快零度了。"

江鸿关了电视，安静了一会儿，说："陆修，有重要的事情就先回去吧？"

陆修"嗯"了声，没听出感情起伏。

江鸿翻了个身，睡着了，庭院里的月光照进来，照在他的脸上，片刻后陆修起来盘膝而坐,捋了下头发,给曹斌回短信,不时看一眼江鸿熟睡的面容。

江鸿就像个无忧无虑的大小孩儿一般。

7号,两人的假期提前结束,江鸿回了寝室,陆修返校后直接去了行政大楼找曹斌,张锡廷和贺简已经提前回来了。

"哇!让我看看!带了什么好东西?"江鸿看见两人都带了礼物,贺简的妈给寝室里四个人买了同款名牌的衣服,张锡廷则带了徽州的特产。

江鸿便也把自己买回来的特产拿出来分。

张锡廷拆开江鸿的牛肉干,说:"整个宿舍楼都看见了,哇——说你可以召唤一条龙来接你呢。"

贺简:"龙是世界上最强的生物啊!而且你知道吗?据说,陆修是下一任内定的妖王呢!是妖族的太子爷啊,最初项校长就准备让他去坐镇圣地,结果他不愿意,才留在了苍穹大学。"

张锡廷说:"项校长自己就是妖王吧?"

江鸿听说过,项诚的身份既是本校校长,创建了苍穹大学,又是妖族的管理者,被称作妖王。

"嗯。"贺简说,"校长一直想找个接班人,只是没有合适的对象,现在也算后继有龙了。"

江鸿好奇地道:"如果陆修是母龙,应该很多人追吧?"

张锡廷:"那个,小兄弟,龙没有母的,只有公的,至少目前还没发现母的,或者说,龙最终受修炼影响,表现出的性状是公的。"

江鸿:"啊?为什么?那它们怎么找媳妇呢?"

贺简:"龙生九子,听过吗?龙与其他物种交配,就会生出杂……变异品种,像鸱吻,就是龙与鱼的后代;赑屃,是龙和龟。你没看这些半龙,都有母系种族的特征吗?"

江鸿这才明白过来:"可是龙为什么只有公的呢?"

贺简:"因为龙是天脉孕育的,是天地间阳气的集合,我也不知道,我爸说的。"

张锡廷:"地脉会孕育另一种阴气的生灵,但是已经消失很久了,上万年没有出现过,只是推测有这种东西。"

江鸿:"哦,是这样啊,陆修从来不说。"

张锡廷:"这样不行啊,宝贝,你要对你的学长多些关心。"

贺简答道:"我家里精通奇门遁甲,要帮你算算你的未来吗?"

室友们无论开他什么玩笑,江鸿都从不生气,长此以往,大家也都喜欢逗他玩。

贺简去洗澡了,江鸿想了想,说:"啊,贺简,我确实有点儿好奇,占卜会消耗你的精神吗?"

"龙呀咱们俩是一条心……不麻烦。"贺简在洗手间里唱着歌,说,"乖乖,你要占卜什么?"

江鸿想起那天在华山上,与陆修说的话。

"占卜我们的机缘,可以吗?"江鸿说。

"你们?"贺简问,"你和谁?"

江鸿:"陆修啊。"

贺简洗过澡,穿着宽大的T恤出来,头发长出来少许,他摸摸自己的寸头,拿出一把草茎,让江鸿握着。

"蓍草占卜。"张锡廷有点儿好奇,点评道,也过来旁观。

江鸿坐在贺简的床上,按他的要求手里分散拿了,从左手到右手。连着九次之后,贺简开始解卦。

"咦?"贺简发出了充满茫然的疑问。

张锡廷的脸色突然也变得凝重起来。

"你也会吗?"江鸿抬头看张锡廷。

"古代东方占卜,"张锡廷说,"大二有这门课,我爸教过我一点儿,他自己也不精通。"

贺简喃喃道:"怎么会这样呢?不对啊。"

江鸿问:"怎么啦?"

张锡廷:"有东西在扰乱你的占卜结果。"

江鸿:"啊?"

贺简说:"重来一次试试。"

三人都没有说话,江鸿有点儿紧张,第二次结果出来后,张锡廷与贺简对视一眼。

"什么意思?"贺简简直疑惑疯了,江鸿说:"你看不出结论吗?"

"等等,"贺简说,"我要问问我妈。"

贺简拿来手机发消息,那边很快就回复了,贺简于是从行李里拿出一把羽毛。

"用这个代替蓍草试试看。"贺简说。

江鸿:"嗯?"

江鸿非常茫然,还是按照贺简说的做了,过程中忍不住问:"刚才是什么意思?"

贺简神色凝重,没有回答,张锡廷在一旁道:"有一股奇怪的力量,在干扰你的命数显示。"

江鸿："我没有去烧香啊。"

贺简认真道："不是干扰你的命数，而是干扰命数的显示，有人不想让你通过占卜，来得知未来将会发生什么。"

江鸿好奇地道："还可以这样的吗？"

张锡廷又与贺简对视一眼，这一次，用羽毛占卜的结果出来了。

"这是我太爷爷的羽毛，"贺简说，"他是鹤仙人，这次无法干预了……让我看看……鸿儿，你的未来不是很乐观啊。"

江鸿："……"

张锡廷没有再看，走开了。

贺简遗憾地看着江鸿，江鸿道："说吧，未来会怎么样？没关系的。"

"你们之间，有短暂的交集，"贺简说，"但很快就会反目，永不来往。"

江鸿："哦……好吧。"

江鸿相当郁闷，但对命运这回事，他还是秉承着父母告诉他的原则：你信吧，它就确有其事；不信，则一切都不会发生。

于是他决定不相信，就像在寺庙里求到下下签，把签折好绑在庙里，坏运气就不会带回家一样，摆摆手，示意别的也不想知道了，回到自己床上，叹了口气。

贺简却没有把羽毛收起来，注视着卦象，自言自语道："奇怪，这又是哪儿出错了？"

第六章
|法宝|

秋假后，苍穹大学一夜间凉快了下来，江鸿不知不觉习惯了与妖族们在一起上学的生活，再见面时已相当自然地不问种族，把奇怪的同学一律当作人类看待了。

平心而论，妖族还是很可爱的，甚至比某些人类更可爱，他们不如何熟谙人族的行事规则，向来有话直说，没有潜台词，也从不拐弯抹角。江鸿对妖怪本来就没有成见，渐渐地，入学两个月后，交到了不少妖族的朋友。

除却无法修炼法术，江鸿已完全融入了驱魔师群体，成为他们的一员，上课时会对着莫名其妙的知识抓狂，满脑袋问号地记笔记，下课时会热烈讨论诸如"内丹体积与储存能量，随着修炼时长呈边际递减"等问题。

进入12月，兴北已经入冬了，江鸿甚至惊讶地发现，他毫无困难地接受了几乎所有知识，对这些反人类常识的奇幻课程显得习以为常。

除了里世界探索，这门课程在诸多课程中是最难的，除违反常识的内容极多之外，朱瑾玲授课进度还拉得飞快，外加期末课题的复杂，令江鸿总觉得很吃力，不少课上内容他还要拿回寝室请教张锡廷，或是找时间问陆修。

由曹斌亲自教学的驱魔综合学课堂上，这名副校长开始传授他们体术。体术是曹斌的独门绝技，综合了巴西柔术、古武学搏击与空手道等学识，针对江鸿与小皮的体质，这确实是最好的修炼方式，就连凡人也能掌握。

"我体内的脉轮受身体条件限制，"曹斌喝着咖啡，看江鸿与小皮站桩，说道，"小皮也不适合修习灵脉法术，所以选择了体术。站累了就休息会儿。"

江鸿恢复站姿，道："但你依然有资质。"

曹斌点了点头，说："那是很后面的事了，不会法术，一样可以成为驱魔师。我们解决问题，最重要的是靠这里……"说着，他用手指点了点自己的太阳穴，"智慧，才是一名驱魔师最重要的特质。"

今天陆修没有来，江鸿几次想发问，最后是小皮开了口："学长呢？"

曹斌慢条斯理地答道："他去办事了。"

上一次驭委杨飞瑶"对付"他们的事，已过去一个多月，其后就再没有下文了，江鸿总怀疑曹斌与陆修在策划什么。

"今天的课就到这里。"十一点二十，曹斌说道，"把外套穿上再走，否则容易着凉。"

小皮与江鸿道谢，下课，离开前，曹斌又叫住了江鸿。

"有时间吗？"曹斌道，"聊聊天。"

江鸿自然答应，走出行政大楼的一刹那，江鸿登时大叫起来。

"下雪了！"这是生长在南方的江鸿，第一次看到雪！江鸿围着围巾，戴着毛线帽，大喊一声，哇啦啦地冲到行政大楼外的路边，开始挖雪玩。

曹斌则一身西装，外面穿了件风衣，站在行政大楼的池塘边看着江鸿，仿佛觉得他很有意思。

江鸿说："校长！这边12月就开始下雪的吗？"

曹斌答道："今年的雪下得挺早，应当是个寒冬。"

曹斌只在旁安静地看着，又提醒道："不要到池塘边上去，那里的冰很薄。"

江鸿抓了雪在手里搓，决定回寝室再继续玩，曹斌等他回来后，又朝江鸿道："月底你有安排吗？"

"月底？"江鸿想了想，答道，"应当没有。"

两人在路上走，江鸿拍掉手上的雪，问："具体哪一天？需要我跑腿办事吗？"

曹斌说："我准备去燕京一趟，择日不如撞日，就12月29日吧，也许会占用你元旦假期的一天。"

江鸿："去燕京哪儿？"

"驭委。"曹斌说，"陈真想当面与你确认，那天在地脉中发生的事。"

江鸿"哦——"了一声，正犹豫要不要问陆修，也许他元旦会安排，曹斌又看穿了他的疑虑，说："届时陆修也会去，以及轩何志老师。"

江鸿便一口应允，曹斌又道："你确认这个时间点没有其他的安排？我不想让你的时间冲突。"

江鸿说："法宝鉴别课上，要和室友们一起行动去找法宝。里世界探索的期末课题，定在元旦假期前后，应当可以往后挪一点儿。"

曹斌说："期末的课业任务比较繁重，注意不要挂科了。"

江鸿于是愉快地与曹斌道别。南岭的冬天来得如此迅捷，令人毫无防备，也比南方更冷更潮湿，入冬后第一场雪给校园里铺上了白色。这个时候陆修在做什么呢？江鸿突然想起，陆修已经接近一个礼拜没有找过他了。

还有不到两周时间就要过元旦了。江鸿回到寝室，室友们爆笑。

"你用不用穿这么多？"金说道。

江鸿："真的很冷啊！"

江鸿第一次碰上零度以下的冬天，也第一次亲眼看见下雪，解开围巾，摘下帽子，脱掉外套，在温暖如春的寝室里一躺，只想睡个冬日慵懒的午觉，下午的课半点儿也不想上了。

"什么时候去买法宝？"张锡廷问道，"元旦后就要交作业了。"

江鸿趴在床上，整理他的笔记，想起曹斌的驱魔综合学也是有期末课题的！啊啊啊！要做一件事，做什么事都可以，当作"事迹"汇报给曹斌，还要写详细的报告！怎么这么难啊！

江鸿说了元旦节有安排的事，大家倒是比较理解，张锡廷说："那就12月24日，去兴安？恰好那几天我们都没课，过个圣诞节，你们呢？"

江鸿看了下课表，大多数公共课可以翘掉，便答应了："一群驱魔师，过圣诞节，"江鸿说，"不会很奇怪吗？"

张锡廷示意还好，不要问这种多余的问题了。

这几天里，寝室内全是快递，而且都是贺简买的，每个快递贺简都拆开看一眼，再随手扔掉，全是假古董、民族装饰、东南亚的佛牌、二手的珠宝吊饰、廉价的玉。

903寝室就像个小商品批发市场。

"虽然那个软件确实叫'淘宝'，但你在淘宝上淘法宝，是不可能淘到的，"金终于看不下去了，提醒贺简，"仔细做功课，到时认真找吧。"

贺简拿着剪刀，拆开又一个小包裹，拿出一块水晶看了眼，再放回去，把包装和商品一起扔进垃圾桶里。

"管它的，"贺简说，"万一淘到了呢？"

"可是就算要淘东西，"江鸿说，"不应该在'闲鱼'上吗？那里二手的才比较多吧。"

贺简非常不想去挤线下的古董市场，于是寄希望于一劳永逸地从网上淘到一些漏网的法宝，譬如说一些凡人恰好得到了遗落民间的不起眼的法宝，却不知道如何使用，也对此毫无概念，便会放到网上当二手处理掉。

最开始时江鸿觉得浪费，还会捡回来一些，或者堆在阳台上，渐渐地也失去了兴趣。贺简的购物渠道包括但不限于各种平台的水晶、玉与原石料直播以及线上古董店。

贺简的初衷是哪怕淘不到正儿八经的法宝,淘点儿原材料也将就,但事与愿违,就没一件能用的。

"算了——"贺简哀号道,"我还是去实地买吧!"

线上与线下都要靠运气,但线下能看见实体,相对还是容易一点儿。

江鸿:"你为什么还买个天猫精灵?"

贺简答道:"下错单了,扔了吧。"

江鸿于是把天猫精灵留下自己用,把钱转给贺简。

"那我收走垃圾啦。"江鸿抱着大包小包先给其他寝室的妖怪挑选,看有没有人喜欢的,收点儿钱还给贺简,最后再拿去扔掉。

苍穹大学的寒假放得很早,尤其对大一新生而言,1月初元旦假期回来后,就要开始期末考与课题汇报,为期一周,20号之前就放假了。

大家的笔记本上全是期末的复习资料,让江鸿也跟着有点儿慌张。区别只在于,室友们的复习内容全是英语、哲学、计算机三门公共课,而江鸿的复习资料则是一堆法宝图与灵脉线路。

还有里世界探索!江鸿算了下时间,提醒贺简,又与小组开了个课题讨论会。

大家目前已经确定了那个金文的出处,连江调查出了,那个武侯鼎的出土地址在雍凉省甘州市市郊,大伙儿就暂定在1月2号,前往目的地集合,开始做这个课题。

"来得及吗?"咖啡店里,小皮担心地说。

连江说:"做到哪儿算哪儿吧。"

贺简说:"来得及,放心吧,来不及了直接让江鸿搬外援,我现在最烦的就是法宝啊,一点儿线索没有。"

江鸿突然又想起一件事:"我还有曹校长的期末课题啊啊啊啊!怎么这么多!"

一件一件来吧,驱魔师的课业比起寻常大学一点儿也不轻松,自由度高的坏处就是难度也跟着增大。回到寝室后,每个人都在聊法宝,对门还拿来不少二手货,让贺简与金帮忙鉴别。

每个大一新生都需要法宝,自研或购买两条路,想拿到优秀的评级,只能去购买,毕竟大一新生也做不出什么好用的法宝。

"下棋吧,"张锡廷说,"来来来,换个思路。"

江鸿复习到一半,实在不想费脑子了,于是又被张锡廷拉去下棋。

临近圣诞,公共课陆陆续续开考,只用了三天就全部考完。考完哲学当天傍晚,陆修终于给江鸿发了条消息。

陆修：在？

江鸿：你终于回来啦？

陆修：早就回来了，不想打扰你期末复习。

江鸿考完试后就回寝室收拾背包，把驱魔史的论文打印出来，整理好准备元旦过后上交，剩下最后这三门课，今天开始与室友们集体行动，买到法宝后则是去一趟燕京，元旦第二天则与连江、小皮火速会合，前往雍凉甘州。

搁在从前，江鸿铁定心想接下来全是校外课题，哈哈哈太幸福了！

现在则是呜呜呜根本不想出门啊，北方的冬天实在太冷了……

"走。"金很有领队的风范，从现在开始，务必要保证室友们全部交出满意的作业，其中重点照顾对象又是江鸿，因为江鸿在期末考过程里，一直在帮大家复习英语。

陆修又问：有安排？

江鸿迟疑片刻，告诉陆修自己的行程——最初尚在考虑，圣诞节是否与陆修一起过，但陆修并未提前约他，江鸿又要做期末作业，便答应了室友们。

陆修听完后只简单回了句：有事就召唤我。

江鸿道：等我买到法宝了，就给你发消息。

陆修：不要紧，本来也要一起去燕京，很快就见面。

江鸿：去燕京玩我来做攻略吧。

陆修：可以。

当天晚上，903寝室决定先浪了再说，于是抵达兴安后先去泡了个温泉，再到酒吧里喝了点儿小酒玩桌游，过了个温馨的平安夜。

翌日清早，12月底的兴安狂风大作，金过来敲门。

"起床做作业去了。"

江鸿脑袋都快被吹歪了，大部分时间躲在金的身后，商家倒很有过洋节的气氛。

小东门古玩城内，他们碰到了不少本校的学生，大家见面互相打个招呼，心照不宣地笑笑。走过摊子时，他们便各自停住，认真地看是否有"可能是法宝"的二手物件。江鸿比对笔记本上的记录，法宝出在各种瓷器、陶器上的概率极小，可以忽略不计。青铜、黄铜、玉石、珠串等是重点排查对象。

"我到那边去看看。"张锡廷站在地摊旁，见金翻来覆去比对一块玉摆件，有点儿失去了耐心。

金点了头，大家便分头行动，江鸿看了一会儿，于是跟在张锡廷身后。

张锡廷说："你不是已经有一件法宝了？"

江鸿："哪儿？没有啊。"

张锡廷："你脖子上戴着的这个。"

江鸿："要亲手制作，或者购买到的无主法器，这个是陆修给我的，不能算啊。"

张锡廷说："那是龙鳞吧？"

江鸿想起陆修曾说过，于是"嗯"了一声，张锡廷又道："你不能再找他要一片吗？龙鳞是制作法宝的绝佳材质，他一定会给你。"

江鸿："总不能什么都找他吧，也太过分了，他迟早会讨厌我的！"

张锡廷到得一个摊前，找到了一个满是符文、镶满了宝石的金属碟，朝江鸿说："你看看这个？"

江鸿说："这是个七宝盘，应当是某个高僧用过的，盘上刻的是《楞严经》。"

江鸿法力没有，理论倒学得很认真，这个盘看上去，有可能保留了某种法力，却不一定是法宝。

"多少钱？"张锡廷问老板。

"四十六万。"老板答道。

江鸿："……"

张锡廷："纸钱？"

江鸿："……"

老板："不买滚蛋！"

大家转了一圈出来，三个人两手空空，只有贺简买了块南红玛瑙，决定实在不行就回去制作法宝算了。

"唉——"金无奈叹气。

大家在餐厅里吃午饭，各自想着对策。

陆修的消息来了：买到法宝了？

江鸿：什么也没有，就连可以用的材料也很贵。

江鸿无意中抬头，发现大家都盯着他的手机看，仿佛在期待场外支援能给他们每人发一件法宝。

"怎么办呢？"江鸿想了又想。

大家见江鸿没有求助的打算，便只得纷纷打消了念头。

金说："下午再逛逛，不然买点儿材料回去做？"

贺简说："自己做的法宝顶多得个A，得不了S，而且大概率连A也得不到吧。"

张锡廷道："你一个少爷，这么认真做什么？"

贺简:"我也要努力的啊!我爸对我要求严得很呢,万一得了个B,要被家里揍死了。"

"叮咚",陆修的消息来了,大家又一起看着江鸿的手机。

江鸿:"你们真是够了!为什么总把希望寄托在我学长身上啊!就不能问问你们的学姐吗?"

张锡廷:"您先看一下学长有什么任务提示吧。"

江鸿:"……"

陆修:告诉你一个秘密。

江鸿:啥?

陆修:小东门确实有一些,都是你们法宝课罗老师自己过去投放的,不超过二十件,分了品级,考核目的为你们是否熟练掌握了"鉴别",就算找到,根据我的推测,不会超过"A"。

"是这样啊——!"所有人如梦初醒。

"太贼了。"张锡廷说。

江鸿估了下,曹斌曾经说过,期末每门课的S是有限额的,但曹斌的课没有,因为他只有两个学生,只要做得好,可以全给他们S。

两百名学生的课程,S据说不超过1%,也就是2个人,A则不超过19%,38人。

江鸿正想问那怎么办时,陆修又发了一句:法宝不是没有,要找对地方。

"在哪儿?"金马上来了精神。

江鸿看了看室友们,犹豫是否问陆修,那边不再回消息了,仿佛提示到此为止。

"要问他吗?"江鸿道。

张锡廷虽然经常开玩笑,却也清楚,不是不可以求助,只是全靠提示,显得他们什么都没做,像伸手党一般。

"先等等,"张锡廷说,"咱们想一想,什么地方会有卖法宝的呢?"

贺简马上道:"驱委!我听说很多驱委门口,都有摆地摊的!"

金也想起来了,说:"对对,那些法宝虽然不算特别好,也贵,但至少是货真价实的。"

"会卖给学生吗?"张锡廷问。

贺简:"多出点儿钱总行了吧?"

金:"只有省会有驱委分部,以及个别特殊城市有驱委特派办事处,可是咱们也进不去啊。"

张锡廷说:"你没进过驱委?"

金答道:"雍凉的驱魔师委员会在兰州与敦州两个地方,我们妖族几乎从来不去,大多数去的是妖协。"

"那妖协里头有法宝卖吗?"江鸿问。

金与贺简摊手,妖怪协会,简称"妖协",虽然也是个全国组织,却大多数只会吃喝玩乐,明面上独自管理,实则还是要受人类创办的驱魔师委员会管辖。

"妖协就在大雁塔后面,"贺简说,"想去的话我可以带你们进去,但这么冷,估计全翘班了。"

"呃……"

于是这个重担就落到了张锡廷身上。

"我很小的时候,跟我爸爸去过一次,"张锡廷绞尽脑汁,说,"去的沪港驱委,可是怎么进去,我实在记不得了。"

江鸿说:"我去过山城的,在十八梯上,陆修带我进去的,我也忘了怎么走了。"

那个彭罗斯阶梯,就算江鸿有心记,也根本记不清……

"兴安也有驱魔师委员会办事处,"张锡廷说,"要么各自打听一下进去的办法?"

等等!江鸿突然想起来了:"啊!"江鸿想起那夜,与杨飞瑶骑着电动车,穿过街道去抓妖时,她说过的话。

下午两点,兴安古城墙上。

"从安远门出发,"江鸿念念有词道,"第一百多少块砖呢?"

四人各骑一辆共享单车,沿着城墙,把着车把,一脚整齐划一,撑在地上。

"是这块吗?"江鸿回忆杨飞瑶说的话,具体第几块他记不清了,总之是城墙上有一块砖,他下车,按了几下凸出的砖石,又踩了踩它,没有动静。

张锡廷:"她如果让你骑自行车,自行车就是必要条件。"

"我来试试?"金示意江鸿让开。

金以玩极限运动的姿势,踩着车踏板长身而立,提起车头,在空中来了个单轮弹跳,表演花式般仰起,双手发出微弱的光,注入自行车把手,再朝下重重一顿。

自行车前轮轧在砖上,将那块凸起的砖按了下去!霎时间四周砖块同时飞了起来!

面前出现了一道悬空的砖桥,自行车飞速下坡,四人被砖路带着骑往城中,四百米外出现了一座古朴的牌楼,上书大字:驱魔师委员会兴安分部。

张锡廷难以置信道:"找到了!"

牌楼后的驱委办事处是仿唐建筑,气派又传统,门口停着一大排共享单车。

牌楼后还有条卖小商品的步行街，步行街呈环形布局，四周有茶馆、餐厅以及小商品店，中央小广场上，还放了一棵闪闪发光的圣诞树。

广场一侧是"欢度元旦"的红布，圣诞树旁放了海报牌：

> 12月24—31日，全场消费八八折，购买法宝、原材料、离魂花粉满200万元，更可参加抽奖。
> 大奖多多，等你来赢！

江鸿已经习惯了驱魔师过圣诞节这种充满违和感的设定了，但是看到"满200万元"那行字时，还是下意识地摸了下自己的钱包，有种不安的预感。

贺简欢呼一声，带头冲进店里去扫货了。

陆修又给江鸿发了条消息：找到地方了？

江鸿：找到了，但我预感什么也买不起。（再见表情）

事实证明，江鸿的预感相当准确。

贺简："这个多少钱？"

"那是陨石做成的环，可以收各种铁制的法宝，十二万六千，制作者不明，注入灵力后能产生强电磁效应，根据持有者的灵力，至少可以吸来一吨以下的东西。"

看店的是个初中生样子的男生，戴着眼镜，有点儿小紧张，小声道："你……真想要的话，也不是不可以便宜。"

"这个呢？"金拿了个手鼓，问。

"那个是猞猁皮做的，"男生说，"可以破狐妖一族的……幻术。是一名妖族法宝师的作品。"

江鸿突然想到了法宝课上学的知识，兴奋地问："因为猞猁是狐狸的天敌吗？"

"是……是的。"那男生朝后缩了点儿，答道，"二十二万，那个是别人寄卖的，不打折，请……不要试发动，那个鼓很吵的，容易吓到其他的法宝。"

张锡廷看了眼柜台上放着的中考真题，上面写了那男生的名字，叫"王乐勤"。

"没有大人看店吗？"张锡廷又拿起一个盘子看了眼。

"爷爷去和领导下棋了，"王乐勤推了下眼镜，说，"要一会儿才回来，你们先看吧。"

店里就像堆满了旧物的杂货铺，每一样都没有标价，江鸿跟着室友们看了一会儿，贺简又拿起一件斗篷，说："这个呢？怎么用？"

王乐勤起身看了眼，说："这个叫晴阳风伦，清朝法宝师李胜的作品，可以把光暂时抖开一小会儿，我也不知道多少钱，要问爷爷。"

斗篷上织满了暗纹，贺简似乎很喜欢它，说："你问问吧。"

王乐勤便用手机发消息，金又拿起一个药杵，说："这个怎么用？"

王乐勤头也不抬，答道："无极天杵要和混元碗一起用，是配套的，可以混合两种无法混合的东西，譬如水和火，但是做出来的东西很不稳定，容易爆炸，是淮南王刘安的收藏，很贵。"

江鸿好奇地看着金手里那个碗，碗边上也有一圈奇特的符文。

"这个呢？"江鸿说。

王乐勤道："那个是我爷爷的挠痒耙……不是法宝。你要买也可以……二十五块钱。"

江鸿便把挠痒耙放回去，又问："这个风铃呢？"

王乐勤说："不要摇它，就是个普通的召鬼铃，驱委实习生做的，被驱委的大降妖师迟小多加持过，召鬼率可以达到65%，但召到什么是随机的。"

江鸿指着一个古朴的、半球形的东西："那这个呢？"

王乐勤："那个是店里的摄像头……"

江鸿："……"

江鸿看不出什么是法宝、什么不是，有点儿尴尬。

"啊！我什么都想要！"贺简转头看四周，第一次来到这种法宝杂货店里，恨不得把整个店都买下来。

"我要这个吧。"金拿着那套药碗与药杵，说道。

王乐勤"嗯"了声，贺简已经看上了斗篷，张锡廷迟疑片刻，放下风铃，说："有具有法宝灵的器物吗？"

王乐勤答道："有，稍等一下。"

王乐勤从抽屉里拿了钥匙，江鸿想起法宝课上学的，有些法宝在日积月累的时光中，吸收天地灵气，会诞生出"灵"也即自我意识，甚至某些法宝师在制作的过程里，会封存进去具有一定力量的魂魄——大多数是邪恶的，既是收妖附带的惩罚，也是让这些灵魂戴罪立功，作为弥补的途径。

这些法宝据说非常稀罕，且能与主人交流……每一件都是价值连城的稀世奇珍……

接着，王乐勤打开里屋的门，开灯。灯一亮，上百件放在不同架子上的法宝齐刷刷大喊大叫。

"有客人吗?!"

"有客人了!选我!选我——!选我啊!"

"把我买回去!你不会后悔的!"

"选我!喂!"

江鸿:"……"

"不要吵了。"王乐勤朝那一屋子法宝说道。

法宝们于是又齐刷刷安静下来。

江鸿心道:这什么鬼啊!简直令人毛骨悚然,说好的稀世奇珍呢?满屋子的转经筒、书、画、铃铛、瓶瓶罐罐,全在七嘴八舌地争吵。

"选我,"一个沙哑的声音在角落里说,"喂,小子们,我物美价廉,你们不会后悔的!"

江鸿第一次听到"我物美价廉"这种说法。

张锡廷:"呃……"

王乐勤又弱弱地说:"有看上什么吗?我可以给你们讲解。"

张锡廷明显不想要了,也根本没有听介绍的兴趣,但人家都已经把库房的门打开了,不说点儿什么总不好,只好朝江鸿问:"江鸿,你有看上的吗?"

江鸿心想:我全都想要,可是都很贵啊!就算把我变卖,也买不起这里的法宝吧!

"买我!"有法宝听到"江鸿"两个字,于是用沙哑的声音喊道,"江鸿!江鸿!我和你有缘……"

王乐勤道:"不要叫客人的名字,你会把客人吓跑的。"

一个青铜灯盏在架子的最下面一格开始狂叫,听起来就像鹦鹉的声音。其他的法宝听到它在叫,也一起跟着叫唤了起来,一时间不到五平方米的库房里全是"选我选我""把我买回去吧",吵得大家头昏脑涨。

"嗯……"江鸿说,"我想一下。"

王乐勤也有点儿受不了,顺手关灯,那灯有奇异的作用,一关上,满屋子法宝又安静下来。

张锡廷说:"我还是选那个风铃算了。"

现在剩下江鸿还没买了,王乐勤便朝江鸿问:"哥哥,你呢?"

江鸿:"呃……我问一下,这里最便宜的法宝,是哪个?"

江鸿没有钱,他爸妈只给了他两万生活费,这已经很多了。

"哦,"王乐勤倒是不奇怪,说,"最便宜的啊,就是刚才那盏青铜灯了,一万五千八，除了会说话，没有别的作用……"

王乐勤转身进库房，又开了灯，那盏青铜灯大笑起来："小子！你终于还是回来了！"

江鸿："那第二便宜的呢？"

王乐勤："第二便宜的啊，是这个，我带你来看……"

青铜灯："年轻人，选我没错的……"

江鸿："嗯，我还是看下第二便宜的吧。"

王乐勤走到店里，从柜台下抽出一个破旧的键盘。大家丝毫没有因为江鸿的拮据而觉得异常，围在键盘前。

江鸿嘴角抽搐："你确定这是个法宝？这不是小霸王学习机吗？"

"这个是驱委窦宽主任，在他的实习期做的。"王乐勤拿着那个可插带的小霸王学习机键盘，朝江鸿说，"想当年他还是一名实习生，就创造了这样惊天地泣鬼神的法宝……"

张锡廷："可以不要添加多余的介绍词吗？"

王乐勤弱弱地答道："他要求介绍的时候这么讲……结合了古法宝工艺和现代计算机结构科学，整个键盘本身就是一个法宝。一万九千块钱，还挺实用的，可以使用键盘来释放一些简单的法术。"

所有人："……"

"……具体操作是这样，你把键盘对着敌人，按'Space'，就可以把敌人弹出一米；对着东西，先按住'CTRL'+'C'，再这样把键盘转过来，按'CTRL'+'V'，可以在五米范围中复制出一个影子；按'DEL'，是删除这个影子……"

江鸿："……"

"……按'ESC'，就可以反过来，把自己弹出一米；按住'ESC'不放，你就可以一直退后，速度是零点八米每秒，但有延迟，偶尔要放开一会儿，这件属于实战型法宝。"

张锡廷："然后呢？靠近对方以后，按'Enter'有什么邪恶功能吗？"

王乐勤："你想太多了，其他键都没有用，窦宽只开发了这几个功能。你们如果有法宝师，可以试下迭代开发。"

贺简："这有个鬼用啊！不好意思，我只想说，就不能抬腿跑吗？零点八米每秒，比走路还慢，我还需要按'ESC'弹着跑？"

王乐勤："对啊，但是只卖一万九，也很便宜了。"

江鸿这下好难抉择，在一个只会说话的要卖一万五千八的青铜灯盏和当一名传说中的键盘侠之间摇摆不定。

大家一起看着江鸿。

"我把那盏青铜灯拿出来再给你看看?"王乐勤弱弱地说。

大家也没有提借钱给江鸿的事,因为江鸿没有主动开口。

"那盏灯除了会说话,"江鸿说,"就没有别的作用了吗?"

张锡廷:"譬如说咨询一下历史或者什么见闻?"

王乐勤推了下眼镜,说:"很遗憾,是的,它被做出来以后就被关在墓里,什么也不懂,挖出来以后大部分时间都在库房,但是它精力很充沛是真的……"

金:"里头的法宝灵是什么?"

王乐勤:"不知道,连它自己也不知道自己是什么。"

"是只鹦鹉吧,"贺简说,"这嗓门一听就是吵死人的鹦鹉。"

王乐勤耸肩,做了个无奈的手势。

库房里灯还没关,青铜灯又在大喊大叫:"选我!小子!听我的没错!"

江鸿:"那我还是下次再来吧。"

王乐勤:"好。"

青铜灯:"我告诉你一个秘密!我知道宝藏,别关门!"

"那我给你们算一下一共多少钱,"王乐勤拿来一个计算器,说,"风铃夜行幽火九万,嗯……斗篷晴阳风伦一百一十五万,无极天杵和混元碗加在一起两百二十万……"

"有离魂花粉吗?"金又问。

"隔壁店里有卖,"王乐勤说,"那边是专卖材料的,左数第三家是兵器,第四家是丹药,你们好有钱哦,都是A级以上的驱魔师吧?"

没有人回答,王乐勤算完,说:"一共三百四十四万,打完折三百零二万七千两百,现金还是刷卡?一起付还是分开?"

三名室友各自拿出卡,王乐勤示意稍等,弓身从柜台下拿POS:"我要再算一下……"

好贵!江鸿心想,一套房出去了,驱魔师开销都这么大的吗?

张锡廷说:"他俩有钱,我没什么钱,驱魔师很多也没什么积蓄。"

江鸿与张锡廷站在门口聊天,江鸿盘算半天,法宝一买,生活费就没了,但期末课题怎么办呢?

张锡廷问:"你真的不买一个吗?要么我先借你?"

江鸿:"我花两万块钱买一个二手的小霸王学习机回去,我爸会揍死我的吧!"

"可以过来抽奖了。"王乐勤朝柜台外说。

"你们抽吧,"张锡廷说,"我只贡献了一个零头,就不凑热闹了。"

贺简说:"江鸿来吧?"

"不了不了,"江鸿说,"还是你们抽吧,我什么都没买。"

江鸿明白贺简的意思,想送他件法宝,至少期末可以交差。

贺简说:"要不是你带我们进来,也买不到啊,来吧。"

江鸿有点儿迟疑,金说:"你先抽了看看,是好的再给贺简。"

张锡廷说:"如果抽到你喜欢的,你先用着,到时再还他钱也一样。"

江鸿心想对,也许贺简也不需要,先拿来用,再慢慢还他钱也是可以的。

"那好,"江鸿笑道,"我来啦。"

"你们要套圈还是抽奖?"王乐勤说,"拿来抽奖的法宝,嗯……不是什么特别好的,要先提醒你们一下,抽奖就是一定有奖的,永不落空。"

"套圈吧,"张锡廷说,"可以先看看有什么。"

"稍等我摆一下。"王乐勤说。

于是王乐勤进去拿了法宝出来,在店外摆开,一群法宝见了阳光,又开始大呼小叫。

青铜灯:"小子!听我说!"

二十四件法宝排好,放在十米开外,唯独青铜灯放在面前不到一米处,青铜灯还在狂叫:"我知道你叫江鸿——"

江鸿拿着圈,站在扔圈点。

所有人:"……"

王乐勤:"套到哪个算哪个。"

江鸿抓狂道:"这怎么套啊!不是逼着我只能套这盏灯吗?!"

青铜灯:"我已经在这里关了快十年了……"

江鸿:"现在改抽奖还来得及吗?"

王乐勤说:"可以,你稍等一下。"

王乐勤又进去拿了个纸盒出来,里面都是折好的纸条,摇了摇,说:"你抽一个吧。"

"我有不好的预感。"江鸿朝他们说。

"抽吧。"贺简与金一起道。

江鸿于是摸了张纸条,打开一看:四等奖。

"哇,"王乐勤推了下眼镜,说,"恭喜这位买家,抽到了四等奖!"

江鸿："最差是几等奖？"

王乐勤弓身拿起那盏青铜灯，给江鸿颁奖："您得到了这个青铜灯，真是幸运大奖！恭喜！"

江鸿："……"

青铜灯："终于！终于！小子！你看，这就是天注定……"

王乐勤："我再送你一道符吧，把这道符贴上去，它就安静了。"

说着王乐勤把一道黄纸符啪地贴在灯上，青铜灯的呼喊声戛然而止。

"好了。"王乐勤说，"还有一件事情，大家要把驱魔师资格证给我登记一下。"

刹那全场肃静。

王乐勤："嗯？"

王乐勤看看四人。

金马上反应过来，说："资格证没有带身上，下次过来吧，我们先走了。"

"复印件或者照片也可以，给我看一眼就行，"王乐勤拿出一个表格，说道，"没有登记的话，不能把法宝带走的。"

贺简："……"

张锡廷："……"

江鸿："……"

气氛僵持了数秒，王乐勤突然意识到一个问题，带着惊恐的神色道："你们没有从业执照？那是怎么进来的？"

五分钟后，四人在店外紧张地商量对策。

"怎么办？"金说，"直接跑路？"

"会被抓的吧，"张锡廷说，"一会儿就找到咱们了。"

贺简道："可是我不想让我哥来，否则和朝家里要法宝有什么区别？"

"找学长呢？"江鸿说，"好像也是作弊吧，不然老师一问法宝怎么来的，没法回答啊。"

"老板来了，"张锡廷说，"我试试去交涉下。"

王乐勤的爷爷来了，老头儿一回到店，先把看店的孙子大骂一顿，骂得王乐勤蒙了。

"钱都收了！"王老头说，"怎么退？三百多万！"

"我不知道啊！"王乐勤哭丧着脸说，"不是只有驱魔师才能进来吗？"

王老头说："你们还是赶紧走吧！不然被驱委督察抓了，还要你们校长亲自来领人！"

张锡廷说:"那个……王老,能不能通融一下?我们也不是凡人。"

"不能把法宝卖给你们学生!"王老头说,"这是驱委的规定!"

说着,王老头扫视众人,贺简说:"我哥哥也是驱魔师,我保证不会闹出事的,就是交个期末作业。"

王老头怒哼了一声,但张锡廷从这声"哼"里,感觉到了一丝松动。

张锡廷说:"我是湖城张家的。"

"我贺家的,"贺简说,"您肯定知道。"

"贺家我知道。"王老头说,"湖城张家,张道陵的支系是吧?你爸是张敬?"

张锡廷马上道:"对对。"

"你呢?"王老头朝金说。

金说:"我家是狮子镇魔门。"

"哦,"王老头说,"麦积山狮子。你呢?你怎么看上去像个凡人啊?你又是做什么的?"

王老头盯着江鸿看,江鸿心想要么我正好不要这盏灯了,张锡廷却以眼神示意江鸿,说:"他是大风水师的后代,修风水学。"

王老头怀疑地问:"是吗?哪家?"

"他是山城人,"张锡廷替江鸿回答,"五代了。"

王老头不再问下去,拿着挠痒耙,坐在软椅上,一脸不满,眼睛在江鸿身上上下打量,忽然间,他看见了江鸿握在手中、方才准备召唤陆修的护身符。

王老头眯起了眼睛,思考片刻。

贺简朝江鸿做了个表情,示意有戏。

"这样!"王老头用挠痒耙指点江山,说,"你们山城,有一个驱魔师,叫麦擎的,你认识的吧?你们既然都是风水师,又都在山城,不可能没有交情!"

江鸿根本不认识,满脸疑惑,张锡廷看了江鸿一眼,说:"你认识的吧?"

江鸿硬着头皮,说:"认识认识。"

王老头说:"他欠我一个罗盘,名叫玄光金斗。你们去替我讨回来,这四件法宝,就卖给你们了,驱委问起,风险我来担。"

一小时后,四人在驱委门外面面相觑。

"这人你真的认识吗?"贺简好奇地问。

"不认识,"江鸿一脸疑惑地道,"是谁?"

金:"怎么办?去要?"

张锡廷说:"都这么说了,能怎么办?"

三人花钱买的法宝被扣在店里，只有那盏青铜灯被带了出来，因为驱委的规定是"禁止将法宝'卖'给非驱魔师人员"，没说不能把法宝"送"给无关人等。江鸿是抽奖抽到的，不在卖的范畴里。但如果三天内拿不回玄光金斗，店里就只能退款处理了。

可是我要它有什么用啊？！江鸿很想把它扔进垃圾桶里去。

"上门看看吧，"金说，"我有预感那个叫麦擎的人不会还。"

张锡廷道："先去看了再说，走吧，买机票。"

江鸿："这都什么事啊！我只是要做个期末作业而已！"

飞机降落在山城，江鸿万万没想到，自己莫名其妙就回了趟家。室友们原本不打算去江鸿家里叨扰，一来他父母是普通人，尽量少接触这方面的事为好，怕不小心说漏嘴；二来现在回家，也挺奇怪的。

但江鸿是真心希望招待一下室友们，毕竟平时得大家的照顾，于是还是领着三人回了家。江父亲自开车来接，江母做了整整一桌菜，热烈感谢江鸿的三名室友。

"你们明天去社会实践？"江父问，"要帮忙吗？"

"不用，"江鸿答道，"我们自己可以的。"

"江鸿给你们添麻烦了。"江母笑道。

大家一致表示不麻烦，是他们受江鸿照顾。

"爸，"饭桌上，江鸿突然好奇地道，"咱们家的太太爷爷，曾经是风水师吗？"

"什么？"江父没想到儿子居然会关心这个，他想了好一会儿，充满疑惑道，"你听谁说的？"

张锡廷笑道："是当时迁都的时候，从金陵过来的吧？"

江父回忆往事，说："我不清楚，不对，应该是湖广填蜀川的时候来的？"

湖广填蜀川，是三百多年前的事，记不清楚很正常。

大家便纷纷点头，江鸿说："那咱们家里，有什么关于风水的书，或者罗盘之类的吗？"

江父哈哈大笑，说："几百年前的事了，谁知道呢？你要有兴趣，改天爸爸去给你查查看。"

"宝宝，"江母收拾过桌子后，把江鸿叫到一旁，小声问道，"要不要给你室友，那个叫金的大个子，准备点儿大山楂丸还是健胃消食片啊？"

江鸿："不用，他没事的。"

江母："他一顿吃了六碗饭、三大碗扣肉，妈怕他撑着了。"

江鸿："他在学校就这么吃，你不用管我们，该做啥做啥就行了。"

江父与江母晚上要出门打麻将，今天江鸿与金睡一间房，贺简则与张锡廷睡客房。

"爸，我这几天可以用一下你的车吗？"江鸿又问。

"用吧，"江父说，"注意安全。"

"真羡慕你们家。"金叹了口气，说，"唉。"

江鸿笑道："有啥好羡慕的啊，我还羡慕你家呢。"

金从小父母就不在身边，都是学者，他被爷爷带大，老人家表达感情的方式较为内敛，对金也很严厉，希望他能长成一只合格的狮王。不像江父与江母，对儿子的关爱直接、炽烈。

"你以后想做什么？"金与江鸿并肩躺在床上。

江鸿背朝金，在给陆修发消息，陆修问他法宝怎么样了，江鸿便答道不太顺利，但在想办法。江鸿没有朝陆修求助，陆修便也不多打听。按计划，他们再过两天就要见面了，反正有什么事见了面说吧。

江鸿又开始检查王乐勤发来的图片，上面是个黑黝黝的罗盘，正是玄光金斗。

江鸿答道："我不知道啊，我爸希望我回来继承家业，结果阴错阳差，学了驱魔，现在也挺茫然的。"

金笑了起来，江鸿又想到曾经与陆修的对话——你会陪我很久吗？不，不会。

甚至后面贺简的占卜，告诉江鸿，他们之间注定会分道扬镳。和室友们呢？也许他们毕业以后，很快会天各一方吧。

"你呢？"江鸿侧头问金。

金答道："我想把毕生献给佛法。"

"哇，"江鸿说，"真了不起。"

金又说："我想看见佛、了解佛，但现在看来，还差得很远。"

江鸿不太理解这个愿望，既不明白它的困难，也很难想象最终的那层境界，但无论如何，他觉得金很厉害。

"你一定会成功的。"江鸿鼓励道。

金转头，朝江鸿笑了笑。

"山城真的太暖和了。"贺简来了南方，一身轻快，大家已经可以穿着毛衣行动，就是这边冬天总下雨，淅淅沥沥。

"不要闲逛了。"张锡廷现在的心情很焦灼，要尽快找到那个叫麦擎的驱魔师，从他手中要回玄光金斗，只有三天时间。贺简还在东张西望，对山城老城区上上下下的楼梯很感兴趣。

"我只来过一次,"江鸿说,"也记不清楚了。"

"试试看吧,"金说,"不成再想办法。"

江鸿根据上次陆修带他来的路径,找到了那家火锅店,朝老板娘问:"是这里吗?"

"是哦,"老板娘在门外吃花生,说,"从巷子里进去就是了。"

于是江鸿带着室友们,穿过巷子中间的餐桌,回到了十八梯上。

"接下来我就不记得了,"江鸿说,"只能在这里等,碰碰运气。"

四人坐在十八梯上,江鸿不时把目光投向侧旁的巷子,果然,不多时,里头出来一名戴着头盔的外卖小哥。

"嗨!你好!"江鸿马上站了起来。

"嗨!"那人提着电瓶车,朝江鸿打了个招呼,两人一个照面,都认出了彼此。江鸿心道:太好了!是认识的啊!他的运气真好!那人正是先前与江鸿、陆修一起去收妖的许旭阳!

"好久不见了!"江鸿分外热情,"你手好了吗?"

"好了!"许旭阳打量三人,与他们点头打招呼,问江鸿,"怎么来了也不进去坐坐?陆老师呢?"

呃……江鸿根本不知道怎么进去,也不能让许旭阳知道自己冒冒失失地过来了。

"正好想打听个人。"江鸿说道。

"你说吧!"许旭阳毕竟也是与江鸿并肩战斗过,那天在地下摔断了手,全是江鸿半扛着他往前走,互相照顾,多少有点儿感情。

"麦擎,"许旭阳说,"当然知道。你找他做什么?"

江鸿只说办点儿事,许旭阳思考片刻,再看他身后的三人,张锡廷道:"学长,只要告诉我们他住哪儿就行,我们自己去联系。"

许旭阳说:"麦擎现在已经不当驱魔师了,他的资格证注销了,就住在南山上,植物园后面。"

说着他拿了张外卖的小票,在背面写了个地址,说:"这个是麦家的地址,如果你们有什么恩怨……"

"没有恩怨,"张锡廷说,"只是过去拜访下他。"

许旭阳有点儿怀疑地看了会儿张锡廷,再朝江鸿笑了笑,留了电话号码,示意有事给自己打电话。

江鸿开着他爸的奔驰,带着三名室友上了南山。

"咱们不能就这样去朝他讨东西,"张锡廷说,"万一他看咱们是四个学生,不给呢?"

"对,"金说,"我也是这么想的,一次最多去两个人,预留一个余地。"

"那我给你们当司机好了,"江鸿说,"我先不出面?"

江鸿总有点儿尬,觉得是个驱魔师就能一眼看出来他的凡人体质,到时给队友们拖后腿,对方更不把他们放在眼里了。

"行吧。"张锡廷思考片刻,而后说,"最好也不要以学生身份。"

贺简提议道:"我可以用我哥的名义,他虽然已经不是驱魔师了,但我哥的面子还是要买的。"

"那么你俩去?"金坐在副驾驶位上,戴着墨镜,像个保镖。

张锡廷:"我先组织下说辞,咱们用回收法宝的名义吗?还是以接了王老的委托的名义?"

贺简说:"可以说是王老在驱委发布了任务,回收他的玄光金斗?"

江鸿半懂不懂,金便和他解释道:"驱委虽然是个常驻组织,却也兼顾发布委托的作用,全国范围内的注册驱魔师,只要不在分部工作,大体就是自由的,他们可以到各地的驱委接委托,或是收妖,或是寻找丢失的物品,犹如律师事务所般,根据委托的难度,委托人会给予一定的报酬。"

"哦——"江鸿想起了陆修上次的协同任务。

车开到南山植物园后,拐进一条小路,山腰上是一整片别墅区。

"其实有点儿冒失,"张锡廷说,"咱们连对方是什么人都没有调查清楚。"

"走吧,"贺简说,"先试探看看。"

"找哪家?"保安问,"来登记,有预约吗?"

后座车窗降下,现出张锡廷的脸,张锡廷招手,示意保安过来,保安便一手拿着登记表,一手拿着对讲机,走到张锡廷面前。

"你困了。睡会儿吧,小睡十分钟,有益健康。"张锡廷道。

保安:"……"

"回岗亭里去睡,顺便帮我们把门打开,谢谢。"张锡廷又说。

大门打开了。

"无尽梦境就是方便。"金说道。

江鸿笑呵呵地把车开进了小区里。

"就是这家,"江鸿好奇地道,"直接去按门铃吗?"

小区偏僻处,有数栋独栋别墅,装修得很豪华,这家比江鸿家有钱多了。

"走吧。"张锡廷与贺简下了车。贺简整理衣服,围好围巾,一脸淡定,张锡廷则伪装成他的助理,上前为他按门铃。

江鸿十分紧张,见两人顺利进入麦家,现在只能寄希望于张锡廷的智商了。金降下车窗,一手手指在车窗旁轻轻敲击。

"别怕。"金突然说。

江鸿看了金一眼,发现自己确实有点儿紧张,直到此时还抓着方向盘。

"倒不是怕,我总觉得,带个凡人,容易给你们拖后腿。"江鸿自嘲道。

"没那么多人看出你是凡人。"金安慰道,"你看,在灵脉鉴定前,咱们寝室的大伙儿,就连曹校长、轩何志主任、陆修也没发现不是吗?"

江鸿一想,好像也是,到目前为止,真正看出他毫无法力的人,也就只有卖法宝的王老头而已,这家伙来头似乎不小啊。

江鸿又叹了口气,金转头朝江鸿微笑,他们是彼此在步入大学后的第一个朋友,平时也有着某种奇特的默契,金的话不多,但每次开口时,都让江鸿觉得很温暖。

"我最近在课外修了许多风水学的内容。"江鸿说道。

也许是为了弥补,也许是家里的风水学传承,让江鸿转而从知识上寻找这块空缺的填补,这个学期里,他从图书馆中借阅了不少关于堪舆的著作。

"哦?"金若有所思道,"有什么发现?"

江鸿打起精神,说:"麦擎如果是风水师,那么问题来了,堪舆只是风水学的一部分,技艺高超的风水师,也包括了对未来的预测,这部分因人而异,有人能熟练掌握奇门遁甲,有人则习惯使用六爻。"

金忽然就明白了江鸿想说什么,脸色变得凝重起来。

江鸿自顾自继续说了下去:"如果对方真的是风水大师,只要起一卦,就会知道咱们今天上门来取东西。还不还这件法宝,全取决于他自己,不是吗?甚至他如果不交出玄光金斗,咱们会采取什么计划,也都在他的预测之内……"

金摘下墨镜,探出车窗,注视小路对面的房屋。

"那么根据麦擎的推算,今天就只有两个结果,一、玄光金斗会被取走,最好的解决方式是直接交出来,免得浪费时间,多费口舌。二、玄光金斗不会被取走,就根本不用在意来取法宝的两人……"

"你说得对。"金看了眼表,果断打断了江鸿的分析。贺简与张锡廷入内,已经接近半小时。

江鸿:"咱们该怎么办?我觉得王老头也许也清楚,以咱们的本领,是不可能拿到那个玄光金斗的。"

金喃喃道:"不对,我懂了,咱们得跟着进去看看。"

江鸿刹那更紧张了:"这么刺激的吗?"

金说:"车不要熄火,跟我来。"

两人下了车,金注意了周遭,确认没有人,带着江鸿从花园里翻了进去,金一个纵身翻越栏杆,江鸿也跟着轻巧地翻了过去。

"身手不错。"金说。

"最近在上曹校长的体术课。"江鸿小声道。

这是一栋逾两千平方米的别墅,花园占去将近一半的面积,外头还有个保安岗哨,江鸿又提醒道:"注意,到处都有摄像头。"

金的生活环境明显较为原始,被提醒后说道:"幸亏你看见了,这些高科技产品简直防不胜防,怎么对付?"

"从死角走。"江鸿大致估测了下。他们绕过后花园,到处都是奇形怪状的假山,以及星罗棋布般不规则的湖泊。

金说:"从后面上三楼去,走,上去看看。"

江鸿与金刚绕过拐角处,毫无征兆地碰上了一名少年!那少年不像保镖,猜测是麦擎的家人。

少年与江鸿身材相仿,岁数也差不多,正在池塘旁喂鱼,注视着水面,眼角余光看见了人,刚露出震惊表情,张口要喊,金的身影只是一晃,就到了他的身后,抬手在他颈大动脉处一按。

少年顿时昏迷,倒了下去,金把他放到假山后,小声道:"江鸿,你说这个风水师,会不会算到咱们动手这一节?"

"呃……"江鸿说,"理论上应该能算得到才对。"

金:"如果算到了,麦擎应该就不会让这家伙到后花园来,是不是?因为有危险。"

好像是这样,江鸿心想,他也有点儿糊涂了:"莫非事情太多了,他也有测算不到的事?"

金说:"所以总说,人算不如天算。来,你能爬上去吗?"

江鸿抬头看了眼别墅的外墙,点评道:"这个对一名本科生来说,太强人所难了……"

金先是弓身,示意江鸿跳起来,江鸿便快步上了他的背,跃起。金紧随其后,一个游墙功,飞檐走壁地翻了上去,江鸿在空中正下坠时,金便一把牢牢地抓住了他的手腕，另一只手攀住了二楼窗台。

江鸿扒在金的肩膀上，金单手引体向上，慢慢带着他攀上高处，两人从窗台往里看了眼。

江鸿看见了一个人，这个人背对窗户，穿着衬衣西裤，身形有点儿熟悉。

"怎么好像认识的？"江鸿总觉得这背影眼熟，却想不起在哪儿见过了，是学校的老师吗？

他正在发呆，金摆摆手，示意不要惊扰他。

"咱们现在算是在做贼吗？"江鸿小声道，"私闯民宅不太好吧，万一他们报警怎么办？"

金也小声回答："我是国家一级保护动物，有豁免权的，你想想，熊猫闯进你家，熊猫也不犯法对吧。"

江鸿："你不犯法，可我是人啊，大哥！我受我国刑法管辖。"

"嘘。"金示意小声点儿，"被发现，你就说你是来抓我回去的，还可以混个见义勇为。"

金从二楼攀上三楼，看到了窗户里的书房，马上示意江鸿往里看。

江鸿探出头去，刹那屏住呼吸。他看见了另一个人，此时既惊喜，又意外。

此刻，陆修正站在麦擎的书房中，四处查看布置。

江鸿确认了书房内只有陆修自己，轻轻地敲了下窗，陆修马上警觉地转头，两人四目相对。

陆修："……"

"嗨！"江鸿笑着，在窗外朝他挥手。

陆修露出难以置信的表情，仿佛觉得这一切很滑稽，突然笑了起来。

哇！他笑了！江鸿万万没想到，居然会在这种时候看见陆修笑！但陆修几乎是瞬间就敛去笑容，似乎想到了严重的事，先转头查看周遭，再快步来到窗台前。

"你来这儿做什么？！"陆修皱眉道，"谁让你来的？！"

江鸿身下还有背着他的金，金抬手打招呼，江鸿连忙做了个"嘘"的动作："待会儿再说，我的车就停在小区对面，是辆奔驰，出去就看见了，待会儿我们在车里等你。"

陆修："你尽快离开这儿！"

江鸿摆摆手，拉了下金的手臂，金便横向一跃，跳到三楼的另一个房间外。陆修从窗台侧身过来，注视江鸿的一举一动，眼里充满了疑惑。

三楼第三个窗内，是个私密性很强的会客厅。江鸿终于看见正主儿了，一个胖乎乎的、个头不高的中年人,正在与贺简、张锡廷两人交谈。三人坐在沙发上,中年人面前的茶几上,摆着一个黑色的罗盘。

金侧耳去听,说:"那应该就是麦擎了。"

江鸿把窗门小心地扒拉开一条缝,听见麦擎细声细气地说:"……王国良老师的为人,我是十分尊敬的,他虽然只带了我很短一段时间,却……"

贺简与张锡廷面无表情,看着麦擎背后,正在窗外挥手的江鸿。

江鸿又转头,看见陆修还在疑惑地注视他。

江鸿便朝金小声道:"你盯着一会儿,我去隔壁可以吗?"

"去吧。"金左手扒着窗台,右手反手将江鸿从背上揪了下来,看也不看,把他扔给了陆修。

江鸿差点儿就大喊出来,幸而陆修出手,敏捷地把他捞住了,抱着他的腰把他拉进隔壁书房内。

陆修表情非常严肃,问道:"你到底是来做什么的?"

江鸿支吾几句,把过程说了,陆修刹那变了脸色。

"怎么了?"江鸿好奇地道。

陆修沉吟不语,江鸿又问:"你呢?你又来这儿做什么?"

陆修抬眼看江鸿,想了想,答道:"驱委正准备逮捕他。"

"啊?"江鸿说,"他犯法了吗?他做了什么?不是风水师吗?"

陆修联系前因后果,片刻就想通了,话里带着嘲讽,说道:"这件案子说来,与你也有关系,记得上次杨飞瑶的事不?"

江鸿都差点儿忘了两个月前的这桩事了,被陆修提醒后才如梦初醒。

"杨飞瑶的身份,是一个特别组织派到驱委的卧底,说来凑巧,还是你发现的。"

陆修哪怕周遭没人,亦不愿意大声了,把手搭在江鸿肩上,两人并肩站在窗台前,陆修极小声朝江鸿解释道:"这个组织的真实意图还未查明,目前知道的成员还有在兴安接应的那个陈舜,陈舜已经被控制起来了。"

江鸿:"哦……"

陆修:"陈舜在相当长的一段时间里,和麦擎走得很近,还有大量的资金往来,麦擎又在去年退出了驱委,现在燕京那边决定先抓他回去,再慢慢审。"

江鸿:"嗯,是上次陈真会长说的,'藏在暗处的敌人'吗?"

陆修摊了下手,注视窗外,思考。

陆修:"王国良在兴安分部,已经因为陈舜被扣押的事,得到了消息,很快,麦擎的产业就会被查封。他们也许不是一伙的,但只想趁这件事发生之前,把玄光金斗先取出来,免得麦擎一被驱委扣押,资产被查封,就什么都要不回来了。"

江鸿"哦"了声:"其实我一直很疑惑,为什么王老……王老师,会让我们四个学生过来取东西。"

"你们是不是告诉卖法宝的,你的身份是风水师?"陆修又怀疑地问道。

"好像有,"江鸿说,"怎么啦?"

陆修解释后,江鸿才明白其中的蹊跷——正因他们"号称"江鸿是风水师,卖法宝的王老头,便相信了江鸿能在"预测"层面上,扰乱麦擎的布置!

一名技艺精湛的风水师诸如麦擎,能预测到有人来"取法宝"的行为与动机,于是哪怕王国良亲自登门索取,这件法宝也不一定能顺利取回。

但如果在行动中加入另一名风水师呢?同行之间自然可以利用某些技巧,来对麦擎的预测结果进行扰乱,所以王国良认为,江鸿也许能通过施法,消除掉麦擎的预测结果,从而顺利取回玄光金斗。

"是这个意思啊!"江鸿稀里糊涂,先前完全没明白过来。

江鸿完全想不到,他们会在这里提前见面,两人彼此沉默。陆修的沉默是在思考对策,江鸿的沉默,则是脑海中一片混乱,还在整理方才陆修转述的海量信息。

"那你待会儿要把他抓走吗?"江鸿又问。

"不,"陆修答道,"那是驱委的事。曹斌让我来的目的是,设法拿到他与其他人的联络方式,因为我们不知道驱委里有多少叛徒,也许还有很多,麦擎只是他们的一个中转站,万一驱委经办此事的负责人,也是这个秘密组织的一分子,抓走了麦擎只为灭口,后续的事,就再也查不出来了。"

"嗯……"江鸿说,"好厉害啊,好像谍战片!"

陆修:"……"

江鸿说:"可是这种联络人,都不会有一个'秘密组织名单',放在办公桌的抽屉里吧?"

陆修:"你在想什么呢!他们通过特别的法宝来联系。"

江鸿:"所以你找到了吗?"

陆修:"没有,我正在找,这对我来说太难了,我宁愿把他家拆了。"

江鸿:"那你赶紧办正事啊,还和我说这个?"

陆修简直要被气死,只得又走到书架前去看摆设:"你室友还能争取多少时间?"陆修又说,"让他们再帮我拖一小会儿。"

江鸿探头到窗外去朝金打手势,金又隔着玻璃窗,朝内做动作。

陆修:"你们这么有默契?"

江鸿："这是我们自创的'903语'，内容是'哥哥，再睡半小时'。"

陆修："……"

陆修习惯了用强横的力量来压制敌人，这次接到个寻找东西的任务，实在让他犯了难。江鸿看了一会儿，主动上前协助，说："书架后应该有暗格。"

陆修："你又知道了？"

江鸿："电视里不是都这么演的吗？"

陆修看着江鸿贴在墙上，东敲敲，西听听，江鸿又说："不是啦，因为书房和隔壁会客室隔得有点儿远，所以我怀疑中间有个小空间，你听？这里头是空心的。"

江鸿又把书房里的几张字画掀开，寻找机关。

陆修稍一沉吟，答道："你说得对。"

"就在这里。"江鸿指着一堵墙，说，"但我不知道怎么打开，也许要用法术吧。"

"麦家主修风水学与预测，"陆修说，"其余的本领可以忽略不计，可以用'几乎不会法术'来形容。让开，我来暴力破解试试。"

江鸿想起金的说法："你说他通过自己的预测，会不会已经算到了咱们今天的行动呢？"

陆修："不一定，我猜他的注意力都集中在驱委派人来抓他这件事上……破！"

江鸿："等等啊！"

陆修朝着墙壁一弹指，"轰隆"一声，整面墙垮了下来，江鸿狂叫道："你不先做个隔音什么的吗？！"

陆修："这是他的书房，本来就有隔音结界。"

书架垮下，外头竟丝毫没有察觉。墙垮后现出里头一个不到两平方米的狭长夹层，全是线装古书籍，以及各种古董、字画。

"哇！"江鸿惊讶道。

陆修再一抹，夹层内所有的东西都飞了出来。有些东西泛起光芒，有些则没有任何动静。

江鸿在课上学过，知道陆修是在用注入灵力并激发的方式来试法宝，泛光的是法宝，静谧的则是寻常古董。

陆修撤走一部分法术，书籍、画卷以及部分古董稀里哗啦落在地上，筛选出可能有用的法宝。

"是哪个呢？"陆修皱眉道。

江鸿上了大半学期的课，勉强也算入门，出主意道："如果不是电话或者微信联系，怕被监听的话，应该有独特的渠道。这件法宝，于是拥有接入渠道的能力。"

"嗯。"陆修让剩下的十来件法宝悬浮在空中，看了右下角一眼，说，"这是你要的罗盘吗？"

"哇，是的！"江鸿看见了一个黑黢黢的罗盘，与方才隔壁麦擎拿出来的长得一模一样，那个多半是赝品吧？居然这么容易就到手了！江鸿马上拿起那个罗盘。

"独特的渠道，"江鸿说，"要么是天脉，要么是地脉。"

陆修："说得对。"

"你看这个风铃外侧的符文，"江鸿说，"就是用来传讯的，利用风的流向，在一个地方振动它，另一个地方也会响起风铃的声音。"

陆修再一次筛选，留下了江鸿注意到的铁风铃。

"既然这么说了，"陆修道，"就它吧。"

陆修收起风铃，又打了个响指，面前出现了一台三角钢琴，接着坐到了钢琴前。

江鸿："嗯？"

江鸿又问："既然不那么确定，为什么不一次把这里所有的法宝全打包带走？"

陆修开始弹钢琴："你怎么不让我把整个房子传送走？等着被驱委拘留吗？"

江鸿："可是你已经把现场搞成这样了……"

陆修弹的是巴赫的小步舞曲，叮叮咚咚的声音里，散落的法宝与古董、字画原地升起，飞进暗格中，继而所有的断木、摆设开始还原，恢复为原本的书架。

陆修："嗯？"

江鸿："当我没说……"

陆修："叫上你室友，走人。"

"你怎么进来的？"

"我用曹校长的名义来拜访他，让他帮忙占卜一件事，还没开始，就又有客人来了……"陆修带着江鸿，直接从窗户翻了出去，朝金示意，江鸿扬手，给他看罗盘，意思是到手了，赶紧撤退。

"驱委的人马上就会来带走他，"陆修落地时说，"还有不到半小时。"

金要过来搭江鸿的肩膀，陆修却直接把江鸿扒到自己身体的另一边，不让金碰到他，朝金说："你去找你的同伴。"

金给贺简与张锡廷打电话，发出终止任务的信号。路过花园时，江鸿还特地去检查假山后的那个少年，对方还处于昏迷中。

陆修一脸疑惑，江鸿解释了经过，陆修难得地站着，多看了一会儿，说："他不是麦擎的儿子,是另一家的,正好今天来拜访他,他叫袁士宇。"

"你认识他?"江鸿有点儿担心,别把陆修的朋友给揍了。

"不认识,但见过他爸,长得很像,他爸在很多年前就去世了。"陆修又解释道。

金说:"最近几年里,退出驱委的驱魔师很多,他们搞不好全是一伙的。走吧。"

金又催促他们回车上去,陆修又站了几秒,注视那男生,转身离开。金坐到后排,陆修与江鸿各自上车,依旧由江鸿开车。三人等待片刻,其后突然间,警报声毫无来由地响起。

张锡廷带着贺简连正门都不走了,直接从花园内翻了出来。金降下车窗,喊道:"你们搞什么?"

"待会儿跟你解释!快走!"张锡廷说,"趁他还没醒!"

贺简看见副驾上的陆修,喊道:"太好了!有外援!"

陆修说:"我不能在这里露面,会给曹校长带来麻烦。"

"人齐了,走喽!"江鸿高兴地喊道,"让你们看看秋名山车神的绝技!"

江鸿一脚油门到底,来了个原地漂移,摆正车头,再轰一脚油,把他爸的商务奔驰开出了迈凯伦的风范,顿时冲了出去!

"东西还没拿到,"张锡廷说,"你们引开他家的保安,我半路下车再回去看看。"

金取出罗盘,让他们看:"已经拿到了。"

江鸿:"你们怎么耽搁这么久?"

贺简:"我们没有直接回收法宝,只用拜访的名义找他问点儿事,想趁他不备催眠他,把罗盘偷了。"

张锡廷:"麦擎身上有个护身符,不受我无尽梦境影响。"

江鸿:"你们面前那东西是假的!真罗盘藏在书房里。"

张锡廷:"你们进他书房了?怎么拿到的?"

贺简与张锡廷刚道别,走下楼时,麦擎进书房看了眼,马上就果断按响警报,看出书房里被动过,想也知道,贼一定与贺简他们是一伙的。

陆修始终注意着后视镜,这时突然说:"追出来了。"

江鸿把后视镜扳过来,看到三辆车与两辆摩托朝他们追来,大家纷纷朝后看,陆修说:"对方没用法术的前提下,你们也不要用法术,否则一旦山城驱委介入,就会盘问你们做了什么……"

"好的!老师!"江鸿说道。

陆修把座椅靠背调低,正想躺下,江鸿却突然一脚加速,陆修往后猛地一倒。

陆修:"……"

"大哥你慢点儿啊!"张锡廷喊道。

后面摩托车与私家车朝他们追来,对方似乎也不想用法术,在山城南山的道路上穷追不舍,江鸿在植物园前一拐弯,轻巧漂移,奔驰来了个甩尾,商务车又蹿了出去!

山城山路崎岖难行,南山更是出了名地九拐十八弯,许多地方仅容一辆车通过,江鸿却对此地非常熟悉,从植物园小路拐了进去,再拖出一道残影,冲出小路,进了个工地。

陆修打了个响指,后视镜转过来,身后的车仍然穷追不舍。

"我们下去引开追兵?"金说。

"不要下去,"江鸿又把后视镜扳回来,说,"我能甩开他们!哇啊!怎么回事?!"

倏然间面前的道路凌空升了起来!江鸿猛打方向盘,险些把车开到悬崖下去,陆修立马坐直,恢复座椅靠背朝外看,喝道:"当心!"

周遭环境发生了震撼的变化,山路犹如大海的波浪般不断起伏,树木重重退开,楼房开始倾斜,巨岩滚滚而来,面前的道路以斜四十五度角逐渐升起,形成一个巨大的斜坡。

江鸿将油门踩到底,车辆艰难地开始爬坡,身后追兵开始等待。

"什么法术?"金震惊了,麦擎还能移山填海?

"不可能!这是山河社稷图的效果!"陆修亦不敢相信,按着车门,准备打开安全带,正犹豫是否出战时,江鸿一把将他摁住,安全带依旧插好。

道路越升越高,江鸿二话不说,猛一回旋掉头,奔驰车在接近六十度的坡上拐弯,朝着身后追兵呼啸而去!

"我的妈啊!"贺简喊道,"你打开车窗,让我们出去!小爷好歹会飞!"

江鸿:"这是很厉害的法宝吗?"

张锡廷:"废话!这是山河社稷图啊!"

江鸿:"哦,那是什么啊?听起来超级厉害!"

所有人:"专心开你的车——!"

陆修:"施法者在麦擎的家里!"

张锡廷飞快地说:"不可能!山河社稷图是超级法宝!"

陆修:"我确定是它!"

金:"不管了!怎么破解?"

贺简:"我我我……我知道!炸掉施法地点……或者离开它的力场范围!"

江鸿刚拐弯回来,背后的道路又开始上升,盘山公路形成一个巨大的"U"字形,两头还在不断上升,犹如袋口要将他们困在谷底。

"抓稳了!"江鸿把速度提到最高,冲出了"U"字形的路段,面前的树木又开始凌乱倒下,横七竖八,形成屏障,江鸿猛打方向盘。陆修道:"还能再开出两公里吗?"

"我尽量!"江鸿突然变道,从高处的道路横着把车开了出去,那一刻奔驰四轮悬空,后座三名室友大喊起来。陆修侧身探出副驾驶位,释放龙语,空气接连扭曲、波动,犹如无形的炮击般,将面前树木与滚石摧毁。

后座金与贺简各自打开车窗,半身出去,金深呼吸,发出一声狮子吼。断木被掀飞而起,砸在追来的私家车上,私家车登时打横。

贺简扬手,吹气,云雾平地而起,浓雾掩来,摩托车冲进浓雾,发出巨响,被一再阻拦。

"走你!"贺简扬手,直接把玄光金斗从车窗里扔了出去!

金:"喂!你悠着点儿!"

玄光金斗犹如铁饼般,足有十斤重,被贺简当成一块飞盘,砰地打翻了一名摩托车骑士,随着他一回手,又从车窗飞了回来。

江鸿:"又回到小区外了啊!怎么办?"

陆修手里捏了个指诀,沉声道:"靠近点儿!"

江鸿又把车开回麦擎家的别墅小区外,陆修盯紧了麦家的三层小楼,江鸿把车辆打横,转向,车头转过来的短短数秒,驾驶座前窗、副驾驶座车窗,视线依次经过那栋三层小楼的窗户。

江鸿仿佛感觉到,窗户后有人在看着自己。

陆修一指在近百米之外,朝着别墅凌空点去,只见他手上焕发出一道黑色的火焰,呼啸着犹如流星,拖着尾火,唰地飞向那扇窗户,发出爆响,紧接着别墅背面被击穿,黑火飞向空中。

陆修一招打断了对方的施法,世界顿时恢复了原样,同时喝道:"趁现在快走!"

江鸿马上提速,远远地离开了小区。

"驱委的人来了,"陆修看了眼,升上车窗,说道,"路上不管有什么盘查,都不要说咱们是驱魔师。"

众人终于松了口气,江鸿喘了一会儿,心想真是太刺激了。

"山河社稷图,"张锡廷说,"麦擎一个风水师,怎么会有这种法宝?"

江鸿:"那是很厉害的东西吗?"

贺简道:"山河社稷图不是驱委负责保管的吗?"

陆修阴沉着脸,始终没有说话。

金朝江鸿解释道:"是驱委保管的、史上最厉害的法宝之一,天字级。"

江鸿:"哦,那么为什么会在麦擎一个风水师手里呢?"

江鸿纯粹是顺着话说,尚未意识到问题有多严重。这时,南山上再次发生了奇特的变化,乌云笼罩了植物园后的小区,雷云滚滚,云层中仿佛有翻腾的巨兽。

"最严重的问题就是,驱委有高层与麦擎勾结。"张锡廷说,"得赶紧提醒我爸。"

江鸿:"哦……高层有叛徒吗?那确实挺严重的……咦?等等……"

江鸿突然想到了,在麦家二楼看见的那个有点儿熟悉的身影,那是谁呢?

"专心开车。"陆修提醒道。

下山的路上果不其然设了路障,有人在盘查。江鸿降下车窗,忽然与一名驱魔师打了个照面。

江鸿叫不出对方名字,却记得这人是当初一同前往医院、降伏蝠妖的许旭阳的同事之一。

江鸿笑了起来,正想寒暄几句,对方又看了眼坐在副驾上的陆修,没有多说,直接放行,又朝负责盘查的同伴们说:"自己人。"

"他们怕咱们把目标偷运出去?"金问。

"嗯。"张锡廷观察山下环境,他们一路上没有再经过盘查。

"我看下法宝。"

贺简与金开始研究玄光金斗,江鸿不时朝后看,到得滨江路上,找了个停车场,慢慢地停了下来。

"现在去哪儿?"张锡廷说,"去你家吗?是不是得尽快回兴安了?今天是最后一天了。"

"我先看看啊。"秋名山车神江鸿在南山上飙完车后,肾上腺素终于恢复正常水平,开始提心吊胆了。

众人:"嗯?"

江鸿下车,绕到车后,刚才他听见好几声闷响,于是有了不好的预感……

"完蛋啦——!!!"江鸿瞬间抓狂了。

奔驰的后车厢盖被砸得凹了进去,车尾乱七八糟,后车门凹进去两个坑,车灯碎了一个。

陆修:"……"

大家充满同情地站在一旁,观赏江鸿的杰作,车辆底盘也磕坏了。

"送你辆新的吧，"陆修说，"这车多少钱？"

江鸿双手抱头："新的也没用啊！我要怎么给我爸交代……完蛋了！"

机场，陆修与江鸿正在等候登机，事情办完后，大伙儿分头走，陆修带江鸿去燕京，其他室友则回兴安交法宝。

幸而江父还是很开明的，看到车撞成这样吓了一跳，先问人有没有事，车买了保险，倒不怎么生气。于是江鸿充满愧疚地与父亲道别，准备前往燕京与曹斌会合。

江鸿有点儿蔫了，趴在桌上："我从生下来开始，就总是给大家添麻烦。"

"要不是你，"陆修说，"这次也不会这么轻松。"

"哦，原来我也起了作用的吗？"江鸿从胳膊缝里抬起眼看他。

陆修离开南山麦家后，就总在思考，似乎有什么想不通的事。

"麦擎会怎么样呢？"江鸿又问。

"被押送到驱委，"陆修说，"审问。"

江鸿好奇地道："会引发地震吗？"

陆修示意无可奉告："我不在驱委任职，不知道他们会怎么处理。"

江鸿："严重吗？"

陆修："非常严重，驱委出了叛徒，直到现在才开始清查，你说呢？"

江鸿："不会是因为我牵扯出来的吧？"

陆修迟疑片刻，答道："应当早就在怀疑了。"

江鸿于是点了点头，又问："其实我还有一点很好奇……"

"你确定要一直谈论这个话题？"陆修说。

江鸿笑了起来，说："好，我不问啦。咱们是在度假吗？你前段时间都在做什么？"

陆修无聊地说："调查这件事。"

绕了半天，又回到了驱委的话题上，两人面面相觑，江鸿哈哈大笑，广播提醒登机，陆修便把江鸿拎走了。

燕京的冬天冷飕飕的，但没出机场一切就尚可忍受。江鸿把脖子缩在衣领里，左看右看，发现在到达口处等待他们的轩何志。

轩何志吹了声口哨，示意他们上车，曹斌已等在一辆六座商务车内。

"东西拿到了？"曹斌说。

陆修没有废话，把在麦擎家搜出来的风铃交给曹斌。

曹斌对着车窗外苍白的阳光看了眼，负责开车的轩何志也好奇地凑过去看了看。

"这是一种庙里拆下来的八角铃，"轩何志说，"有个很考究的名字，叫'八方云来'，一批八个，互相之间能彼此感应。"

曹斌说："所以就像咱们猜测的，麦擎的注意力都在驱委的逮捕令上，没有预测到咱们会突然出手介入。"

陆修："我不知道。"

江鸿安安静静地坐着，感觉像被拉进了一个神秘的小团体，没有开口说话。

陆修沉默片刻后，又说："但麦擎的家里，来了一个人，我猜测是他的同党。"

曹斌答道："驱委要抓他，麦擎理应朝他的上级求助。"

陆修："那个人也许原本是来对付驱委的，但阴错阳差，因为我们偷走另一件法宝，而提前出手了……"

轩何志："你们还跑到别人家里去偷法宝？"

江鸿："呃……"

"接着说。"曹斌很淡定，坐在副驾驶位上，端详那个风铃。

陆修："为了拦截我们，对方也使用了一件法宝。"

曹斌："嗯。"

陆修："那件法宝是山河社稷图。"

轩何志猛地一抖方向盘，车辆差点儿追尾，轩何志大叫道："不可能！"

"轩主任！你专心开车！"江鸿被吓得不轻。

轩何志道："陆修，你确定那是山河社稷图？！"

曹斌没有说话，脸色变得极其复杂。陆修没有说多余的话，望向车窗外燕京暮色降临的街景。

车内死一般沉寂，片刻后，曹斌说："驱委里除了陈真，还有谁能动用它？"

轩何志说："就只有陈真能拿出来，不，绝不可能。"

车内又是漫长的沉寂，气氛有点儿恐怖。

"很……很严重？"江鸿试探着问了下，"陈真是驱委的会长，是吗？你们怀疑他也是叛徒？"

"他是驱魔师的首领，"曹斌依旧是那轻描淡写的语气，说，"或者用他的另一个称号，你就知道他是什么身份地位了。"

"大驱魔师。"陆修说。

曹斌道："先吃一顿吧，你们也饿了。轩主任，不要找优惠券了，就吃那家涮肉了。"

轩何志:"好好,这就停车。"

餐厅内。

"这不合逻辑,"江鸿忘记了自己只是一个本科生的身份,也非常希望为他的导师与学长分忧,"他已经是大驱魔师了,为什么还要背叛驱委?"

曹斌始终没有说话,认真地点菜。轩何志用湿毛巾擦着手,说:"我觉得陈会长不是这样的人,一定是哪里搞错了。"

陆修:"嗯,也许是我看错了。"

曹斌看了陆修一眼,彼此心知肚明,陆修不可能撒谎,这么重要的事,更不会看错。

江鸿又找到了新的切入点:"如果那个山河社稷图法宝,一用就会暴露他的身份,他也不会拿出来用对吧?"

陆修依旧是那事不关己的表情,淡淡道:"我不知道,反正我只是看到了山河社稷图,至于其中有什么内情,我不是注册驱魔师,也轮不到我来解决。"

一人一锅的涮肉,江鸿倒是吃得很开心,作为山城人嫌辣度不够,还去加了不少辣椒。陆修与江鸿时不时交谈几句,就像平时相处一般,唯独曹斌全程沉默,轩何志也不太说话,像有点儿怕曹斌。

"项诚如果在就好多了。"轩何志说。

"他多半被什么事绊住了,"曹斌说,"不能全靠他和小多。"

轩何志:"明天就要去驱委了,你打算怎么办?"

曹斌喝了一点儿酒,答道:"静观其变。稍后我要去拜访一下周茂国前辈,你送他俩回酒店先休息吧。"

饭后轩何志送陆修与江鸿回酒店,江鸿在车上问:"明天你和我一起去吗?"

陆修点了头,轩何志说:"咱们大家都去,不用紧张,驱委不是你想象中那样的。"

江鸿又说:"曹校长今天好严肃,明天不会有什么事吧?"

轩何志:"曹斌很厉害的,要相信他。"

陆修略微朝江鸿做了个"不要多问"的动作,轩何志从后视镜里看到了,笑着说:"江鸿,谢谢你照顾小皮了啊,唉,让人操心的孩子。"

江鸿忙谦让几句,回到酒店后,很早就睡下了,不知为何,他总觉得有点儿不安。临近公历年末,燕京狂风呼啸,带着萧索的寒意。

这一夜他睡得很不踏实,半夜甚至做了一个奇怪的梦。

梦里有个陌生的声音在与他说话,用的是奇怪的语言,他记得那是龙语,却分辨不出对方的语义。

话音未落,江鸿看见了一颗血红色的彗星,出现在了天际,彗星的周遭散发着黑色的火焰。

"起床了。"陆修的声音在耳畔道。

江鸿艰难地坐了起来,睡眼惺忪地看陆修,被拎去洗手间洗漱,末了又下楼吃自助早餐。

轩何志完美演绎了,无论有多少问题与压力,有些人就是能吃好喝好的典型案例,一顿早饭他吃了四大盘,外加两杯咖啡两杯果汁。

曹斌只喝了一杯黑咖啡,等待期间,他朝江鸿说:"今天陈真会向你询问一些细节,主要是有关上次你们在地底,你听见的内容。"

江鸿:"哦。"

曹斌:"如实作答就行。"

江鸿:"好。"

江鸿又看看陆修,陆修说:"我们会在外头等你。"

轩何志说:"陈真想单独见他?"

"他的证词非常重要,"曹斌说,"陈真也有他自己的判断。"

轩何志开车拐进一条小巷,江鸿看到路牌"灵径胡同",心想这里应当就是了,突然又没来由地紧张起来。四人下车,陆修左右看看,没有说话。

"比你上次来的时候变了?"曹斌说。

陆修:"嗯,上回在修路。"

曹斌带着三人拐进一家书店,早上八点四十,书店刚营业,里面空无一人。

陆修:"入口也改了。"

曹斌:"因为你。"

江鸿只觉得好笑,陆修一瞥他,江鸿马上就不笑了。

曹斌绕到一个书架后,将西服外套交给轩何志,捋起衬衣袖子。

轩何志说:"《存在与虚无》。"

曹斌找到一本萨特的《存在与虚无》,把它从书架上抽了出来。轩何志又说:"《形而上学》《作为意志和表象的世界》……这两本,还有《齐物论》。"

曹斌抽出亚里士多德的《形而上学》、叔本华的《作为意志和表象的世界》以及庄子的《齐物论》,放到一旁。

"芝麻……开门!"接着,曹斌稍稍弓身,两手按在面前的书架上,把它推倒下去!

"太爽了——！"江鸿心想：这就是我最想做的事情啊啊啊！

从"哲学丛书"到"历史读物"再到"青春小说"，书架引发连锁反应，一排接一排惊天动地，犹如多米诺骨牌般翻倒，"砰砰砰砰"连声巨响，最后一面书架倒向墙壁，墙壁唰地洞开，阳光洒了进来，现出一个喷水池。

面前是座足有三十三层的高楼，玻璃外墙闪闪发光，入口处上书"国家驱魔师协会"，两侧是不动明王像与燃灯像，犹如政府的办公大楼般，台阶延伸向入口处。广场上空无一人，侧旁停车场停满了奔驰、宝马等豪车。

"我是曹斌，"曹斌在入口刷了卡，轩何志也刷了卡，曹斌又说，"这是我带来的两名学生。"

传达室门卫是个年轻人，警惕地看着陆修，陆修只淡定地看了他一眼。

"约了陈真，今天上午九点。"曹斌说。

门卫没有过多盘问，查过之后就放他们进去了。

陆修："以前没有盘查得这么严。"

曹斌："最近才开始严起来的，查出那件事后，不知道谁是朋友、谁是敌人，倒不是因为你。"

江鸿跟着进了驱委本部，对一切都十分好奇，但这座大厦看起来就像普通的写字楼的模样，一、二、三楼有宽敞的楼梯，二楼像个办事处。

"驱魔师就在这里接委托，"陆修说，"全国的灵异事件都会发到这里来。"

大厦内来来去去都是人，仿佛各行各业的人都到这里来了，有穿外卖服的，有穿工服的，还有穿着西装、提着公文包的，场面十分怪异。

曹斌带他们绕到大堂后去坐电梯，轩何志按了电梯，进去时里头已有好几个人。

"曹校长。"电梯里不少人都认得曹斌，纷纷跟他打招呼，同时看见了陆修。那一刻，几乎所有人都做了一个微妙的动作——极其细微地朝后退了一点点。

曹斌朝他们点头，江鸿还看见了上次认识的驱魔师——贺澜山！

贺澜山朝他笑笑，又朝陆修点头打招呼："你们一起来燕京玩了？"

"顺便跨年。"曹斌答道。

"十三层，法宝研究部。"电梯报楼层，贺澜山便离开电梯。

"十九层，"电梯声道，"中央部门。"

在电梯里的只剩下他们四个，轩何志挡着电梯门，让曹斌先出去。

十九楼有四个办公室，其中一个的门开着，门外挂着"陈真"的牌子。曹斌朝里看了眼，陈真正戴着蓝牙耳机，在对着落地窗聊电话，曹斌便站在外头，耐心等待。

江鸿也忍不住朝里看了眼——那一瞬间,他看见了那个背影。

霎时江鸿不敢吭声,想起了在麦擎家二楼看见的那个人!他几乎可以肯定就是他了!

那就是他!不可能有错!江鸿心道:难怪觉得似曾相识,因为开学典礼上,陈真出席还讲过话,只是在麦擎家望见背影时,江鸿一时间想不起来是谁……

"是他。"江鸿带着惊惧的眼神,朝陆修做了个口型。

陆修:"嗯?"

江鸿正想该如何不露声色地朝陆修解释时,陆修却摆手,示意有什么事,待会儿再说。

陈真很快就说完了电话,转身道:"曹斌?你来了。"

曹斌示意江鸿与自己一起进去,陆修则在外等着。

"吃早饭了没有?"陈真说。

曹斌:"只喝了杯咖啡,他们倒是吃过了。"

江鸿看见桌上放着他的谷歌眼镜,还有一个相框,相框里是他、一个与他长得很相似的少年,另一个高个子男人和身边的另一名少年的合照。

"早上只喝咖啡对胃不好。"陈真说,"你是江鸿吧?来,坐,正好,陆修也在外面吗?"

曹斌说:"我们正好还有点儿事,你和江鸿聊吧,我待会儿再上来。"

陈真递给曹斌自己的饭卡,说:"去食堂吃点儿东西。"

曹斌接了,退了出去,顺手带上了门。江鸿瞬间非常紧张,他还是第一次接触驱委里级别这么高的人。

"江鸿?"陈真似乎有点儿不解,继而笑了起来,"你是不是有点儿紧张?"

"有一点儿。"江鸿答道。

陈真的气场很强,却也不知不觉让江鸿松懈下来。

不对!他是在麦擎家的那个叛徒!江鸿刚一放松,又开始察觉危险,神经再次绷得紧紧的。他来不及朝曹斌预警就进来了,连陆修也不知道这件事……怎么办?他警惕地看着陈真,心想今天也许……他不会对自己做什么。

陈真仿佛感觉到了江鸿心情状态的再一次变化:"因为什么紧张?"陈真笑道,"喝茶吗?因为我是会长?他们怎么介绍我的,大驱魔师?"

"嗯……陆修学长说、说过。"江鸿答道。

陈真背对江鸿,开始泡茶:"因为行政级别?"

江鸿没有回答,盯着他的背影,再一次确认,他就是自己在麦擎家看见的那个人。

陈真回头道:"当初周老师退休时,我和曹斌二选一,接任会长。曹斌想去学校任职,我才接手了驱委,你在曹斌面前也很紧张?"

江鸿:"那不会。"

江鸿始终在思考,脑海中开始混乱,陈真已经是驱魔师的首领了,他背叛组织的目的何在?去帮助叛徒,有多大意义?

陈真:"我差一点儿就是你们的校长了,从这点上来说,你可以不用坐得这么笔直。"

江鸿再次忘了陈真是敌人的事,忽然笑了起来,倏然意识到不能这样,于是又恢复严肃。他感觉自己的精神快分裂了,总在不停地摇摆。

"喝茶吧。"陈真递给江鸿红茶,江鸿心里忐忑地喝了点儿,心想应当不至于给自己下毒。

"非常抱歉,本应是我自己过去找你的,但最近实在是太忙了,请你特地跑一趟。"陈真客气而认真地说,"主要是想了解杨飞瑶在地底说过的话。"

"哦……"江鸿怀疑地看着陈真,想了想,把自己那天夜里亲耳所听,转述给了陈真,同时心想:这么做有什么特别的意义吗?如果他们都是叛徒,那么杨飞瑶理应是与陈真一伙的。

所述过程,与江鸿告诉陆修的无异,他没有向陈真撒谎,毕竟曹斌一定也转告了他,对方只想亲自确认。

"好的,我知道了,谢谢。"陈真听完后,没有过多思考,只简单地点了点头。

江鸿只想尽快离开这鬼地方,对方的气场实在太强了,正想顺理成章告别时,陈真却话锋一转,又说:"我还听说你,在不久前被这伙人抓过?"

"不确定是不是同一伙。"此时江鸿稍稍镇定了点儿,答道,同时祈求他千万不要问太多,毕竟自己先前并未与曹斌串口供,不知道什么能说、什么不能说。

陈真示意稍等,从办公桌抽屉中取出一份表格,正是打印出来的江鸿的履历。

江鸿心中一惊:已经盯上我了吗?

陈真说:"根据报告,他们还有一个目的,正在询问你智慧剑的下落,被绑架当天,还发生了什么有意思的细节吗?"

"呃……"江鸿努力地回忆,注意力却被履历上一个"特殊"的章吸引住了,半天无法集中精神。陈真却以为他还有心理阴影,等待良久,期待地注视着他,江鸿最后说:"没有什么了……他还说我的叔叔,我没有叔叔啊,我爸爸是独生子……"

履历后是一沓薄薄的调查报告,陈真想了想,又说:"我还发现一点,根据曹斌的反馈,你的脉轮目前看来,不具备修习法术的资质?你已经学习了脉轮的特性了吧?别紧张……擦擦汗,江鸿?"

"啊?"江鸿回过神,答道,"嗯,是的。"

陈真又说:"现在只是随口聊聊,可以当成闲话,今天的见面确实太正式了,非常抱歉,说不定这样会让你感觉好点儿?"

陈真似乎意识到江鸿一直在走神,便换了个方式,先行主动靠在了转椅上,两手交叠,手中发出温润的光泽,霎时间整个办公室里流动着奇特的光线,仿佛浸润了江鸿的精神。

啊……好舒服。江鸿登时整个人暖洋洋的,沐浴在那道光里,只有一个词能形容……神圣?是的,神圣。温柔又神圣的光里,江鸿立即有种冲动:他不可能是叛徒,不会是坏人。

那一刻,江鸿几乎完全地相信了陈真,很想推心置腹地朝他说些话,甚至告诉他,自己在麦擎家看到的经过,询问他为什么要到那里去。

但没等他开口,陈真又笑着说:"这样果然好些了。"

陈真长得相当帅气,却是有别于陆修、曹斌的英俊感,他给江鸿的第一印象是温润,就像一块和田玉般,没有年轻人的锋芒,却有着至为坚硬与强大的内在。

"你是大风水师江禾的后代,"陈真想了想,又说,"虽然谈论太多关于血脉与传承不太好,嗯……但是我猜想你也许觉得有点儿困扰?"

"为什么?"江鸿的注意力再次被转移了,好奇地问道。

陈真答道:"我们不鼓励过多地强调家世,驱魔师本来就是拥有特异能力的群体,朝着世袭化过度发展,很容易催生一些人内心离经叛道的念头。"

"哦,是这样啊。"陈真说得很隐晦,江鸿却听明白了,确实如此,哪怕在学校里,有些学生也总会忍不住强调家族。

"会困扰吗?"陈真喝了点儿茶,说道。

"岂止困扰,"江鸿无奈道,"简直是绝望啊!"

江鸿这会儿已经忘了对陈真身份的怀疑,只将他当作一个亲切的大哥哥,只想把自己的烦恼都朝他倾诉。

陈真却带着笑容,认真地看着江鸿:"没有法力,也不影响成为一名驱魔师。"

"但我还是很希望自己能学会法术。"江鸿沮丧地说。

陈真又问:"谢老师给你做过测试吗?"

江鸿："谢廖吗？我用过光玉。"

陈真想了想，起身道："光玉只能作为一个初步的测量参考，准确，但不精确，来，我再给你做个排查吧。这件法宝不经常开启，不过作为感谢你来燕京一趟，我觉得是应该的。下一次再见面，也许我会亲自过去找你。"

"嗯，谢谢。"江鸿对自己的脉轮没有多大看法，起身跟在陈真身后。

陈真带着江鸿进电梯，在电梯里刷了手环，电梯开始下行。

"地下十九层，"电梯报楼层，"法宝与特殊材质空间。"

江鸿左右张望，正想问，陈真却说："这里是存放法宝的地方，算是个机密区吧。"

江鸿心想如果陈真是自己的导师，每天铁定会被自己缠着问到进精神病院为止。

面前是条幽深的走廊，走廊外坐着一名看守，正在玩手机，看见陈真来了，便收起手机。走廊尽头，是个保险库般的大门。

江鸿："守备好森严啊。"

陈真刷了手上一张小巧的门禁卡，说："十年前，你的学长陆修，就冒冒失失地闯了进来，害得大家都被处分了。"

陈真站在保险库外，等待开门，忽然又察觉到了什么："还有谁来过？"陈真朝看守问。

气氛刹那变得紧张起来。那看守马上站了起来，面露慌张神色，陈真不等他回答，转头望向大门。

大门缓慢开启，保险库内站着两个身影，此刻一起朝门外望来。

那是曹斌与陆修！他俩此刻正在库房内，曹斌答道："是我。"

剑拔弩张的气氛只涌现了一瞬，继而飞快地消逝了。江鸿站在陈真身后，好奇地朝内张望，陆修马上朝他使了个眼色。

"我以为你去食堂了。"陈真轻松地说，"江鸿，进来吧。曹斌，你来这里做什么？"

曹斌自若答道："我在准备一个研究课题，从法宝束缚灵的方向，便带陆修来看看。"

保险库内装饰得十分古朴，空间很大，一排排的架子上点了长明灯，每隔一米就有一个托台，台下有发着光的法阵，在缓缓旋转。

中央有个巨大的匾额，上面只有一个字"天"，示意此处所置放为"天"字级法宝。两侧则分别是"地"与"人"。

陆修提醒了江鸿一句："注意不要碰任何东西。"

江鸿："我就这么像闯祸精吗？"

陆修示意江鸿过去，站到自己身边。

陈真朝曹斌说："带一条龙进藏宝库，可不太合规矩，当心被安杰参一本。"

曹斌回答道："你不也把大一学生带进来了？"

陈真与曹斌站在"天"字级法宝的架子前，第一件法宝是个转经筒，其后放着各种奇怪的东西。

"你们聊完了？"曹斌问。

"嗯。"陈真说，"所以你们的研究得出什么结论了？"

曹斌没有说话，陈真走到先前曹斌与陆修所站的位置，江鸿看见那里摆放着一个黄铜沙盘。

"这叫山河社稷图，"陆修主动朝江鸿解释道，"是驱委的'天'字级法宝，它直接与地脉相连，能够根据施法者的灵力强弱，影响周遭的环境。"

江鸿："哇，看上去很厉害的样子，可以演示一下吗？"

陆修："会引发地震和海啸的。"

江鸿心里想的，与陆修一样，这一刻他马上明白曹斌与陆修为什么到这里来了——来检查那件法宝。

"山河社稷图保管在这里多久了？"曹斌说。

陈真眼神里带着少许疑惑，仿佛不明白曹斌为什么明知故问。

"狄淑敏老师离开驱委后，"陈真说，"就将山河社稷图交了回来，有六年了，当时项诚亲自下的封印，我记得你也在场？"

曹斌再走近少许，查看底座上的封印。

陈真："我很确定这六年里没有人动过它，封印是你们联手下的，怎么了？"

"没什么。"曹斌仿佛如释重负，又看了眼陆修。陆修与江鸿都没有说话。

陈真没有再追问，朝江鸿道："来吧。"

陈真把江鸿带到一面装饰华丽的镜子前，说："正好曹斌也在，帮我暂时解开一下封印。"

曹斌抬起左手，手指间发出光芒，形成犹如极光般的绸带，与那面铜镜相连，镶嵌在铜镜周遭的宝石便一齐发出光。

陈真又朝江鸿说："把你的手放在镜面上。"

江鸿依言照做，陈真又把一只手轻轻搭在江鸿肩膀上，一股温柔的白光霎时注入了江鸿的身体。紧接着镜面一闪，把所有的光都吸了进去，四周变得漆黑一片，但不到半秒，法宝库内再一次恢复了明亮。

"好了,"陈真说,"启动脉轮鉴进行分析,需要月光的能量,要到下一个月圆之夜才会有结果,届时我会让一位老师把结果带给你们。"

江鸿说:"会告诉我什么?"

曹斌答道:"完整地投影出你的脉轮的形状。"

突然间,曹斌又说:"陈真,麦擎的案子,现在交由安杰办理?"

陈真看了江鸿与陆修一眼,没有让他们离开,只是打了个响指,一团光便笼罩住了他与曹斌,两人在隔音结界里对话。

四周一片静谧,江鸿对自己脉轮的形状并不如何关心,却对这里的法宝很感兴趣。

"那是什么意思?"江鸿朝陆修示意山河社稷图所在的位置,是不是意味着陈真可以洗脱嫌疑了?

陆修示意不要问,看了眼结界,又走到一旁去。

江鸿正想去看看别处的法宝,陆修却抓住了他的手,不让他离开自己太远:"别乱跑。"陆修警告道。

两人并肩站在"天"字级法宝的架子前,不少区域是空的,江鸿好奇地抬头,说:"最上面那一件,是天底下最厉害的法宝吗?"

陆修说:"理论上是的。"

那是一个斜放着的转经筒,江鸿说:"可以用来做什么?"

陆修:"它叫'千秋万世轮',里面有时光之龙的骨灰,顶扣是一枚一千年前的指轮,听说能倒置因果,但需要付出很大的代价。"

江鸿:"第二件呢?怎么是空的?"

"不知道。"陆修答道。

"第三件?"

"曾经是智慧剑。"

"第四个又是什么?"江鸿很想做个笔记,得来不易的大好机会,就连法宝课上也不会教这些。

"不知道。"

"怎么也不放个介绍牌?"江鸿说。

陆修:"你当是博物馆?周六日还组织小学生来参观。"

"这个又是什么?"江鸿指着角落里的一个雕塑,上面蒙着一块布。

"那是个头,"陆修说,"把盖头掀开让你看看?"

"不了,"江鸿马上道,"其实我也没有那么好奇……"

陆修："来都来了，看一眼吧。"

江鸿登时魂飞魄散："不要了！我错了！"

陆修与江鸿对视，两人无语。

江鸿："这就是那个号称问什么都会回答的头吗？"

陆修不说话，打量江鸿。

江鸿："双色球号码它能回答？"

陆修："可以，打开问问？"

"不要啊！"江鸿死死拽着陆修手臂，不让他过去。

曹斌与陈真撤去结界，两人一起看着江鸿与陆修："走吧。"曹斌淡淡地道。

"可是人要说话，需要通过胸腔气流产生声带震动，一个单独的头，怎么能发声呢？"离开法宝库时，江鸿还不死心，缠着陆修盘问。

陆修："因为里面装了个喇叭。"

江鸿："啊？"

曹斌与陈真："……"

"江鸿常常让我想起，当年我刚进这行的时候。"曹斌在电梯里打趣道。

"这就是里世界的奥妙。"陈真说。

陈真又朝陆修道："再见，陆修，你长高了，话变多了，居然还会说冷笑话了。"

陆修似乎很不喜欢被当作后辈看待，电梯门开，曹斌先走了出去，江鸿还在与他们拜拜，却被陆修拎出了电梯："走了！"

"啊？结束了吗？"江鸿来了一趟驱委，又凭空生出无数问题，他对驱委内部发生了什么不感兴趣，却对那些法宝非常好奇，"现在去哪儿？"江鸿又问。

"放假了。"曹斌答道，"辛苦了，接下来不再麻烦你们，元旦后见吧，我让轩何志送你们，接下来打算去哪儿？"

三人站在驱委大堂前，陆修会意，正要离开时，里头又出来一名年轻人。那男生十分年轻，看模样，年纪只与陆修差不多大，穿一件高领黑毛衣、黑西裤，一身黑色，戴了副黑框眼镜，浓眉大眼，个头与江鸿相仿，手里拿着把漆黑的雨伞。

"曹校长。"那男生朗声说。男生开口时，大堂内所有驱魔师几乎是同时一停，朝他们望来。

"你好。"曹斌礼貌地打了个招呼。

男生的声音不大，却很清晰地传到了每个角落。

"陆修是禁止进入驱委的，"男生低头看手里的伞，解开系条，头也不抬地说，"你现在还保留着驱委的编制，不可能不清楚这一点。"

"这位是王安杰部长，"曹斌先朝江鸿介绍道，"驱魔师委员会特别安全防务办公室负责人。"

江鸿依稀记得自己听过这个名字，似乎就是他们提及好几次的、叫"安杰"的人。

"你还没回答我的问题。"安杰那语气有点儿咄咄逼人。

曹斌客气却疏离地说："今天属于特例，陈真特地让他过来一趟。"

"哦？"安杰说，"我没有接到这个许可。"

曹斌说："也许他太忙了，还没来得及朝你交代。"

陆修带着嘲讽的眼神打量安杰，说："我已经进来了，所以你想怎么解决？"

曹斌一手不易察觉地轻轻一动，示意陆修不要惹事。

安杰说："无论如何，你们必须马上出去。"

江鸿看安杰长得不错，倒也不如何讨厌他，只觉得他很死板。安杰又从他那厚厚的眼镜后打量江鸿，仿佛有话想说，却又打消了念头，只站立不动，注视他们三人。

"这就不打扰了。"曹斌又说。曹斌带着江鸿与陆修离开大堂，来到驱委门外，安杰身后来了几名身穿黑西服的驱魔师，盯着他们的一举一动。

江鸿说："太没礼貌了。"

陆修说："上次他被我揍得够呛，还在记仇。"

曹斌提醒道："除非必要，否则不要惹他，他不是驱委法力最高强的，却是最难缠的。"

江鸿总怀疑不远处的安杰已经听见了，但就在这时候，轩何志把车开了过来，停在大堂外，他们便与曹斌道别，离开灵径胡同。

"你们打算去哪儿？"轩何志回头道，"江鸿，过两天小皮还要和你一起去考察是吧？"

江鸿"嗯"了声，看陆修，不知道他有没有安排，今天是本年度的最后一天，要去跨年吗？

陆修答道："随便找个地方放我们下来就行了。"

"好嘞。"轩何志道，"小皮就麻烦你照顾了。"

江鸿忙客气几句，看轩何志那模样，今天多半也回不了兴安，把儿子扔在家里孤零零地过元旦，不会显得很心酸吗？

陆修与江鸿在一条陌生的街道前下了车，寒风呼啸，公历岁末，整个城市冷冷清清，唯有地铁挤满了提前回家的行人。

江鸿充满期待地问："那……现在，咱们去哪儿？"

陆修答道："我不知道，我对燕京不熟，你想去哪儿？"

江鸿也没有主意，两人便在这寒冬的燕京城里走着。树木落光了叶子，唯剩光秃秃的枝杈，朝向苍白的天空，两天前下过雪，行道树下还积着雪，四处都张挂着"欢度元旦"的横幅。

"去长城吗？"江鸿兴奋地说，"我还没去过长城呢。"

今天燕京就像有八级大风，但陆修没有扫了江鸿的雅兴，说："去吧。"

他们得先去公交站，于是江鸿拉起兜帽，在结冰的街上慢慢地走着，不时看一眼陆修，两手揣在兜里，他什么也没有准备，既没有围巾，又没有手套，更没有帽子。

"好冷啊。"江鸿冻得脑子有点儿不清楚了，"这是哪儿？"

陆修："去公交站，坐车去长城。"

江鸿直哆嗦："我我我……还是算了吧。"

陆修把自己的黑色绒帽给他，围巾分了他一半，示意他把手放在自己的风衣口袋里："先去买手套吧。"

陆修带着江鸿进了一家商场，为他配好装备，但江鸿已经不想出来了，抱着热饮喝的时候，才总算又活了过来。

"去拜访你在燕京的高中同学？"陆修又问。

江鸿还是放弃了，两人就在咖啡厅里看着彼此发呆。

江鸿："有没有不冷的地方可以跨年？"

陆修摊手，这次他什么功课也没做，先前是江鸿自告奋勇要做攻略，他也确实做足了准备，只是万万没料到，这是个但凡暴露于户外半小时就会冷得意识模糊的地方。于是提前查好的吃的玩的，几乎全部作废了。

陆修："要不回酒店？"

江鸿充满歉意地说："真对不起，你有想去的地方吗？"

陆修："没有，这样就挺好的。"他转过头，看着落地玻璃窗里自己的倒影。

这是个很温馨的咖啡店，店面不大，装饰出了圣诞气氛，江鸿突然觉得，就算在这里跨年也挺不错的。

"你有事？"陆修示意江鸿看手机，上面来了一堆消息。

"啊，"江鸿说，"是后天的行程安排。"

反正也无事，江鸿便看了眼连江发来的行程，陆修与他坐在一起，两人一起端详江鸿手机上的PPT。当天午后他们在咖啡馆里坐了一会儿，晚上陆修提议"去吃自助烤肉吧"，于是他俩就在餐厅里吃了今年的最后一顿饭。

晚饭后江鸿也不知道去哪儿，陆修便带他去了后海畔的一家酒吧。

"五年前，项诚带我来过。"陆修说，"另一条龙。"

江鸿："好浪漫的地方。"

酒吧里有驻唱歌手在唱歌，喝一点儿鸡尾酒，气氛很好，不少外国人聚集在此处听歌，等待跨年。玻璃温室外，燕京又开始下雪了，他们坐在玻璃墙边，看着漫天飘雪与结冰的后海，桌上还点了蜡烛。

"这个酒吧的位置很难订吧？"江鸿点了酒，拿来桌上的抽签筒，往里头塞了个硬币。

陆修："这是项诚的位置，他答应过我以后可以带……带你来。"

江鸿手机上有不少朋友发给他的祝福，陆修却始终没有与任何人联系，很显然，除了江鸿，陆修没有朋友。

"你找我很久了吧？"江鸿想了想，说道。

陆修："你问过这个问题了，下一个。"

江鸿喝了点儿酒，随手玩着签筒，好奇地道："在找到我之前，你一个人都在做什么呢？"

陆修沉默了数秒，江鸿忽然意识到自己是不是又说错话了。

"没做什么，"但这一次，陆修没有生气，说，"到处瞎晃，学着怎么当人。"

江鸿笑了起来，说："你也想当人。"

江鸿本想说当人有什么好？人的烦恼那么多，寿命还很有限，陆修却道："总有一天要与你相见，如果不用人的身份，容易吓到你。"

江鸿说："你就算用原形出现，我也不会太害怕的。"

陆修随口说："当初也不知道你会成为驱魔师，后来才知道的。"

江鸿好奇心突然又起来了，说："你在遇见那个头之前，尝试过用占卜找我吗？"

陆修："经常，但因为我是龙，灵力太强了，会扰动命运的显示……"

陆修看着江鸿，仿佛正想说点儿什么时，一伙喝醉的外国人过来，朝着他们拼命吹哨子，又要与他们干杯，江鸿便给了回应，陆修只是简单一举杯，依旧是那面无表情的模样。

两人被这么一打岔，江鸿便忘了要说什么。玻璃窗外漫天飘雪，温室中蜡烛灯光闪烁，驻唱歌手唱起了一首英文歌。

江鸿聚精会神地从桌上的签筒里抽出一个"当日运势签"，打开看了眼，中吉：山重水复疑无路，柳暗花明又一村。

江鸿哈哈大笑，给陆修看："你也抽一个。"

陆修扭了两下签筒，出来一张纸，也是中吉：踏破铁鞋无觅处，得来全不费功夫。

"这个准吗？"江鸿好笑道，"什么意思？"

"你信它就准，"陆修说，"不信就不准。"

"好吧。"江鸿决定把它留下来，毕竟是好事，他把它小心折好，收进钱包里，陆修则注视着江鸿的一举一动。江鸿又说："上回贺简帮我测算过……"

江鸿纯粹无意识地想到什么就说什么，却忘了这话题本身就有点儿尴尬，忙打住话头。

陆修等了会儿，没有下文，便道："测算什么？"

"呃，"江鸿正思考要怎么说，只得硬着头皮，答道，"测算你和我未来的命运。"

陆修："嗯？"

这时候，酒吧外来了一个人。那人身穿黑西服，戴着黑色的毛帽，进酒吧后摘下帽子与手套，江鸿看清了他的模样，正是曹斌。

"校长！"江鸿朝他打招呼，要让出位置，让他来坐。

曹斌点点头，却没有过来，坐到吧台前去，点了酒。

江鸿转头朝陆修说："他一个人。"

"S班只要来燕京，就习惯在这里玩。"陆修又道，"继续说，测出什么结果了？"

"嗯……"江鸿觉得这个话题很尴尬，只想岔开话题，"还是算了，不要讨论了吧。"

陆修："你不说我也会去问他，快说，结果如何？"

江鸿心道：好吧，是你自己要听的。

"他说咱俩，"江鸿想了想，说，"就是……注定有一天会分道扬镳。"

陆修没有说话，颀长的手指间翻来覆去地玩着那张签文。

江鸿："贺简的占卜不知道准不准，好像是家传。"

陆修："你自己呢？"

江鸿："啊？"

陆修这次非常非常认真，认真得甚至有点儿严肃，朝江鸿道："你自己怎么想？"

"我？"江鸿说，"我想……我没有怎么想。"

"我是说，"陆修说，"对这件事，你是怎么想的？你希望改变这个结果吗？"

"命运可以改变的吗？"江鸿笑着说，"如果可以改变，就不叫命运了吧。"

"不一定，"陆修淡淡地道，"要看我的心情。"

江鸿说："可是我想了下，从小就明白……明白这个道理。"

陆修："什么道理？"

江鸿望向坐在吧台前的曹斌,他的背影显得很孤独,他在等人吗?他已经等了很久了,认识曹斌以后,江鸿渐渐地发现,曹斌在学校里似乎没有什么朋友。

"人与人之间,"江鸿回过神,迎上注视他的陆修的眼神,"总是会分开,父母也好,子女也罢,再好的朋友,也许有一天就会不知不觉地分道扬镳……"

陆修别过目光。

江鸿说:"所以珍惜能在一起的时光,才是最重要的吧?除非结婚组成家庭,何况不知道有多少家庭,最后也会支离破碎呢。"

陆修这一次沉默了很久,最后答道:"你说得对。"

江鸿笑了笑,说:"不管怎么样,能和你重逢,我还是觉得很快乐,哪怕我什么都记不得了,哎,这么说实在有点儿难为情……"

陆修忽然又问:"贺家的小儿子,预言咱俩什么时候会反目成仇?"

江鸿没想到陆修会这么在乎这件事,他其实不太相信贺简预言的准确性:"我不知道,下回再让他测一次?"

陆修摆摆手,示意算了,又打了个响指,把签文烧了。

曹斌在吧台处始终一个人喝着酒,周遭的世界温馨而繁盛,他的背影却孤独而坚毅,就像风雪里一棵郁郁葱葱的树。

"这些年里,你碰到过什么有趣的事吗?"江鸿又问。

"有趣?"陆修很难定义,江鸿便改口道:"值得一提的事。"

陆修想了想,说:"阿勒金山下,有一户牧民,生了四个女儿……"

江鸿:"你去阿勒金山做什么?修炼吗?"

陆修:"去找你。"

江鸿:"我投胎到阿勒金山了?"

陆修:"传说那里有一位大喇嘛,能找到世间失散的亲人……你听不听?"

"听!"江鸿不再打断他,忙充满期待地看着陆修。

"四个女儿,都很能喝酒,酒量能放倒附近方圆十里所有的男人,大女儿放话,说谁能喝过她们,就可以做她的如意郎君……"

陆修居然一本正经地说起了故事,这一百六十年里,他去过许多地方,有阿勒金山下的牧场,也有河湿地的葡萄园,甚至有几十年的沪港、金陵……江鸿这才知道,原来陆修在这些年中,每隔一段时间的隐居后,都会到人世间来活动。

"一百六十年,"江鸿说,"没有交什么人类朋友吗?"

陆修停下他的故事,这一刻,开始倒数了。

"四、三、二、一——新年快乐——!Happy new year!"

酒吧高处落下许多气球，大家纷纷拿着桌面上的签字笔去戳，一时间"砰砰"声响，伴随着吹哨的声音，热闹非凡。

江鸿的手机开始响了，他却没有回消息，而是先给爸妈发了语音，祝他们新年快乐。接着，他放下手机，朝陆修说："新年快乐！"

陆修的手机没有信息，他安静地看着江鸿。吧台前的曹斌转身，朝他们吹了几声哨子，喊道："新年快乐！"

十二点后，离开酒吧时，江鸿跟在陆修身后，突然感受到了在他那些旅行的见闻中，没有说出来的另一重感受。就像这个雪夜里，独自坐在吧台前的曹斌一般——如此宏大世间，却孑然一身、了无牵挂的孤独。

人生天地间，忽如远行客。

但至少在这个夜晚，新年的第一天，他们已经认识了彼此。

"好冷啊！"江鸿哀号道。

这一时间段是最难打车的，陆修与江鸿沿着后海走出来，空空荡荡的大路上，只有路灯亮着光。

"抓紧我。"陆修说。

"啊？"江鸿喝得有点儿醉了，且冷得直发抖。然而下一刻，江鸿明白过来了！他马上兴奋地从背后揽紧了陆修。

"抓紧了？"陆修面无表情道。

江鸿于是抱得更紧了点儿，喊道："起飞！"

无声无息，陆修化作一道颀长的黑影，江鸿只觉得被猛地一扯，整个人离地飞起，顿时大喊起来，陆修变幻成了黑龙，唰地飞上天空，那陡然加速的眩晕感把江鸿拉上了天际。

"啊！"江鸿大喊道。

雪夜里整个燕京一片敞亮，大街上的建筑覆盖着积雪，街道的路灯将世界映出了温馨的橙黄色。黑龙载着江鸿，在空中飞行，飞向他们的酒店。

"新年快乐。"黑龙的声音道。

"新年快乐！"

这个跨年夜，江鸿是真的很快乐。

第七章
|追溯|

1月2日清晨，七点十五。

"起床了。"陆修轻轻推了下江鸿，江鸿迷迷糊糊地翻了个身，继续睡。

陆修："……"

八点整，江鸿看了眼手机。"啊——！"江鸿狂叫道，"赶不上飞机了！"

"七点就喊过你了。"

江鸿匆忙洗漱，冲向机场。

"你几点的飞机？"江鸿见陆修陪他过了安检。

陆修："还有五分钟，你不跑？"

江鸿接过包，飞奔向登机口，陆修则始终保持匀速前行。江鸿坐上飞机时还在直喘气，却发现陆修坐在了自己身边。

江鸿："你陪我一起去？"

陆修："反正你到时也会召唤我，懒得再飞一次。"

江鸿："太好了！不过我也不一定会召唤你吧……"

陆修："那我走了。"

江鸿："别！哈哈哈太好了！"

于是就这样，陆修陪同江鸿，开始了他的里世界探索课期末课题。

抵达兰州机场时，队友们已聚齐了，贺简等人看见陆修，简直比见了江鸿还开心。

"太好了！"小皮简直热泪盈眶。

陆修说："我不会主动出手帮助你们，别想课题作弊。"

"不会不会！"

"没有的事！"大家连忙一致表示，会认认真真完成期末课题。

"帮我背一下包可以的吧？"江鸿说。

"可以。"陆修于是帮江鸿背了包。

江鸿又说："其实这次我下定决心，不让你帮忙的。"

"哦？"陆修毫无波动。

江鸿说："我们一定可以。"

大家纷纷点头，陆修说："那么，一言为定。"陆修伸出小指头，江鸿迟疑片刻，便与他拉了钩，决定这次只要不碰到生死攸关的大问题，绝不会找陆修帮忙。

从兰州到甘州，还要坐八个小时的火车，集合之后大家买好票，晚上十点便上了车。

贺简、连江、陆修与江鸿都买了软卧，只有小皮买了硬座，大家先是挤在软卧包厢里开会。

江鸿："为什么你……"

"我爸只给了我这么多钱。"小皮郁闷地说。

轩何志主任在校内威名远扬，其中一项超级技能就是省钱，江鸿之前只是听说，现在才见识到了轩何志的本领。为了不让儿子太被区别对待，轩何志已经很舍得，没有让小皮买站票了。

"我们先看看这个'墨'鼎，"连江说，"资料已经发给大家了。"

江鸿翻阅了几次资料，说："咱们到了甘州，还要去一百六十公里外的这个地方。"

"嗯，"连江说，"有公交车，每天一班，或者打车。"

江鸿说："租个车好了，我会开车。"

连江："那太好了。"

陆修躺在上铺看书，说到做到，没有介入他们的对话，也没有什么可以骑龙飞过去的提议。

贺简说："最近的地方是山珠县吗？"

连江："对，这里有个山珠马场。"

地图显示的区域是大片的牧场，正在祁兰山下。连江又说："祁兰山下有一片古遗迹群，墨鼎就在其中一个区域出土，1974年发掘了部分古墓后，又因为挖掘条件不足，把剩下的封存了。"

"不是古墓？"贺简好奇地问。

"不是。"连江做了非常认真的功课，说，"好像是个宫殿群落，最早可以追溯到战国时期。"

江鸿忽然觉得连江作为组长，还是很靠谱的，这个课题犹如组长在一拖三。

"好，"江鸿说，"那就这样，那边一定很冷吧。"

"非常冷，"连江说，"野外比城市里还要冷，做好心理准备。"

大伙儿结束了碰头后的初次会议，连江又好奇道："你们法宝鉴别的课题结束了？"

"都拿到了。"贺简给连江看他的斗篷，并现场演示，朝着空中一抖，所有的光就消失了，再抖回来，光线又恢复了正常。

"哇，拿到了啊。"江鸿没有回去交玄光金斗，看见贺简得到了斗篷，想必金与张锡廷的法宝也已经到手了。

小皮说："我自己做了个。你呢，江鸿？"

"呃。"江鸿心想还是不拿出来了吧。

连江说："你买了个什么？让我们看看吧。"

江鸿："只是一个很普通的青铜灯而已。"

小皮再三催促："看看吧！"

江鸿只得硬着头皮，把那盏灯拿了出来。

陆修："嗯？"

陆修从上铺转头，朝下看了一眼。

"哇——"小皮与连江说，"这是什么？"

"这是一个会说话的灯。"江鸿说。

陆修："……"

江鸿："只要把这道符纸揭开，它就会开始大喊大叫。"

江鸿揭开符纸，包厢里一片安静，只有火车"况且况且"的声音，什么都没有发生。江鸿拍了几下那盏灯，没有动静。

"除了会说话，还会什么？"小皮问。

江鸿："目前还没有发现别的功能……"

众人："……"

江鸿："喂，老兄，说话啊。"

陆修："砸了吧，我再给你个。"说着陆修作势要翻身下来，那灯马上狂叫道："别！"

"哦——"大家看见那灯会说话，松了口气。

江鸿已经差点儿把他的法宝忘了，又说："除了说话，你还会做什么？"

那灯说："小子，你不要有眼不识泰山！这盏灯只是禁我的牢笼，只要给我点儿时间,让我吸收天地日月灵气,假以时日,待我神功大成,脱困而出,天底下再无敌手!"

众人看着青铜灯,江鸿等了一会儿,见它不再吭声,朝大家解释道:"就是这样。"

小皮说:"擦一擦,能实现愿望吗?"

"也许……吧?"江鸿说,"它说要等'神功大成',明显没这么快。"

"有什么心愿,还不如找上铺的那位哥哥。"贺简说。

那灯又说:"你只要将老子置于灵气充沛之地……"

江鸿不等它说完,把符纸贴上,于是灯不吭声了。大家看完热闹,就此结束。

"小皮你要不……"江鸿说,"来我们的包厢睡?"

坐硬座太难受了,连江主动道:"来我床上挤挤吧。"

江鸿说:"我可以和学长一起睡。"

虽然软卧包厢的床也很挤,但对付一晚上总比小皮在硬座趴着好。小皮一再推辞,江鸿却爬到上铺,把陆修强行挤进去点儿,说:"你看,没关系的。"

陆修:"……"

狭小的卧铺里,陆修个头又高,被江鸿挤得没法翻身。

连江说:"来我这儿吧,下铺舒服点儿。"

最后小皮和连江睡了下铺,江鸿依旧爬下去,大家在火车上睡了一夜,对江鸿而言,这样的生活充满了新鲜与刺激,又有种与同学一起旅行的兴奋感。

抵达甘州火车站时刚好早上七点,江鸿去租车,天蒙蒙亮,其余人打着哈欠,江鸿租来一辆Jeep的自由客,陆修坐副驾,恰好能坐下五个人。

"先去吃早饭,"江鸿说,"吃完就直接去山珠县吧?"

连江说:"距离甘州遗址最近的区域,有一个山珠马场,咱们可以在那里作中途休整与补给。"

甘州市区相对而言较为繁华,和普通三、四线城市相若,但出了市区,大部分地段便荒无人烟,冬天早晨天亮得晚,在路边小店吃早餐时,外头依然漆黑一片。

"挺荒凉啊。"贺简也是第一次来兴北。离开甘州市区后,外面有大片的郊野,有水源,也有树木,却连着数十公里,无人耕种。

"你从没来过这些地方吧,"连江揶揄贺简,"少爷啊。"

"车神怎么不说话?"陆修看了江鸿一眼,见江鸿很认真地在开车。

"路太黑啦,"江鸿说,"有点儿紧张。贺简是哪里人?"

"澳港。"贺简说。

江鸿说:"果然是很繁华的地方。"

不仅贺简，江鸿自己也是头一次来，他怕走错路耽误时间，时刻注意着导航，连江、小皮、贺简三人便在后座随口闲聊，连江是闽州人，小时候倒是见多识广。

"中土神州很多地方，都是这样。"陆修说道。

"都很荒芜？"江鸿好奇地问，他知道陆修去过许多地方，从天空中俯瞰神州大地，一定有另一种感受。

陆修："不算荒芜，最近几十年里，人正在往繁华的大城市里流动，地没人耕种，你们人族也在慢慢地迁徙。"

连江答道："甘州、武尧有不少地方依靠祁兰山的融水灌溉，本来可种植的土地就不多，在家务农不如出去打工，人就都走了。对妖族来说反而是好事，土地被还给了他们。"

天慢慢地亮了起来，外头开始逐渐看得见田野，以及连绵的祁兰山。江鸿放了首歌，拐下高速，走国道后逐渐放松下来。

"我不知道这辆车越野性能怎么样，"江鸿说，"希望扛得住。"

早上十点半，江鸿根据导航在国道半途下道，在路边停了会儿，大家开始端详地图，古甘州遗迹不在卫星导航上，接下来就只能靠人眼辨认了。

"山脚有条进山的路，"连江说，"试试往那儿开吧，大家把安全带系好。"

小皮拿出一沓贴了金箔的纸，在后座开始折。

"喂，你在折纸钱吗？"江鸿从后视镜看了眼，登时道，"太不吉利了吧！"

小皮："这是法宝，是我爸给我的。"小皮折了几只千纸鹤，打开车窗，千纸鹤便飞了出去，开始为他们探路。

接下来进山的崎岖道路，江鸿简直使尽了浑身解数，包括但不限于从一个满是碎石的坡开上去，在不到三米的狭道掉头，外加一侧车轮碾着悬崖边，以十五度角摇摇晃晃地前行。

"小皮！你确定是那里吗？"江鸿说。

小皮说："跟着千纸鹤走吧。"

"要晕车了！"贺简说，"慢一点儿！"

"我没办法，到处都是坑，"江鸿说，"这里太难走了。"

最后吉普车在干涸的河床里又往前磕磕碰碰地开了三公里。

连江："待会儿怎么出去？"

江鸿："先不要考虑这个。"

众人："……"

江鸿又说："实在不行，走的时候我让学长帮咱们把车抬出去。"

陆修："……"

"到了，"江鸿如释重负，解开安全带，"应该就是这里了。"

古河道的尽头是一个深邃的山洞，一下车，四周登时狂风大作，峡谷是个风口，飞沙走石朝着他们灌来。

"这里停车太不合适了！"贺简顶着风说。

江鸿："好歹不用收费，你就知足点儿吧！"

陆修面无表情，顶风站着，其余人自觉躲在陆修身后。连江说："到洞里去！那里是遗址的入口……呸！嘴里全是沙！快想办法啊！"

贺简抬手一抖，手里出现了一把扇子。

"走你！"贺简朝着漫天狂风喊道，继而一抖扇子，铺天盖地的寒风登时倒卷回去。

"快走！"连江催促道。

众人快步冲进了洞穴，下车不到十分钟，江鸿已经冻得鼻子通红，站在洞里不住搓手。

"沿着这个洞穴往里走。"连江拿着个平板电脑，看他查到的考古资料，1974年有人在这里挖掘过，在资料库中留下了不少珍贵的老照片。

小皮说："注意不要损毁文物哦，我爸特地提醒了。"

江鸿："我不会碰任何东西的，我只是来打酱油的。"

江鸿正要从包里翻手电筒，连江却打了个响指，手中升起一团白色的光芒，随着他一挥手，光芒飞向幽暗的地底深处。

"这应该是古河道形成的自然空腔，"江鸿环顾四周，说道，"以前是条地下河。"

"嗯，"连江看着脚下的石砾，说，"应当干涸有一段时间了。"

祁兰山的雪水形成地下河，在地底穿行，再从这个河道出口涌出，只不知道这是一条季节性河流，还是已经干涸了好些年头。

小皮说："遗址会在河道里吗？"

连江说："遗址在半山腰，只有这个河道可以进入，慢慢走，吃的都带够了吧？"

"够了。"贺简拍拍自己的背包。

江鸿这才慢慢地意识到，此行似乎并不轻松，他们这么一进来，至少得在里头耽搁超过十个小时，不说十来个小时能不能找到想要的线索，寒风中，就算赶在黄昏前离开洞穴，也无处可去。也即是说，他们今天要在这个洞里过夜了。

但同伴都是驱魔师，又有陆修在，倒不会有什么危险。陆修始终没有干涉他们，背着江鸿的包，走在最后。 江鸿回头看了几次陆修，陆修都扬眉，做询问表情。

"聊点儿什么吗？"江鸿说，"光走路好无聊啊。"

陆修道："自己聊。"

与江鸿单独相处时，陆修的话是最多的，然而一旦有外人在，陆修便很少说话了。

"战国时期的遗址已经超过两千年了，"小皮说，"还能保存下来吗？"

"石头可以吧，"江鸿说，"壁画能保存上万年呢。只是我在好奇，遗址是做什么用的，这种地方，条件这么艰苦，会有人大规模居住吗？"

连江说："根据几十年前的考古发现，主要是祭祀用。"

那就比较合理了，但江鸿的问题又来了。

"祭祀神仙吗？"江鸿说。

"你觉得祭祀什么？"陆修终于开口，说道。

江鸿挠挠头，想了一会儿，忽然察觉了奇异的地方。

"两千多年前，"江鸿道，"基督教还没有诞生，佛教也没有传入我国，道教还没有成体系，自然神？"

陆修："也许。"

尽头变窄了少许，仅供一人穿行，大家便低头爬过去。江鸿问："前面还有路吗？"

"有！"连江在最前面喊道，"慢点儿过来，这里空间很宽！"

他们依次爬出洞穴，来到一个巨大的坑里，连江说："这应该是个干涸的地下湖湖底。"

连江从背包里掏出登山钩锁，甩上坑边沿，先爬了上去，大家上到坑顶时，贺简一发闪光法术，照亮了此地。幽深的洞穴内，扔着废弃的蓝色背包、几件解放服，还有铝锅、木炭等。

"咱们抵达当年的挖掘现场了。"连江说。

到得此地，大伙儿都累了，纷纷就地休息。贺简从包里取出一个小灯，挂在高处，灯的光芒照亮了整个洞窟，江鸿铺开塑料布，准备扎营。

连江又拿出一个红色的珠子，小皮去捡了些石头围起来，把珠子放在中央，只听连江念了几句咒语，珠子便迸发出火焰，形成篝火堆。

"和驱魔师出门真的太方便了。"江鸿忍不住赞叹道。

"你也是驱魔师。"陆修提醒道。

江鸿："哦对……忘了，要时刻记得。"江鸿看了手表，夜八点四十，猜测无误，果然要在这里过夜了。

小皮:"我来给大家做饭吧!我带了速热的米饭。"

陆修站在另一个坑道前,注视坑里的标记。

"你在看什么?"江鸿好奇道,"吃饭了。"

陆修示意江鸿看坑道,坑道里有一个数字标记07195,正是那个鼎出土的地方。

江鸿说:"咦?"

坑底还有极其微弱的光芒,正好他们挡住了远处的光亮,江鸿才能从黑暗中勉强分辨出一点点,那是地脉发出的光。

"更深处还有东西,"陆修说,"明天再深入看看。"

小皮从包里取出五份自热米饭,做好后大家分着吃了,还带了可乐。

出发前大家商量好的,连江负责取暖、能源、方位指示等必需物资,贺简负责睡觉与医疗,小皮负责吃的,江鸿则负责行程代步,也即订票租车等。

贺简说:"好了,睡吧。"接着,贺简拿出一个盒子,朝地上一扔,"砰"的一声响,变成了一张两米乘三米的床。

"有必要这么隆重吗?!"江鸿简直无语了,在这种地方睡一张宫廷豪华大床,也太奇怪了吧!

贺简:"你们的是睡袋,不要紧张。"

江鸿:"哦,好的,当我没说,别让我睡这个就行。"

贺简:"可是我只带了三个睡袋,没想到陆学长会加入,江鸿你没有提前说,这不能怪我。"

连江善意地提醒道:"你可以睡睡袋,让江鸿和陆学长睡这张大床……"

江鸿:"免了,你不要慷他人之慨。"

最后江鸿与陆修挤一个睡袋,贺简还换了睡衣,就在大床上睡了。

夜半,倏然间,洞穴的深处传来一声凄厉的尖叫。

陆修蓦然睁开双眼,贺简也醒了,连江从睡袋里钻了出来,忙不迭地穿裤子。

"什么声音?"连江说。

小皮也醒了,说:"是什么妖怪的叫声吗?好可怕。"

连江:"你自己就是妖怪啊,还怕妖怪?"

小皮据理力争道:"就像你们人害怕的时候也会说'什么人'吧?!"

贺简:"风声?"

那响声仅出现了一次,便再无动静了,众人站着听了一会儿,连江看时间,已经接近凌晨五点。

连江:"要么起床吧?进里头看看去?江鸿呢?"

陆修示意他看一旁——江鸿还在睡袋里睡得正香。

所有人："……"

"啊，这么早就要开工了吗？"江鸿睡眼惺忪地说。

连江等人简单收拾了物资，沿着考古现场继续往里走。

"这里有一条路可以进去，"连江说，"声响就是从里头传出来的。"

江鸿："什么声响？"

陆修："没有声响。"

江鸿登时疑神疑鬼起来："我好像听到呜呜的声音，是这个吗？"

"那是你的幻觉。"贺简道。

连江沿着狭隘的嶙峋石壁，朝里小心挪动，那里只有一条缝隙，他们挨个经过。

小皮说："我觉得这个课题对大一学生来说实在太难了吧，而且也很危险。"

连江："也许朱瑾玲老师也不抱多大希望，以为咱们考察到废墟就结束了……到了，这是当年考古队进来的地点。"

面前是个坍塌的洞穴，他们走了一天一夜，已经抵达山腰处，数十年前，考古队在这里炸出一个缺口，最后撤退时又以乱石封上了。

"这这这……这里死过人吗？"江鸿总感觉阴森森的。

"应该吧。"连江说。

江鸿抓紧了陆修的手腕，跟着他们朝下走，四处有不少挖掘留下的坑道，一旁插着数字标记。

又走了将近三个小时，他们找到一条砖石路，沿着石路走进去，从另一头，抵达了当年坑道挖掘的最深处。

那里是一面巨大的石壁，除此之外，别无他物。

石壁仿佛被人工打磨过，角落里有爆炸过的痕迹，砖石铺就的道路到这里便到头了，石壁背后，显然还有另一个空间。

"这像什么？"连江以光照向那五米高的石壁，说道。

"一扇门。"贺简说。

"啊！"江鸿发现了异常，说道，"等等！照到中间看看？"

连江操纵光球悬浮在空中，照亮了石壁正中央，那里有一个刻在石上的符文，正好是他们所调查的金文"墨"字！

大家纷纷掏出手机，拍下了照片，作为课题的线索进展。

"要想办法进去看看吗？"连江问他们。

小皮上前，贴着石壁听了一会儿，说："没有打开的缝隙。"

贺简抬头望向周围,也不见有出入口。

江鸿说:"这搞不好是一个要用法力的门,这两个圈是做什么的?"

正面一人高的区域,有两个圈,犹如装门环的地方。连江将法力聚集在手中,按在石壁的两个圈上,光芒浸入了石头,江鸿联想到先前看见的微弱地脉光芒,这里是不是与地脉有关系?

小皮说:"有反应了!"

连江注入法力后,石壁中央的那个"墨"字隐约亮了起来,却什么也没有发生。

"我来试试。"贺简上前,把手按在门上,"墨"字再次亮起,石壁却没有动静。

"嗯……"数人站在石壁前思考,连江带着询问的眼神,望向江鸿,再看陆修。

陆修依旧站在一旁,事不关己。

江鸿知道连江的意思,说道:"还是不要暴力破解吧,会损坏文物的。"

贺简说:"是不是因为我们的法力不够?"

江鸿:"也许是方法的问题?或者有什么机关?咱们先分散找找看?"

于是大家便分头调查这个入口,半小时后,一无所获。

江鸿挠了一会儿头,又看陆修,陆修正坐在一旁看他们,此刻抬头征询地看他,意思是要帮忙你就说。

江鸿说:"我还是想……能自己处理,除非遇到收拾不了的事,否则你不要出手……吧?"

陆修:"很好。"于是又不干预了。

"说得对,"连江说,"不到万不得已,不要看攻略。"

"是不要开修改器。"小皮更正道。

陆修:"我也是第一次来,你让我出手,我只能轰开它。"

江鸿示意不用了,忽然生出一个念头,说:"是不是要两个人同时用法术?"

"咦?"小皮说,"可以试试。"

于是贺简与连江一人按住一个圈,注入法力,"嗡"一声,"墨"字上的光芒开始流动,但依旧没有动静。江鸿灵机一动,说道:"试试看一人用阴力,一人用阳力!"

贺简与连江撒手,贺简运起阴系法力,连江则灌注了阳力,再次摁了上去。

这一次,"墨"字投出光芒,开始旋转,大门发出"轰隆隆"的声响,朝内开始滑动。

江鸿:"太好了!"

小皮:"真聪明!"

江鸿："可是……这机关也太简单了吧？"

连江："哪里简单了！这要法术！"

江鸿一想也是，这世上会法术的人确实不多，普通考古学者来到这扇门前，确实打不开门。但就在几乎同时，四面八方响起刀刃出鞘声。

"不要动！"一个男人的声音道，"也不要进去！把手举起来！"

不知何时，洞穴高处，考古的脚手架上，不知有多少身影原本隐藏在黑暗中，开始一一浮现。

四人动作随之一停，陆修收起手机，抬头望向高处。连江示意江鸿，同时抬起双手。

"不要玩花招，"那高处的男声又道，"当心被一刀毙命。"

四人纷纷抬起双手。

男声又道："离开那道门，举着手，走到正中间来，快点儿！"

所有人一起看着江鸿，连陆修也看着江鸿。江鸿还没忘了自己与陆修的约定，心想也许……这种情况下，我们还是能自己解决？

于是他决定还是不开口求助，举起双手，磨磨蹭蹭走到洞穴中央。连江跟上了江鸿的动作，于是连同陆修，大家纷纷举起双手照做。

"你们是什么人？"江鸿问。

"少废话！"男声道，"排成一队，往前走！"

四面八方出现了近十人，有男有女，都是年轻人，各自手持匕首，指着五人小分队。江鸿说："没有这么严重吧，我们只是来做期末的课题而已。"

对方不说话，但江鸿看他们并非身穿公务警服，便稍放心了些，毕竟这里不是古迹，他们也没有破坏挖掘现场，应该没有触犯法律的问题。

五人被从另一个出口押了出去，那里是一条石子路，外面停着两辆车窗封闭的越野车，对方又让他们上车，江鸿与陆修、连江上了一辆，小皮与贺简上了另一辆。

车发动了，江鸿与陆修对视，沉默。陆修扬眉，做了个询问的动作，江鸿看看连江，又轻轻摆手，示意先不采取措施。

要脱逃很简单，陆修变成龙，分分钟就能掀翻这车队，甚至用不着陆修出手，其他人也……哦不，可能还是需要陆修出手，江鸿重新估量了自己这方的实力，大致作了理智的评估。

但这伙人明显与他们要调查的遗迹有关，说不定正在此地守护遗迹，也许能为他们提供有用的信息，再说待会儿真的要跑，还跑不掉吗？

突然间江鸿听见了什么，在发动机声、轮胎摩擦声中，夹杂着"得洛""得洛"

的叩击响。

江鸿朝陆修做了个"听"的动作，陆修似乎早就发现了。江鸿又朝连江示意，连江稍一沉吟，也听出来了，做了个口型："马。"

外面有人骑着马，跟随车队前进，江鸿凭这个细节，已大致猜到了对方的身份——骑马前来。

方圆十里，只有一个山珠马场。

果然，将近五十分钟后，车停下，周遭的骑士们纷纷下马，面前是连绵的大棚建筑群，以及数十个圆形帐篷般的建筑。

"我们是学生！"小皮分辩道。

"有话去和我们老大说。"带头那队长见他没有反抗意图，便收起匕首，语气稍和缓了些，示意他们进去。

他们走到了个巨大的犹如帐篷般的建筑前，内里全是留给游客们吃饭的圆桌，中央还有个大舞台，队长让他们穿过小门，沿着一条帐篷般的走廊前往马场深处。

江鸿走在中间，左右看看，正好对上陆修的目光，只要有陆修在身边，他就很安心。

"进去吧。"队长给他们打开门。

里头是个装潢十分豪华的办公室，有红木家具、水晶吊灯、古色古香的中东地毯，虽然外头飘着鹅毛大雪，室内却温暖如春，一侧还有个取暖的瓦斯炉。

所有人第一反应都是：好暖和，总算活过来了。

办公桌后坐着一个瘦高的男人，看模样比曹斌年长一些，穿着黑色西服，长着一张略长的脸，头发犹如鬃毛般略显杂乱，神情威严冷漠，眼睛倒是很大。

江鸿第一念头就是：这家伙应当不是人。

长期与妖怪们相处，江鸿已经渐渐能学着分辨出打交道者是不是妖怪了，尤其特征更明显一点儿的。

"来，自报家门吧，"那男人正在看一份文件，说道，"看看你们的家世，决定我是把各位押送回去给陈真，还是把你们留下来替我养马。"

男人气场很足，一副霸道总裁的模样，这么看上去，倒还挺帅，江鸿心想，这应当是马场的老板？至少也是个高层。

没有人说话，江鸿不太懂"道上规矩"，见同伴们不吭声，自己也不说话。

那男人头也不抬，依旧看文件，又说："我叫拉克申，汉名叫董芒。"

"连江，"连江先开口道，"武夷山连家。"

董芒没有反应，贺简冷冷道："贺简，贺家。"

252

小皮说："我叫皮云昊，我爸是苍穹大学的教导主任，轩何志。"

董芒听到轩何志的名字时，终于从文件里抬起头来，看了小皮一眼。

"伏魔的轩何志？"董芒说。

"嗯……是吧，"小皮说，"那会儿我还没出生呢，不知道。"

江鸿记得曹斌说过，上一次伏魔是十年前的事，这么说来……

"你才十岁吗？"江鸿难以置信道。

小皮："呃，按人类年纪来算的话好像是这样，但因为干爹给了我一点儿龙力，我就提前长大了。"

"你呢？"董芒又盯着江鸿看，但很快目光就越过他，投向江鸿身后的陆修。

江鸿如实道："我没什么家世，我是个凡人。"

董芒带着询问的眼神看陆修，陆修比他还冷漠，说道："我是来打酱油的，不用问我。"

董芒没有追问，似乎隐隐约约感觉到了这伙人里，陆修是个厉害角色，语气稍微和缓了些。

"我与曹斌向来井水不犯河水，"董芒往椅子上一靠，两手手指搭着，说，"你们看模样，大多数是学生吧？到我的地盘上来做什么？谁是头儿，派个代表和我好好解释。"

"我有介绍信。"连江想起来了，马上从背包里取出准备好的材料与介绍信。江鸿不由得十分佩服他居然这么细心，校外课题有时确实会惹上不该惹的麻烦，有了介绍信会好很多。

众人又互相看看，示意连江说，连江倒是没有骗对方，把事情的经过大致说了，董芒只静静听着。

但江鸿发现了一件事——连江没有告诉这名马场老板，他们要调查那个"墨"字，只说学校给他们派了一个期末课题：寻找祁兰山处的古迹。

董芒听完后按了铃，叫了个人，吩咐道："让穆宗进来。"在这短暂的等待空当里，董芒说道，"你们必须在这里住到下周一，我手头还有别的事情处理，结束后，我会提供一些你们用得上的资料，说不上应有尽有，但足够你们做期末作业。遗迹不能再讲夫，那里是我们的守护区域，山珠马场世代扎根此处，其中一个职责，就是保护鹝神坛。"

陆修："……"

江鸿捕捉到了陆修那一瞬间里微妙的表情变化，但他没有问。

"等等……"连江想开口。

董芒却没有给他们任何问话的机会:"逗留期间,不得离开马场一步,范围是四周的围墙,就这样。"

办公室的门打开,进来一个穿着连帽卫衣、戴着口罩的长脸男人,看那身份,似乎是董芒的护卫,礼貌地做了个"请"的手势。

小皮欲言又止,连江却示意他们先不要说话,同时征求地望向江鸿,江鸿点了点头,对方对他们没有敌意,这已经非常不容易了。

何况朱瑾玲交给他们的任务也不是把遗迹搬回去,他们此行已经得到了两个非常重要的消息:一、遗迹的名字叫"'欢'神坛"。江鸿满脑袋问号,这是什么意思?二、山珠马场世代守卫这个地方,里头封印了什么大怪物吗?

那名唤穆宗的护卫带着他们在前头走,江鸿注意到他腰际佩了一把短刀。

"你们住在马场后面的贵宾楼,"穆宗说,"一天三顿到中央区来吃,尽量不要在四处瞎逛,也不要随便和游客说话。现在是淡季,游客很少。没有4G信号,Wi-Fi就在床头。"

穆宗头也不回,这家伙个头很高,高得不太像中原人,比陆修还高了少许。

离开帐篷走廊,外头还在下着鹅毛大雪,数人顶着寒风,进入了一栋两层小楼内,每个房间门上都挂着VIP的金色牌子。

穆宗让他们挨个录指纹,问:"你们怎么住?"

陆修说:"我和他,我们俩一个房间吧。"

穆宗说:"可以。"

江鸿便与陆修先进了一间房,其余三人则每人一间,江鸿知道陆修的意思:江鸿不会法术,需要有人保护,以防不测。

江鸿从房内探头出来,对连江说:"待会儿一起吃饭吗?"

"今天的饭会送到房里。"穆宗说,"明天一早开始,再给你们准备三顿。"

穆宗站在走廊里,看着他们各自进了房,才转身离开。

"啊——"江鸿倒在沙发上,在遗迹里钻了一天一夜,住上了度假村般的、温暖的贵宾包间,不得不说还是很幸福的。

陆修随手按了一下门,发出"嘀嘀嘀"的报错声响。

不到数秒,隔壁的其他人也发现了,群里消息开始滚动。

连江:这门只能从外面开,里头出不去。

小皮:他们想软禁咱们。

贺简:给学校打电话?

江鸿完全没感觉:"哇,好大的落地窗,雪景好漂亮啊。"

小楼应当是旺季接待游客或领导住宿的高级包房，整面墙都是落地窗，望出去一马平川的草原上积满了雪。天气好的时候，从这里应当能看见祁兰山的雪顶。房里通了暖气，角落里还有个用电暖丝发着红光的壁炉，热量虽不是很足，但比起地底遗迹来，已经是天堂了。

连江：我总觉得情况有点儿不对，这明显是想软禁咱们吧？

江鸿依旧持续度假模式，脱了外套，去开热水洗脸，换衣服，说："咦？还有零食？先吃包薯片吧。"接着江鸿打开电视，搜到雍凉卫视、兴海卫视、秦陇卫视等若干地方台。

陆修则换了室内便服，躺在沙发上，与江鸿一起看电视。江鸿随手切换了一会儿，拿起手机，看见群里两百多条信息，便起身想去串门……

后知后觉的江鸿："咦，这门怎么打不开？"

陆修："……"

江鸿倒是不如何紧张，反而还觉得有点儿刺激，拿着手机开始回消息。反正想跑路，只要骑着陆修撞破落地玻璃窗就可以跑掉了，而即将充当破城锤的陆修还不知道江鸿打的什么主意，起身道："我去洗澡。"

江鸿让大伙儿先不要慌张，开始在群里分析状况，突然想到用马场的Wi-Fi，会不会有监控？于是发了个语音通话邀请，说："大伙儿在这里说吧。"

语音也容易被监听，但总比留下文字好。

连江说："陆学长在做什么？"

"他在洗澡。"江鸿看了眼浴室，说道，"要么咱们先各自休息一下，吃过晚饭后再说？"

小皮说："我在想，那个'欢'神坛到底是什么？"

"我猜是'䴗'，"江鸿说，"我打字给你们看。"

江鸿在里世界探索课的拓展上，看到过这个字，只不知道是什么意思。书本上的解释只有很少几行字。

"是它啊！"贺简如梦初醒道，"我说呢！"

江鸿说："那是什么？"

贺简解释道："是一种上古妖兽，但据说早就没了。"

连江："遗迹里头有什么，你们看清楚了没有？"

开门的一刹那，江鸿站在最后头，前面的小皮与贺简倒是看见了，遗迹内部看似很大，且一片漆黑，连江现在最后悔的是没有第一时间拍照。

"有地脉的光。"江鸿说。

江鸿跟着陆修冒险一次，亲眼看过地脉，对这点比较敏感，他看见了遗迹深处的一点点蓝光，断定里头一定有蹊跷。

"我怀疑这个遗迹还在运作，"江鸿说，"虽然不知道里头是做啥的，但一定有什么重要的东西。"

连江道："你说得对，遗迹不像尘封很多年，大门上灰尘也不多，尤其按手印的地方，一定有人在不久前进出过。江鸿，你观察得很仔细。"

陆修洗完澡出来了，擦着头发，示意轮到江鸿了，江鸿便挂了语音去洗澡。

"鹓是什么？"江鸿问。

陆修说："这是在朝我求助？"

江鸿："呃……算了，我还是自己解谜吧。"

陆修："嗯。"

江鸿猜测陆修一定知道那东西是啥，但遗迹的名字叫"鹓神坛"，里头也不一定有鹓，就像寺庙里往往不会有佛祖亲自坐镇一样，也许被挪作他用了。

"你们还记得朱瑾玲老师在发课题时说过的话吗？"江鸿洗过澡出来，晚饭已送了进来，他与陆修对坐，开始吃饭，晚餐安排得很丰盛，有清炖的羊肉、兴北宽面，还准备了辣椒面。

江鸿又发了条语音到群里，另两人似乎已经睡了，只有连江还在。

连江："记得，朱老师说，她通过易学卜测，给每个组别分到的课题，都与学生有着一定的关联。"

江鸿："我在想，究竟会有什么关联呢？真好奇啊。"他又站起来，走到门边，想看看门锁能不能打开，度假村用了智能锁，无法开启，顶上通风口也很狭小，钻不过一个人。

连江："晚上出去看看？"

江鸿："可是怎么出去呢？"

连江那边不再说话，江鸿朝陆修道："这扇门……学长，你怎么啦？"

陆修忽然也不说话了，他保持一个奇异的动作，坐在床边上，一动不动，犹如一具雕塑。

"学长？"江鸿吓了一跳，紧张起来，忙过去查看陆修的情况。

陆修的瞳孔微微放大，双眼没有焦点，清澈明亮的眼睛倒映出江鸿的脸。

"学长！"江鸿慌了，凑到近前，陆修则保持方才的姿势，稍稍弓身，以一个思考的动作凝固了，发丝、睫毛、表情，时间犹如停留在了某一刻。江鸿注意到他还有呼吸，又伸手确认了下。

三秒后,陆修仿佛从梦里蓦然惊醒:"什么?"

江鸿:"你没事吧?"

陆修缓缓地出了口气,说:"刚才我被召唤了,时间过去多久?"

江鸿奇怪道:"召唤?被谁召唤?一分钟左右吧?吓死我了。"

"另一条龙,"陆修答道,"他突然朝我发出了讯号。"

"校长吗?"江鸿震惊了,说,"他在哪儿?"

"唔。"陆修又坐了起来,头发有点儿乱,说道,"他在夏禹时代,本来不该在这个时候……"

"没关系!"江鸿马上道,"有正事的话,你先忙。"

"已经结束了。"陆修说,"他让我为他调查这个时代的一件事,恰好我刚读过那篇文献……"

江鸿:"你要不要休息会儿?"

陆修的背上全是汗,浸湿了T恤,他点了点头,脱下T恤,江鸿找来干净衣服让他换上。

"时空对话非常消耗灵力,"陆修疲惫地说,"我得睡会儿。不用担心,我只是困了,不会有危险的。你可以随便活动,不用怕吵醒我。"

龙与龙之间的对话,竟然能够穿越时空!江鸿好奇地看着陆修,就这样,陆修沉浸在了一场龙的梦境之中。

江鸿等待片刻,不知道陆修要睡多久,到得将近十点时,四周一片静谧,唯独落地窗外传来大雪细细密密的唰唰声。江鸿打了个哈欠,在另一张床上躺下,睡着了。

十一点整。

"嗡"的一声,墙壁发出一道光,墙里冲出一个人影。江鸿蓦然坐了起来,与那人面面相觑,江鸿险些被吓得大叫,幸亏没叫出声。

连江:"……"

江鸿:"……"

"不好意思,打扰了,"连江说,"我……猜你们还没睡。"连江见江鸿和陆修正在睡觉,当即十分尴尬。

江鸿忙摆手示意没关系,并让他小声点儿。江鸿赶紧穿上长裤下床,说:"怎么了?咦?你怎么过来的?"

连江做了个施法的手势,小声道:"家传的,惧留孙术,遁地神行。"

江鸿:"哇!你能穿墙!"

连江已经换了身羽绒服,戴着毛线帽,说:"我正打算出去调查,贺简与小皮睡着了,你去吗?"

"去去去!"江鸿相当欢乐,火速穿衣服,这种机会居然还想着他,太好玩了!

"你会穿墙啊!"江鸿戴好帽子手套,终于见识到了连江的看家本领,果然队友们个个身怀绝技,又说,"这技能太凶残了吧!不就可以随便进银行金库了?"

连江:"墙越厚,莫氏硬度越高,失败的概率就越大,而且只能穿过土砖结构的墙,钢筋还不能多了,银行都是钢板墙,不行,不不,这是犯罪呢……好了吗?"

江鸿说:"好了。"

连江甩出自己的围巾,将江鸿一裹,拖着他说:"走!"

江鸿内心狂叫,只听耳畔"唰"一声,眼前一花,冰冷的空气扑面而来,两人已到了走廊里。

好冷啊!雍凉寒冬腊月的半夜,西伯利亚冷锋正在祁兰山下肆虐,江鸿差点儿心跳骤停倒地。

"咱们去哪儿?"江鸿说。

连江小声道:"不知道,随便看看吧,说不定能查到什么有用的消息,你说呢?"

连江与江鸿下了两层小楼,前往马场中央区域。江鸿怂恿道:"再来一个。"

连江:"灵气涌动,容易被他们发现的。"嘴上如是说,连江还是拉着江鸿,又要了个帅,"嗡"地穿墙,过了一道围墙。

"哇!"江鸿忙鼓掌,连江笑了起来,似乎觉得很好玩,从来没人这么崇拜一个简单的遁地神行术,接着又拉着江鸿,"嗡嗡嗡"连穿三道墙。

"你真可爱。"连江好笑道。

"太厉害了!"江鸿说,"今天起你就是我的偶像了!"

"不玩了。"连江说,"这是哪儿?"

两人置身一个黑黢黢的库房中,江鸿确认附近没有人,打开灯,里头是个放过节物品的杂物室,再关上灯,推开门,进入马场中央走廊。连江要往外走,江鸿提醒道:"当心摄像头。"

连江抬头看了眼,两人小心避开摄像头区域,幸而马场内的摄像头并不多。

江鸿:"去他办公室看看?"

连江也不知道该去哪儿,毕竟他没有太多这种调查经验,便说:"行,听你的,你记得路吗?"

江鸿勉强记得,沿着走廊一路往前,半路上险些撞上巡逻的人,马场的守卫走路无声无息,险些被发现,连江便在身后把江鸿一拉,用遁地术穿墙,躲进房间里,等守卫经过后再出来。

"今晚他不让咱们出来吃饭,"江鸿说,"搞不好是有什么事。"

连江:"我也觉得。"

他们回到了董芒的办公室外,里头依旧灯火通明,门上了锁,内里应当没人。又有巡逻守卫过来,连江拉着江鸿,闪身穿墙,进了办公室里。

早先匆匆一面,江鸿没有注意到办公室的布置,现在可以认真看看了。董芒的办公室内,摆放着不少赛马的奖杯,以及与上级领导的合影。办公桌收拾得很整齐,连江打开他的休眠的笔记本电脑,有唤醒密码,于是又随手合上。

抽屉却没有上锁,墙角有一个保险柜。江鸿随手拉开抽屉看了眼,里头是一沓赛马的血统证书与资料。什么有用的情报都没找到。

连江:"现在呢?"

江鸿也是一筹莫展,两只侦察菜鸟,也不好在别人办公室里翻箱倒柜,他搜肠刮肚,回忆自己看过的侦探片,说:"这里有没有什么暗格?"

"我不知道啊。"连江虽然法术了得,在这方面也是个小白。

江鸿只觉得十分棘手,董芒看样子十分严谨,应当很难揪到漏洞与线索:"咱们穿墙看,四周有没有暗格。"

连江:"好,试试吧。"

连江虽然是组长,在行动上却很随和,于是又拉着江鸿,开始穿墙,但这附近都是帐篷,根本不可能像麦擎家,书架后有隐藏空间。

然而两人四处在黑暗的帐篷间游走时,突然间就眼前一亮,进了中央宴会厅的某个包厢中,还听见有人在说话。

这是某主宴会厅内亮灯的隔壁包厢,面前一人正背对他俩,穿出墙壁时,江鸿与连江差点儿就撞在那人身上。那是一名身穿黑西服的保镖,正戴着耳机,听着歌,吃着醋泡花生,喝着酒。

隔壁包厢内,传来董芒与客人的对话,江鸿与连江马上蹑手蹑脚,尽量不发出声音。

"影子,影子!"江鸿嘘声提醒连江,示意他背着光走,当心影子映在墙上,被那保镖发现。

连江点头,指指那保镖,朝江鸿做了个"斩杀"的动作,意思是太危险了,要不要先打晕他?

江鸿点点头,朝连江回了个"斩杀"的动作,意思是你去打晕他。

连江摆摆手,催促江鸿,示意他去,又扎了个马步,意思是自己负责扶人。

江鸿："……"

江鸿心想，好吧。于是捋起袖子，轻轻走到那保镖身后，深呼吸，抬手，晕倒吧——！

江鸿以掌刀朝着他脖子来了一下。保镖吓了一跳，顿时回头。江鸿与那保镖对视，紧接着，连江从角落冲来，手里拿着一个青铜花瓶，给了那保镖一下，保镖应声而倒，两人赶紧同时把他扶住，轻轻放在地上。

江鸿夯了毛："应该你上的，我完全不会啊……"

连江小声道："你不是学过体术吗？校长没教你？"

江鸿："没有，算了……抓紧时间偷听。"

连江示意噤声，两人又去偷听隔壁的对话，两个包厢之间只隔着一层厚帐篷帷幕，内里数人的影子映在帷幕上，声音听得异常清晰。

一个男性的声音说道："……董老板其实一直知道。"

女性声音笑道："董老板可是明白人。"

董芒始终没有回答，江鸿听了这两句话，感觉对方像是说客。漫长的安静后，董芒终于开口了。

"好吧，今天就先这样。"董芒说道。

江鸿与连江对视，心道：我们才刚来，你们就聊完了？

但那两人显然没有要走的意思，其中的女性说道："董老板，今天无论如何，您要给我们一个答复了，鹏神坛已经等待了两千多年，无论从哪个角度来看，现在都是最好的时机。"

男人也说："我们老大在山珠这件事上，已经给了足够的耐心，今天我们过来，也是为了打消您的疑虑。董老板，还有什么担忧，您大可一次说出来，有什么想法、要求，我们也好回去朝上头报。"

又是一小段时间的沉默，女性开口道："董老板，您当真不用担心，上一次在山城露面的无支祁……"

江鸿听到这里时，顿时目瞪口呆，第一个念头不是这两者天差地远都能扯上关系，而是：朱瑾玲的课题太准了！还真的与自己有关！

连江做了个口型："那是什么？"江鸿马上摆手，示意先听。

"……虽然最后没能达到最想要的目的，但这个实验至少证明了，咱们面前的道路毫无阻碍，未来将会有更多的妖灵加入咱们。试想想，驱魔师委员会再壮大，毕竟是人，如何能与咱们的老祖宗相比？"

董芒的声音平静："所以你们这一次，打算唤醒什么？"

女声避而不答，说道："委员会里唯一的敌人只有陈真，剩下的，都是些乳臭未干的小孩儿；咱们呢？夸父、旱魃、刑天……只要灵力足够，我们甚至能唤醒烛阴。这是另一场封神之战，区别只在于，绝对力量在我们这一方，从实力上，委员会根本不可能是咱们的对手……"

男声懒懒道："胜利只给有准备的人，董老板。"

"够了。"董芒冷冷道。

江鸿听到了不少文献上的名字，与连江顿时目瞪口呆，连江未曾参与无支祁的伏妖之战，对实际情况也不甚了解，听得一脸茫然。但江鸿隐约察觉到事情相当不简单，得马上联系曹斌，开始有点儿后悔没拉着陆修一起来了……陆修到底在沟通什么？

江鸿一走神，接下来的话就没听见，但他掏出手机，飞快地在记事本上记录，以防过后忘记了关键信息。

只听董芒又低声说了几句，最后道："你们走吧。"

"这是最后一次来拜访。"女声说道。

隔壁包厢内，传来收拾东西的声音，董芒似乎没有起身相送，又听那男声说道："随时保持联系。"

"他答应了吗？"江鸿低声问。

连江带着疑惑神情，摇了摇头，无法确认。

"最后那几句，我也没听清。"连江说，"现在怎么办？"

江鸿拉着连江，退到墙边，预备有人过来这里时，两人便随时穿墙逃跑。但那一男一女没有过来，看来这名保镖不是使者的人，而是董芒派来驻守的。

使者离开了包厢，江鸿做了个"嘘"的动作，指指董芒的包厢。

连江便带着江鸿穿了进去，身形一闪，二人出现在隔壁包厢，内里十分敞亮，董芒背对二人，沉默坐着，似乎在思考。

江鸿打了个手势，二人蹑手蹑脚，穿了出去："我去跟踪他们，"江鸿说，"你回去叫他们起床，干活儿了。"

夜十二点半，外头狂风呼啸，雪花飞扬。

"起来做什么？"连江还搞不清楚状况。

江鸿："他们一定有交通工具，看看车牌号，必要的话，设法跟踪他们，看他们离开马场后会上哪儿去。"

"那你千万当心！"连江稍作思考，便转身离开。

江鸿潜入夜色，快步闪身到帐篷后，忽然有点儿后悔：我胆子怎么变得这么

大了？他检查了自己的护身符——只要护身符在就没问题，大不了随时召唤陆修。

不远处，一男一女两名使者在雪地里走着，留下一行脚印。江鸿弓身跟在他俩身后，感觉自己仿佛成了一名潜行中的盗贼，跟踪人总是惊险又刺激，但事实证明，对方根本没有察觉到江鸿的存在。

这两名使者提到了无支祁……以及"唤醒"，发现无支祁时，陆修与驱魔师都一致认为，这强大的妖兽已经从历史上消失了，但这伙人"唤醒"了它，是不是他们掌握了某种复活大妖兽的能力？

以及在谈话中提及的夸父、旱魃、刑天等上古传说中的神兽级选手……他们是不是就跟那个"墨"有关？

朱瑾玲的期末课题也太变态了吧！我只是大一学生而已啊！江鸿一边胡思乱想，一边跟在那两人身后。他们没有交谈，犹如鬼魅般在风雪里走着，看行走方向，仿佛是去马场外头。

江鸿又跟紧了一点儿，穿过大半个马场，回忆他们提及的"驱委"，只见那一男一女，在一处帐篷后停了下来。

江鸿怀疑他们会交谈，便躲到帐篷后。就在这个时候，江鸿的电话突然间响了起来。江鸿瞬间被吓得魂飞魄散，马上接了电话，幸而风声掩去了手机铃声，对方没有察觉。

"喂，江鸿吗？"那边是曹斌的声音，"陆修是不是和你在一起？你让他接电话，我有重要的事情找他……"

江鸿："我们不在一起。"

曹斌："方便暂时结束你们的课题吗？我需要第一时间召回他。"

江鸿："呃……我试试看，我其实在跟踪人。"

曹斌："跟踪？"

江鸿戴上耳机，小声告诉曹斌经过，以及陆修在睡觉。

一男一女又走远了，江鸿不敢靠得太近，只沿着他们在雪地里留下的脚印跟了过去。曹斌刚听到一半，便果断道："敌人在哪儿？只有你一个人？"

江鸿低声道："对，我不敢跟太近。"

曹斌："从现在开始，不用说话，尽量靠近他们，不用担心，大部分的驱魔师与妖怪通过灵力波动来感知环境，你没有灵脉力量，几乎不会引起他们的警觉。"

江鸿："我怀疑他们想去祁兰山的古迹……我看到他们的身影了。"

江鸿即将离开马场，四周全无掩护，只能寄希望于对方不要突然转头。马场外是一大片开阔的平原。

江鸿："校长……这周围什么都没有啊，我会被抓去杀掉的。"

曹斌："不要吭声，我马上通知驱委，安排人过去接应你们。相信你自己，好歹也是我徒弟。"

江鸿于是大着胆子，又靠近了少许。曹斌在耳机里说："如果可能的话，拍一张照片试试，发给我。"

"我尽量。"江鸿不说话了，再靠近少许，绕过围墙，赶到对方面前。离开这堵墙就出了马场，五十米外停着一辆吉普，这里是绝佳的拍照位置，江鸿掏出手机，寻找角度，把两人的模样拍下来。同时他还不忘观察两人的体态与口音。

"现在出发？"男人说。

女人说："走吧，还能做什么？留在马场也不是个事。"

紧接着，闪光灯唰地亮了起来，把两人晃了个正面。

江鸿："……"

对方："……"

江鸿："啊……你们好……"

两名使者顿时目瞪口呆。

江鸿瞬间喊道："拜拜！"

曹斌在耳机里说："被发现了？"

"忘关闪光灯啦——！"江鸿道，"完了完了！"

江鸿掉头就跑，那男的最先察觉到严重性，喝道："什么人？！"

一男一女马上转身去追江鸿，然而江鸿练跑步的，速度简直飞快，一意识到不对，顿时跑得影都没了。

男人竟是来了个瞬移，拉近了与江鸿的距离，江鸿回头一看吓了一跳，喊道："我不认识你们，我只是游客……"

"他不是马场的人！"女人喝道，同时从围墙下现身，把手一抖，指甲顿时延伸了近半米，寒光闪烁，朝江鸿当头抓下，眼看那一下就要将江鸿抓得皮开肉绽，江鸿却猛地来了个雪地漂移，在半途硬生生拐弯，朝着马场的诸多帐篷间冲了进去。

男人喝道："抓住他！别让他跑了！"

江鸿冲过一排帐篷的刹那，瞬间被一只手拖了进去，同时捂住了嘴。世界漆黑一片，一秒，两秒，三秒……

江鸿没有挣扎，那只手慢慢放开，男性的呼吸在他耳畔起伏，身体散发着暖意。

江鸿渐渐地松了口气，知道身后这人是帮手，他稍抬头看了眼，见对方穿着迷彩卫衣，拉起了斗篷兜帽。

外头再次响起男人的声音，问道："人呢？"

女人道："不知道，刚还在这儿的，一眨眼人没了。"

男人道："奇了怪了，也没感觉到这厮，到底哪儿冒出来的？今天必须要抓住他，不知道是谁派来的。"

女人说："回头去找董芒？"

男人道："先不，天亮前仔细找找。"

脚步声渐远。那人示意江鸿退后少许，跟自己来，沿着通道进了另一个帐篷，开灯，解下兜帽。

"董……董老板？！"江鸿猝不及防，看见了董芒的脸！

"是我，下午才见过面，认不出了？"那人发出的却是穆宗的声音，但穆宗与董芒，简直长得一模一样，眉眼、嘴唇、鼻梁……唯一的区别就是穆宗五官更刚硬一点儿，董芒则稍显儒雅。

江鸿马上明白过来了，他们是双胞胎，下午时穆宗始终戴着卫衣兜帽和口罩，大家都没有注意到他的长相。

江鸿："你们是兄弟？"

穆宗："嗯。你到底是来做什么的？曹斌交给了你们什么任务？"

江鸿："呃……虽然说起来连我自己都不信，但我们真的是做期末课题。"

穆宗探头到户外看了眼，检查对方是否已走远。江鸿说："他们到底是什么人？"

穆宗看了眼江鸿，似乎有点儿迟疑，江鸿忙道："不说也没关系，我可以当不知道，还是谢谢你，我得先回房去，和伙伴们商量下接下来怎么办。"

穆宗说："我告诉你事情的详细经过，你能帮我哥哥吗？"

江鸿有点儿为难，但这个时候，曹斌突然在耳机里说："答应他，问他是怎么回事，增援已经在路上了。"

江鸿这才想起来，还没挂电话。

江鸿说："我尽力而为吧。"

穆宗说："这里不是说话的地方，跟我来。"

江鸿马上道："去我们房间吧。"

穆宗："你们房间有监控，让他们到这里来。"

江鸿掏出手机，迟疑片刻，不想挂断曹斌的电话，直接给连江发消息。连江那边已经出来了，并撞上了正在马场中四处搜查的一男一女，连江盯着男的，贺简与小皮正盯着女的。

江鸿给他们发了定位，让他们先过来集合。不多时，陆修也到了。

江鸿以眼神询问：你好点儿了？

陆修点了点头，手指做了个动作，示意先不要多问，眼神里带着赞赏。

大家到了穆宗的小房间内集合，这里只有两张行军床、一张小茶几，茶几上摆着满是烟头的烟灰缸。

众人看见穆宗时，都很快就明白过来他与董芒的兄弟关系。

"你看我拍的那俩人的照片。"江鸿拿出手机给陆修看了看，指指上面的来电通话：校长。

陆修接过，"嗯"了声，戴上耳机。

"我长话短说吧。"穆宗坐在床边，余人或坐或站，贺简与小皮明显还没睡醒，打着哈欠。

江鸿："是关于'墨'的内容吗？"

陆修依旧戴着耳机，江鸿猜测另一头曹斌正在交代事情，陆修却毫无表情波动，只看着穆宗，但倏然间，陆修的脸色变得凝重起来。

"怎么会？你当真的？！"陆修突然说了一句话，显然是朝电话那头的曹斌说的。

"什么？"所有人疑惑地看着陆修。

陆修意识到不能让他们知道自己在打电话，便取下一边耳机，说道："没事，继续。"被他毛线帽挡着的一只耳朵，还隐藏着一只耳机。

穆宗说："这伙人其实不叫墨，正式的称呼，应当是'荧惑'，已经存在于世上很久了，具体有多少成员，我们也不清楚。"

室内一片安静，陆修开口道："荧惑不就是火星？"

穆宗摊手，说："我也不知道。"

大家并未表示异议，但江鸿马上察觉了不寻常——陆修这一路上，始终没有主动干涉过他们的课题，遵守了与江鸿的约定，这时突然介入并提问，原因只有一个：提问者应当是电话那头的曹斌。

陆修："你接着说。"

穆宗："你也知道，山珠马场已经存在这个世上有两千多年了，我们的老祖宗从几千年前开始，就在河西走廊为将士们养马，一代又一代传了下来，所以与中古时代的某些组织还保留着联系，当然，大部分组织现在已经消亡了，或者说至多也是他们主动来找我们。"

江鸿忽然生出好奇心，问："除了荧惑，还有别的古代组织吗？"

"驱魔司，也即驱委的前身。"穆宗想了想，说，"还有妖族圣地，偶尔也

与我们接触。荧惑已经消失了很久很久，是最近几年才开始冒头的。"

贺简也充满了疑惑，显然就像江鸿一般，最开始他们以为这只是一个类考古的期末课题，但就在连江转述之后，贺简开始意识到内情一定很不寻常。

"几年前？"贺简道，"我们都不知道有这个组织呢。"

"具体算来，他们第一次出现，应当是十年前。"穆宗答道，"但在十年前，出现的不是这两名使者。"

江鸿看了眼陆修，陆修没有再发问，显然曹斌得到了"荧惑"这个名字，已足够做许多事了。

连江道："他们的诉求是什么？"

"策反我的兄长董芒。"穆宗认真道，"他们很快就要颠覆驱委，全面控制人世间，不管用什么手段，这个计划已经进行了十年，每一年他们都会来游说一次兄长，并朝他展示荧惑的实力，具体细节我不清楚，但他们能做的事，远远比你们想象的更多。"

哇，这是拯救世界的任务吗？江鸿心道，我只是想做期末作业而已。

贺简说："可他们能做什么呢？"

穆宗迟疑片刻，而后道："我不清楚，剩下的，就只有董芒知道内情了。"

连江说："你需要我们做什么？"

穆宗抬头，充满期待地朝他们说道："帮我把董芒控制起来，我好接管马场，他已经决定了加入荧惑，只是还想与他们谈更多的条件，讨价还价一番。你们想要得到的消息，他大多数都清楚。"

众人互相看看，最后目光又落在了江鸿身上。

江鸿："……"

江鸿心想：这不对吧，连江才是组长，怎么又让我做决定？但这件事是他与连江一同发现的，由他们俩共同决定也不奇怪。

"我们先讨论一下看看。"江鸿说。

"行，"穆宗说，"我把房间让给你们，我去外头等着。"

说着，他拿了烟与打火机，正要离开时，江鸿又多问了一句："荧惑想让董老板投奔他们，目的是什么呢？我是说，山珠马场有什么能为他们做的吗？"

穆宗一怔，继而想了想，说："他们也许需要山珠的一些协助？这些我都不清楚，兄长与他们谈话时，始终避开了我。"

江鸿再问道："如果我们帮助了你，可以让我们进去鹃神坛完成期末作业吗？"

穆宗说："当然，你们可以随便进去。"他又等待片刻，见众人已经没有问题了，便掀开门帘，离开室内，出去抽烟。

小皮凑到门边看了眼，穆宗已走得远远的，在风雪帐篷另一边。

"帮他吗？"小皮问。

江鸿看了眼陆修，陆修挂掉电话，把手机递给江鸿。

江鸿朝众人说："荧惑的目的是什么呢？"

贺简说："比起这个，我更奇怪的是，怎么这么多年，都从来没听说过这个名字？"

连江说："很正常，都是秘密活动，要很容易就被人知道了，还混什么？"

江鸿再看陆修，有点儿迟疑。贺简最后道："江鸿，连江，你俩打听出来的消息，就你们决定吧。"

穆宗话都说到这份上了，江鸿能不干预吗？难不成他带着在这里的消息，回去朝驱委告密？当然，曹斌已经通知驱委，派出增援前来的消息穆宗并不知情，只不知道来这里的人是谁。

连江说："江鸿决定吧，别忘了咱们的课题是去调查鹏神坛，到时作业别忘了做就行。"

江鸿总有种奇怪的感觉——穆宗还知道一些事，他没有对他们说出真相，或者说大部分的真相。

为了安全起见，江鸿没有开口说出来，而是在手机上打了一行字：我觉得穆宗在撒谎，不要完全相信他。

江鸿朝他们出示那行字，众人看过，陆修点了点头。

江鸿说："帮他吧，咱们的课题还着落在他的身上呢。"

众人纷纷同意，说："行。"

小皮于是把穆宗叫了进来，穆宗满身是雪，搓着手呵气。

"我们要做什么？"江鸿问。

穆宗答道："我不能朝兄长动手，但他的法力不强，得想个办法让他离开他的卧室，再困住他一段时间，等我接管整个马场。他每天两点半会回房。"

连江怀疑地问："你能办到吗？"

穆宗说："兄长那里有一块玉符，只要拿到它就没有问题，马场从上到下，只认这块玉符。"

余人再次交换了眼神，连江说："可是那俩人怎么办呢？放着不管？"

穆宗说："只要拿到玉符，我可以调动马场的卫士，把他们抓起来。"

"我们兵分两路吧，"江鸿提议道，"怎么分配？"

连江说:"我和小皮去困住董芒。你们去监视那两名使者。"

江鸿征询地看了眼连江,连江示意包在自己身上,没问题。

穆宗说:"我去召集马场的各级管理负责人,为接下来的行动做准备。"

连江与小皮离开后,江鸿朝陆修问:"校长有重要的事情吗?"

陆修答道:"我得给驱委打个电话,审问麦擎的结果出来了。"

江鸿便点点头,陆修暂时留在穆宗的小屋里。

回到满是风雪的户外,江鸿拉上羽绒兜帽。

贺简说:"哪怕穆宗在撒谎,董芒也半点儿不无辜。"

江鸿:"啊?为什么这么说?"

贺简解释道:"一个秘密组织,与山珠马场接触了将近十年,这十年里,董芒始终没有朝驱委上报,你觉得他在想什么?"

江鸿一想倒也是,其中内情,必然错综复杂,董芒的身份又是妖族,说不定长时间内一直在犹豫,没有下定决心投靠荧惑,也许只是因为认为对方实力尚不足以与驱委抗衡。

贺简问:"咱们把两名荧惑的特使抓起来?交给驱委,让他们回去再慢慢审问?"

江鸿答道:"好,我来当饵吧,待会儿也许需要学长帮忙,我再召唤他。"

江鸿决定这么分组,也正因为对方正在马场内搜查他的下落。

那一男一女已分头行动,深夜两点,马场内一片静谧,江鸿蹑手蹑脚从一间铁皮屋后转出,猝不及防与那男人打了个照面。

江鸿大叫一声,转身就跑,男人一个箭步追了上来,黑夜之中只看得见彼此模糊的身影。江鸿摔倒在雪地里,害怕地说道:"你你你……你是谁?"

男人捋起左手袖子,露出闪烁着寒光的精钢爪,二话不说,缓步上前,江鸿不住喘气。背后,黑影渐近,旋即那黑影将斗篷一掀,把那男人整个包了进去。

世界顿时一片漆黑,紧接着黑暗扩大,男人蓦然大喊一声,后颈被尖锐的物体刺入,霎时全身僵直,倒了下去。

贺简现身,说道:"简单便捷。"

"你用了什么?"江鸿目瞪口呆道。

贺简给江鸿看自己手里的一把铁蒺藜,又说:"可以让这家伙睡上十二个小时。"

江鸿把那男人拖到铁皮屋内,从外头插上了门的插销,说:"走,咱们去抓下一个。"

与此同时,连江与小皮穿过餐饮区,小皮说:"待会儿让我来吧。"

连江个头不高,然而小皮比连江还要嫩一点儿,连江只觉好笑,说:"好,你来。"说着摸摸小皮的头。

小皮说:"我也想做点儿事,不然总是你们在忙前忙后,感觉我好没用。"

连江朝包厢的方位张望,说:"行,待会儿你要怎么做呢?"

小皮活动筋骨,说道:"我从校长那儿学了体术,我来制住他,你再帮我捆住他的手脚。"

连江爽快地说:"没问题。"说着脱下外套,卷了两圈,包在手臂上。

小皮与连江一左一右,躲藏在走廊的两侧,远远看见了影子,董芒终于离开包厢,先是走到隔壁处,敲门道:"小白,下班了,今天辛苦你了。"

那里正是先前江鸿与连江穿墙后偷袭保镖的隔壁包厢,董芒的贴身亲信已经被连江放倒了,自然没有回应。

董芒等了一会儿,不听应答,便推门进去。保镖横在沙发上,面朝下趴着,董芒稍弓身,正要喊他起来时——小皮骤然从身后无声无息出现,手臂勒上董芒脖颈。

董芒的反应却更为迅速,刹那挺直背脊,一个转身,把小皮甩得飞了起来!

小皮在墙壁上一借力,抱住董芒的腰,以四两拨千斤的力度把他摔在地面。

董芒大吼道:"来人——!"

连江一声喝彩,站在旁边鼓掌。小皮出拳,董芒猛地低头避过,用上了格斗的摔跤步法,把小皮绊倒在地。

董芒喝道:"你们是怎么出来的?!"

小皮道:"快帮忙啊!"

连江解开手臂上的外套,朝董芒头上一兜,董芒再次过肩摔,把小皮甩开,紧接着冲了出去。

连江道:"谁说他好对付的!"

董芒一冲出走廊就要喊人,小皮晕头转向地起身,连江把他的手腕一拉,两人同时扑上,朝董芒形成合围,紧接着,连江把左手按在董芒背上,把他朝着墙壁一推。

连江:"走你!"

三人"嗡"的一声,同时穿墙而过,一片黑暗。

董芒心中一震,还没反应过来,双眼尚未适应黑暗,本能地转身,连江与小皮又同时撞了上来。

连江:"再来!"

董芒被撞正胸膛，连江个头比他矮，外加弓身冲撞时只到他的腰侧，再一猛撞，第二次穿墙而过，四周又一片敞亮。

董芒双眼先是黑暗，再进入光亮区，正眩晕时连江第三次撞翻了他。

"想不到吧！"连江笑道。

"嗡嗡"声连响，董芒毫无招架之力，被连江带得穿了五六道墙壁，已不知道自己身在何方，总算定神，要迎面给连江一拳时，连江却道："当心！"

连江刚带着董芒进了一个房间，见董芒出拳，却突然刹住，搂着小皮的腰，两人猛地后退，再次遁进了墙里。董芒收拳不及，一拳砸在水泥墙上，当即痛得大吼。

连江再次现身，小皮随手抓到一个笔记本电脑，朝着董芒后脑勺一拍，瞬间世界安静了。

连江看看四周，说："这是他的办公室。"

小皮喘息道："成功了，是不是要找他的玉符？"

连江解开董芒的衬衣，看了眼他的胸口，没有佩戴任何首饰，便摊了下手。

小皮说："要不要叫其他人过来？"

连江摆手道："不忙，等他醒了。先看看情况，来，帮我把他拖到椅子上。"

连江与小皮合力，把董芒捆在了办公椅上。小皮拿来矿泉水，倒在他的脸上，董芒又醒了。这次他发现自己受制，倒是十分镇定、冷静。

"说吧，"董芒沉声道，"提条件，我就知道会有这么一天，谁把你们放出来的？"

连江吊儿郎当地坐在办公桌上，笑道："小爷要出来，还用得着人放？"

"剩下一个了……"江鸿喃喃道。

贺简跟着唱道："一个一个一个……"

两人正在四处搜索那女特使，贺简问："你学长没什么事吧？"

"啊？"江鸿答道，"应该没事。怎么啦？你听说什么了？"

贺简说："你记得那个叫杨飞瑶的不？还有咱们上次去山城南山，潜入的麦擎家？"

江鸿："嗯……怎么了？"

贺简："他们是一伙的，事情有点儿大，牵连到驱委内部，有不少内鬼。"

贺简的哥哥在驱委，江鸿丝毫不怀疑这消息的真实性，又说："但是和陆修关系也不大吧？"

贺简说："有点儿复杂，据说和陆修也有关。"

江鸿："嗯？"

陆修向来不怎么管驱委的事，为什么会与他有关？

江鸿四处搜索，都再找不到那女特使的下落，临近三点，外头实在太冷了。

贺简说："等等，你看那里？"

两人站在楼顶上，望向马场外，一辆吉普车正在驶离马场，开往远方的山峦，多半是两名特使之间有着某种特别的联系方式，男的被抓了，女的便马上跑了。

"追吗？"江鸿犹豫不决，要追也只能贺简追，因为只有他会飞。

这个时候，电话来了。连江在电话里说："我们就在办公室里，你们最好快点儿过来，人抓不到先不用管了。"

江鸿："怎么？"

连江："你猜对了。"

办公室内灯火通明，董芒依旧被捆在转椅上，衬衣被扯松了两个扣子，一副衣衫凌乱的模样。

贺简："这场面好残暴。"

连江："不关我事，刚才他自己挣扎扯的。"

江鸿进来时在门口碰上了陆修，走廊昏暗的灯光下，陆修看了江鸿一眼，险些撞在他的身上。

"怎么啦？"江鸿说。

陆修摆摆手，示意无事，让江鸿先进办公室，江鸿却突然觉得，仿佛有什么不一样了。

一定发生了什么事，江鸿疑惑地看着陆修。

"先解决眼前的事，其他的回头再说。"陆修答道。

"没什么吧？"江鸿记得曹斌打来电话时，嘱咐的是"重要的事"。驱委那边发生了什么？

"进。"陆修的语气依旧生硬而不近人情。

台灯照着董芒的脸，连江却没有给他松绑，说："需要大家一起来判断。"

贺简把抓到的那名特使也拖了进来，那男人却依旧处于昏迷状态。

董芒说："接下来的话，我只说一次，你们相不相信，大可以随意。"说着，他看了眼躺在地上昏迷不醒的荧惑特使，说，"果然是驱委派来的。"

"猜错了，"连江说，"我们真的没对你撒谎，都是学生。"

"学生？"董芒说，"我想不出学生有什么理由，要来插手马场的事。"

小皮说："苍穹大学本来就是驱委建的，说是一伙的，也可以啦。"

贺简道："废话少说吧，既然明知道荧惑的目的，你为什么不向驱委如实报告？"

271

董芒道:"看来你们知道得还不少,你的哥哥既然是驱魔师,没有告诉过你,山珠马场不站在任何一方吗?我们从两千多年前就已经开设,那个时候连驱魔司都不存在,现在的委员会有什么资格来收编我们?"

连江道:"董老板,你这么说话,可别怪我们帮不了你。"

董芒神色复又有点儿黯然,叹了口气:"好吧,"董芒道,"我说,都告诉你们,反正驱委与苍穹大学撕破脸动了手,你们的上级,想必已经在赶来的路上了。"

"这才对嘛。"连江说。

董芒道:"从哪里说起呢?我的弟弟穆宗,对你们说了什么?他不会告诉你们实话……"

"这不重要。"贺简道,"荧惑到底是个什么组织?"

董芒说:"没有人知道,最初我也非常迷茫,荧惑在十年前找到我,让山珠马场投奔这一组织,你们已经抓到了白琮,审问他不是来得更快吗?"

董芒看了眼那昏迷的男特使,似乎仍在思考。

"麦擎是荧惑的成员?"陆修突然问道。

董芒:"我不清楚,他们与我从来就是单线联系。"

"他们的目的是什么?"江鸿疑惑道,这是他今天第三次问这个问题了,他相信这个叫荧惑的组织,一定是有所图的。

董芒答道:"这要从十年前说起,荧惑的第一名特使来到我面前时,提及了某件非常久远的法宝,你们知道万物书吗?"

江鸿:"嗯?"

数人面面相觑,陆修却道:"知道,你继续说。"陆修的表情变得凝重起来,江鸿很想问那是什么,但现在不是时候,只得忍住。

董芒:"你相信有万物书吗?"

陆修:"不相信。怎么?荧惑号称自己拥有万物书?"

董芒见其他人表情莫名其妙,说道:"故老相传,在人世间有一件凌驾于一切法宝之上的终极文献,名字叫'万物书',这本书上记载着一切物、一切法,大到山川大地,小到芥子微尘,无所不包,无所不容……"

"那就是山河社稷图吧?"贺简疑惑道。

董芒说:"不,不是,曾经有人以为是。传说只要得到万物书,你便无所不能,因为在那上面记载着所有的奥秘,人类已知的与未知的。"

江鸿说:"我觉得不太可能有这种东西……"

董芒道:"荧惑的来使,号称他们手中就拥有了万物书,具体从哪儿来的,我不清楚。"

陆修:"他们给你看了?"

董芒:"没有,但据说,他们的头儿,将万物书作为'媒介',获得了复生之术。"

陆修的表情刹那发生了变化,董芒说:"来使告诉我,只要荧惑教主愿意,他可以复活所有的死者,从开天辟地到当下的瞬间,只要拥有足够的材料与能量。"

江鸿也想起来了,在山城出现的那只无支祁!

陆修:"他们朝你演示了?"

董芒:"正在演示,鹏神坛就是他们的其中一个实验场。在那里有鹏的尸骨,山珠马场其中一个职责,就是世代看守鹏神坛,避免无关人等进入。他们使用地脉的力量复活'鹏',把这个过程称作'唤醒'。"

江鸿想到了在包厢内偷听到的谈话。

董芒:"荧惑已经成功过一次了,是不是?听说在山城,他们复活了一只远古水妖。"

"现在是我在问你,"陆修冷冷道,"你为什么不马上上报驱委?"

董芒:"荧惑答应,只要我们配合,他们可以复活我们死去的父亲、母亲以及祖父、外祖父……试想想,已死之人尚能重新回到世间,还有什么条件你无法接受?"

江鸿:"可是……可是,就算真的亡灵转生成功了……"

小皮道:"灵魂也能唤回来吗?魂魄早就进天地脉去轮回了吧!"

董芒说:"不错,我始终知道这一点,但内心仍抱有一线希望,假设我离去的亲人尚未入轮回……"

"那几乎是不可能的。"连江说。

董芒说:"所以我一直在犹豫,但就在我下定决心时,我的弟弟穆宗却反悔了。他相信他们,我打算彻底关闭鹏神坛,不再介入此事,穆宗知道了我的想法后,与我产生了巨大的分歧。"

说毕,董芒示意接下来就是现在这个局面了。

"你们现在马上赶过去阻止他,还来得及,"董芒说,"鹏神坛深处的屏障只有我们兄弟俩的血能打开。"

"鹏的复活到什么阶段了?"陆修上前一步,沉声道。

"临近尾声。"董芒说,"我不知道你们从哪里得到了这个消息,鹏神坛的存在相当隐秘,只有驱委收藏的古老宗卷上有记载。"

"你们的期末课题现在结束,"陆修说,"现在这里由我接管,听我的安排,你们四个人都留在这里,看守董芒,等待驱魔师过来。"

说毕,陆修一阵风般推门出去,江鸿刚追出几步,便看见龙的巨大身体升空,朝着祁兰山方向飞去。

"陆修!等等!"江鸿追到门外,目送陆修离开。江鸿回头看董芒,再望向陆修远去的方向。

江鸿:"这叫作鹏的妖兽很强吗?"

董芒说:"鹏是古老神话中,足以与龙一较高下的生物,龙从地脉而生,由天脉灵气孕育成长;鹏则完全相反,从天空中诞生,在漫长的岁月中居住于地底,鹏与龙可以说互为天敌也不为过。"

连江道:"现在封印它还来得及吗?"

董芒说:"如果及时赶到,阻止穆宗,是来得及的。我知道有一条小路,可以通往祁兰山,但那条路开不了车。"

第八章

|鵰神|

"我觉得他可以相信,"小皮小声道,"感觉和他的双胞胎弟弟,完全不一样。"

董芒依旧被绑在椅子上,平静地看着众人,江鸿注视他的双眼,总觉得他的眼神里有着莫名的哀伤。

"这名俘虏怎么办?"江鸿看了眼他们抓到的特使。

董芒说:"信得过我的话,交给我的手下看押,驱委的人很快就要来了,对吧?以陈真的手段,你们不用担心。"

江鸿迟疑片刻,说道:"我可以相信你?"

"想帮助你们的朋友,"董芒说,"这是唯一的办法,虽然我不知道他是谁。"

山珠马场仿佛与世隔绝许多年。江鸿最后点了头,说:"咱们去追学长看看。"

"走吧。"连江道。

夜三点半,风雪之中,四人戴着防风镜,骑着马场的骏马。江鸿一马当先,坐骑赫然是化为原形的董芒,沿着祁兰山陡峭的坡地一路往前,登上背风坡,前往鵰神坛的另一个隐秘入口。

呼啸的狂风到得山脚下倏然一轻,江鸿道:"还有多远?"

"不到三公里。"那马王说道。它的鬃毛很漂亮,哪怕沾满了雪花,眼睛很大,通体枣栗色,动物的肌肉线条也十分流畅。江鸿始终觉得马是温柔的动物,尤其是那大大的眼睛与长长的眼睫毛。

"我可以问一个问题吗?"江鸿说。

马王正带领群马在险峻的山路上攀登,答道:"问吧。"

江鸿问道:"你想复活谁?"

江鸿走进里世界时日尚短,没有许多驱魔师世家的孩子们疾恶如仇的性格,从小生活的环境也令他更能以宽容的目光看待这一切,他总觉得董芒有自己的苦衷，就连穆宗也不外如是。

"我在犹豫。"马王答道，"我的先祖们嘱咐我，必须看守住鹮神坛，但就在荧惑提出条件时，我动摇了。"

江鸿说："你勘不破生死。"

马王没有回答，停在一块裸露的岩石上，似乎在观察地形。

"如果真有万物书的话，我只想知道一件事，在遥远的轮回里，能否找到上一世所执着的人？"

江鸿："不过这也不能怪你，我想，是个人都勘不破吧，我又没经历过，只能说站着说话不腰疼。"

"谢谢。"马王答道，"哪怕明知道这是错的，老人们常说，生死有命，没有逝去，又怎么会有新的生命？"

江鸿记得自己仿佛在金那里也听到过相似的话，也许作为妖族，对死亡的感触确实要更深一些。

"就像祁兰山下以雪水浇灌的青草，年复一年。"马王转向，沿着山腰以一个陡峭的斜线，奔往悬崖上的洞口。

洞深不见底，众人依次抵达后，小心地沿着一条绳梯下去。

江鸿摘下护目镜，他们所在之处，恰好就在先前的穹顶高处。

"嘘。"连江示意小皮轻点儿，别发出声音。

他们终于看到了门后的景象——那是一个面积很大的拱形穹洞，地面铺着巨大的方形石砖，穹洞壁上绘有海浪、山峦、森林，又以银粉颜料绘出了地脉的流动。在那大地的心脏处，有一只鸟儿正在苏醒。

这就是鹮神坛，神坛外围的石砖地上刻了八卦符文，神坛中央是个圆形的太极平台，比地面稍高，外围周遭散落着七个青铜鼎，对应大地的八卦方位摆放，显然有一个在先前被取走带去博物馆了。

鼎的造型与江鸿在秦博看见的如出一辙，鼎内铭刻着"墨"的符文，这令他们有了破案的感觉。

"就是那个。"江鸿低声说。

"我拍个照……"贺简实在被那个鼎与文字折磨得不行。

连江："都什么时候了，还拍照？"

江鸿马上提醒道："小心闪光灯……"

吃一堑长一智。贺简拍了照片后，又看见底下有两个人走进大厅中，一男一女，男的是穆宗，女的是那名特使。

"你们在外头守着。"穆宗朝跟随他的几名马场卫士吩咐道。

江鸿始终在寻找陆修的身影,他是飞过来的,应当比他们更快抵达才对,怎么不见人了?

董芒说:"小哥,你的朋友在那里。"

董芒在黑暗的环境中发现了陆修,陆修在洞顶高处的横梁上,单膝跪地,注视着下面的一举一动。

江鸿抬眼看他时,陆修便察觉到了,朝他们望来,紧接着抬起手指轻轻摇了下,示意先不要行动。

"他想做什么?"连江低声道,"为什么不阻止穆宗?"

在这个距离,陆修只要一发法术下去,便可将两人击昏。

贺简道:"他得了曹校长的授意,说不定是想引出什么人。那咱们怎么办?董老板,动手吗?"

董芒犹豫不决,毕竟下面那人,是他的双胞胎弟弟。

江鸿小声道:"先不要动手,反正学长已经介入了,就交给他吧。"

余人便保持了安静,江鸿再看片刻,忽然稍起,弓身,沿着悬空的石梁,小步朝陆修跑去。

那石梁只有三四十厘米宽,江鸿张开手臂,俯身小跑,左右摇晃,随时要掉下去,所有人都为他捏了把汗。

陆修转头,现出责备表情,直到江鸿靠近时,一把抓住了他的手腕,把他摁在自己身边。

"你干什么?!"陆修极低声道。

江鸿看着陆修的双眼,说:"你怎么了?告诉我。"

从接到曹斌电话的那一刻起,江鸿就觉得陆修有点儿不对劲。这一刻,陆修避开了他的目光,这令江鸿更为肯定自己的猜想。

陆修放开了他,答非所问道:"再等一会儿,我怀疑他们还会召来什么人,说不定是荧惑的主事。"

江鸿没有再追问下去,只是担心地看着陆修。

"我不是让你别跟来的吗?"陆修生气地说。

江鸿说:"大家都担心你。"

江鸿往伙伴们那边看了眼,众人示意他放心。

陆修阴沉着脸,低声道:"你能做什么?只会给人添麻烦。"

江鸿笑了起来,小声道:"我确实帮不上你的忙,但还是很担心……"

这时候，底下响起交谈声，打断了陆修与江鸿的对话。

"你都想清楚了？"那女特使朗声道。

穆宗答道："想清楚了。"

他背对众人，江鸿看不清他的表情，但他下意识地拿出手机，开始录像，间或按几下拍照。

穆宗又说："驱委的人已经在赶来的路上了，那几名学生撞破了你们的布置，只要他们抵达，马上就会查封鹓神坛，你得尽快。"

"不必担心，"女特使道，"首领对他们的行动了如指掌，如果说，今天的一切，都在我们的安排之中，你信还是不信？"

穆宗冷笑道："都在安排中，包括我的病、我哥哥见死不救的铁石心肠，你们都能料到？"

女特使说道："从创始到终末，万物书早已告诉了我们一切，就连接下来的事，亦在计算之中，来吧，穆宗。"

听到这对话时，江鸿马上抬头，望向石梁另一头的董芒。

董芒表情平静依旧。

穆宗掏出一把小刀，在自己右臂上割了一记，迸发出紫黑色的静脉血。

女特使做了个手势，数滴从穆宗手臂上迸发的血液飞起，融合为一个小小的、漆黑的血球，悬浮在空中。"墨黑之血，"女特使喃喃道，"献祭鹓神。"

穆宗站在祭坛中央，旋即血球飞散，化作八滴，飞向祭坛的八个角落，原本放置青铜鼎的方位，燃起了黑色的幽火。

陆修轻轻抬起左手，手中萦绕着蓝色的光芒，仿佛下一刻就要动手。

紧接着，祭坛周遭的地面上，浮现出太极八卦的符文，地脉的蓝光飞速汇聚，在阴阳交记的蚀刻上流动，整个鹓神坛蓝光大作，一时映得江鸿睁不开双眼。

祭坛中央开始缭绕起黑红的雾气，仿若有形之物渐渐地聚集在一起，现出浮空的一只腐烂妖兽。

江鸿瞪大了眼。

那妖兽个头巨大，还在不断膨胀，幸而在某个临界点终于停了下来。妖兽足有两米高，是一只巨鸟，它的羽毛稀稀拉拉，翅骨处还挂着鲜红的新肉，仿佛死去将近一月的水鸟，身体大部分地方是漆黑的。

但比起腐烂的过程，"鹓"却是可用逆转来形容，只因地脉的力量正在修补它的身躯，并源源不绝地抽走它身上的黑暗气息，仿佛腐败正在被地脉吸收并净化，取而代之的，则是给予它一副全新的身躯。

"还差得很远，"穆宗说，"鹏没有完全复活，比起预想中的情况，实力也有差距。"

女特使却道："来不及了，既然情况有变，就必须赶在驱委的人来到前解除它的封印，赋予它新的灵魂。"

陆修手中光芒进一步凝聚，他始终在等，那只是一个猜想，却又有相当的依据。

"由你来？"穆宗冷冷道。

女特使道："我办不到，要请首领亲自出手。"

穆宗："我想在旁看看。"

女特使道："当然可以。"

穆宗："你的首领呢？"

女特使没有回答，只是解下斗篷，从怀中取出一个小小的铃铛。

江鸿："……"

江鸿望向陆修，一模一样的铃铛，他们曾经见过，正是在麦擎的家里！当时轩何志还提到这铃铛名字叫"八方云来"，也许是他们的一个联系方式。

女特使轻轻一振手中铃铛——"叮"的声响，空间发生了不易察觉的波动，地面犹如水纹般朝四周扩散。

江鸿朝横梁的另一边望去，看见所有人都在拍照与录像。

一个略显嘶哑的声音响起："首领，情况有变……"

"我已经知道了。"那声音道，"先行唤醒，这次任务到此为止，你们马上撤离此地。"

祭坛前有一束红光在环绕，红光之中现出男人的身影。

江鸿睁大眼睛看着，生怕错过每一个细节，那红光仿佛是传送门一般，男人始终待在红光内，没有迈出一步。

他抬起手，全身大部分区域都被红光所掩盖，江鸿只看到了那只手。男人的手牵引着血红色的光芒，缠绕住祭坛中央腐化的鹏，一股奇异的能量正在源源不绝地输入它的身躯。

下一刻，陆修右手按住横梁，左手抬起，无声无息地出现在了男人背后——

江鸿只觉眼前一花，陆修便消失了，犹如瞬移一般，他是怎么做到的？

"终于等到你了。"陆修沉声道，继而一拳挥出！

所有人猝不及防，就连红光中那男人亦未料到在旁窥伺的陆修会突然发难，红光顿时在鹏神坛内爆破，女特使怒吼一声："还有人！"

穆宗马上退后，只见陆修半个身体没入了红光中。

"是你。"那个稍显嘶哑的声音道。

陆修已经揪住了那男人，红光刹那爆发了，铺天盖地，整个山洞内都是耀眼的光芒，紧接着一股冲击波横扫出去！

所有人同时大喊，横梁断裂，那一刻江鸿真正感受到了身为凡人的无助，在陆修那毫无预警的出手中，地脉能量被扰乱，肆意喷发，山石横飞，在石梁上等候的数人在冲击波之下全部倒摔出去！

贺简一个滑翔，接住了江鸿，猛地拍打翅膀，喊道："你好重！"

江鸿："你们快跑——！离开这儿！小皮呢？！"

贺简："连江在保护他！我飞不动了！得放你下来，落地快跑，一、二、三！"

董芒大喊道："洞要塌了！"

第一拨能量的爆发惊天动地，却暂时处于僵持状态，在那刺眼的红光里，陆修与那男人身影僵持不下，仿佛在争夺着什么，红光一拨接一拨地呼啸着涌来，所有人以双手护住头脸，转身逃出洞穴。

贺简竭尽全力，把江鸿就近扔下，大家纷纷撤离。江鸿原地急刹，望向红光中央。

陆修左手抓住了什么，仿佛是红光里那男人的身躯，要把他从光芒中拖出来，右手则萦绕着蓝光，制造出一个结界，正在与敌方顽强对抗。

贺简展翅，飞向唯一的出口："快走啊！"

江鸿看了三秒，转身朝红光中央冲去——那是驱魔师之间的法力天平！

江鸿想起实践课上的教学，法力的撕扯在对抗之时偶尔会达到非常微妙的平衡点，这个时候一旦有谁打破这平衡，便能起到决定性的作用。

陆修正在全力以赴与那男人对抗，蓦然看见了江鸿的身影。

江鸿弓身，随手拾起地上一块板砖，冲上前，喝道："死吧！"

陆修："……"

江鸿一步急刹，借着冲刺之力，将那板砖朝红光里一拍。

世界瞬间安静，只有涌动的红光，爆破的巨响声暂时夺去了江鸿的听觉，江鸿感觉自己仿佛击中了什么，又仿佛没有，一手刚伸进红光中，板砖顿时被卷走。

陆修瞬间抓住了这个机会，右手化掌为拳，沉声道："图勒苏！"同时左手抓住那男人的手腕，朝着自己猛拖！

"好身手。"那男人发出清晰的赞叹。

祭坛前轰然爆破，江鸿不知道抓住了什么，下意识地收紧手指，收回手臂，抱头逃窜，但陆修不知道毁掉了红光中的什么，那爆炸声犹如在江鸿身边不到五米处扔下了一个炸弹，冲得他整个人平地飞了起来。

江鸿一阵天旋地转，然而刹那间，陆修抓住他的手腕，把他拖了回来。最后一次爆炸尤为剧烈，整个山洞随之坍塌，陆修抱住了江鸿，一手护住他的头，两人在地上翻滚。

江鸿不住大喊，陆修喝道："抱紧我！"

陆修以背脊抵挡了落石，再下一刻，地脉的能量疯狂倒灌，红光消失后，所有能量全部涌向鹏神坛中央那腐烂的巨鸟。

凌晨时分，祁兰山的山体发生了滑坡，中段底部洞穴坍塌，支撑被抽空，一瞬间全部塌了下去。

连江喊道："江鸿呢？！他还没出来！"

坍塌的山峦废墟里，先是一声龙吟，轰然巨响，乱石飞射，犹如环绕飞旋的小行星带，朝四周扩散，继而陆修化作真身———一条龙飞了出来！

江鸿满手鲜血，一手抓住龙角，另一手握着一件非金非铁、不知材质的扁平物。

"你疯了吗？"黑龙怒道。

江鸿："我我我……我怕你有危险……"

黑龙："……"

"下去！"黑龙怒火滔天，一转身，直接把江鸿甩了下来，贺简正飞上来接，被江鸿砸了个正着，疯狂扑打翅膀，总算稳住。

"你拿的啥？"连江问道。

"呃……这是啥？筷子？"江鸿低头看握着的东西，这是他从废墟里无意中带出来的，正打算把它扔了，但转念一想，还是把它先收进裤兜里。

江鸿满头是血，这会儿才开始感觉到疼痛，随手在雪地上抓起一把雪摁住，也不怕感染。

黑龙在空中盘旋，注视废墟之中。

董芒说："先离开这儿！事情还没完！只怕鹏神要醒了！"

话音未落，腐烂的鹏从乱石中冲了出来，发出惊天动地的鸣叫！

巨鸟全身散发着黑暗的幽火，在昏明不定的天光之下拍打翅膀，毫无恋战之意，只想逃离。但黑龙马上近前，与它展开了缠斗！

众人一退再退，两只巨兽的战斗已不再是他们能插手的。江鸿抬起头，呆呆看着这一幕，仿佛在看一个全环绕式的巨幕电影，天地一片昏暗，一如世界末日，黑龙四爪齐出，扼住巨鹏，几次要将它摁回地面去，鹏见逃跑无望，开始疯狂反击。

四面八方全是巨鹏飞落的羽毛，那腐烂之羽稍沾到雪地，所落之处便化为一片漆黑。

江鸿担心地眺望。

黑龙发出狂吼，终于成功地将鹛一甩，压回地面，鹛却在临死挣扎之际，狠狠地抓开了黑龙的侧脊，那是江鸿第一次看见龙的血——

金色的血，发着光，散落时就像漫天的星辰般绚丽，龙血从天而降，犹如温柔的繁星，又像夏夜的萤火。

"陆修——！"江鸿难过地大喊。

黑龙正在努力，鹛几次冲向山下，黑龙却都及时地控制住了它，只因山坡底部是江鸿。

"陆修！"江鸿大喊道，"加油！你一定能打败它——！"

"学长！"小皮也跟着大喊道，"加油！"

"陆修！"贺简、连江纷纷喊道，"加油——！"

江鸿知道陆修绝不会放弃认输，也不会逃跑，他一定会为自己战斗到最后一刻。

"陆修——！"江鸿用尽全力，大喊道，"揍死它——！"

黑龙仿佛从江鸿处得到了强大的能量。

只见它深吸一口气，在那深呼吸前，风云为之变色，龙息仿佛凝聚了天地间所有的飓风，它把鹛牢牢地摁在山体上，再一口龙焰疯狂喷发而出！

耀眼的青白色龙焰之下，山体随之熔化，鹛的小半个身躯在烈火中化作灰烬，爆破开去！

但就在龙焰喷发到近半时，黑龙全身蓦然浮现出无数金色符文，漆黑身躯上发光符文浮现，令整条龙变得无比地妖异。

糟了！时间到了！江鸿想起陆修说过的，他恢复真身只能持续极短的时间。

黑龙十分痛苦，猛地放开了鹛，转身撞上了山腰，继而惊天动地沿着山坡滚了下来！

"陆修！"江鸿以百米冲刺的速度狂奔向他。

陆修撞上地面时便恢复了人形，在雪地上翻滚，江鸿一把抱住了他，为他充当缓冲，带着他滚了下来。陆修双眼紧闭，手臂上、腰畔有两道被鸟爪抓出的伤痕，还在往外淌血。

"呼……呼……"江鸿道，"陆修！陆修！"江鸿快步爬起，半抱着陆修，检查他的情况。

"辛苦了，"一个声音道，"接下来就交给我们吧。"

江鸿猛地抬头，男人的声音不知从何处传来，却仿佛就在耳畔。

"校长！"众人纷纷喊道。

一辆越野车已不知何时停在了雪地上,曹斌从驾驶位下车,朝他们快步走来,朗声道:"撤离这里!"

另一名男人从副驾下车,江鸿蓦然一瞥,发现是陈真!陈真居然亲自来了!

陈真依旧一身白衬衣黑西裤,戴着谷歌眼镜,沿着雪地一路走来,留下一行脚印。在这大雪纷飞的冬季,他单薄的衣着给人一种极其魔幻的感觉。

山腰上,鹛已剩下残破身躯,半身露出了森森白骨,仍以最终的求生意志,挣扎着想逃离。

陈真来到江鸿与陆修身前,以自己的身躯挡住了他们。只见他稍稍抬起一手,以剑指凌空画出符文,全身焕发出金光!

万古心灯,光耀如昼!陈真的身躯刹那爆发出犹如浩瀚大海般的光芒,在那光芒之中,神明附身!

陈真焕召唤出燃灯法相,清秀的五官、修长匀称的身体化为光源,腾空而起,霎时照亮了方圆十里昏暗的天地,犹如旭日初升,云层金光滚滚。

燃灯法相赤裸上身,眉目却是陈真的模样,全身金袍飞展,法袍犹如天地间涌动的虹霞,胸膛、背脊浮现出金红色的经文,天音荡响。

"轩辕的子民……"那腐化之鹛蹲踞于山巅,竟在最后一刻口吐人言,"你们的灭顶之灾,即将到来,等待你们的,是苦海的挣扎,与沉沦……"

燃灯悬浮空中,化作天际的炽日,云层洞开,天际现出破晓前温柔的淡蓝色。

"你尚无资格预言未来。"陈真温柔地说道,"从尘土来,归于尘土,回到你的长眠中去。生者为过客,死者为归人……"

燃灯法相双手结心灯印,温暖光芒尽数洒下。

"……天地一逆旅,同悲万古尘。"陈真喝道,"驱散!"

巨鹛发出哀鸣,浑身羽毛在金光的照耀之下,燃起金色的火焰,在那烈火之中焚烧殆尽。

所有人目瞪口呆,看着这一幕。

太帅了……真的太帅了。江鸿第一次看见"大佬"级的人物收妖,恐怕许多驱魔师一辈子也看不见一次……

江鸿修正了自己对陈真的看法,他觉得陈真绝对不会是叛徒。

"陆修,你情况怎么样?"陈真站在雪地中,看着陆修。

陆修松了口气,示意没事。

"那个,"江鸿说,"领导,您能不能先把特效收了。我的眼睛要瞎了。"

陈真依旧以燃灯降神的形态站在雪地中与他们交谈,他的头发犹如火焰般,而且全身都在发光,犹如一个氙灯近距离照着众人。

"这里有点儿冷,"陈真说,"得到室内再撤掉法术,否则容易感冒。"

燃灯一本正经地说着"容易感冒",简直不能再诡异了。

曹斌环顾周遭,说:"其他人呢?这位想必就是马场的董总了吧。"

董芒说:"我已派出手下去寻找舍弟与那特使,余下的话,我们进里头慢慢说吧,请。"

江鸿回到了他们住的套房里,这一次董芒没有再让人锁门。大家先是看了陆修的伤口情况,连江拿来药,留下江鸿与陆修单独在房内,陆修打着赤膊,江鸿开始给陆修上药。

"你为什么要这么做?"陆修突然说,"这是第二次了。"

江鸿先是给陆修的伤口消毒,被鹏抓破的地方有点儿深,脸部则带有擦伤,是从山上滚下来导致的。

"担心你啊。"江鸿说。

陆修说:"上回在山城也是这样,你知不知道自己是个凡人?"

"知道。"江鸿说,"可我也没给你添麻烦嘛。"

陆修不说话了,江鸿笑了笑,说:"每次都有点儿冲动,对不起。"

江鸿用棉花轻轻地擦了下陆修的侧脸,陆修便转过脸去。

"你很生气,"江鸿说,"心情不太好,是吗?"

陆修终于看了江鸿一眼,江鸿道:"虽然不知道你在气什么,但从你接到曹校长的电话开始,事情就有点儿不对劲。"

"你看出来了。"陆修道。

"嗯。"江鸿又说,"不过你既然不想说,就不说好了。"

陆修看着江鸿的眼神,变得异常复杂,他的嘴唇动了动,最后还是没有多说。

"好了。"江鸿努力地想找点儿话来说,想了想,说,"最后你身上浮现出那些符号的时候,真的好帅啊。"

陆修:"嗯?"

陆修的嘴角有点儿肿,现出疑惑的表情,旋即明白江鸿所说。

"那是我的封印。"陆修保持着人形,深吸一口气,闭上双眼,全身的肌肤上再一次浮现出复杂的符文,"项诚校长为了防止我控制不住自己,造成太大的破坏,给我设下的法力枷锁。"

江鸿脑海中全是陆修仍是黑龙之身时,周身布满金色发光符文的妖异景象,那场面有种惊心动魄的美感,一种邪气的美,就像陆修成了大魔王,却做着保护他的事。

江鸿笑道:"他有说什么时候给你解开吗?应当只是阶段性的吧。"

陆修穿上长袖T恤,答道:"到我死去的那天。"

"呃……"江鸿说,"我觉得大概率不会有那天。"

陆修不接江鸿的话,起身开门,说:"收拾行李,回学校。"

"啊?"江鸿问,"这就走了吗?"

陆修:"校长找我有急事,我无论如何得走了,耽搁太久了,你愿意留在这里也行。"

留在山珠马场也没多大意义,这里实在太冷了,鹏神坛也被毁得干干净净,大家集合之后,去见了董芒一面。穆宗已经被抓起来了,最后关头,那女特使成功脱逃,江鸿与贺简抓住的男特使俘虏还在,已经移交给驱委。

"已经有足足十年,没出现过目标如此明确的敌人了。"陈真说道。

学生们被安排与曹斌、陈真、董芒一起吃了顿午饭,有两名老大在,江鸿等人都不敢插嘴,陆修则始终显得心不在焉,还喝了点儿酒。

"说来惭愧,"董芒说,"不该把这件事隐瞒这么久。"

陈真对董芒倒是很客气,毕竟山珠马场传承极为悠久,甚至还在驱魔司成立以前,虽说马场的隐瞒,导致了不少麻烦,却也没捅出太大的娄子。

"荧惑的存在,现在被正式查明,也即意味着,他们从暗处转到了明处。"陈真说,"接下来我们有了充足的证据,回到驱委后,就会全力对付他们,请不用担心。虽然这么说很老套,但驱委的责任,就是维护世界的和平,从前是,现在是,未来也将坚定不移地担负起这个责任。"

董芒点了点头,一行四人还在看手机里的视频——从各个不同角度拍摄的视频。陈真与曹斌各拷走了一份,董芒又给出了一份关于鹏神坛多年来的调查资料报告,内里有详细的历史传承,足够他们做期末课题了。

午饭后,陈真的手下们也赶到了,把俘虏押送回燕京驱委审问。江鸿去与董芒告别,不知为何,他总觉得与董芒虽然相识甚短,却已建立了某种程度的友谊,也许因为自己在上山时骑过它?

"你弟弟生病了吗?"江鸿问道。

董芒在雪地里,送江鸿前往车上,答道:"对,他先天不足,活不了太久。"

董芒想了想,给江鸿看手机上的照片,上面是一匹仿佛得了白癜风般的灰色小马。董芒又道:"穆宗从小就这样了,是一种遗传性疾病,诊断是活不过三十岁。"

江鸿有点儿遗憾地看着照片,再看董芒的双眼,董芒的眼神变得暗淡无光。

"我懂了。"江鸿点了点头,理解董芒这些年,一定处于极度的纠结中。

董芒:"只要有一线希望,我也愿意救他,我甚至想等待,看看鹏神是否能成功复活,你有希望复活的死去的亲人吗?小哥?"

"没有,"江鸿说,"我叫江鸿。但我觉得如果我爸妈得了绝症,或者不在了,我也会与你有一样的想法。"

"江鸿,"董芒在雪地上停下脚步,说,"谢谢,所以你觉得我没有错。"

"嗯……"江鸿说,"如果没有伤害到别人,就不算有错。只是荧惑他们,背后一定还有别的目的,譬如说拿这个作为交换条件,未来还说不定……"

董芒:"不是说不定,加入他们之后,一定会让我去杀人。"

江鸿点了点头,董芒又说:"同时我也在担忧,打破生与死的天道,破坏这个循环,将招来更多的痛苦。"

"那接下来,你们……"江鸿问,"他可以去人类的医院看病吗?"

董芒避开了正面回答这个问题,说:"我们会尽量多相守一段时间。"

董芒把江鸿送到一辆考斯特旁,与他握手,道别。

回去的路满是积雪,车开得很慢,前面有一辆押送荧惑特使用的封闭面包车开路,考斯特随后缓慢地开着。

车内一片静谧,大家都靠在椅背上休息,或者说假装休息,毕竟有陈真与曹斌在,不好胡说八道。对驱魔师们来说,陈真的分量举足轻重,不仅是驱委的头儿,还是理论上最强的几名高手之一,那气场自然而然地让他们不敢乱开玩笑。

江鸿却没什么感觉,坐了一会儿车,他觉得有点儿无聊,问:"穆宗会被处罚吗?"

没有人回答,贺简投来有点儿紧张的眼神:你居然这样和大老板说话?

车内沉默了几秒后,陈真忽然察觉,说:"啊?这个问题是问我吗?"

曹斌说:"否则?"

陈真"嗯"了声,没有回头:"看在他兄弟在最后关头选择站队的分上,驱委不会苛责他。理论上会限制他的行动,仍然让他待在自己家里,让他的兄长负责管教他。"

"他生了重病。"江鸿想了想,说道。

"是的。"陈真答道,"董芒曾经向驱委求助,但那种病属于遗传,驱委也没有好的解决办法。"

江鸿有点儿想为董芒求个情,陈真表示不会过多追究,他便放心了。车内又恢复了安静,江鸿又有点儿担心地看陆修,陆修则始终看着窗外。

江鸿小声道:"还痛吗?"

陆修没有回答,只是不舒服地朝车窗位置蜷了下,换了个姿势,以膝盖顶着前座。

江鸿忽然发现,陈真在后视镜里看着他俩,两人对视时,陈真忽然笑了起来。

呃,我是不是话有点儿多?显得像只猴子,大家都很安静,江鸿也不好意思活跃气氛了。

"朱瑾玲的期末课题,难度够高的。"陈真突然说了句。

曹斌答道:"不一定是她的本意,毕竟谁也料不到,后面会牵扯出这么一堆事。"

陈真想了想,又说:"她习惯使用先天六爻占卜术来给学生们选题?"

曹斌问:"连江?"

连江被点名,马上正色答道:"校长,她是这么说的。"

陈真与曹斌便没有再交谈,江鸿再看手机视频,开始构思汇报用的PPT,小皮说:"大家……"

所有人看着小皮,小皮倏地紧张起来,说:"啊,不要这么认真,我只是想说……嗯……汇报用的PPT,要不让我来吧?因为我根本什么也没做,怪不好意思的,一直在拖你们的后腿。"

"怎么会呢?"众人纷纷道。

连江说:"你不是放倒了董芒吗?你的体术超棒的。"

小皮黯然叹了口气,江鸿又说:"其实我才是什么都没做的那个……不过我没意见。"

大伙儿便笑了起来,陈真道:"皮云昊,上学的日子还适应吗?"

江鸿起初有点儿惊讶陈真看上去似乎与小皮很熟,但想到小皮的爸爸是教导主任,也是驱魔师,认识便不奇怪了。

小皮答道:"课业还是有点儿难,不过我会努力的。"

陈真便点了点头。

车子磨磨蹭蹭,终于抵达高铁站,江鸿松了口气——总算可以回学校了。

"那么我先走了。"陈真在进站口说道。

曹斌简单地做了个手势,陈真又把目光投向陆修,仿佛从某个时刻起,陆修便变得无比地孤僻,连对江鸿亦不主动交谈。

"小黑,"陈真说,"大哥哥有几句话,想对你说。"

陆修现出不耐烦的神色,却依旧走了过去。

好温柔啊。听到这话的时候,江鸿心想。

他看见陆修与陈真站在漫天飞雪的高铁站外,陈真很认真地对他说着什么,陆修没有任何反应,只冷漠地听着陈真的话,偶尔陈真伸手,想轻轻地拍一拍他,陆修却避开了。

"他怎么了?"小皮也感受到了这股低气压。

"我不知道。"江鸿答道。

曹斌说:"走吧,咱们先进站去。"

江鸿嘴上答应着,脚却不动,远远地站着等陆修谈完。十分钟后,陈真先离开了,陆修则依旧站在火车站外发呆。一分钟,两分钟,陆修就像雕塑一般站着不动。

他究竟怎么了?江鸿知道一定发生了什么事,这场面让他有点儿害怕,就像听见了亲人的死讯,可是陆修在这世上没有亲人了,到底发生了什么,令他这么沉默?

江鸿很想与陆修一起分担他的烦恼,但陆修却什么都不愿意说。

又过了很久,陆修突然转身,朝进站口走来,但就在他转身的刹那,看见了江鸿。

陆修一怔,似乎没想到江鸿一直站在风雪中,等着自己。

"你看!"江鸿示意陆修看站外的雪,说,"又在下雪了!下好大的雪啊!"

他们围着围巾,转头望向站外,深冬午后,大雪纷纷扬扬,站前广场上歪歪扭扭地堆了几个雪人,天色暗淡,不知何处传来烤红薯的木炭气息。

陆修又站了一会儿,才朝江鸿走来,说道:"回吧,天快黑了。"

寒冬时节,万物沉睡,大地犹如一个休眠的巨人,将它的体温降到了最低点,阴阳轮转,否极泰来,地脉的力量犹如沸腾前的水,在平静中缓慢地积聚着力量,等待春来复苏时,再次迸发的一刻。

地底深处,万神殿内,男人站在血池前,手握一把匕首,平放在空中。

"吾主,"男人平稳的声音说道,"我犯了一个错误,丢失了重要的东西。"

"万物书源自星子,而我的力量与万物书互斥,"血池中的声音道,"使用万物书,你便无法完全地接收我的力量,此乃命运使然。"

男人又道:"但这次的计划,总体来说仍然成功了。"

匕首上沾着一滴金色的血,男人又道:"这是最新的样本,是陆修的血,我费了很大一番功夫,让朱鹮布下缜密的陷阱,终于将他引到祁兰山,才得到了这滴血,也只有鹮能撕破他的皮肤,得到龙的血液。我祈求借用您的力量,孵化这名战士,假以时日,他将是我们最为得力的臂膀。"

血池中那张阴森的脸浮现而出,缓缓道:"孵化他需要动用大量的地脉之力,我现在只能寄希望于你不会误判。"

男人说："经过十年的实验，这一法术已经成熟，驱委很快就会被反噬。"

血池中析出更多的血液，汇聚向那滴金色的血，血液四周缭绕着黑气，成为一切的核心，继而血慢慢地凝聚为模糊的人形。被制造出的新的"人"，没有五官，只有一张朦胧的脸，犹如陶土捏就的坯。

男人又做了个手势，那"人坯"便缓缓升起，被安置在诸多洞窟中最显眼的一处，紧接着男人施法，地脉的能量改道，蓝光接入那洞窟中，光芒开始缓慢颤动，以全力孕育人坯。

又一天过去，回到宿舍的一刻，江鸿终于活过来了。

"怎么样？"金与张锡廷早就完成了期末课题，一个躺着看书，另一个则在打游戏。

江鸿："被冻傻了。"

贺简："别提了！不知道去的什么荒郊野岭！又冷又荒凉不说，连吃的都没有！"

江鸿开始整理期末作业以及带回来的东西，金问："完成了吗？"

江鸿："简直超额完成，我觉得搞不好有 S 了。"

张锡廷笑道："先去庆祝，去兴安吃一顿？"

贺简与江鸿同时道："饶了我吧！"

江鸿说："免谈，我现在一步也不想离开寝室。"

贺简把暖气开到最大，赞叹道："暖气简直就是上天的恩赐！"

金说："那么吃食堂的寿喜锅？"

"这倒是可以的。"江鸿答道，边说边开始整理资料，明天上午交法宝课期末作业，下午则是朱瑾玲的里世界探索，后天则是驱魔实践课的期末考评。最后是曹斌的驱魔综合学，具体考试时间未知，只是等通知。

其他课程要么已经考完，要么论文交了，相比之下曹斌的科目是最好过的，只要拣本学期做的一件"事迹"来作论述即可，曹斌的评分视事迹中结合了多少课堂上学到的知识而定。

最有可能出幺蛾子的是法宝课……江鸿想起自己买来的法宝，极有可能得个"B"，不过 B 就 B 吧……不挂科就行。

先看 PPT，小皮已经把框架做好了发在群里，江鸿与其他小组成员提意见，往里添东西。

傍晚时 903 寝室在食堂简单聚餐，江鸿脑中一团乱麻，还在不停地改 PPT，从食堂改到寝室，提完意见后开始轮流接力，最后终于轮到了江鸿。

903寝室约好全部课程结束后再去兴安市区聚个餐，夜十一点，大家都睡了，剩下江鸿的台灯还亮着，以及鼠标不时的轻微"咔嗒"点击声。

万籁俱寂的深夜，世界仿佛只剩下江鸿一人，他喝着咖啡，修改PPT。临回校前，曹斌特地嘱咐过有些涉及荧惑的内情，不能在课题里提到，江鸿便要把它们从PPT里删掉，再让事件衔接显得顺畅。

手机屏幕亮了起来，十二点，陆修来了消息。

陆修：在？

这是回校以后陆修第一次主动给他发消息。

江鸿：在，你在做什么？

陆修：期末考试准备好了？

江鸿：嗯，差不多了，你呢？

陆修：找个时间聊聊。

江鸿望向窗外漆黑一片的夜色，今夜是个寒冷的冬夜。

江鸿：现在就可以，我穿件衣服就来找你吧？

陆修：不是现在，我在燕京。

江鸿有点儿意外，才刚回学校，一天时间又走了？想到陆修从在山珠马场的某个时间节点开始，就始终表现得有点儿不对劲，也许去燕京，是为了解决这个问题？

江鸿仍然没有多问，因为对陆修这种性格而言，过多的关心是不必要的，他想说的时候自然会说。而江鸿，只要在大多数时候能被找到，就已经足够了。有时陆修的"在？"就是情感抒发的其中一种形式，不需要倾吐什么，也不需要谁来开解，只要远在另一方的人有所回应，告诉他"我在"，便完成了整个过程。

陆修：最近我是不是表现得不寻常？

江鸿想了想，拿着手机，回到桌前坐下：对，发生了什么事吗？我很担心你。

这是江鸿第三次问陆修了。

陆修：发生了许多事，回来给你细说，明天我就回来了。

江鸿看到这句话，便知道陆修已经想通了。

手机突然来了电话，来电人是陆修。江鸿一愣，接了，电话那边十分嘈杂。

江鸿戴上耳机，到宿舍外打电话，说："学长，你在什么地方？"

"驱委外头，"陆修说，"我刚办完事出来。"

狂风呼啸，陆修一身风衣，站在灵径胡同驱委出入口处，这里是整个大街的风口，狂风吹得他风衣飞扬，几乎听不见江鸿的话。

陆修抬头，望向驱委三十三层的高楼，它耸立在黑暗中，犹如里世界中一座神秘的方尖碑，黑暗的天空中散发着不知从何而来的微弱的光，在那伸手不见五指的暗夜中，云层渐渐散去，现出冬季的银河。

陆修没有说话，江鸿也不吭声，只在电话的那头陪着他。

"我挂了。"陆修最后说。

"好，"江鸿在电话那边笑道，"等你回来。"

江鸿挂了电话，伸了个懒腰，最后检查一次他的PPT，发到群里。

深夜一点，组员们都睡了，等到明天再起来查收吧。

接下来还有法宝课作业，要写一个介绍这件法宝的简单提纲……江鸿觉得今天要通宵了。

他小心翼翼地拿出那盏灯，暗道糟糕，法宝作业应该早点儿做才对，否则——果不其然，江鸿刚撕下贴在青铜灯上的符纸，那盏灯便突然狂叫起来。

灯："快救救我！时间不多了——！"

"嘘！嘘！"江鸿赶紧示意别吵，灯还在狂叫，江鸿瞬间把符纸再捂上去，安静了。

但贺简已经被吵醒了，最先弹了起来。

贺简："……"

张锡廷爬起来，摸到眼镜戴上，一头雾水，被吓得不轻。

"对不起……哥哥们。"江鸿快哭了。

贺简本以为是江鸿在呼救，被吓了一大跳，但两人都没有表现出被吵醒的狂躁，贺简睡眠本来就很浅。

"没关系，"贺简打了个哈欠，去加热牛奶喝，说，"我可以一边睡觉一边做别的，我现在就在睡觉。"

张锡廷说："我还没睡，在给女朋友发消息。"

江鸿生怕吵醒了金，但金睡得正香，丝毫不受影响。

"你想做什么？"张锡廷也对这盏灯挺好奇的，说，"没关系，我给他一个隔音屏障。"

张锡廷随手施法，把金屏蔽在了隔音屏障里。江鸿说："我想问问这盏灯能做什么，明天课上好作汇报。"

江鸿于是揭了封条，那灯又道："快，江鸿！给我一副新的躯壳。"

江鸿："……"

灯又说："快啊！你懂不懂？这盏灯已经快散架了！我随时就将魂飞魄散！我已经撑了一千多年，已经到了'油尽灯枯'之境，若再不为我寻找一副新的身躯……"

江鸿："它居然有一千年的历史了！"并心想这是一个加分点，于是写在报告的提纲里。

张锡廷："嗯，你看，底部很多地方都生锈了，这灯上面有脉轮的印记。"

江鸿看见灯身上刻有许多纹路，但因为时间太长，锈迹斑驳，铜器已被腐蚀，稍微用力就会剥落。这些天里他一直将这盏灯随身携带，用一件外套包着，沿途爬雪山过草地的，撞来碰去，导致青铜灯已经快解体了。

"你到底是什么？"江鸿道，"你给我老实交代，我才能帮你。"

"你先把我的魂魄转移出来，"青铜灯说，"为我找个替身，最好是年轻力壮、身体健康的新死去的男子，最好不要有伤……"

"你做梦！"张锡廷与江鸿异口同声说。

青铜灯说："那就性别不限吧。"

江鸿说："要么还是算了，法宝课就让它挂科吧，我还是把这盏灯扔……"

"别！"青铜灯马上大叫起来，"我不挑替身了！"

江鸿道："你到底是什么？！给我交代清楚！否则我真的把你扔了，大不了下学期重修。"

江鸿本来脾气很好，快被这盏灯搞得暴躁了。张锡廷拿起灯，观察了一会儿，灯又说："轻点儿！我的脉轮一旦被毁，轻则魂魄破碎，重则……"

"直接升天。"张锡廷说，"不要啰唆了。"

张锡廷拿着符纸作势要贴，于是那灯终于稍微安静了点儿。

江鸿心里有点儿发毛，说："我怎么感觉这是个被关在灯里的人？要么咱们把金叫过来，给它超度一下，还是让它去轮回投胎吧。"

"我不是人！"灯又叫唤道。

张锡廷观察后，朝江鸿说："我觉得不像。虽然说是在古墓里发现的……嗯，不排除墓主死后灵魂进了器物里头，但概率不大。"

江鸿说："你记得生前的事吗？"

灯说："我不是亡魂。"

江鸿道："那你是什么，你倒是说啊！"

灯说："我……我也不知道我是什么，反正我也不是灯，不过不打紧，你只要让我多吸收天地灵气，我应当就能慢慢地想起来了。"

江鸿："我信你个鬼！"

江鸿感觉它也不像亡魂，只因亡魂既然选择了徘徊不去，通常都有执念，这灯又没有鬼魂的阴冷之气，是灯本身修炼出的器灵？可它又信誓旦旦地说不是。

江鸿仍然努力地耐心帮助它回忆，毕竟明天要拿出去汇报了。

"所以你是从别的地方，被转移到这盏灯里头的？"江鸿说。

灯答道："是。"

江鸿："你还记得自己的最后一个身体，是什么样的吗？"

灯答道："忘了。"

江鸿："你有什么愿望吗？或者说，生前的执念？"

灯回答得有点儿犹豫，说："我……我要想起，发生了什么。"

"被封印在灯里是一场意外？"张锡廷问。

灯迟疑道："不知道，忘了。"

江鸿："你有名字吗？"

灯："忘了。"

"啊啊啊——"江鸿抓了抓头，相当郁闷。

张锡廷说："你除了能对话，还能做什么？"

灯说："我通天彻地，无所不能！"

江鸿："露一手？帮我烧个开水我要泡面吃，你看，你只要从桌子上爬下去，再爬上那边的桌子，按一下烧水壶上的开关，就可以啦！"

灯："只是我现在法力还没有恢复，假以时日，你一定会为我拜倒。江鸿，为我物色个全新的身躯，以后我不会亏待你的……"

江鸿面无表情地起身，去烧开水，给自己与张锡廷弄泡面吃。

灯："想当年，我叱咤天地，无人是我敌手……"

江鸿："你要一条肠两条肠？"

张锡廷："两条鸡肉肠，加俩卤蛋。"

灯："没想到被关在这小小的器物之中……"

张锡廷："所以你记得？当年发生了什么？"

灯："忘了。"

江鸿："那你还怎么想当年？"

灯："记得一点儿。"

江鸿："具体？"

灯："忘了。"

江鸿："……"

江鸿拿来泡面，面无表情地看着那盏灯，一直在想明天该怎么办。

张锡廷："要么明天拿去问一下罗老师？灯，你是妖怪吗？"

灯这次没有回答，陷入了沉思中。

江鸿随手翻东西来盖泡面，拿到一块像尺子般的黑黝黝的、非金非铁的东西，像小型的镇纸，上面还有不少血。

张锡廷："这又是什么？"

江鸿："啊？哦……这个是……好像是在祁兰山里捡到的。"

江鸿拿着那长条状物，大约三十厘米，两厘米宽，半厘米厚，扁平状，切边很整齐，有点儿重。他拿在手里掂了掂，想起那是陆修与荧惑的男人在红光里决战时，能量肆虐爆发，最后自己不知道怎么，就抓到了这件东西，战斗结束后，始终没有在意，于是随手塞进包里，带了回来。

"你觉得这是什么？"江鸿说，"是鞋拔子吗？"

张锡廷："……"

江鸿用那黑尺横过来盖住两人的泡面碗，灯又突然开口了，说："我可能是妖，可能不是，记不清了。"

江鸿："从现在开始，不要说话，吃完我再给你想办法，你要是吵着我俩吃消夜，我就不管你了。"

也许是终于被撕去了封条，青铜灯难得地恢复了言论自由，也不吭声了，反正只要能说话，早说晚说都一样。

张锡廷说："看上去像个古董。"

江鸿："我感觉像个什么东西的零部件，可能是挖掘机上的固定杆……"

"量一下就知道了。"张锡廷拿了把卷尺来量，精确到毫米时，长度是个小数，"应当是按着一尺来做的，不知道是汉尺还是唐尺。"

江鸿："看这个材质有点儿像乌木。"

江鸿入了学，法术没学到，稀奇古怪的偏门历史、古董鉴定知识简直突飞猛进。

张锡廷说："对，有点儿像。"

江鸿开始怀疑这东西是竹简的一部分，但上面又没有打穿绳孔。江鸿找来湿纸巾，擦了下上面的血，张锡廷说："谁的血？"

"我的……"江鸿说。

黑尺上泛着奇异的光泽，江鸿总感觉自己的血都快渗进去了，擦了一会儿擦不太干净，也只好作罢，随手扔到桌上，准备明天再带去问法宝课的老师。

两人边吃泡面边闲聊，江鸿小声地把在祁兰山发生的事说了，张锡廷听得极其震惊。

张锡廷道："校长没让你对外保密吗？这可是相当大的案子，荧惑在秘密复活上古妖兽，他们用什么办法？"

江鸿答道："我看校长的意思是让我别广而告之，但是和亲近的人说这件事，应该还好吧？他相信我有分寸。"

张锡廷忽然想到一件事，说："我怀疑最后陆修与敌人僵持时，是透过传送门在较量，而这东西，会不会是你……从传送门里抓出来的？"

江鸿："不会吧？荧惑的人还在传送门里开挖掘机吗？"

张锡廷与江鸿一起看着那东西，张锡廷道："你最好抽时间问问校长，如果是重要的法宝，就得上报。"

江鸿倒不怎么在乎，说："要上交吧？"

张锡廷说："按驱委的规矩，如果不是邪祟之器譬如说用什么人魂鲜血炼制的，就不用上交，鉴定后会还你，当然你也可以捐了。"

江鸿"嗯"了声，张锡廷再拿起黑尺，说："没有邪气，我觉得不会是脏东西。"

江鸿："拿来挠痒倒是很好用，刚好够得着。"说着拿起那黑尺挠了挠背。

"轮到我了吧？"灯说，"你们吃完了吗？别喝汤了，吃泡面怎么还喝汤？里面盐这么多，不健康。"

江鸿："你一个在古墓里待了几千年的灯，还知道泡面里盐多？"

不过转念一想，应当是这灯在法宝日杂店也待了很久，常听老板骂孙子从而学到了。

灯说："江鸿，去帮我找身躯吧，什么都好，我觉得我快不行了……"

江鸿："实话告诉你，我一点儿法术也不会，也没有现成的法术坯子，你最好自求多福吧，只要撑过明天的法宝课，你对我就没有利用价值了……"

灯："让我活下去！求求你了！我一定会报答你的！"

张锡廷道："我可以帮你，转移的方法其实挺简单的，不过我记得……上回你说过，有什么秘密宝藏？"

这话一出，氛围顿时沉默，半晌后，灯讪讪地说："对不起，我骗你们的……"

江鸿："……"

灯："但我一定能派上用场！相信我！"

江鸿一手抚额，看看四周，想找件可以拿来容纳灯魂的容器，寝室里贺简买的乱七八糟的东西很多，现在已经是半夜三点，赶紧把这事办完，可以再睡几个小时。

张锡廷说:"我帮你画移灵法阵吧,费不了多大功夫。"说着去取朱砂和笔。江鸿突然发现一直扔在床脚的某件东西,哎,有了!

"这不合适!"灯马上开始抗拒自己的新身躯。

江鸿:"那就算了哦,你自己选。"

灯十分纠结,看上去像个天秤座,江鸿则困得打哈欠。五分钟后,不管那灯的自我意愿,强行施法转移,张锡廷发动移灵法阵,"嗡"一声,灯里焕发出一股淡淡金色的光,转移到了新的容器里,大功告成。

"现在开始,如果你吵着我们睡觉,我就把你扔了。"江鸿已经困得不行了,爬上床去,一秒钟直接入睡。

翌日清早,为期两天半的专业课考试周正式开始。

金是最后一个抵达教室的,喊道:"我天!谁给我上了个隔音屏障?闹钟都没听见!"

张锡廷:"……"

法宝理论基础课,大家挨个上去介绍自己的课题作品,导师罗鹏在一个表格上直接打分。目前表现最好的,应当是江鸿班上,程就做的花艺小盆景。一朵玫瑰花置于生态圈中,能根据一天的时间流逝,以及四季更迭,呈现出不同的状态。

好厉害!江鸿心想,我怎么就没想到呢?把它放在户外时,玻璃匣内细雪飘飞,花瓣结了一层薄薄的霜,拿进温暖的室内后,花瓣便舒展开来,焕发出柔和的光芒。

"我总结几句,这件法宝做得非常有创意,嗯。"罗鹏见缝插针地解说道,"提到法宝、灵器,大家都会觉得,那是打怪用的东西,事实上,生活里哪儿有这么多的怪来让你打?有,但这不是我们的最终目的。"

罗鹏一手放在花匣上,说道:"像这件法宝,是很美好的,它时刻提醒着我们时间的流逝,哪怕在面对'敌人'时起不了多大作用,但我希望同学们在学习法宝理论基础这门课程的同时,不要忘记,所有的发明与发现,都是让生活本身变得更好。"

下面响起了稀稀拉拉的掌声,罗鹏又说:"好,下一位,请这位,嗯,江鸿同学来展示他的宝物。"

罗鹏看了眼名单,江鸿战战兢兢地走上讲台,简直头皮发麻。

"那个,大家好。"江鸿拿出了一个天猫精灵,放在讲台上。

罗鹏正在擦眼睛,突然听到教室里爆发出一阵哄堂大笑。大清早的,本来学生们昏昏欲睡,这下全都精神了。

罗鹏："嗯？"

江鸿说："其实是这样的，我先是找到了一个有器灵的古董，但是原来的器已经快损坏了，昨天晚上，我就把器魂转移到了这个音响上，我在底部简单地绘制了新的脉轮。"

"哦，"罗鹏说，"很好，很好。"

江鸿朝大家展示那个贴着符纸的天猫精灵底部，给大伙儿看脉轮，又是一阵爆笑。

罗鹏问："那么这件宝物，有什么作用？"

江鸿答道："据说它已经有一千多年的历史了……说的是这个器灵哦，不是器。"他看着自己的提纲，努力地回忆昨天晚上打算怎么说来着，然而那会儿已经太晚了，本来脑子里就一团乱，现在更记不清。

"演示一下？"罗鹏说。

"哦，对，对。"江鸿说，"它最大的作用，是陪人聊天解闷，其他的功能还在开发。"

所有人愣了几秒，又是一阵大笑。江鸿见这场景，别说S，给个B都是罗鹏大发善心，索性也放飞自我了，揭开符纸，说："嗨，天猫精灵？"

那被转移到天猫精灵里的灯终于可以说话了，马上道："我告诉你了，不能用这个躯壳！"

江鸿："你的意见不重要。"

灯："你看，被人笑话了吧？！"

两人一问一答，犹如在讲台上说相声，下面的人笑得眼泪都出来了。

江鸿看到给同学们带来这么多的快乐，自己也挺开心的，反正都得不了高分，逗你一笑也值了，又解释道："这个是真的法宝，如假包换，绝对不是下个APP在天猫精灵上贴个符，拿AI冒充的。"

灯："说的什么鬼话？！等我吸收天地灵气，迟早让你们惊掉下巴！"

"哈哈哈哈哈哈——"就连罗鹏也爆发出一阵难以控制的大笑。

江鸿一本正经地介绍道："这个法宝的来历，实不相瞒，是我在驱委的法宝店内，用抽奖的方式得到了它……"

灯："这也是缘分的一种。"

"哈哈哈哈……"大家见江鸿越说越好笑，每一句都在反转，那法宝还在不停地打断并进行插科打诨，整个教室的人笑得东倒西歪，纷纷疯狂拍桌。

江鸿："给大家介绍介绍自己，你叫什么名字？"

灯:"忘了,随便叫什么吧。"

江鸿:"你是个啥?"

灯:"我也不知道,你说我是啥我就是啥。"

"哈哈哈哈——"一片混乱中,法宝课上,两个班的学生笑得直喘。

江鸿说:"这就是我的宝物,好了,我觉得它要休息会儿,我也要休息会儿,头要炸了。"

江鸿又把符纸贴上去,天猫精灵于是安静了。

"我看看。"罗鹏又在擦眼睛,这次是笑的,接过天猫精灵后端详片刻,交回给江鸿,没有评价,接着让学生继续演示法宝。

江鸿松了口气,不管分数如何,总算过关了,看这模样,应当不会不及格。

全部法宝演示完,学生们纷纷下课,江鸿又留了一会儿,拿着法宝去询问罗鹏,毕竟他比较有经验。

"你带原器了?"罗鹏问。

江鸿把原来的那盏青铜灯拿出来给罗鹏看,罗鹏看了一会儿,江鸿又要把符纸撕了,让罗鹏盘问灯灵,罗鹏摆手示意不用。

江鸿看见点名表上,自己名字后跟着的打分评价是"B",虽然是意料之中,但依然有点儿失望。

"这是早唐的制品,"罗鹏说,"但脉轮是在唐中期刻上去的。"

"哦,好像是耶。"江鸿其实完全不懂,只能顺着罗鹏的话往下说。

罗鹏说:"购买的时候,店主怎么说来着?"

江鸿道:"据说最初在一个古墓里发现了它。"

罗鹏:"唔……在做器灵转移时,呈现出的光是什么颜色的?"

江鸿:"金色的。"

罗鹏:"啊,光芒很强吗?"

江鸿:"不耀眼,只是淡淡的,有点儿发黄……"

罗鹏:"那么我推测,也许是来自某种强大妖兽的一缕残魂。"

江鸿:"有多强大?什么样的残魂?"

罗鹏:"某些妖兽在修炼到了一定境界,需要抛弃体内的凡心与俗念、执念,就像我们常说的'斩三尸'成仙成圣,把自己不要的情感分离出来,封在某个'匣'里,就会成为器灵。"

江鸿:"哦——!!是这样啊!"

江鸿心道果然还是老师懂得多,罗鹏点点头,说:"只是说,有这个可能。

它也许保留了一部分主魂曾经的记忆，也许没有，这也正是它一问三不知的原因。"

江鸿："懂了懂了！那它可以继续修炼吗？"

罗鹏："如果机会合适，是可以的，某些健康的残魂可以通过修炼，来重新蜕变，就像剪下的枝条可以通过扦插来移植再生、切断的蚯蚓会长出新的身体。"

江鸿："会变成什么难以驯服的麻烦吗？"

罗鹏："这要看残魂本身具有的性格，有些大妖兽分离出来的是杀戮之心，这种就不合适，但你的这个器灵也许是可以培养的，只是过程仍然需要谨慎。"

江鸿："好，谢谢老师，您能不能再帮我看看这个是什么？"

江鸿又拿出那杆黑尺，罗鹏接过，一脸疑惑地掂量，又拿出仪器开始探测。

"哟。"罗鹏用一个玉镯子靠近黑尺，环形的玉镯开始发光，犹如法术课上谢廖的那块光玉，江鸿猜测这两件东西都是一样的原理，只是一个用来探测法宝，一个用来探测人。

"这东西挺厉害，"罗鹏道，"但我看不出是个什么，你在哪儿得来的？"

江鸿说："在一个遗迹里捡的，您能看出它有多久了吗？"

罗鹏充满迟疑，摇摇头，说："也许比目前学校里的大部分法宝，年代都更为久远。"

江鸿吓了一跳，说："这么牛的吗？"

罗鹏说："你朝里面注入过法力没有？"

江鸿说："我没有法力。"

罗鹏也想起来了，江鸿是这一届学生里唯一无法使用法术的凡人。

江鸿："老师您能帮我注入法力看看有什么效果吗？"

罗鹏和颜悦色地说："驱魔师有一个不成文的规矩，就是除非必要，不去贸然使用他人的法宝。"

江鸿："哦……好吧。"

罗鹏道："我猜测，它也许是什么东西上的一个部件，以后等你能借助其他方式调动法力能量时，可以试着把法力注入，如果表面浮现字文，就证明我猜对了。"

江鸿："这东西安全不安全？"

罗鹏："没有任何邪气，不用担心。大部分法宝是否安全，只取决于拥有它的主人。"

江鸿点点头，说："谢谢老师。"

罗鹏也点头，就在江鸿离开前，他的眼角余光突然瞥见，罗鹏在他的分数一栏里涂改了下，把"B"修改成了"A"。

这下江鸿顿时心花怒放，大喊道："谢谢老师——！"

也许是江鸿留下的这几分钟里，让罗鹏进一步了解了他的法宝，并没有演示的效果那么糟，也许因为黑尺有了加成，但不管怎么样都好，得到了A，江鸿简直不能更开心了！

第九章

|换命|

下午则是最难的里世界探索课,这次是贺简与小皮负责解说PPT,小皮在讲台上介绍对"墨"的考察经过,董芒大方地给了他们许多补充资料,得知朱瑾玲布置的课题上,象形文字"墨"来自对"鹛"这种神兽的古代崇拜。

"鹛是地脉孕育的圣兽,力量堪可与龙比拟,但鹛没有双眼,"小皮认真地介绍道,"所以鹛的祭司与信徒们,都会刺瞎自己的双目,并蒙上黑布条。他们自称'墨眼之人'。"

贺简在一旁给PPT翻页,小皮又说:"用以祭祀的鼎,内部也刻有'墨'字……"

其间江鸿注意到朱瑾玲起身,出去接了个电话,再回来时,他们已经差不多说完了。

最后朱瑾玲带头鼓掌,简单的汇报结束,贺简伸着头想偷看朱瑾玲的打分,却被老师发现了,瞪了他一眼。

"应该有个A吧,"小皮说,"折腾得这么辛苦。"

"课题都交完了,"江鸿说,"就别担心啦,走,吃好的去!"

小组在食堂内聚餐,以庆祝期末课题完成,还叫上了陆修,但陆修的回复一如既往:没空,你们吃吧。

江鸿觉得与他们一起活动还是很愉快的,大家在这次任务里结下了很深的友谊,下学期的里世界探索如果可以自由组队,他还想与连江这个能穿墙的作弊器一起混点儿分。

吃着小火锅时,江鸿突然看见食堂外走进来一人,正是陆修。

江鸿马上朝他打招呼,陆修看了一眼,朝江鸿走来。

连江要去给陆修再加一人份的锅,陆修却摆手,示意不用,朝江鸿说:"明天驱魔实践考试结束后,下午是曹校长的综合学期末考核,通知到你俩了。"

江鸿答应了，没想到曹斌本学期的课结束得这么快，还让助教陆修亲自来通知。陆修一来，江鸿又像个跟屁虫般，巴巴地要跟着出去，陆修却道自己要去参加社团活动，让他别来了。

反正明天就见面了，江鸿倒不如何担心。熬了将近一个通宵后，这夜他实在困得不行，回寝室一觉睡到天亮，直到金摇晃了他几下。

"起床了！"金说，"考试去。"

"啊……"江鸿睡眼惺忪，头发还乱糟糟的，被金夹在腋下，带去了驱魔实践课的考场。

对几乎所有的学生来说，今天就是本学期的最后一门考试，打完架之后就可以放假了，大家简直心花怒放，决定趁着今天，好好地天翻地覆地打一场。

"小皮你悠着点儿，"江鸿提醒道，"咱们下午还有一门。"

小皮与江鸿简直战战兢兢，两个废物点心，能活下去就不错了，这是江鸿唯一一门不奢望能及格的科目。

"待会儿你还要召唤陆修吗？"小皮说。

江鸿："我……"

如果可能，江鸿想施展自己一整个学期从曹斌处学来的体术，不朝陆修求助，认认真真地打一场，但看这模样，自己根本没有胜算，绝对是垫底的那个。

体术在入门阶段只与普通的拳法、腿法差不离，甚至连技击都够呛，只能起到强身健体的作用，需要付出比修习法术更长的时间，以及持之以恒的耐心，厚积薄发，在数十年后才能看到效果。

江鸿相当怀疑自己能不能修习成功，但除了体术，他也没有更好的选择。

没关系，倒数第一就倒数第一吧，总要有人倒数第一的。

"各位！"夏星辉来了，今天他带了一名同样全身运动服的高大男子，那男子足有一米九几，肩背宽阔，仿佛经常健身，身材却相当匀称，没有健身教练般的大块头。

"哇——"所有学生同时起哄。

"啊！"小皮也震惊了，喊道，"葛格！"

江鸿心想这又是谁？怎么大家好像都认识？又是明星驱魔师吗？

那男人头发修得很短，两侧刮得很干净，脸庞棱角分明，面容冷峻，眼神凌厉，颌线有着不明显的胡楂，左耳上戴着一枚闪亮的钻石耳钉，右脸有几道红痕，似乎也刚睡醒，打了个哈欠，露出犬齿，朝学生们笑了起来，犹如一只体形庞大的德国军犬。

不过说归说,还是很帅的。

"格总!"已有不少学生纷纷喊了起来。

那男人随意地摆摆手,朝夏星辉说了几句话,夏星辉便点了点头,转身走了。

男人一身金红色运动服运动裤,站在场地中央,无聊地伸了个懒腰,像条正在晒太阳的狼狗,不少学生已自发地朝他围聚过去,男人低头朝几个女生说了句话,众人便都笑了起来。

"哔——"男人吹哨,示意集合。

江鸿便跟在最后面,朝张锡廷问:"他是谁?"

张锡廷笑道:"他是头狼,待会儿你就知道了。"

"大家好啊。"那男人说,"先自我介绍一下,我叫格根托如勒可达,你们可以叫我'可达',可达鸭的'可达'。"

大家又笑了起来。

可达说:"也可以叫我'格总',随便,别叫'格老师'什么的,太难听了。"

可达相当有体育老师的风格,看了看周围,又说:"大家就地坐会儿吧,今天阳光还挺好。"说着自己先盘腿坐了下来,课上得相当轻松随意。

他拿出文件夹里的名单,解释道:"本来驱魔实践该我给大伙儿上课,因为今年事多,你们的校长又不在,我被调去妖怪协会忙了一段时间,现在正式回来了,我负责带你们,以及所有研究生的驱魔实践……好,先来点个名,认识认识吧,今天期末考试,应该全都到了。"

接着可达开始挨个点名,很快就点完了,点到江鸿时,可达多看了他两秒。

"行。"可达最后收起名单,说,"现在开始考试,我不知道夏星辉怎么教你们的,但既然我接手了,就按我的要求来。首先,你们自己组队,两两分组,分好组以后,来我这里领一个号码牌,叫到号码的到场地上来,一次上来十组,各自演练,我会根据你们的实力与水平,给大家评分!"

江鸿松了口气,总算不用打那种比武大会的淘汰赛了。

"咱俩一起吧。"江鸿马上朝小皮说。

小皮已经紧紧地抓住了江鸿的袖子,死活不会再与他分开了。

"好的!"小皮当即道。

两人也算小同门,都是曹斌教出来的学生,不容易被对方打得满地找牙,这明显是最好的考试方式。

可达明显比夏星辉更亲和,小皮去领号码牌时,可达人高马大的,还箍着小皮的脖颈,胳肢了他几下。

接着学生们被叫到号，纷纷上去，二十人，十组。可达则到处转悠，一手箍着小皮不放，犹如一只大狼狗挟着只小狗，满场转来转去。

小皮抬头，朝可达说了句什么，可达便转过头，目光搜索到场边的江鸿，说道："江鸿！你过来一下！"

江鸿与寝室室友们正坐在一旁观战，偶尔点评几句，突然被点名吓了一跳，忙起身小跑过去。

"帮我登记一下打分，"可达说，"组别7，两人都给A。好了，你们下吧。"

于是正在用法术互轰的学生欢天喜地，一起跑了。

江鸿接过笔与板子，跟在可达身后，挨个打分。

直到最后一批人上场，江鸿才放下成绩表，与小皮上场，可达抱着手臂，在旁看了眼。

"你们这不行啊，"可达说，"想放水都找不到由头。"

江鸿："……"

小皮讪讪地道："是副校长教的。"

可达说："那家伙本来也不咋地。"

江鸿心里"咯噔"一响，心道不会不及格吧？

可达点评道："花拳绣腿，行吧，自己记个B，下学期好好努力。"

江鸿顿时心花怒放，这样还有B？！太幸福了！小皮却觉得很不公平，说道："葛格，他可以召唤龙的。"

可达说道："你看他召唤吗？他明显也不想召唤，是不是？"

江鸿讪讪地笑了笑，可达说："所以嘛，他觉得这样就挺好，对不对，江鸿？"说着可达又把小皮抓了过来，像撸一只宠物般，把他挟住，拖着走了。

江鸿说："老师！那我考试结束了？我走了哦。"

"你等会儿，怎么还带过河拆桥的啊！"可达又说，"帮我把分打完，待会儿找你还有点儿事。"

江鸿只觉好笑，可达这样的老师实在太有趣了，而且多看两眼，发现可达的长相实在是非常帅的，只是有点儿狼的模样，冲淡了人的英俊感。

江鸿本来就是个颜控，可达与曹斌争夺"最受江鸿欢迎老师"的地位，简直有点儿难以抉择。但想来想去，最受欢迎席位还是给曹斌好了，毕竟已经有很多学生喜欢可达了，曹斌却只有他与小皮两个粉丝。

最后一批全部考完，可达接过打好分的成绩表，看了眼分数区间，随手涂改了几下，把两个A改成S，其中一对是张锡廷与金，江鸿震撼了，待会儿就回去告诉他们这个好消息。

"你回去给你爸说,"可达又朝小皮说,"待会儿我过来,请你们父子俩吃饭。"

小皮高兴地走了。可达又在冬日灿烂的阳光下伸了个懒腰,江鸿也跟着伸了个懒腰,不知道为什么,在可达面前,总被带得整个人懒洋洋的。

可达正色看着江鸿,似笑非笑,露出洁白的犬齿,有点儿不怀好意。

江鸿:"呃……"

"这是你的脉轮形状拓片。"可达从运动裤的裤兜里掏出一张黄纸,递给江鸿。

"哦——!"江鸿想起来了,元旦时曹斌带他去驱委拜访,陈真用脉轮鉴为他做了一个简单的测试,当时说的是,会让一名老师把结果带到学校来给他。

黄纸上,是一个支离破碎的脉轮形状,像个法阵。

"原来这就是我的脉轮啊。"江鸿看了眼,形状很复杂,但几乎是由虚线构成的。

"唔。"可达严肃地说,"你不能使用大部分的法术,对吧?"

江鸿抬头,说:"其实我一直有心理准备了。"

可达:"也不一定……这么说话是不是有点儿费劲?蹲下来说吧。"

江鸿一直昂着头,确实有点儿费劲,可达便蹲了下来,示意江鸿也蹲着,于是两人单膝蹲,凑在驱魔实践的场地外。可达随手捡了根树枝,对照黄纸上的脉轮,在地上画出了局部,说:"你确实不能驾驭自然能量,但你看这里?"

江鸿注意到脉轮的正下方,有一小段连线,是完好的。

"哦,这里怎么了?"江鸿不解道。

可达:"你们还没有学脉轮运转规则对吧?"

江鸿:"那是大一下学期的学科,我已经选了。"

可达用树枝在地上画了几笔,说:"我先简单给你解释下,这段对应你的心轮,心轮左侧有一段是完好的,所以在一定的条件下,你可以控制气,在这个范围内微弱地流动。"

江鸿:"这代表什么?!"江鸿忽然间窥见了希望,他看着可达的双眼。

"代表只要满足条件,你可以运用一些非常简单的、不涉及自然的法力。"可达提醒道,"注意,是法力,不是法术。想施展法术仍然是办不到的。譬如说,在这里纳入能量后,你可以发动部分法宝和符咒,甚至是启动一些自走型的卷轴,就不需要再借助外界的储能了。"

"太好了!"江鸿在他面前盘膝坐了下来,这当真是意外之喜。

可达却没有看江鸿,眼睛瞥向不远处的社团大楼,那里正有高年级学生陆续出来,远远地朝他打招呼,可达便随意挥手。

江鸿："那我要怎么修炼呢？"

可达目光再次转向江鸿，认真地说："你想修炼？"

江鸿："当然啊！这真是一个好消息！"

可达仿佛被江鸿的快乐所感染，也跟着笑了起来，随手摸摸江鸿的头。

"是吧。"可达说，"你不沮丧？"

江鸿："开始的时候有点儿，呃，不过我从最初就是个凡人，误打误撞，闯进了……闯进了……"

可达："里世界。"

江鸿："嗯，突然有人告诉我，可以学会法术，我当然很开心；后来发现不行，也没什么。就像中了彩票，还没拿到钱，就告诉我搞错了，沮丧当然有点儿，但毕竟钱没到手，也就还好了。"

可达哈哈大笑起来，又想了一会儿，最后说："行吧，那么我现在告诉你，在这里储存能量的方法，你听好了，不，不用记，其实过程很简单……"

江鸿充满期待地看着可达，可达又说："首先，你要找到一个愿意帮你的人。"

江鸿："啊？"

可达："妖也可以。这个对象，首先是要有法力基础的，让他为你注能，因为你不能通过吸收天地灵气，来在心轮处储存能量。"

江鸿明白了，说："哦……也算不上简单。"

可达说："对，看有没有人愿意为你这么做。"

江鸿："会对施法的人不好吗？"

可达说："不会，只是举手之劳而已，和随便使用一个法术没区别，但注能会产生一个后续的作用，就是你会与这个给你能量的人，产生脉轮共振。怎么解释这个脉轮共振呢？我想想……你知道量子纠缠吗？"

"知道。"江鸿点头道。

可达说："脉轮共振，就是在灵脉层面上的一种量子纠缠。"

江鸿道："具体会怎么样？"

可达说："这种形式上的脉轮共振，不会非常强烈，因为注入你心轮中的能量对这个人来说，是很低的，低得甚至可以忽略不计，但再怎么样，也会有一定的影响。

"……首先，如果这个人死了，你的心轮就会遭到强烈的冲击，破碎，有一定的可能，你也会死。"

江鸿："哦，这个概率应该很小吧？"

可达说："对驱魔师来说，也不算太小。"

江鸿："还有呢？"

可达说："还有就是，你们之间，'理论上'会产生一种联系，至于这种联系是什么，目前还没有研究成果来证明，毕竟当下关于脉轮共振的研究还是太少了，大部分都建立在推测上。"

江鸿道："那么我首先要找到愿意为我注能的人。"

可达："嗯，是的，得到能力后，我会慢慢教你怎么使用。就这样，如果有人愿意为你注能，你也可以带他过来，我教他注能的办法，你可以成为我们的观察样本。"

江鸿："也行。"

可达与江鸿站起身，可达正色道："我建议你找一个关系不那么亲密的朋友，陈真说他可以为你注能，顺便观察下会发生什么，以答谢你帮了他的忙，这样你就拥有少量的心灯了，或者说，一枚心灯火种。"

江鸿："哇，那不就很厉害？"

可达："我也可以，如果你信得过我的话。"说毕，可达神秘兮兮地坏笑道，"我就算莫名其妙地读到你心里的念头，也不会朝外说的。"

江鸿忽然很感动，知道一定有人托可达照顾他，也许正是陈真。

"谢谢。"江鸿答道。

可达说："不过我们的工作都有一定的危险性，我觉得还是不能害了你，毕竟未来嘛，谁也不知道，当下又是一个非常怪异的节点……

"……所有的预言都含糊不清，就像在一层迷雾里。"

可达望向远处的蓝天白云，以及冬季校园中光秃秃的树枝，继而忽然意识到仿佛说了不该说的，马上道："就这样，我去食堂吃饭了，你要不要一起来？"

江鸿忙道："不打扰你们，我这就走了。"

江鸿愉快地跟可达告别，不管怎么样，这是一个再好不过的消息。外加学期所有课业即将结束，马上就要迎来大学的第一个寒假了！

待会儿曹斌的综合学课程上，江鸿已经与小皮约好，决定汇报自己回收法宝的事迹，小皮则汇报祁兰山之行，再怎么样，预估也能得个A。

接着他都想好了，等陆修也放假，江鸿想约陆修去南方先玩个几天，接着再邀请他到自己家去过年——陆修这些年里，应当都一个人在过吧，春节对他而言并没有什么特殊的意义。

陆修一定会接受来过节的，正好也陪他散散心，不管他最近遭遇了什么事……

江鸿心想，如果朝陆修要求，请他为自己的心轮注能，他会答应吗？身为龙，可以活很久很久吧，便不存在可达所说的那个问题，分给自己一丁点儿龙力，也不会有什么损失。

江鸿独自吃了午饭，并在前往教室的路上想东想西，毕竟这是一个重要的请求，任何朋友都没有义务帮助他，曹斌也好，金、贺简、张锡廷等室友也罢，甚至主动提出可以帮助他的陈真也一样。

会产生奇特的联系，什么样的联系？他们之间，会心意相通吗？应当没有这么夸张。

陆修会答应他吗？江鸿觉得自己最希望得到的，是陆修的龙力，不仅因为他的寿命很长，至少在自己活着的时间里不会有性命之虞，更因为他觉得他们之间，本来就有着奇妙的缘分。就像通过心轮，他们真正产生了牢不可破的联系。

当然，这都只是江鸿的一厢情愿。我要怎么朝他开口？话到嘴边，江鸿又有点儿患得患失起来，贸然请求他，会不会太冒失了？

想了又想，江鸿想出个办法，就这样吧！

今天他提前二十分钟来到S班教室，午后一点四十，准备上本学期的最后一节课，推开门时，忽然看见了一个陌生人。

一名红发青年无聊地躺靠在台球桌后的一张转椅上，手里拿着一枚飞镖，正在朝飞镖机扔镖，镖盘上已经钉满了镖。

江鸿本以为这个时间教室里不会有人，被吓了一跳。

红发青年朝他望来。

江鸿："你……你好，老师。"

青年看模样十七八岁，与江鸿年岁相仿，皮肤很白，白得像名混血儿，一头红发显得有点儿乱，本来红头发会显得相当非主流，这青年的头发却红得很天然、很正常，带点儿栗色，外加他眉毛也呈现出天然栗色，便看得出并非染的色。

青年穿一件白色的带兜帽卫衣、宽松的板裤，卫衣上印着火焰形状的"S"，手上戴了条松松的黄金手链，手链上坠着一朵小小的碧玺梅花。

青年漫不经心地看了江鸿一眼，虽然长得很帅气，奶白奶白的，却一脸冷淡，仿佛别人欠了他几百万一般。

他随手做了个手势，飞镖盘上的镖便全部哗啦啦地自动飞了回来，整齐地排在台球桌上。

"我不是老师。"青年随口道。

他的气质和陆修有点儿像……江鸿心想，只是陆修是那种冷感的傲慢，这红发小子是刺头般的嚣张。

红发青年又捡起镖，开始一枚一枚地朝飞镖机上扔。

"那……你好，学长？"江鸿忐忑地道，旋即意识到自己还没通报姓名，忙道，"我叫江鸿，是S班的学生。"

"我也不是学生。"那红发青年答道。

"呃……"江鸿挠挠头，说，"那，你好，朋友。"

"我们还不是朋友呢。"红发青年拿着飞镖，看了江鸿一眼。

江鸿相当尴尬，只得不说话了。根据与陆修相处的经验，江鸿觉得那红发青年不会再搭理他了，但他居然神奇地接话了。

"虽然不认识，"红发青年道，"但看在你先自报姓名的分上，告诉你也无妨，我叫思归，项思归。"

思归说完这句，又继续扔他的飞镖，看也不看江鸿。江鸿缓解了尴尬，便轻车熟路，到吧台去放下包，问："你喝咖啡吗？"

"不。"思归言简意赅地答道。

江鸿看他一直在玩那个镖盘，明显也很无聊，虽然多半得不到回应，却又提议道："咱们来打台球吧？"

他做好了思归不会搭理他的心理准备，但思归居然站了起来，去拿台球杆，于是江鸿便开始陪他玩台球。

江鸿的台球技术一般，思归的技术更一般，两人便胡乱打着，其间夹杂江鸿不时的礼节性吹捧，临近结束时，小皮推门进来了。

"啊。"小皮看见思归的那一刻，仿佛下意识地有点儿怂，幸而江鸿也在，小皮便没有那么社恐。

不多时，陆修也来了，仿佛早就知道今天这里会多一个人，只是面无表情地看了眼江鸿。

"来一起吗？"江鸿说，"他太厉害了，我打不过他，你来帮我。"

陆修："不打。"旋即坐到吧台前去泡咖啡。

于是S班教室里，同时容纳了两名冷面王子，两人看上去仿佛互相认识，却谁也不和对方交谈。

又过了五分钟，曹斌才进了教室，江鸿与小皮便朝曹斌打招呼，思归将最后的黑球一杆打进洞去，放下台球杆，坐到一旁，依旧玩他的飞镖。

"你们的期末考核我都给了A+，"曹斌说，"已经录入成绩系统了，下周一

309

开始可以查成绩。"

"我……我还没汇报呢!"小皮说。

"不用了。"曹斌说,"祁兰山事件中,你们表现得非常好,谁也想不到,牵连驱委的一桩大案,居然是被四个学生查出来的。给个 A+ 不算过分……这是我的咖啡吗?谢谢你,陆修。"

曹斌也坐到吧台前,从西装内袋里取出两个红包,说:"这是给你们的一份学期结业小礼物,食堂的餐券,来,皮云昊,给你。江鸿,这是你的。"

今天曹斌收拾得很精神,刚剪了头发不久,对思归的到来也没有丝毫诧异。

江鸿与小皮一起喊道:"谢谢校长!"

曹斌正色:"下学期也要继续努力。皮云昊,窦宽主任下午过来拜访,想见见你,让你顺便过去一趟。"

小皮说:"现在去吗?"

曹斌:"看你,今天本来已经算没有课了。"

江鸿忽然敏锐地察觉到,今天曹斌也许有话想跟他说。小皮便朝他们告别,出去时反手带上了门。

S 班教室中,剩下曹斌、陆修、江鸿与那红发青年思归。曹斌安静地喝着咖啡,江鸿总觉得这气氛有点儿诡异,观察陆修与曹斌的神色,再望向躺靠在一侧的思归,室内时不时响起飞镖钉在靶上的声音。

"一学期结束了,"反倒是曹斌先开了口,问,"江鸿有什么心得体会?"

"太多了,"江鸿笑着说,"生活简直发生了天翻地覆的变化呢。"

曹斌喝着咖啡,沉吟不语,江鸿不时望向坐在角落的思归,曹斌注意到他的目光,便道:"你们已经认识了?我进来的时候,看见你俩在打台球。"

"嗯。"思归漫不经心道。

江鸿心想:曹校长,你也不介绍一下吗?

曹斌说:"思归是咱们 S 班的吉祥物,他大部分时候会住在这里,先前只是出门玩去了,你们以后会成为好朋友的。"

"哦……"江鸿心道吉祥物是什么鬼,不过看思归没有反驳,便没有多问。

江鸿又注意到,陆修正看着自己。

"啊,对了,"江鸿想起那件事,对陆修道,"今天那位叫格总的老师,从驱委带回来关于我脉轮的消息了。"

陆修:"嗯,怎么说?"

江鸿便朝陆修解释了整件事,这就是他的办法,他决定不对陆修提出请求,如果陆修愿意为他注能，那么听完之后，便会主动提出。

如果陆修听完整件事依然没有任何表示，就等同于拒绝了，这样一来，就不会显得太冒失。然而，江鸿刚说了个开头，陆修便明白了整件事的经过。

陆修："我不帮你注能，找别人去。"

江鸿："……"

气氛突然变得有点儿尴尬，江鸿哭笑不得道："我还没说完。"

陆修："我知道什么意思。"

思归突然停下扔飞镖，与曹斌交换了个眼神。

江鸿挠挠头，说："我知道了，我也没有……嗯，不，其实我确实是这么想的。"江鸿向来很诚实，陆修对他这么好，没有较劲的必要，承认又有什么关系？

陆修："其实今天留你下来，还有一件事要告诉你。校长，你开不了口，我来说吧。"

曹斌马上道："不，还是我来说。"

江鸿："嗯？"

江鸿看看曹斌，又看陆修，一头雾水。

曹斌："毕竟这件事，与所有人都有一定关系。江鸿……接下来的事情，可能对你有点儿……有点儿冲击，你得做好心理准备。"

江鸿："嗯？"

思归扔飞镖的"叩""叩"声又响了起来。

江鸿开始有不祥的预感，答道："你说吧，校长。"接着也走到吧台前，坐了下来。

曹斌把空咖啡杯放在陆修面前，陆修便为他续杯。

"从何处说起呢？"曹斌非常难抉择，最后道，"这件事，得先说荧惑。"

江鸿："和山城的那起收妖事件有关系吗？"

曹斌："远远不止。首先，你记得你们在地脉内部，一起办过事的两名驱魔师吗？一个叫杨飞瑶，一个叫陈舜。"

江鸿说："记得，他俩都是荧惑的人，对不对？"

曹斌答道："是的，这两人都是荧惑埋伏在驱委的内应。荧惑这个组织的能力，远远比我们最初想象的更强大，驱委最先没有重视，是一个毁灭性的错误，现在安杰与陈真已在竭尽全力地彻查他们的身份，目前只有希望亡羊补牢，为时未晚。"

江鸿"嗯"了声，心想：和我有什么关系吗？

曹斌又道："接下来，还有一个叫麦擎的风水师，你想必也是记得的，当时我还让陆修去调查过，正是根据杨飞瑶供出的线索。"

"哦——是这样啊。"江鸿道,"但我还是觉得好巧,因为兴安驱委门口卖法宝的那老头儿,也让我去麦擎家偷东西呢。"

"不巧。"曹斌说,"首先是杨飞瑶与陈舜被逮捕归案,接着供出了麦擎同隶属于荧惑的身份,驱委才开始抓捕麦擎。而这个行动,多少有些驱魔师是知情的,便私底下提供给了王国良。"

江鸿"哦"了声,马上道:"于是他得趁着麦擎被抓之前,讨回那个玄光金斗。"

曹斌说:"是的,否则麦擎一落网,就会被抄家,东西就讨不回来了。当然,他本来也没抱多大希望,只是以试试看的态度,没想到你们还真的得手了。"

江鸿突然又想到同时出现在那里的陆修,怀疑地看着曹斌,隐隐约约明白了什么。正因为当时麦擎很快便将被缉拿,于是曹斌也出动了陆修,要趁麦擎被抄家前,先找到某些证据?

"当时你在麦擎家看见的人,"曹斌又说,"我们姑且称他为'一号'吧。这人确实是荧惑的头目,而且是直接负责人。"

江鸿吓了一跳,说:"是大 boss(幕后黑手)吗?"

曹斌说:"目前的猜测,应当是大 boss 的直接执行人,他负责制订详细的计划,并朝组织内部下达命令,分配任务让他们去分头完成。"

江鸿点点头。

曹斌又说:"你知道麦擎在荧惑这个组织里,主要的工作是什么吗?可以猜猜。"

曹斌又喝了点咖啡,江鸿想了想,说:"他是风水师,那应当是负责占卜和预测吧?"

"不错。"曹斌点头道,"他负责预测所有事件的未来走向,但风水学的具体原理你也是知道的……哦,你不知道,这门课你们要大二才开始学。"

江鸿答道:"我已经提前学了些,风水学的预测准确度,与参与到事件中的能量、复杂程度成反比,能量越强大,混沌系数就越大,预测的结果也越不准确。"

"正确。"曹斌直到这个时候,还不忘教学,解释道,"譬如预测燕子飞翔的方向很容易,但预测龙的飞翔方向就很难,因为龙的能量要无数倍于燕子。预测一片叶子在哪一天离开树枝很容易,预测两个国家什么时候开战就难了。"

江鸿"嗯"了声,说:"这也可以解释,麦擎预测不了最后荧惑和驱委谁能赢吗?"

曹斌答道:"这正是我要表达的,也许随着时间流逝,当事情逐渐接近转折点时,麦擎能模糊地看到一些未来……但他已经没有机会了,他失去了所有的法宝,尤其那个玄光金斗,并被我们控制了起来。"

江鸿点点头,曹斌说:"除此之外,麦擎还负责向荧惑组织中的所有高级成员,以及'一号人物',提供任务的预测结果,教他们如何趋吉避凶,正因为他强大的预测能力,荧惑每次临近暴露关头,总能躲过驱委的侦察。"

江鸿又点头,曹斌再道:"按理说一名技艺高超的风水师,理应能保护好自己,但是麦擎在一个非常偶然的情况之下,犯了一个致命的错误。"

江鸿想起了当初与金在车里的对话,说道:"对啊!我也很奇怪,如果麦擎的预测这么了得,他就应该能预测到驱委派人去抓他,为什么不跑?也一样能预测到玄光金斗会被我们拿走。"

曹斌说:"接下来,我要跟你解释这个错误,内情非常复杂,我们在审问之时,也非常难以相信,但我们再三确认过,麦擎没有说谎,毕竟驱委要拷问出真实信息,是有相当多手段的。"

江鸿来了兴趣,说:"是什么?"

曹斌说:"首先这件事,要从另一个人说起。这个人,名叫袁空,也是一名风水师,他与麦擎是同门师兄弟,袁空年纪大些,是师兄,麦擎年纪小点儿,入门也晚,是师弟。他们都是秦陇人,拜在一位老师门下,那位老师后来金盆洗手了,在兴安驱委开了间法宝店,师父的名字,就是王国良。"

"啊!"江鸿震惊了,没想到居然有这么复杂的关系,那个卖法宝的王老头,居然就是麦擎的师父?

曹斌又说:"袁空与麦擎年轻的时候,因为一次一起执行任务,袁空意外身亡。"

江鸿:"哦……"

曹斌:"麦擎后来去了山城,并接手了师兄的一些资源,继续当风水师讨生活。当时袁空有一个儿子,名字叫作袁士宇。"

江鸿:"我怎么感觉这名字好熟,是不是在哪儿听过?"

这时,陆修忽然开口道:"不仅听过,你还见过。"

江鸿:"啊?"

陆修:"记得当时在麦擎家的后花园里,被打晕的那个年轻人不?"

江鸿:"哦!是他啊!可是陆修,你怎么好像认识他?"

陆修:"我也只见过一面。好些年前,我拜访过麦擎的兄长,让他替我预测一件事。"

江鸿:"哦,好的,那这个人怎么了?"

曹斌:"袁空的遗孀,也即袁士宇的母亲,因为丈夫过世,便托庇于其同门师弟麦擎,麦擎也把他们照顾得不错,在山城为母子俩购置了资产,并让袁士宇认真念书。问题出在袁士宇身上,麦擎在他很小的时候,为他测算过一生的命运……

"……命盘中显示，袁士宇的命数非常凶险，被称作'六凶之命'，通常拥有六凶之命的人，都活不到二十岁，具体涉及命理中'入运'与'十年转运'的概念，比较复杂，你可以理解为，他们往往在弱冠之年到来前，会因一场意外而死亡，根据他的命数显示，寿命将终结在接近二十岁这段时间里。江鸿，你相信命运吗？"

江鸿有点儿疑惑，按理说他是不怎么相信的，但自己已经是一名驱魔师了，再说不相信命运，是不是有点儿奇怪？然而"命"这东西，仿佛与法术、妖魔等等又不是同一个层次。

"我其实不太相信。"江鸿说。

"好的，"曹斌说，"你的回答很重要。现在，回到这件事上来……麦擎对这个叫袁士宇的孩子，还是比较疼爱的。在他师嫂——作为一个母亲的恳求，与对师兄的感情之下，麦擎为袁士宇做了一件事。"

"什么事？"江鸿预感到接下来，曹斌的话将石破天惊。

"他为袁士宇换了命。"曹斌说。

"啊？"江鸿现出茫然表情，说，"那是什么意思？"

"叩""叩"的扔飞镖声停了，思归说："换命，就是去寻找一个合适的替身，调换两人的命运。从此你走上他的路，他走上你的路。"

江鸿："哦，还可以这么操作的吗？真神奇。"

曹斌："这一操作由来已久，在古代被称作'借灯'，有人说是借运，也有人说是借命，民间有'借光'一说，最早的由来就是借灯的别称。但大部分行法，都只能借一时之运，长则一两年，短则数日，要把两个人的命完全替换，非常难。"

蓦然间，江鸿隐隐约约察觉到了不对劲，所有人的目光都驻留在他的身上。

"所以呢？"江鸿的声音带着少许紧张。

"袁士宇是六凶之命，这场劫难他无法抵挡，于是麦擎借用了荧惑所掌握的一些秘密资料，做足准备，成功地调换了他与另一个少年的'命'。从此两人的命运轨迹将完全被置换，原本袁士宇将进入苍穹大学，成为一名驱魔师，与一些人结下缘分与羁绊，并在某场驱魔事件中遭遇不测……

"另一名凡人少年，会按部就班地参加考试，考上重点院校，进入大学，成为一名工程师……"

刹那间，江鸿终于明白了，他的脑海中"嗡"的一声。

"而袁士宇本身有极好的资质，"曹斌说，"袁家的祖上，出过一名大风水师，也即是说，袁士宇是这名大风水师的后代。民国时，那位大风水师袁禾，为避袁世凯之祸，改姓为'江'，也即江禾。"

江鸿："……"

曹斌放下咖啡杯,又说:"从十八岁生日那天起,袁士宇与那名被换命的少年,生活的轨迹发生了短暂的重合,也许是擦肩而过,也许是一个照面。

"紧接着,命运线在这短暂的交错里,便完全被调换了过来。不仅如此,袁士宇的母亲还以法术混淆了苍穹大学的招生员、山城老君洞的一苇大师的认知,麦擎更请荧惑组织在驱委的内应,换掉了两人的入学档案。"

江鸿的脑海"嗡嗡"地响着,曹斌的声音时远时近。

曹斌最后说:"但麦擎万万没有想到,自己的这一次借命,会产生如此复杂的一系列连锁反应——首先,你与袁士宇的命运既然被完全替换,所有占卜显示的结果,就会产生偏移。"

"什么意思?"江鸿下意识地问。

"所有关于你的问卜,"这次是陆修回答了他,"都会被转移到袁士宇的身上,所有关于袁士宇的问卜,也会显示出你的因果线结局。"

江鸿没有说话,只是怔怔地看着陆修的双眼,陆修则避开了他的目光。

片刻后,陆修又平静地解释道:"因为占卜的结果发生了错乱,所以,本该来入学的袁士宇,换成了你。就在换命结束之后,麦擎的占卜结果开始变得不那么准确,出错的概率变大,于是这导致了荧惑内部对他的怀疑——

"荧惑怀疑麦擎是刻意为之,怀疑他的忠诚,于是派出妖怪,绑架了'他的侄儿',希望从他身上得知麦擎的一些秘密。但因为占卜结果的错乱,这个对象,变成了'你'。他们盘问麦擎予以他侄儿的任务。这个任务,就是调查智慧剑的下落。"

"所以……"江鸿这才明白过来,原来在那个时候,妖怪们在山城将他抓走的原因,真的是认错人了!他们以为他是袁士宇!

"我……变成了另一个人?"江鸿喃喃道。

"你还是你,"曹斌说,"这不用怀疑,但只要是涉及你的卜测,就会引发混淆,因为结论会被导到袁士宇的身上。我举个例子你就明白了,譬如杨飞瑶与陈舜参与那场行动,虽然我们不清楚他俩的目的是什么,但只要麦擎开始占卜两人行动的吉凶,是得不到正确结果的,因为你也在场。"

"而针对参与者的推算,将演变为'袁士宇'参加了行动,然而袁士宇并不在场,于是结论就会发生混乱,无法显示出正确的答案。"曹斌解释道,"所以麦擎无法朝杨飞瑶发出预警,这是第一个漏洞。"

"第二个则是当你们去窃取玄光金斗的时候,"曹斌又说,"麦擎针对驱委的批捕发起过预测,但因为你到场了,于是麦擎的占卜结果导向了袁士宇,袁士宇当然不会做不利于他的事，占卜结果就会产生混淆，最终导致他落网，这次是我们的运气，也是不幸中的万幸。"

江鸿有点儿茫然。

陆修说："他需要想一想。"

曹斌"嗯"了声，没有再说下去。冬天下午四点，夕阳西下，从休息室的窗口投进来，为S班里的数人镀了一层淡淡的金光。

江鸿最后挠了挠头，说："我明白了。"他很平静，这是意料之外的平静，平静得仿佛不像在谈论自己的事。

"难怪呢，"江鸿说，"我就说怎么我一个半点儿法力都没有的凡人，会被选中成为驱魔师，考上了苍穹大学……我总觉得是哪里弄错了，原来我成了一个替身！"

曹斌说："你觉得是这样吗？"

江鸿想了想，又说："所以在这里的人，应当是袁士宇，对吧？"

江鸿忽然觉得很好笑、很梦幻，这甚至比自己成为驱魔师还要更梦幻一点儿。

曹斌："如果麦擎没有搞这一套操作的话，是的。"

江鸿说："那么，其实，今天坐在这里的，也不必须是我，可以是王鸿、李鸿，或者其他的什么鸿……我是说，我只是恰恰好，条件很合适，可以成为这个替身。"

曹斌欲言又止，陆修却说："对，你说得对，没有必要骗你，情况就是这样。"

江鸿既觉得荒诞，又觉得有点儿好笑。

"那，他现在怎么样了？"江鸿又问。

"截至驱委得知内情时，"曹斌说，"袁士宇也一样参加了高考，考上了一所二本大学，生活没有什么大的波折。"

江鸿说："那以后呢？"

曹斌："以后的事情，谁也不知道……"

"告诉他，"陆修冰冷的声音道，"直到这个时候，还没有知情权？"

曹斌叹了口气，又说："根据麦擎所说，这两个孩子，一个会遭遇不测，另一个，则将享寿百年，无疾而终，但也不会有极大的建树，至少……一生安稳吧。"

"他自己知道吗？"江鸿又问，"情愿吗？"

曹斌："袁士宇？他什么都不知道。"

江鸿问："那还能换回来吗？"

曹斌："麦擎目前没有解决方案，这是一种非常隐秘的法术，他在投诚荧惑之后，争取到了一号人物的信任，并偷偷学会了这个办法……江鸿，你还好吧？"

江鸿说："感觉……挺奇怪的。"江鸿确实感觉很诡异，自己居然在过另一个人的人生，成了一个替身？！这也解释了，为什么他与这一切毫无干系，却仿佛被强行塞了进来。

大伙儿又陷入漫长的安静中。

曹斌道："不过无论怎么样，我还有一句话想说……"

江鸿又说："等等，我还有一点儿不明白，校长，你相信命吗？"

曹斌没有回答，江鸿疑惑地说："如果'命'是无所不容，象征了一个人一生中会走过的路……是这样的吧？现在对命运的解释就是这样的。那么我的命运里，自然也包括了我被'换命'的这个过程，那么，孰能说'成为替身'，不是我命中注定的一部分呢？我的命运注定了要被一个叫麦擎的人篡改，这就是所谓'命运的命运'吧？"

曹斌马上道："这正是我想说的，江鸿，你理解得很对。"

江鸿说："如果真有命运，那么我相信，命中注定有一个叫麦擎的家伙，会朝我做出这些事；如果这个推论本身不成立，那当然也就没有命运不可更改这回事了。"

"说得很好！"思归突然道，"你是一个通透的聪明人，江鸿，我对你刮目相看，你赢得了我的尊重。"

江鸿笑了笑，忽然又觉得，这也不是什么令人迷惑的事了。

"我宣布，"思归说，"我要与你交个朋友，现在，咱们是朋友了。"

江鸿现在心情复杂至极，只得苦涩点头，说："谢谢……"心道这是抬举吗？

他又望向陆修，迎上陆修极其复杂的眼神。

曹斌见江鸿这么快就想通了，当即如释重负："陈真说得很对，你有一种乐观通达的品质……"

江鸿："不是我瞎乐，可本来就是这样的吧？所以回到最开始，也许我本来就该成为驱魔师，生活中才会碰到这么一出。"

曹斌点头道："说得对。"

江鸿："实话说，其实我不太相信命，包括什么遭遇不测……呃，只要小心一点儿，总会避开的吧？"

曹斌说："我再爽快点儿告诉你吧，也没必要再瞒着你了，但这是一个非常机密的消息，原本根据麦擎的占卜，袁士宇，也即是你，将会在与荧惑的战斗之中……凶多吉少。"

"哦，"江鸿说，"那我当心一点儿好啦。"

曹斌说:"不是'荧惑'这个组织,而是组织背后真正的那名魔王,这个魔王的名字是荧惑,组织正是以他的名字来命名的。"

江鸿似懂非懂,点了点头。曹斌眉头深锁,说道:"但我们对它所知甚少,除却一号人物手中拥有万物书,以及这名魔王实力也许比每一代的天魔更强大之外……—无所知。"

"嗯,"江鸿反而开始安慰曹斌,"总有办法的。"

"好吧。"曹斌说,"我觉得你也许需要一段时间来慢慢消化,但不管怎么样,你就是你,江鸿,对我而言,我很高兴我的弟子是你,而不是其他的什么人。无论从驱委,还是从学校,或者从我以及陈真的个人立场来说,我们都觉得,在任何时候,只要你需要,都应当提供力所能及的帮助,这要看你自己怎么想。"

说着,曹斌指指手机,说:"你可以随时在微信上联系我。"

江鸿说:"好。"

曹斌:"这原本就不该是你要去承受,或者说,去面对的,如果你想休学,或者回到凡人的世界去生活,驱委也会为你安排。"

江鸿说道:"我已经注定要成为一名驱魔师了不是吗?"

曹斌答道:"都说人力敌不过天意,但我觉得,偶尔与这冥冥中的力量作一番对抗,也没什么。决定权在你,你可以想想。"

江鸿觉得很好笑,说:"我已经退过一次学了,呃,我目前没有这个打算。"

曹斌做了个打电话的动作:"窦宽来了学校,我还有点儿事,需要与他谈谈,暂时先这样。"他喝完手里的冷咖啡,看了陆修一眼,离开教室,带上了门。

这时,S班的教室里剩下陆修与江鸿,以及坐在角落、一语不发的思归。

"好奇怪的感觉。"江鸿想了想,说,"我还能要一杯咖啡吗?"

陆修没有回答,把手冲壶放在酒精灯上,开始烧水。

但就在这个时候,江鸿忽然意识到了一个更严重的问题,方才曹斌的话已经把他绕晕了,让他完全没想起来这件事——

"如果……确实是这样的话,"江鸿喃喃道,"那么……袁士宇他……才是你要找的人,是这样吗?"

陆修答道:"十年前,我遇见了朱瑾玲,她告诉我,世上所有的占卜,都无法找到一个转世的灵魂。但她指点了我一条路,在驱委的藏宝库里,有一名叫'倏忽'的女神头颅,她可以看见未来,曾经是时间之神。"

江鸿:"她告诉了你什么?"

陆修:"她告诉我,我要找的人,是一名大风水师的后代,跟随我的命运安排,有一天，自然会与他重逢。"

江鸿说："难怪这一周你……你一直有点儿……"

陆修："不大正常，是的。"

江鸿点了点头，这一刻他知道了袁士宇才是陆修要找的那个人，心里突然非常难过。这与他们换命无关，只因为被换了命，陆修才将他误认为袁士宇，毕竟陆修要找的是在羊卓雍措湖畔为他封正的那个人类的转世——而袁士宇才是大风水师的后代，这一切原本与他江鸿毫无关联。

手冲咖啡缓慢地滴漏进杯中，在那透明的漏斗里。

江鸿与陆修都注视着咖啡，陆修说："对不起，是我搞错了。"

江鸿笑了笑，说："你该不会……弄清楚真相之后，就完全不理我了吧？"

陆修："不会，当然不会。"

江鸿："我们还是朋友。"

陆修："嗯。"

江鸿松了口气，笑了笑，安慰自己，还是一样的，他与陆修的关系不会有太大的改变。但他很清楚，说报恩也好，前世的羁绊也罢，袁士宇才是陆修要去守护的那个人，想通了这一点，江鸿便更难过了。

"是的，"陆修又说，"我们还是朋友。"

"你见过他吗？"江鸿说，"我再确认一次，呃……虽然也没什么好确认的，不过我总想听你承认，你要找的那个人，在羊卓雍措湖畔为你封正的人类，应当是袁士宇，不是我，对吗？"

那一刻，陆修仿佛产生了动摇，他的眼神有那么一瞬间是走神的，似乎手足无措，不知道如何面对这个问题。

漫长的安静之后，陆修终于答道："如果倏忽没有说谎的话，我想是的。"

"我觉得也是。"江鸿说，"我爸告诉我，我们家是几十年前才迁徙过来的，祖上也没有什么大风水师，倏忽说的人，一定就是袁士宇了。"

陆修没有回答，眼神里带着歉意。

"对不起。"他又说道。

这是江鸿从认识陆修以来，第一次看见他道歉的模样，他反而很心疼陆修，他也是受害者啊。

"你是不是很想揍麦擎一顿？"江鸿笑着说。

"我已经揍了。"陆修说，"昨天我去燕京，就是为了亲自再三确认这件事，我把他的头拧了下来。"

"啊?"江鸿有点儿慌张,他忘了陆修也是凶兽。

"但他们又马上把他的脑袋接回去了。"陆修又说。

江鸿登时哈哈大笑,不知为什么,他也没那么恨麦擎。

"不管怎么样,"江鸿说,"哪怕以另一个人的身份,认识了你,被你守护了整整一个学期……我还是觉得很开心,嗯,真是很好的事。"

陆修马上道:"不是以谁的身份,你就是你,江鸿。"

江鸿点点头,望向那杯咖啡。陆修移开滴漏,倒出咖啡,递给江鸿。

江鸿说:"那……你见过袁士宇了吗?"

陆修说:"远远地见了一面,他没见上我,他被带到苍穹大学了。"

江鸿诧异道:"为什么?"但转念一想,确实如此,麦擎被逮捕归案,袁士宇的母亲一定也会遭到处罚。至于袁士宇,驱委根本不知道怎么安排,最后是曹斌以收留他的借口,带他到苍穹大学,顺便软禁了他。

"我想先跟你交代清楚,"陆修说,"再去正式见他。"

江鸿说:"那,咱们一起去看看他吧?"

陆修:"你想揍他吗?"

江鸿:"揍他?不,我现在不恨他。"说着把咖啡一饮而尽,好苦。

江鸿总觉得挺好奇的,与自己互换了人生与命运线的人,他理应恨袁士宇,但他却没什么复杂的心情。

陆修:"因为你很满意现状。"

江鸿回想了下这个学期的一点一滴,与陆修相处的时光,最后他诚实地面对了自己。

"对,"江鸿道,"我喜欢这样的生活,人生变得有趣多了。"

至于什么生死历劫,江鸿已经全部抛到了脑后,小心一点儿大抵不会有事的,大不了等他们决战的时候,自己再找个地下防空洞躲起来嘛。

"我们走吧。"江鸿说,忽然注意到活动室里还有一个人——思归,这红毛,一脸冷漠地听完了江鸿与陆修的对话,朝江鸿投来了同情的目光。

"再见啦,思归。"江鸿努力让自己显得愉快,并朝思归挥手,思归缓缓抬起手指,朝他做了个潇洒的"拜拜"手势。

寒冬之际,万物凋零,灰蓝色的天空后,阳光未能穿过那厚厚的云层。

"你还好?"陆修突然问道。

"啊?"江鸿一直在发愣,自从听到这个消息,他的心情就变得非常复杂,属于自己的人生,与另一个人的人生发生了置换,是种奇异的感觉。但这只占据了今天他混乱与纠结的不到三成，另外七成则来自陆修。

他曾经以为自己对陆修而言，是特别的，自己曾经是陆修的封正之人，这个头衔就像莫名得到了命运的馈赠一般，犹如中了一份大奖，接着却告诉他，这属于其他人，并且要把这不属于他的馈赠拿走。

"还好。"江鸿心里很清楚，从现在开始，他与陆修只是普通朋友了，但也许经历了这么多，他们之间的关系，还是比普通朋友要更亲近那么一点点？尤其是在陆修带着愧疚的前提之下。

陆修欲言又止，显然他也不知道该说点儿什么来安抚江鸿。反而是江鸿岔开话题，问道："袁士宇在哪里？"

"职工宿舍楼。"陆修答道，"驱委打算监视他的一举一动，但他没有犯罪，对此毫不知情，按照正常情况，他应当被送到这里入学，所以曹校长接收了他，安排他住了个单间，不能随便离开宿舍楼范围。"

江鸿说："哦，那谁负责照顾他？"

陆修没有回答，江鸿便明白，应当是安排陆修负责看守他，同时袁士宇也确实是陆修要找的那个人。

职工楼在学校的二环区域，就在驱魔实践场地后面，是一座六层高的环形小楼。

"江鸿，我不答应为你的心轮注能，"陆修突然说，"与这件事无关。"

"没关系，"江鸿认真地说，"你不用在意，本来就是我冒失了。"

陆修在职工楼前站定，认真地看着江鸿，江鸿不自觉地避开陆修的目光。

"走，上去看看吧。"江鸿催促道。

陆修没有再说话，刷了门卡，进电梯，上了四层，找到一个房门，敲了敲。里面传来警惕的声音："谁？"

陆修说："我叫陆修，被安排来照顾你的学长。"

里头开了一条缝，露出那少年的半张脸，打量着门外的陆修与江鸿。

"我叫江鸿。"江鸿说道。

门于是打开了，里头是个单人间，不到江鸿宿舍的一半大，时近傍晚，天色昏暗，宿舍里光线暗淡。袁士宇没有说话，打开了灯，回到床上坐着。

这是江鸿与袁士宇第一次正式照面，彼此的眉眼都很清秀，带着一股少年气，虽眉目五官不相似，气质却有点儿像，那是少年人青葱的感觉，区别在于，江鸿充满了生命力，阳光灿烂；袁士宇则拘束又带着点儿忧郁、不安。

江鸿内心生出奇怪的感觉，他看看陆修，陆修也没有说话，片刻后，他转身检查宿舍里的设备，去看了眼热水器，拧开热水。

漫长的寂静中，反而是袁士宇最先开口："你也是学生吗？"袁士宇端详江鸿。

江鸿点了点头，不知为何，他竟对袁士宇有那么一点点亲切感。

袁士宇说："你有驱委的消息吗？"

江鸿想了想，没有开口。

袁士宇忽然从床上站了起来，低声道："你能不能帮我打听个人？我叔叔他现在怎么样了？还有我妈。"

"他不能告诉你。"陆修从阳台走回来，说，"下次你碰到校长时，自己朝他打听吧。"

袁士宇显然什么都不知道，既不知道叔父加入了荧感，与母亲一同成了驱委的阶下囚，更不知道等待着自己的是什么。

江鸿只得安慰道："我觉得应该不会有太大的事。"

袁士宇问："你知道出了什么事吗？他们先找到我，让我一个人在家里住了一个多礼拜，还派了几个驱魔师轮流监视我，现在又把我带到学校里来……"

陆修朝江鸿说："走吧。"

江鸿只得起身，陆修又朝袁士宇说："加个微信，缺什么你就给我发消息。"

袁士宇掏出手机，加了陆修，目光里带着少许哀求，看着江鸿，仿佛把江鸿当作了陆修的上级。

陆修没有多说，免得江鸿招架不住，被袁士宇问出了什么不该说的，随手带上了门。

"这段时间里，你每天都要看着他吧。"江鸿说。

陆修说："每天会去察看他的情况。你去哪儿？送你回宿舍？什么时候回家？"

江鸿："嗯……其实今天傍晚就打算走了。"

陆修："机票买好了？已经误点了吧。"

江鸿并没有买票，他觉得这个时候，自己需要一个人静一静，但他又不想陆修离开，仿佛陆修在身边，能带给他安全感。在这种矛盾的心情里，他答道："我坐高铁回去，待会儿再改签，兴安到山城的高铁有很多。"

"我送你，"陆修说，"等我回去拿头盔。"

"不，不，"江鸿坚持道，"你送我到学校门口就行。"

陆修沉默片刻，点了点头，陪江鸿回寝室。学生们都走得差不多了，室友也都去兴安了，桌上有给江鸿的、折好的留言条，上面是张锡廷留下的他、金、贺简三人的寒假时间表，让江鸿回家填好后拍照发过来，大家寒假如果能碰上，便会一起玩一玩。

江鸿把时间表折好收起，拖了行李箱，与陆修沿着宿舍楼下的校道慢慢走出来。

暮色沉沉，校园里开始被黑暗笼罩。

"我……"江鸿想起来了，他原本想邀请陆修来自己家过春节，但这个寒假，陆修多半不能再离开学校。

陆修："嗯？"

江鸿笑道："没什么，回去再联系吧。"

江鸿沿学校后门走着，那里是废旧的厂房区，外头是大片的离魂花田，寒冬时蓝色的花朵上结了一层霜，散发着淡淡的光芒。

天光熹微，像暮色，又像破晓。

"就到这里吧。"江鸿想起自己入学时，走的那段路。

陆修说："行，照顾好自己。"

江鸿又想起一件事，摘下陆修给他的那件护身符，递回给他。

陆修："送你了，有危险的时候，你还是可以召唤我。"

江鸿："不，不，这不是我本该有的东西，拿了它这么久，已经很过分了……"

"你拿着。"陆修说。

江鸿坚持要还给陆修，陆修沉默片刻，最后接了。

"这一整个学期，谢谢你啊，学长。"

陆修没有回答，转头望向离魂花田。

江鸿："把这个给袁士宇吧，他也许更需要它。"

陆修说："他不需要。"

旋即，陆修做了个轻微的动作，握着它，朝自己胸膛处一按，那片护身符突然就在他手中消失了，剩下江鸿穿在上面的红线。

江鸿说："这是你的鳞片吧？你要给他再做一个吗？"他心想也许自己用过的，再给袁士宇，也不合适。

"不会再做了，在我的身上，只有一片鳞能做成唤龙符，必须用我的逆鳞。"陆修把红线在自己手腕上缠了几圈，说道，"红绳我留着，作个纪念。"

那是你的逆鳞吗？江鸿直到这时候，才知道自己曾经戴了一学期的护身符，竟是陆修真身、保护心脏处的那块鳞片，也是他的性命所系。

"我……"江鸿想了很久，最后说，"再见，学长，谢谢。"

"下学期见。"陆修站着，朝江鸿说道。

江鸿转身，拖着行李箱，沿他来苍穹大学的那条路，离开了学校，他经过废弃的工厂，推开摇摇欲坠的铁门，顺着那种满了榉树的路离开。

天已彻底黑了下来,四周伸手不见五指。

原来,你把自己的逆鳞给了我啊。

江鸿咀嚼着这句话,忽然间一股巨大的悲伤情绪,犹如终将降临的黑暗,笼罩了他。他终于意识到自己失去了什么,而这失去,却是命运的必然。他们身在这股强大的力量之下,无人能与它对抗,就像一片飘零的落叶,渺小又孤单。

他忍不住回头看来处,陆修还站在那里,没有离开。

江鸿擦了下额头,捏了下鼻梁,手背上沾满了泪水。

番外　狮子与狗的友谊

"你是狮子。"杨录语重心长地朝儿子说,"狮子不能和狗在一起玩,你什么时候见过老虎成日与猪狗混在一起的?你要学他们叼骨头藏骨头吗?"

九岁的金一脸戾气地听着,为了他交朋友这件事,父亲相当重视。

他们一家始终是纯种狮子,世居西域,祖上能追溯到元朝,杨金的母亲,更是克什米尔美丽的白狮修行变幻而成。

近百年前,杨家迁到天水,成为本地的名门望族,与驱魔师协会、妖族都保持着良好的关系,乃是本地的中坚力量,以调停各方冲突为己任,坐镇一方。

狮子繁衍不易,尤其对修炼有所成的妖族而言,金是杨家的独生子,但这只纯种狮子半点没有大少爷的自觉,常喜欢交各种各样的朋友,原本杨录睁一只眼闭一只眼也就算了,但很快,他收到了几桩投诉。

第一桩是儿子抬起腿,在电线杆旁边尿尿。

第二桩,是金在家里后山上挖了个坑,专藏他的"宝物"。

第三桩,则是金最近喜欢玩"扔球"的游戏,具体过程是一人把球扔出去,金跑出去把它叼回来。

杨录收到投诉后预感到问题很大,连忙召开家庭会议,决定必须矫正儿子以上的种种做法。

"知道吗?!"杨录再三提醒金,"不能总学狗!"

"哦。"金答道。

杨家从上到下,都宠得这小子不行,尤其一家之主——金的祖父——那位德高望重的老狮子,更是亲自教他读书识字,在他的庇护之下,金与其说与父亲是父子,不如说像兄弟,父亲的说教往往欠缺威力。

一个大家庭里,老一辈带大的孩子,往往便会呈现出这种特质,因为从家庭地位而言,金与他生父为父子关系,却由爷爷负责教养,实际上像"老头子的养子",

与父亲像养兄弟关系。

杨录说："交几个别的朋友，人也可以，狗不行，终日与一群野狗乱跑撒野，像什么样子？去交点别的朋友！"

金回到祖父的书房里，继续开始一天的读书写字。

"众生平等。"祖父倒是很看得开，"这辈子你是狮，他是狗，谁知上辈子又是什么呢？"

祖父摸摸金的头，手里拿着一串佛珠，书房中点着熏香，在这间房里，金总能获得内心的宁静，与生俱来的兽性也被洗涤掉了不少。

他不是没有尝试过交朋友，只是他看得出，大家都有点怕他。

狮子是百兽之王，外加杨家在本地的地位，寻常妖怪都惧怕他们的威势，真要交上位阶相若的玩伴，还要修炼有成，本地是没有的，须到武尧、兰州，甚至兴安、洛阳等地。毕竟一个区域里的食物链与天地灵气，仅能容纳一个妖族世家。

金也不太想与人类玩，总玩不到一起去。

今天结束课业后，他又偷偷溜了出来，先是坐家里的车来到市区，再在偏僻街道下车，换了一辆自行车，蹬得飞快，几下没了影子。

进西关区后，金在伏羲庙后停下自行车，太昊宫后的商业街是个生活区，他在一栋破破烂烂的小楼外喊道："解蒙！解蒙！"

"等等！"另一个半大小孩的声音在楼里答道。

接着是急促的脚步声，一名衣服脏兮兮的八九岁孩童跑了出来，也推了辆自行车，与金会合，两人在闹市里左冲右突，穿过伏羲路，跑了。

寻常的二、三年级小学生，想怎么放肆也找不到机会，顶多就是逛逛集市，下村镇里去钓鱼刨土，但金向来非常喜欢，因为家里不允许他接触这些。乡村里的鱼塘，山洞探险，地里的红薯与青稞，都让他觉得很新奇。

他们离开郊区，来到一个村落外，解蒙与金跑进地里，偷农家的向日葵，两人捧着一个葵花盘出来，在田地边嗑生葵花子吃。

"我爸最近管得严。"金说，"我不能老出来。"

"你有手机吗？"解蒙问，"我给你发消息？"

金说："有。"

解蒙："你记我爸的电话号码，他上夜班，白天在家睡觉，我就能用他的手机。"

解蒙比金还小一岁，带着寻常妖族的面部特征，一脸狗模样，他的父亲是名好不容易才修炼成形的小妖，在给本地的一个物流公司打杂开货车，母亲则开了个妖怪托儿所，在西关区租了个民宅，专门帮妖族照看小孩儿。

他的父母都很忙,导致他也邋邋遢遢的,衣服不破旧,却显得很脏,脸上经常也没洗干净,但他的眼睛很亮,比起金的瞳孔里带着隐隐约约的一抹蓝,解蒙的双眼是纯黑的,头发硬得像板刷,睡醒后便乱七八糟,也不梳理。

解蒙很瘦,且皮肤晒得有点黑,眉毛很浓,金看过他的原形,是一只混种的黑背犬,他笑起来就像其他的犬族一般,会咧开嘴,露出漂亮洁白的犬齿,说话时舌头也总在嘴里抖来抖去。

金认识他,缘于去年的庙会,去年正月十五,全家一起去伏羲庙逛元宵节的夜市,狮子家族出行,那阵仗引起了不少轰动,不少小妖怪则偷偷地在远处看,解蒙就是其中之一。

当夜金在逛摊子,解蒙大着胆子过来,用石头扔了他,金则转身就追,两个小少年你追我逐的,便彼此认识了。

金喜欢解蒙的一点是,他大部分时候会很亢奋,狗都会莫名地亢奋,随时随地地亢奋,对朋友、对自然、对天地万物毫无缘由的亢奋。这种亢奋在金接受的教育中,是不允许表露的。

所以他觉得与解蒙在一起很有趣,就像现在。

解蒙突然看见了一只兔子,便兴奋地冲了过去,金随即也跟着跑上前,与他开始围追堵截那兔子。可怜的兔子被一只狮子与一只德牧追了半天,直到有了人声,两人才火速变回人,匆匆忙忙地跑了。

日渐西斜,金得回去了,两人蹬着自行车,穿过郊野,解蒙突然看见一个水塘,便将自行车一扔就往水塘里跳。

接着,金也往水塘里跳,一边洗澡一边四处抓鱼,片刻后解蒙脱得赤条条的,又变成原形,疯狂抖水,金哈哈大笑,也学着狗抖水。

直到夕阳西沉,金回到市区,两人凑了下身上的零用钱,在刚开摊的夜市上买烤面筋吃,饱食一顿后,金心满意足地回家,解蒙则回去给下班的父母做饭。

解蒙家里有点困难,他的父母尝试过繁衍后代,却因为父亲的关系,生下来几个孩子都夭折了,解蒙是这个黑背家族唯一的后代。

他们不在一个学校念书,解蒙在社区内的地段小学,金则在父母安排去的私立学校。当然,两人去念书,都三天打鱼两天晒网。金不去学校是因为在家里跟着祖父学习,而解蒙不去学校,只是单纯地想翘课。

金私底下还是会找解蒙玩,祖父当然知道,往往睁一只眼闭一只眼,父亲不负责教养,鲜少来管他。

但随着年龄增长,他的课业安排渐多,还需要修行,见解蒙的次数变少了,两人出去所安排的节目,也从野外打滚发疯演变成在街边打台球,去昏暗而充满呛人烟味的游戏店打街机,抑或到网吧去上网"开黑"。

偶尔聊起天,金会朝解蒙说他所学的佛学、科学知识。

解蒙完全听不懂,但这不妨碍他一脸崇拜地听着。

不少人都知道,金是解蒙的老大,有一只狮子罩着,解蒙的日子大抵比以前好,不容易被找碴儿的欺负。

"你读高中吗?"解蒙也不似以前随时随地地亢奋了,变得更内敛,虽然只是黑背,却长得快与金一样高了,五官也长开了不少,有点民间帅哥的感觉,唯一没有变化的,是还与八九岁时一样瘦。

瘦高瘦高的,皮肤偏黑。

"我还不知道,说不定在家里读,我爷爷教我,你呢?"金问。

"我考不上。"解蒙打着桌球,答道,"去学开车吧?"

金开始教育解蒙:"怎么考不上?你花点时间在学习上,完全可以。"

解蒙:"考上了也没用,我还能去读大学不成?"

金有时很担心这名兄弟的未来与前途,他见过解蒙的爸爸,他不希望解蒙也变成那样。

"你可以考苍穹。"金说,"驱委与妖协合办的学校。"

解蒙笑了笑,没说话,有些话说了,只会让大家不舒服。

苍穹大学是我去的地方吗?那是专门给你们这些世家子弟办的。

金认真道:"解蒙,你不能总这样。"

金虽然经常找解蒙玩,但这不耽误他平时修行与攻读学业,然而对解蒙来说,混日子就是真的混日子,大抵连修行都不做的,他也不懂如何修行。

"我得走了。"金看了眼时间,还得回去晚自习。

解蒙便骑着他新买的电动车,载着金回他的私立学校去上晚自习,隔着栏杆送走了金,自己去与一帮社会朋友吃消夜。

金攒了一笔零用钱,准备送解蒙一件礼物。初三那年,解蒙过生日,解蒙生日请客吃饭,也请了他。

金下了晚自习,到夜市上的大排档去,解蒙已有几分醉意,他的妖怪朋友们近乎全轰动了,大家看着金。

"我没想到你会来。"解蒙一脸醉意,伸手去搭金的肩膀。

"你这是什么话?"金简直莫名其妙,"我说了要来,就当然会来,给你的生日礼物。"

解蒙接过，把盒子顺手揣进怀里，拉着金的手满场转，朝那群妖族介绍道："这是我发小，杨金！"

　　大家赶紧起身给金敬酒，大家都知道解蒙有一只狮子老大，却几乎从未见过，九岁那年被父亲警告后，金就很注意，不与解蒙的朋友们打交道，只与他单独交往。

　　但今天金来了，给了解蒙天大的面子，令解蒙又恢复了那亢奋得不知所以，甚至有点语无伦次的模样。他不停地与金说话，让他喝酒，还不停地用拳头往他身上招呼，那是一种爱的表现，爱得不知如何表达，便只能朝他拳打脚踢。

　　金笑着招架，与他你来我往，用孩提时的沟通方式来相处，六七年前，他们会在山坡上打滚，殴打对方，再从坡顶滚下来，将对方摁在小溪里，释放彼此的野性。

　　妖怪们喝多了酒，醉得东倒西歪，尾巴也露出来了，还开始互相扭打，金却保持着清醒，对解蒙说："我得走了。"

　　"哦，行。"解蒙点了根烟，金没有接，解蒙知道这场面对大少爷来说，多少有点难堪，便将他送到夜市外，金说："我准备在家里学功课，以后去读苍穹大学。"

　　解蒙说："好路子。"

　　夜市外，金说："你也努把力吧。"

　　金看了眼混乱的大排档内，没有说什么，解蒙又自嘲地笑了笑，没有接话。

　　金离开了，在这之后，他们有相当长的一段时间没见面，但解蒙很快用金送他的新手机与他联络，找他玩手机游戏，约他"开黑"。

　　金的修行与课业很重，他只能每天抽出一小会儿，与解蒙在手机上玩半个小时。

　　"你生下来就是狮子，他生下来就是狗。"父亲杨录似乎一直知道金有这样的朋友，某一天看似随意地说道。

　　金没有回答。

　　但祖父对此的回答则是："你有狮子的皮囊，他有狗的皮囊，在你们的身体里住的都是灵魂，无分彼此，众生平等。"

　　高二时，金虽然很少去学校，但还是报名参加了一个校际篮球联赛。

　　参赛那天现场人山人海，金上场时，一眼就看见了解蒙，解蒙亢奋得不行，疯狂呐喊，为金加油。

　　散场后，解蒙推开更衣室的门，冲进来，骑在金的背上。

　　金哈哈大笑，说："我一眼就看见你了！"

　　解蒙说："快来给我女朋友签个名！她说什么也不信咱俩认识。"

　　金愕然，看见解蒙已经有了个女朋友，是个很温柔的女生，看见狮子时吓得不行,战战兢兢,壮着胆子朝他笑了笑。

"岂止认识!"金朝解蒙的女朋友说,"解蒙是我唯一的朋友!"

这分量实在太重,连解蒙一时也有点不知所措。

"你在观众席上叫'汪'了?"金问他。

"没有。"解蒙说,"绝对没有。"

"我都听见了。"金与解蒙勾肩搭背地出来,"害我差点一打滑……"

是夜,解蒙给金发来了短信。

你说真的?

什么真的假的?金用手机回复他。

解蒙:你没有别的朋友?

金:我连上学都在家里上,没有不是很正常的吗?

那一夜,解蒙没有再给金发消息。

又是一年过去,金的祖父已经很老很老了,他学会了许多法术与变化,同时也明白了人间的兴衰,众生在红尘中的挣扎。

他常常忍不住想,这一切的根源是什么?是什么造就了这天地万物?又是什么,推动着命运之轮?

某一个夜晚,金的手机上突然收到了一个定位,那是解蒙发来的。

那是初冬的一个雨夜,解蒙被卷进了一场斗殴中,天水郊区昏暗的街道上,对方数十名妖怪出动,轮番揍他一个。

他被打得浑身是血,手机踩碎了扔在一旁。

紧接着,在那暗夜之中,一声狮子的咆哮陡然响起!

金浑身泛着光,冲进了战团,金狮的体型碾压了场上所有的犬族,几乎不费吹灰之力便横扫了敌人。

它一爪按住对方的老大,作势要咬断它的喉管,所有的狗都在发抖、求饶。

"滚。"金沉声道,"再让我看见你们碰解蒙一下,我就撕碎你们,滚——!"

黑背伤痕累累,躺在水沟旁,它坚持了很久,奈何实在撑不过这围殴。

狮子来到它的面前,伸出舌头,轻轻地舔舐,舔过它的犬鼻,舔它的伤口,金将自己的真气通过这野兽的方式,分给解蒙一部分。

片刻后,他恢复了人形,衣服破破烂烂,腹部、胸膛上都是伤痕。

"为什么打架?"

"我的一个朋友惹上了他们……"

"好了,不用说了。"

金依旧保持着狮子形态，解蒙趴在狮子背上，在暗夜里被带回家去。

金没有批评解蒙的处世原则，也没有让他少交点这样的朋友。他已经知道大家都有自己的坚持这个道理。

"你明年要去念大学了？"解蒙抓着狮子的鬣毛，问道。

"还不知道能不能考上呢。"金说。

解蒙疲惫地侧头，伏在了狮子头上，说："我是没希望了，我和你不一样。"

"我知道。"金说，"你女朋友呢？"

"她在家。"解蒙答道，"我没告诉她。"

金："以后少做点危险的事，你是有女朋友的人了，别人会担心你。"

金将解蒙送回了家，数日后让司机给他送来了疗伤的药。

这一年的冬天显得尤其不寻常，十一月份，陪伴金许多年的祖父，生命终于走到了尽头。

老狮子在一个雪夜里坐化了，它化作原形，趴在榻上，身躯犹如山峦一般，鬣毛下挂着五彩缤纷的饰品，爪中仍握着一串沉香木的念珠，闭上了双眼，溘然长逝。

杨家开始办一场隆重又热闹的葬礼，金作为长孙，穿着西域的丧服，一身锦白，束起了半短发，在灵堂前招呼亲友。

令他意想不到的是，第一天傍晚时，解蒙听到了这个消息，便穿着全黑的西装，带着女朋友前来吊唁。

看见解蒙时，金忽然觉得心里的那个洞，被填平了不少。

"待会儿你先回去。"解蒙对女朋友说，"我留下来陪金。"

金没有说话，也没有哭，祖父的离去是必然，生老病死是万物的定律，再强大的妖怪也不例外。

解蒙留在杨家，陪金守了六天的灵，入夜时宾客离去，便只有金坐在灵堂前，倚着一只巨大的黑背，困了便枕着它睡觉。

他们虽然身处于不同的世界，但解蒙作为一只狗，保留了狗的特质——绝对的忠诚。

他们很少有交谈，哪怕聊天说起，也只是童年的一些往事，解蒙不理解金的悲伤，但他知道这种时候，金只需要陪伴。

第七天，祖父出殡，解蒙又与金道别，回到了他的世界里。

金去苍穹大学报到那段时间，解蒙恰好不在天水，带着大包小包，前往南方女朋友的娘家，向丈母娘提亲了，金还等了很长一段时间。后来想到，也许解蒙不愿意面对这离别的场景,便没有再坚持等他,独自前往苍穹大学,去迎接他更为广阔的人生,认识更多新的朋友。

直到荧惑降临,人间陷落的那一天。

金回到了天水,代替父亲,坐镇西部,他的家人们纷纷前往神州大地,对抗那从天而降的不世魔神。

妖族在荧惑的力量之下变异了,更散向神州大地,天水几次险些被变异的动物所冲破。

"撑住——!"金从山峦中踏空而来,于麦积山启动了佛光屏障,将整个天水笼罩在佛光之中。

此时的解蒙已与金一般,是个成年人了,他身穿西装,发出犬族的咆哮,带领诸多朋友,坚守于麦积山入口前。

天空中尽是变异的飞鸟,不停地被击落,直到金抵达的一瞬间,狮子吼发出,震荡于天地间,群犬随之咆哮,纷纷化身为人,散向山头,射出法术。

"解蒙!"金寻找着他的发小。

解蒙脸上多了几道血痕,冲过来与金拥抱。

"咱们得守住这儿。"解蒙说,"我老婆小孩都在身后呢。"

"有小孩了?"金简直难以置信,解蒙过上了与他截然不同的人生。

解蒙点了点头。

第二拨攻势再到,麦积山石窟内纷纷发出金光,射向横飞的血焰魔鸟。

"过了这段日子。"解蒙登上中央大佛附近,说,"我得找个别的活儿养家了,金,早该听你的读个大学。"

"没关系。"金说,"等我进了圣地,给你介绍下,内推!"

"妖族圣地?!"解蒙震惊了,"你能进圣地了?"

金笑了笑,不说话,变幻为原形,解蒙则祭起法术,守护在金的身后,面对那于西南方浮现出巨大面孔、充满血与火的魔王。

图书在版编目（CIP）数据

万物风华录：一切有为法 / 非天夜翔著. -- 广州：广东旅游出版社，2025.8. -- ISBN 978-7-5570-3581-5

Ⅰ．I247.5

中国国家版本馆 CIP 数据核字第 2025NQ6712 号

万物风华录：一切有为法
WAN WU FENG HUA LU：YI QIE YOU WEI FA

出 版 人：刘志松
责任编辑：陈　吉
责任校对：李瑞苑
责任技编：冼志良

广东旅游出版社出版发行
地址：广州市荔湾区沙面北街 71 号首、二层
邮编：510130
电话：020-87347732（总编室）020-87348887（销售热线）
投稿邮箱：2026542779@qq.com
印刷：北京君达艺彩科技发展有限公司
地址：北京市北京经济技术开发区（通州）经海五路 1 号院 28 号楼 6 层 602-2 室
开本：880 毫米 ×1230 毫米　1/32
字数：395 千
印张：11
版次：2025 年 8 月第 1 版
印次：2025 年 8 月第 1 次
定价：55.00 元

【版权所有 侵权必究】

本书如有错页倒装等质量问题，请直接与印刷厂联系换书。印厂联系电话：010-80898387。